别人家的电视

李云雷◎著

中国文史出版社

C目录
ontents

别人家的电视

电视让我们相聚，电视也让我们分离。大约十年前，我就很少看电视了，但我时常会想起全家围坐在一起看电视的场景，以及我们去别人家看电视的时光。我们正好赶上这个时代，亲眼见证了电视的生命周期。

1

我们村刚通电的时候，时不时就会停电。那一天正好全村停电，我家里又点上了煤油灯。我在路口电线杆下等着我爹，正好明河叔骑着自行车来了。明河叔跟我家住在同一条胡同，是我家的对门，在县里的供销社上班，是我们村很少的在城里工作的人。他每天早上骑着自行车走出家门，在城里上一天班，到了黄昏时刻，下了班，就骑着自行车从西边一路走来。路上遇到村里下地回来的人，就笑着跟人打招呼。夏天的时候，明河叔头上戴一顶草帽，穿着白衬衫，脚上是明晃晃的皮鞋，自行车也是锃明瓦亮的，在我们村里人眼中，是很风光的，明河叔也很得意，在路上骑得慢悠悠的，跟这个问候一声，跟那个说笑两句，笑起来很爽朗。

这一天，明河叔仍然骑着自行车，车后座上捆着一个纸箱子，车子摇摇晃晃的，他骑得一头大汗。见到他，我喊了一声："明河叔，你驮的这是什么呀，看着这么沉。"明河叔下了车，擦了一把汗，拍拍车后的纸箱子说："这是电视，晚上吃了饭到我家来看电视吧。"我一脸茫然地问："电视？什么是电视呀？"明河叔哈哈大笑着说："这就是电视呀，就跟电影一样，能出人，能演故事，你来看看就知道了。"

我听了很兴奋，那时候我只看过村里的露天电影，看着那个纸箱子，我心里有点疑惑，问明河叔："那么大的电影能装到这个箱子里去呀？"明河叔笑着说："比电影小一点，也能看清人呢。"他说着话在前面走，我好奇地跟着他，扶着车后座上的纸箱子，拐进胡同，到了他家门口。

明河叔家有一个气派的门楼，院门和院墙都是红砖砌成的，在村里数一数二。明河叔进了大门，喊一声："我回来了！"明河婶子正在厨房里做饭，听到声音跑了出来，她腰上系着围裙，手上还沾着面粉，但她的眼角满带着笑意，说："买回来了？"明河叔说："买回来了！"说着他将车子闸在院中那棵大梨树下，动手将捆着的绳子一圈圈解开，将纸箱子抱下来，穿过院子，抱到堂屋里，放在桌子上，又找剪刀将纸箱上的透明胶布剪开，这才从箱子里面抱出一个黑色长方体的东西。他将这个东西摆在桌子上，又找到插头，插在了线路板上。

在他做这些事的时候，我就在旁边看着，不敢乱动，生怕一乱动弄坏了什么东西，明河婶子也在旁边看着，她看得入神，手上的面粉也没擦。插上插头后，明河叔在那个黑色长方体的按键上摁了一下，然后他离开两步，静静地等着，但那个东西却没有什么反应。明河叔检查了一下线路，把插头拔下来，重新插了一次，又走到那个东西面前，按了一下，又退后两步，静静地等着。过了一小会儿，还是没有动静，明河叔有点着急，明河婶子也问："不会是坏了吧？"

明河叔说："不会，我特意让百货商店的人试了试，在那里好好的呀，回来怎么就不出人了？"说着他走过去，在那东西背后拍了拍，又退回来看，还是没有任何反应。明河叔的脸色明显变了。他又走上去察看，我也蹑手蹑脚地走到他身边，在那东西光滑的黑色表面上摸了一下，还想再摸，明河叔扭头朝我瞪了一眼："你！"像是要发脾气，明河婶子赶紧把我拉到怀里，说："你跟孩子生什么气，快想办法修修吧。"

这时我灵机一动，突然喊道："明河叔，我知道咋回事了。"

明河叔转过身来，有点生气地说："你知道什么？"

我说："今天停电呀，没有电，是不是它就不亮了？"

明河叔听了，三步两步跨过去，去拉他家的灯绳，一拉，不亮，又一拉，还是不亮，他长舒一口气，哈哈大笑起来，说："原来是停电了！哈哈，没电当然不亮了！我还以为电视坏了呢，瞧这出的一身汗！"他笑着摸摸我的头，又说，"你这个坏小子，脑袋瓜还真灵！"然后哈哈大笑起来。明河婶子也明显松了一口气，"没坏就好，等来了电再试试。"说着她甩甩手，去厨房继续做饭了。

这时我听到我娘在胡同里喊："二黑，回家吃饭了，这孩子不知又跑哪儿去了！"我连忙跑出明河叔的家门，一看，我娘已经向北走了。我喊："娘，我在这儿呢！"边喊边追了过去。这时我娘停下来，在胡同口那棵大槐树下，跟三奶奶说话。

我飞快地跑过去，她说："叫你去接你爹，你跑到哪里去了？"

我说:"明河叔家买了一台电视,我去看了看。"我娘跟三奶奶又说了两句话,便带着我往家走。

我说:"不去接我爹了。"

我娘拍了一下我的小脑袋说:"你爹早回来了,在家呢。"

我听了,拔腿就往家跑,跑到院子里,看到我爹的自行车正停在东屋窗前。我喊着爹又往堂屋里跑,我爹从门里走出来,笑吟吟地说:"急什么急?别跑那么快。"我跟着我爹进了屋,趴到缸沿捞起舀子,舀了一舀子凉水,咕咚咕咚一口气灌下去。我爹又回到八仙桌旁坐下,问我:"你娘呢?"

我说:"在后面。"这时我娘正好走进来,对我爹说:"你问问他跑哪儿去了。"没等我爹问,我就说起明河叔家买了电视,我跟着他去他家看的事,说到明河叔插上插头,电视不亮,最后还是经我提醒,他才明白是停电了,我说得眉飞色舞,我爹则哈哈大笑起来,我娘也坐在小板凳上呵呵笑着。

笑了一会儿,我娘才问我:"你刚才说的是啥?电视?啥是电视呀?"

我爹也转过头来看着我,说:"是啊,电视是啥呀?"原来我爹我娘竟然也不知道电视是什么,还得问我,这下我可逮着机会卖弄了,便站起来,指手画脚地说:"明河叔跟我说,电视就跟电影一样,也能演戏,也能出人,就是小一点。"

我娘瞥了我一眼,说:"别瞎说了,电影能搬到家里来?"

我说:"这回我可没瞎说,就是个小机器。"

我娘说:"你看见了?"

我说:"看见了啊,黑色的,这么大,我还摸了摸。"说着拿手比画了一下。

我娘说:"我不是说机器,是说你看见出人了?"这下我有点着急了，说："刚才不是说停电了吗？停电了就放不了，得有电才能出人啊，反正明河叔就是这么说的，不信你到他家去看。"

我娘好像终于识破了骗局一样，得意地说："我就说嘛，电影咋能搬到家里？你明河叔一定是逗你玩呢。"

我白了她一眼，有点赌气地说："你不信就拉倒！"这时我爹却说："我倒是听果园的双喜说，好像是有这么一种东西，能出人，能说话，他那年到省里看病时见过，说是那玩意儿贵得很。"

这下我更占了上风，对我娘说："你看看，是有吧？"

我娘抢白我爹："你还帮着他瞎说，听说听说，你是亲眼见到了？那你去买一个呗。"

我爹嘿嘿笑着说："那玩意儿，见都没见过，咱这穷家破户的可买不起。"

2

正在这时，院里传来一个熟悉的声音："二哥在家吗？"我跑出去一看，原来是明河叔，我爹也走出了堂屋。

明河叔说："二哥回来了，什么时候回来的？"

我爹说："刚到家一会儿，快到屋里坐。"

明河叔说："不坐了，二哥，你晚上没啥事吧？没事就到我那儿，咱哥俩好好喝点。"

我爹笑着说："好啊，好久没一块坐坐了。"

我娘说："别到你那院里了，就在这儿喝吧，我给你俩炒菜。"

明河叔说："别忙了，嫂子，家里什么都准备好了，你和二黑也一起过去，咱们拉呱拉呱。"又说，"二黑跟你们说了吧？我今天从城里买了台电视，等会儿来电了，一起看个新鲜。"

我爹说："那好啊，刚才他说了，我们还都不信，原来你真买了啊，那得去看看。"我一听心里愈发得意，得理不饶人地看着我娘，那意思是说："你看看，还是我说得对吧？"

我娘却没有看我，只是对明河叔说："我还以为他又说瞎话呢，还真有电视呀？这电影咋还能搬到家里放，咋放的呀？"

明河叔哈哈笑着说："二嫂子，我也说不明白，等会儿你看看就知道了。"又说，"二哥，咱走吧。"

我爹摸摸后脑勺说："这样吧，你先过去，我稍微收拾收拾，随后就到。"

明河叔说："有啥好收拾的？一起过去吧。"

我爹说："你先过去，我洗把脸就来。"

明河叔说："一定来呀！"说着他走出我家院门，回去了。

回到屋里，我娘就拍了一下我的脑袋，说："刚才你看我那是啥眼神啊？你胆子大了，敢笑话我了是不？"

我边跑边说："你说错了，还不让人说呀？"

我娘笑着说："不就是知道个电视吗，有啥了不起的？"

我跑到院子里，回头做了个鬼脸说："那也比你强呀！"我娘抄起笤帚疙瘩，做了个要打我的姿势，自己也气笑了。

这时我爹坐到八仙桌东边那张椅子上，点了根烟。我娘对我爹说："你晚上又要去喝酒呀？"

我爹说："人家都到家里来叫了，要不去，显得多不好。"

我娘说，"那就少喝点啊，别再喝多了。"

我爹说："我知道。"说着他去洗脸盆架子那里洗了手脸，我娘拿过毛巾，我爹接过来擦了擦，挂在那里说："那我走了。"

我娘说："早点回来。"我爹点点头，从床底下拿出他珍藏的一瓶酒，拿报纸包了他带回来准备给我们家里吃的一小块酱牛肉，又抓了几个石榴放在兜里，就走出家门，我蹦蹦跳跳地跟在我爹后面。

到了明河叔家，一进屋，酒肴已在桌子上摆好了，见我爹进来，明河叔连忙让我爹坐，我爹把带来的东西放下，明河婶子看到了，说："家里啥都有，你还拿这些东西做啥。"

我爹说："没拿什么东西，叫孩子们尝尝。"说着他在桌边的椅子上坐下，一抬头看见了摆在斜对面厨柜上的电视机，我爹说，"这就是电视啊？"

明河叔笑着说："就是这玩意儿！"

我爹走过去，围着电视机左看看，右看看，又伸手摸了一下，嘿嘿笑着说："这玩意儿能放电影？"

明河叔笑着说："能放电影，还能放新闻，就跟家里的小喇叭一样。"那时候我们村里有大喇叭，家家户户也都有小喇叭，小喇叭都是有线的，直接通到每一家的屋里，挂在屋顶或墙角上，可以播放新闻、老戏和歌曲。我爹一听像小喇叭就熟悉了，不由得点了点头。明河叔又说，"跟小喇叭不一样的是，电视上能出人。"

我说："是能出真人吗？有打仗的吗？"

明河叔说："有啊，啥都有，你就等着看吧。"这时我爹走回去，又坐到椅子上，问明河叔，"这玩意儿不便宜吧？"

明河叔哈哈笑着说："可是不便宜，好几个月快半年的工资呢，关键这玩意儿太难买了，不光要钱，还要票，我托了好几个人才弄到。"

明河叔说着，从盘子里的烧鸡上撕下一条鸡腿，递给我说："快拿着，吃吧。"我接过鸡腿，坐在小板凳上，啃了起来。

明河叔拧开酒瓶，倒上酒说："好久没跟二哥喝酒了，今天正好你回来，咱哥俩儿好好聊聊。"说着端起酒杯，对我爹说，"二哥，来，碰一个。"我爹也端起酒杯，跟明河叔"啪"地碰了一下，然后吱的一声，干了一杯。

放下酒杯，我爹说："好酒，劲儿真大！"

明河婶子说："快吃点菜，你们俩别喝这么急，容易醉，我再去厨房看看。"

明河叔说："不是说叫二嫂子一起过来吗？二黑，你娘怎么没来？"我啃着鸡腿，嘴里塞满了，呜呜地，来不及说话，他又转向明河婶子，说，"你再去叫叫二嫂子，剩她一个人，就别在家做饭了，过来随便吃一口吧。"明河婶子唔了一声，就走出去了。这边明河叔和我爹又喝起酒来了，他们边喝边聊，聊我爹果园里的事，明河叔供销社里的事，也聊我们村里和家里的事。

明河叔跟我爹是堂兄弟，但平日里我很少到他家里来。他家的孩子比我要大很多，玩不到一起了。那时燕姐十六七岁，中专毕业，已在县城上班了，斌哥十二三岁，也在县里读初中，他们每天骑着自行车来去匆匆，我在他们眼里不过是个小孩。明河叔家也比我家过得好，他家的房子修得气派，用的东西也讲究，桌子床铺都很整洁，不像我家里那么乱，我一到他家里就有点拘谨，生怕一不小心弄乱了什么。喝着酒，明河叔和我爹又说起他家的两个孩子，小燕到了说婆家的时候，最近不少人上门提亲，小斌学习不好，在学校里总跟人打架，都让人不省心。他们说着话，天色暗了下来，明河叔点亮了一盏煤油灯，继续喝酒，两个人谈兴很浓。

正说着话，院子里拐进了一辆自行车，骑车的正是燕姐，不等她停稳，斌哥从后座上一跃而下，挎着书包飞奔进屋，边跑边喊："电视买来了吗，买来了吗？"

明河叔说："早就买来了，你看看那不是？"说着往对面厨柜一指。斌哥飞跑到电视机前，不停地用手摸着。这时燕姐在院里闸好车子，也走进屋，说："爸，你真买了电视呀？"

明河叔笑得合不拢嘴，说："真的啊，我还骗你不成？"燕姐转眼看到电视，眼睛一亮，她说："你和我大爷摸着黑喝酒，怎么也不开灯呀？"

明河叔说："咱村停电了，说八点来电，现在几点了？"他的话还未说完，燕姐拉了一下灯绳，"啪"的一声，屋里的电灯竟然亮了。

"啊，来电了！"斌哥惊呼一声。

我们还没反应过来，明河叔突然说："可以看电视了，快打开看看！"又说，"小斌，你别动！我来！"说着他快步走到电视机前，对斌哥说："你可别乱摸，别电着你了！"他找到插头，小心翼翼地插在插线板上，又站起来，一按右下角那个按钮，电视的画面闪了闪，嗞啦嗞啦响着，一片雪花，他再拧上面的旋钮，突然一下跳出人影来，声音很清晰，画面上的两个人正在打斗，拳来脚去，立刻吸引了我的视线。

明河叔后退两步，看了看，又上前将电视摆正，对着堂屋的八仙桌。这才回去重新坐下，对我爹说："二哥，你看看咋样？"

我爹也被荧屏吸引了，笑着说："真不赖，真不赖，还真能出人呢！"

明河叔哈哈笑起来，说："是啊是啊……"

我爹说："这是演的什么片啊？"

明河叔说："我也不知道，先看看吧，来，我们再碰一个。"他们两个人又端起杯来喝酒。我和燕姐、斌哥站在电视机前，都被画面吸引着，不知不觉挡住了他们的视线。

明河叔说："你们仨，搬个小板凳坐下看，别挡着！"又说，

"小斌，你到西院去叫你娘和你大娘，就说电视开始演了，叫她们快来看！"斌哥坐在那里，一动不动，我爹也喊我，可我根本就听不见，这时燕姐说："我去吧。"说着她站起来，又恋恋不舍地看了几眼，才一转身跑出去了。

那天晚上，我不知道我娘、明河婶子和燕姐是什么时候来的，我完全被电视上的画面吸引了，那两个人正打得不可开交，突然从树丛后跳出一个老人，只用一条胳膊就把他俩打败了，正当老人得意扬扬之际，倏地又从树丛中跳出一个白面书生，他看似弱不禁风，却又实际武艺高强，三五招下来，就把老人打得落荒而逃。这时原先那两个人从地上爬起来，他们对白面书生不仅没有感谢，反而说他偷师学艺，将他押了起来。到这里，电视突然结束了，听着片尾铿锵的歌声，我才慢慢回到现实之中。

但在那时，我却不知道这是一集完了，还在问："怎么不演了，把他押到哪里去了？"

明河叔哈哈笑着说："这是电视连续剧，今天演完了，明天再接着演。"

我说："为什么不演了呢？"

明河叔说："电视台就是这么安排的呀。"

我又问："啥是电视台啊？"

明河叔摸摸我的头说："长大你就知道了。"我默默地听着，眼睛还盯着电视画面，那上面只有一片雪花，嗤嗤啦啦地响着。明河叔站起来将电视关了，说，"今天没有了，明天再看吧。"

我娘说："好了，你们也喝够了吧，咱们回家吧。"

我爹跟明河叔干了一杯，站起来说："不能再喝了，再喝就醉了。"

明河叔也站起来，说："那行，今天咱就喝到这儿，改天再喝！

吃点饭再走吧。"

我爹摆摆手说："不吃了，不吃了，吃菜就吃饱了。"说着迈步往外走，我和我娘跟着他走到院子里，明河叔和明河婶子、燕姐和斌哥也跟出来相送。走到院子中间，我爹看了看那棵老梨树，说："这棵梨树今年长得好，挂了不少梨呢。"

明河叔说："每年这棵树都结不少果，看不好，就被鸟雀糟蹋了。"说着话来到了他家的门口，我娘说："快别送了，你们快回去吧。"

明河婶子说："有空再来玩呀。"说着他们在门口站住，我们走过胡同，走进自家的院子。

3

第二天，我到村南小河边的山坡上去放羊，见到三见哥、黑五，我就迫不及待地跟他们讲起电视上的故事，什么两个人正在打架，突然飞出来一个独臂老人，把他们都打败了，怎么又突然飞出来一个人，又把独臂老人打败了："你们说厉害不厉害？"

第三天，三见哥和黑五听了都很兴奋，连连说："真厉害，太厉害了！"又问，"你是在哪里看的？"

我说："在明河叔家看的，他家新买了个电视，今天晚上还演呢。"

三见哥说："太好了，晚上我们也去看看！"他又让我比画一下，那两个人是怎么打架的？独臂老人是怎么跳出来的？白面书生又是怎么把他打败的？我回忆着电视上的画面，在草地上一招一式地比画着，那些招式太快，我也记不清，只能按照自己的记忆，随意挥舞着拳脚。但是他们却看得很认真。

三见哥说："咱们也多练练，到时候跟高小虎好好打一仗，非把他们打趴不可！"那时候，后街的高小虎、高小豹是我们的对手，他们的父亲原来也是我们村里的人，年轻的时候闯关东，这两年我们这里生活好了，他就带着老婆孩子回来了，高小虎、高小豹在东北长大，说话有点侉，打架下手狠，跟我们势均力敌。三见哥这么一说，我们的劲头就更足了，在草地上拳打脚踢地练了起来。

七成叔在边上放羊，见我们练拳，笑眯眯地看着，说："这帮小家伙火力真旺啊！"我们打累了，围坐在他身边说："七成叔，你给我们讲个故事吧。"七成叔是我们村里的老光棍，一辈子没娶媳妇，以前生产队的时候他做饲养员，天天跟驴、马、骡子、牛打交道，也住在牲口棚里，生产队解散以后，他就养了一群羊，在这片山坡上放羊，他很诙谐有趣，爱讲笑话，也会讲故事，什么事情只要他一讲，就很有意思，我们这帮小孩很爱跟他玩。

他说："你们想听什么故事呀？"

我说："七成叔，你能讲一个电视上的故事吗？打架的！"

成叔搔着花白的头发说："电视，电视是啥啊？"

我失望地说："你怎么连电视也不知道呀，就是那种摆在家里就能放电影的小机器，能出人能说话的。"

七成叔愣住了："我活了大半辈子，还没听说过电影能在家里放，你不是说瞎话吧？"他这一说，三见哥和黑五也疑惑起来，转过头来看着我："你小子没骗我们吧？"

我急赤白脸地说："你们想想，刚才我讲的那个故事，精彩不精彩？这么精彩的故事，我能编出来吗？就是从电视上看的！"

三见哥和黑五对看了一眼，点了点头说："那倒也是。"

七成叔说："你讲的什么故事啊？"我就把昨天看的故事添

油加醋地又讲了一遍，七成叔说："是不错啊，难道真有电视这玩意儿？"七成叔竟然也不知道电视，这让我很意外，也让我有点得意，我竟然比他知道的都多了！

吃完晚饭，我早早就到明河叔家去了。没想到有人比我来得还早，三奶奶、三见哥和黑五、七成叔，还有我们周围几家邻居，有大人，也有小孩，人群挤挤挨挨的，大人在喝茶说话，小孩则跑来跑去，又喊又叫的。屋里坐不开，明河叔就把家里的小地桌搬出来，摆在堂屋门口的台阶上，将电视机放在桌上，让大伙在院子里看。来的人太多，他家里的小板凳都不够用了，明河叔看见我，高声叫起来："二黑，你来得正好，快到你家去搬几个小板凳来，三见和黑五，你们也一起去，多搬几个！"我们三个听了，挤出人群，飞快跑到我家，一人揽着两三个小板凳，抱到明河叔家。明河叔把小板凳一排排摆正，让众人坐好，才把电视打开，刚开始嗤嗤啦啦的，明河叔拍打一下，电视里才跳出人影。但让我们失望的是，出来的并不是武打片，而是新闻。

明河叔说："别着急，演完新闻才演电视呢。"我们看着电视上那些人说来说去的，也不知他们说些什么，看了一会儿，都有些不耐烦，有的大人站起来，到梨树下去抽烟说话，小孩又是笑又是闹的。

三奶奶坐在最前面，她是明河叔的娘，年龄大了，往常天黑就吃饭，吃了饭就睡觉，本来不愿意凑热闹，可是燕姐和斌哥非要请她来瞧个新鲜，这时她坐在那里，眼睛有些昏花，瞅着电视上的人影看不清，说："那两个小孩咋老是坐着说话，他们说啥呢。"

明河叔跟他解释："那不是小孩，是英国首相来访，咱们跟她举行会谈呢。"

三奶奶说："不是小孩那为啥这么小啊，咋还有个女的？"

明河叔说："是咱的电视机小啊，才十四寸，看上去就小，等你有钱了给我买台大的吧。"说着哈哈笑起来，又指着电视说，"那个女的就是首相。"

三奶奶说："首相是啥呀？"

七成叔说："首相就是丞相，一国里边最大的官。"

三奶奶说："这么大的官咋到咱村来了？你给支书说说，咱得好好招待人家，大老远地来一趟不容易。"

明河叔说："没到咱村来，在北京开会呢。"

三奶奶说："在北京，咱这里咋看得到？有一千多里地呢。"

明河叔站起来，拍拍电视："这不是有电视吗？就相当于神仙的千里眼，多远都能看到。"

三奶奶说："哪儿有神仙，政府不是说那是迷信，不让信了吗？现在又有神仙了？"

明河叔说："不是有神仙了，是这电视比神仙还灵呢。"

三奶奶点着头说："那可得好好拜拜。"正在此时，这条新闻播完，换了下一条，三奶奶说，"这女的咋说走就走了，也不打声招呼？"这时明河叔站起身，跟别人说话去了，坐在她身边的明河婶子和燕姐忙跟她解释。

七成叔坐在三奶奶后面，电视一打开，他就目不转睛地盯着看，嘴里不时发出惊叹：

"哟嗬哟嗬！"

"我的娘呀！"

"我的天呀！"

其他邻居也都又惊讶又怀疑，有的好奇电视上的人是从哪里来的，跑到电视机后面去看有没有真人，还有的羡慕明河叔能买得起"这玩意儿"，不停地询问着买电视的细节，明河叔则像招待客人似的，抽着烟满院转悠，跟这个说两句，跟那个说两句，时而哈哈大笑着，整个院子洋溢着欢快的氛围。这时只有斌哥静静地坐在一个角落里，在盯着电视看。

我走过去问他："斌哥，昨天那个武打片，啥时候演呀？"

斌哥看了看我，说："霍元甲呀，一会儿就演了。"

我又走回来，跟三见哥、黑五坐在一起，他们有些烦躁，我说："一会儿就好了，一会儿就好了。"

好不容易新闻播完了，又是天气预报，又是广告，明河叔指着一家酒厂的广告说："这家酒厂我去过，他家的酒根本就不行，这做广告的东西都是没人买的，卖不出去了，才做广告让人去买。"那时电视上的广告很少，每次看到这个广告，他就重复一遍这些话。广告演完，霍元甲终于出场了，那精彩的打斗立刻攫住了我们的眼睛。一直等到片尾曲唱完，我们才恋恋不舍地搬着小板凳，三三两两地说笑着，离开了明河叔家。

4

从此以后，晚上去明河叔家看电视，成了我们这条街上的保留节目。每天晚上，吃完晚饭，我就搬着小板凳，匆匆忙忙跑到明河叔家。有时我去得太早，明河叔家还没有吃完饭，我就坐在小板凳上等着，明河婶子问我："还吃点不，二黑？"我摇摇头说不吃，眼睛却禁不住朝他们的饭桌上瞟，要是明河婶子做了好吃的，比如包了饺子，或炖了鸡，也会塞给我一点，我不要，她就推推搡搡地硬塞给我，弄得我很不好意思。

我娘说："你去那么早干啥？等人家吃完饭你再去啊。"此后我就不再去那么早了，总是约莫他们吃完了饭再去。可是去得晚了也不行，有一次我娘从地里回来天都黑了，等吃完饭再去，人群挤挤挨挨的，根本就无处放我的小板凳了，燕姐见我急得团团转，连忙把我拉到她的位子，她站起来坐到后面去了。到后来，我跟三见哥和黑五约好，让他们到明河叔家去的时候，在门口喊我一声，我就拎着小板凳飞奔出去，跟他们一起去明河叔家。有时我饭还没吃完，一听他们叫，放下筷子就往外跑，我娘在后面着急地喊："急什么呢你，跟小鬼催着似的。"

现在想想，那时我们每天晚饭后到明河叔家去看电视，也干扰了他们家的日常生活，但是在那时，我们乡下过惯了集体生活，也没有什么隐私观念，只觉得是一件平常的事，你家有电视，我们家没有，我们就到你家里去看，就像我家有一头牛，你家没有，犁地的时候你到我家来借一样，或者我家有一套桌椅，他家有锅碗瓢盆，你家要过事办酒席，就要到我们这里来借，甚至不用你来借我们就会送过去，人也会留下来帮忙。那时的乡村就是这样互通有无、彼此帮扶的。到你家去看电视也不用你出什么力气，再说你家的电视，你一家人看也是看，好几家人看也是看，又不多花你家的电费，你还有什么不乐意的呢？这是当时我们村里人的逻辑和心理。而从明河叔的角度说，他在县里上班，家里的生活比一般乡村人家要富足宽裕，又是我们村第一个买电视的人，或许是想要缓和他和我们一般人家的对立情绪，或许是想要炫耀"我过得比你们好"，也或许是真的想要和乡亲们一起分享，在刚买电视的那些日子，明河叔对我们去他家里看电视颇为热情，有时骑车在路上遇到了就会招呼："晚上到家里去看电视啊！"对于周边的几家近邻，他甚至还亲自上门去邀请，"家里买了台电视，晚上去看看热闹啊！"我们到了他家，明河婶子也是热情招待，把小板凳一排排摆好，沏上茶水，还预备了烟，这是给大人的，给小孩还准备了花生和瓜子，所以我们去明河叔家看电视就像过节一样，欢声笑语不断，明河叔家呢，就像开了一个饭店，不停地迎来送往。

对于明河叔的热情邀请和招待，我们村里人的反应也是各式各样的，有的嫌他显摆："不就是有俩臭钱买了台电视嘛，有啥了不起的？"有的劝他低调："支书家还没有电视呢，就你一个人能？"更多的人则是温和地夹杂了羡慕和嫉妒的复杂情绪，"这玩意儿可真不赖，我家啥时候能买一台就好了。"但对于我们这些孩子来说，则不会想到这么多，只是感觉又新奇，又热闹，电视就像一个具有魔力的盒子，在生活中打开一个窗口，让我们看到了远方的世界，那是一个多么丰饶、神秘而富有魅力的世界啊！

这时每天到山坡上放羊，我们把羊往草地上一撒，就迫不及待地练起武来。但让我们苦恼的是，不管我们怎么练，都没有电视上的招式厉害，明明我出掌已经很快了，可还是不能把黑五打得飞起来，也不能把地上的石头打得四处飞溅，只是打得我的手生疼。三见哥背着手，像一个武师，给我们讲解动作要领，一会儿说，"你的脚抬高点"，一会儿说，"你出手要快！"七成叔坐在石头上，笑眯眯地看着我们，自从发现他连电视也不知道以后，他在我们心目中的地位就低落了，不再是无所不知的人了。这时我们见他在旁边看，仍然自顾自练着，心里还有点不顺气，那意思是，你看啥看，你又不懂。谁知七成叔看着看着，慢慢走到我们身边，双手交叉抱在胸前，边看边摇头。

我有点气愤，对他说："七成叔，你摇头干啥呀，我们练得不对吗？"

七成叔说："不是对不对，就不是这么练的。"

三见哥和黑五围过来，说："那你说该怎么练，你会吗？"

我也说："你会，就给我们练一个呀。"

七成叔站起来，在草地上扎了个马步，对我们说："来，你们推推我看。"我走上去，用力推了他一下，七成叔纹丝不动。三见哥和黑五也上去推，他们两个人竟然也没推动。我们三个一齐用劲推，七成叔还是没动。我们向后退了十几步，又飞奔过去推他，他的脚底像是长了根一样，一动不动。

我们惊讶地问："七成叔，我们怎么推不动你呀。"七成叔对我们一笑，从草地上一跃而起，摆个架势，便练了起来。他出拳的招式快速敏捷，舒展自然，如行云流水，看得我们眼花缭乱。

等他收了招式，我们不禁啪啪鼓起掌来，拥上去说："七成叔，没想到你这么厉害！"

"七成叔，你教教我们吧！"

七成叔不好意思地笑笑说："这有啥的，不过是些花架子。"又说，"你们想学，我慢慢再教你们。那是谁的羊跑远了？快去看看。"

此后，晚上我们去明河叔家看电视，白天跟着七成叔在山上练武。闲下来，我们就围坐在七成叔身边，问他练的是什么拳，七成叔告诉我们这就是著名的查拳，起源于我们县。他年轻时到马颊河挖河，跟张尹庄一个姓杨的师父学的，他还跟我们说，他师父的师父武功高强，是江湖上的一代宗师，全国都有名，还到天津去跟霍元甲比过武，两个人打成了平手。

"啊，这么厉害呀！"我们听了都惊叹不已。三见哥还问七成叔："他俩到底谁更厉害，为啥就打了个平手？"

七成叔说："他们那是切磋武艺，不是要拼个你死我活，高手过招，都是点到为止，再说那时候主要是对付洋人，我们中国人之间不能打来斗去的。"

我们听了纷纷点头，但也有点遗憾："要是咱师爷打赢霍元甲就好了！"

"那咱在电视上看到的就是师爷了！"

"等咱们长大了，再到精武门去跟他们比试！"

七成叔哈哈笑起来："就凭你们这几招三脚猫功夫，也敢去精武门？"

高小虎、高小豹在另一片山坡上放牛，远远地看到我们在练武，就跑过来看，还问我们："你们练的是啥呀？"刚开始我们不搭理他们，我们练武主要就是为了对付他们，跟他们还有什么好说的。

可后来我不知怎么说漏了嘴，说我们练的是迷踪拳，他们就问："啥是迷踪拳呀？"

我们说："你去看看霍元甲。"

他们又问："啥是霍元甲呀？"

我们说："你去看看电视呀。"

他们又问："电视又是啥呀？"看着他们茫然无知的样子，我们不禁嘲笑他们："你连啥是电视都不知道，还瞎打听啥呀，快回去看好你的牛吧！"他们只好垂头丧气地往回走，让人看着很解气。

5

可是没几天，当我们晚上到明河叔家去看电视的时候，却发现高小虎、高小豹竟然也在，他们每人搬了一个小板凳，挤在人群之中，在等着电视开演。看到他们来到这里，让我感觉很意外，也很奇怪，按照我们默认的规矩，前街是我们的地界，后街是他们的地盘，现在他们竟然闯到我们的地盘上来了，但又坐在那里做出一种温顺的姿态，这算不算是一种挑衅呢？明河叔不认识他们，听七成叔说是后街高家的孩子，很高兴，他一直想在村里落一个好人缘，现在连后街的孩子也吸引了过来，又怎能不高兴呢？连忙招呼明河婶子给他们抓一把瓜子，又和蔼地说："你爹在家干啥呢，咋没一起来？回去跟他说，叫他有空来玩啊。"说着他又哈哈大笑起来，摸了摸他们的头。

常来的邻居见到突然来了后街两个陌生的小孩，纷纷投来好奇的目光。高小虎、高小豹这两个家伙，平时跟我们打起架来简直不要命，此刻竟像乖顺的小猫一样，红着脸低下头抠自己的手指甲，又不时惊慌失措地四处张望，直到电视开始演，喧闹的人群渐渐安静下来沉浸于剧情，不再关注他们了，他们才自在了一些。

那天晚上演的是最后两集，当看到霍元甲被日本人害死时，我们这帮小孩都哭起来，也都气坏了，纷纷说："日本鬼子真坏！"

"揍那个坏蛋！"

"打死小日本，打死小日本！"

坐在前排的三奶奶看得迷迷糊糊的，听到喊声受了惊吓，吃惊地说："小日本咋又来啦，小日本咋又来啦？"说着站起来，拖着裹了的小脚就要跑。明河叔一见，赶忙上去扶住了她，说："娘，娘！日本鬼子没来，这是电视上演的，编的，假的！"

明河婶子和我娘也过去搀住三奶奶，说："娘，现在哪还有日本鬼子呀，早被我们打跑了"

"是啊，婶子，日本鬼子再也不敢来了！"

三奶奶这才吁了一口气，慢慢坐下来，说："我就说呢，日本鬼子咋还敢回来呢。"

明河叔急得出了一身汗，说："这上面的日本鬼子都是假的，是咱中国人演的，就是要让现在的小孩看看日本鬼子有多坏。"

三奶奶喃喃地说，"日本鬼子就是坏呀，那还用演……"休息了一会儿，明河婶子和我娘才把三奶奶送回去。回来以后，明河婶子没少数落明河叔："要是真把老太太吓出什么毛病来，可咋办呀？"

明河叔为难地说："我也没想到电视里会有日本鬼子呀，以后再有日本鬼子，就不请老太太来看了。"

这个突然出现的小插曲，让我们这帮小孩都很惊讶，也觉得很好笑，一个大人怎么一听日本鬼子就吓成这样。多年之后，我才知道，日寇曾在我们这个地区发起过细菌战，一场瘟疫夺去了三十多万人的生命，村落荒芜，尸横遍野，很多村庄都成了无人区。那时三奶奶还年轻，她都经历了什么，又是怎么活下来的？当我意识到这些问题想问三奶奶时，她却已经不在了。她留给我最深的印象是常年搬个小马扎，坐在自家门口的土墙边晒太阳，那道墙的南边是一排粗壮的榆树，风吹过，就会将细密的叶影筛落在她身上。

但对我们这帮小孩来说，当时最吸引我们的只有故事。霍元甲演完后，让我们很失落，我们每天到山坡上放羊，练武，仍然谈论着霍元甲，高小虎、高小豹也凑到我们身边，我们练，他们也跟着练。我们坐下来休息的时候，他们就坐在旁边听。他们只看过最后两集，对故事的了解少得可怜，只能从我们的谈论中知道一些片段。看着他们期待的眼神，我们不禁感到又可气又好笑，你们打架时的那种威风哪去了？你们这么爱看电视，怎么不让你们家的邻居买一台，为什么要跑到我们前街来看呢？依我们的意思，是要把他们赶出这片草地的，但七成叔是个好脾气的人，劝我们说都是一个村的人，不要太计较。

　　每天晚上，我们仍然到明河叔家里去看电视，这段时间电视上演的，要么是农村的故事，要么是体育比赛。农村的故事我们看得懂，但不感兴趣，讲的都是些家长里短，还没我们村里的事有意思呢。可我娘却很喜欢看。以前我饭还没吃完就往明河叔家跑，我娘还说我"去那么早干啥"，现在我娘早早刷完锅，就坐在那里看着我，问我，"今天咋不去你明河叔家了？"我说，"作业还没写完哩。"这时我已经上学了。我娘等了一会儿，见我还在磨磨蹭蹭地写，就说，"那我先去，你在家好好写吧。"我听了，赶紧把铅笔一扔，说着"我跟你一起去"，抱起小板凳就往外跑。到了那里一看，发现来看电视的也都是妇女，有的抱着孩子，有的穿着围裙，有的手上还做着针线活，她们一见面就是说呀笑的，婶子大娘地喊着，互相打趣。生产队解散以后，她们不在一起干活了，明河叔家买了电视，倒为她们见面说话提供了一个场合。电视开演了，她们也是边看边议论："你看这个人像不像咱村老支书？"

　　"这咋跟咱村的事一样啊！"

　　"这个女人的命可真是苦呀！"

　　体育比赛有足球、篮球和田径，但那时播得最多的是排球。排球比赛我们看不懂，不明白为什么两队人非要抢一个球，黑五说："抢啥呀抢，再买一个不就行了？"斌哥很鄙夷地看着我们，说："你懂什么呀，这是国际比赛，中国女排要卫冕。"黑五说："国际比赛咋了，一个国家还买不起一个球？"我则悄悄地问："啥是卫冕，啥是冠军呀？"斌哥没好气地说："冠军就是第一名，你咋连这都不知道啊。"明河叔正好端着茶杯走过来，对斌哥说："好声好气地说话，别那么大声，他们都是你的兄弟，不懂你就给他们多讲讲。"小斌白了我们一眼，又去看电视了。电视上一个球滚来滚去，从一个人手里传到另一个人手里，只有明河叔、燕姐和斌哥看得兴致勃勃，我们这帮小孩和村里人开始哈欠连天，便陆陆续续跟明河叔告辞，抱着小板凳回家了。

有一天，我们刚走到胡同里，就听见从明河叔家的院里，爆发出一阵欢呼和叫嚷，难道霍元甲又重播了？我和三见哥、黑五赶紧往回跑，到了那里，却见明河叔和斌哥又是跳又是叫的："我们是冠军，我们是冠军！"燕姐也红着脸跟他们一起跳。我们跑过去一看，电视上演的还是排球，画面上也有一些人在欢呼，还有人举着标语口号在游行，兴奋地高喊着："团结起来，振兴中华！"明河叔和小斌也激动地跟着喊，我们的情绪受到感染，也跟他们一起大声呼喊，这声音激荡着我们这个小村深沉的夜，但其实我们还是不明白，这跟我们有什么关系。

6

慢慢地，我们晚上去明河叔家看电视不那么热心了，吃了晚饭，我们就搬着小板凳到明河叔家去看看，演的要是球赛，我们看几眼就走了。走进胡同，我们就开始追逐打闹，整条胡同里充满了咚咚咚咚的脚步声，像是在敲鼓一样。玩累了，我们就爬上三奶奶家西边打麦场上的麦秸垛，躺在上面看星星，看月亮。这时我们才发现，自从明河叔家买了电视，我们天天去他家，已经很久没有看到月亮了，但天上的月亮却仍是那么皎洁明亮，在云层中自在地穿行着。

一天晚上，晚饭后我正趴在桌子上写作业，三见哥和黑五气喘吁吁地跑到我家："二黑，快点，快点，演武打片了！"

我一听，抱起小板凳就跟他们跑。到了明河叔家，只见人群都坐满了，我们赶紧找个地方挤着坐下，电视上那个壮汉正在一个小酒馆里喝酒。

"演的这是啥啊？"我悄悄问黑五。

黑五说："明河叔说是啥打虎，一会儿这个人要打老虎哩。"

我吃了一惊："啊，他能打老虎，老虎还不把他吃了？"

这时坐在前面的斌哥转过头来，说："你俩别说话了，要看就好好看。"我和黑五便都闭了嘴，开始看，很快我们就被故事吸引住了，这就是我们山东电视台最初的《水浒传》。等看完了，搬着小板凳走出明河叔家的大门时，我们都被武松的英勇神武征服了。

以后接连几天，每天吃完晚饭，我们就早早跑到明河叔家去看电视。在看《醉打蒋门神》那一集时，我看得太投入，忍不住冲到电视机前，大声冲着武松喊："打他，打他，使劲打啊！"惹得周围的邻居哄堂大笑。

明河叔还笑着说："这小子，看得走火入魔了！"再到山坡上放羊时，我们也开始练武松的武打动作，在草地上打来滚去，还爬上一块大石头一跃而下，模仿武松从狮子楼上纵身跳下的动作。武松有一个动作很漂亮，但是很难练，就是腾空跳起左右脚连续飞踹，三见哥说这叫"鸳鸯连环腿"，七成叔说要练成这一招得好几年，但我们还是锲而不舍地一次次练，摔在草地上，爬起来仍然练。

那天晚上，我们到明河叔家去得早，明河婶子在刷锅洗碗，明河叔没在家，斌哥在桌前写作业。我们把小板凳摆好，占住位置，便在明河叔家院子里转悠。明河叔家的院子比我们这些邻居家的院子都要整洁、宽敞。一进院门，他家有一座高大的迎门墙，上面画着一大幅国画——松鹤延年，迎门墙东北有一株很老的梨树，开花的时候像漫天大雪，堂屋门前还有两棵石榴树，花开起来就像烈火在烧。这些我们家里都没有，但是我们村里常见的鸡窝、狗窝、猪圈、羊圈，明河叔家却没有，这一多一少，就显出他家院子的洁净敞亮。

我们正在院子里玩，高小虎和高小豹就到了，他们把小板凳放在我们后面一排，便凑上来跟我们打招呼："听说你们在练鸳鸯连环腿，练成了吗？"

三见哥不动声色地说："你们在练什么，还在练迷踪拳吗？"

高小虎说："我们练得晚，七成叔教的查拳动作，还没练好呢。"

黑五说："那你们就大大落后了，鸳鸯连环腿我们练成了！"

他俩立刻露出了羡慕的神色："那你给我们练练，让我们看看吧。"

黑五说："这是绝招，哪能随便看。"

高小豹说："那你怎么才能练呢。"

黑五说："除非你喊我三声爷爷，我才给你练。"高小虎本来笑着，一听这话立刻生气了："你说什么？"

三见哥连忙上去挡在中间，说："有话好好说啊。"

高小虎仍然对黑五说："你刚才说什么？"

黑五仗着在我们前街，三见哥等人也在身边，仍然梗着脖子说："我说喊三声爷爷才练，怎么了？"

高小虎说："你不要欺人太甚！"

黑五说："你在我们前街也敢撒野？"

高小虎说："前街咋了？我又没去你家。"说着一扬手，给了黑五一巴掌，黑五一愣，没想到他竟敢打自己，反应过来之后恼羞成怒，挥拳就朝高小虎打去，高小虎一闪身，这拳打在了高小豹身上，他痛得叫了一声，高小虎见状大怒，一拳朝黑五打去，三见哥急忙阻拦，但这拳却打在了他肩上。三见哥也恼了，跟高小虎对打起来，我和黑五也跟高小豹扭打在一起，激烈的打斗把小板凳都撞倒了，场面陷入混乱。

正在这时，突然传来一声怒喝："你们在我家里打什么打，要打就出去打！"只见斌哥正拿着一根长棍，怒不可遏地站在堂屋门口的台阶上。我们都住了手，望着他，他又说，"看什么看，别看了！你们快走吧，我们家不放电视了！"

明河婶子跑出来，呵斥他："小斌！你别乱说！"

斌哥却像火山爆发一样，根本不听明河婶子的劝阻，冲我们大声嚷道："滚吧你们，快滚！我早就受够了！天天来，天天来，弄得家里乱七八糟的，啥事也干不成！"说着他开始用棍子击打小板凳，那些小板凳噼里啪啦地歪倒在地上。

我们都愣住了。高小虎最先反应过来，他的脸腾一下红了，快步上去捡起自己的小板凳，就向院门走去，走了两步，回过头来喊高小豹："你还不快走，愣着干啥？"高小豹也红着脸，捡起自己的小板凳，紧追几步，跟着高小虎出去了。

黑五看着他们走出院门，长吁一口气，说："这两个小侉子，终于被赶走了，太解气了！"说着他转脸去看斌哥。

斌哥仍然板着脸，怒气未消地对他说："你不走啊？"

黑五惊愕地说："你也赶我走啊？"斌哥瞪着他，不说话，又把棍子啪地一扫，几个小板凳相互撞击在一起，跌得更远了。

明河婶子伸手想拦他，没拦住，大声斥责道："小斌，你不要胡闹！"

这时燕姐也从屋里跑了出来，说："小斌，你做什么呢？"

斌哥突然痛哭起来："我受不了了，你们都滚吧，快滚吧！"

说着把棍子一扔，蹲在地上呜呜哭起来。明河婶子和燕姐一时都手足无措。

三见哥低声说："咱快走吧。"说着上前拎起小板凳就向外走，黑五也跟着他走，只有我还愣在那里。

黑五拍了我一下："快走啊！"

我说："我还等着看电视呢。"三见哥走过去，抓起我的小板凳，拉着我走出了明河叔家的院子。

我们每人抱着自己的小板凳，在胡同里走，在大街上转。天早就黑下来了，我们不想回家，又没有电视看，不知该往哪里去。转来转去，又爬到了三奶奶家西侧的麦秸垛上，但这天晚上没有月亮，四处黑魆魆的。我们没想到竟然让人家赶了出来，心里很难受，想看电视又看不上，心里就更加难受了。

在夜色里待了一会儿，黑五说："咱们再去明河叔家看看吧，明河叔回来，就能管住斌哥了。"我也很想去。

三见哥说："你被人家赶了出来，还好意思再上人家的门啊，也太没羞没臊了。"我俩都不说话了。

过了一会儿，黑五说："那咱怎么看电视呀，就一直不去明河叔家了？"

三见哥说："等过几天再说吧！"愣了一下，他又说，"我倒是有个主意。"我和黑三忙问是啥，三见哥说，"电视看不上了，但咱可以偷偷地爬到明河叔家房后面去听。"

黑五兴奋地说："太好了，这不跟蹲墙根听房一样吗？"

三见哥笑着说："我们不是听房，是听电视。"

说干就干，我们从麦秸垛上跳下来，回到胡同里。明河叔家的房子后面，还有一堵墙，在房子和墙之间形成了一个夹道，明河叔在夹道里种上了一排榆树。我们先摸进明河叔后面的邻居家，从那里爬上墙，再抱住榆树向下滑，滑到底，正好就是明河叔家房子后面的窗户，在那之前，我们把小板凳都放到我家的羊圈里，防止磕碰出声音。我们蹲在窗户后面，可以听到电视上的声音，以及明河叔一家人的说话声。电视上演的是《武松》的最后一集，和《上海滩》的第一集，我们的心刚随着武松去了二龙山，又跟着许文强来到上海，我也是紧靠墙根蹲着，第一次听到了著名的"浪奔，浪流"。

这天晚上，因为没有外人，明河叔家的电视没有搬到堂屋门口，就放在八仙桌上，我们在窗外听得很清楚。《上海滩》刚开始，明河叔就回到了家，他一进屋就惊讶地说："今天咋没人来看电视啊？"

明河婶子说："我刚吵了小斌一顿，他拿着棍子把那些小孩都赶走了。"

明河叔说："你为啥赶人家啊？"

斌哥说："他们在这里乱吵乱闹的，我根本就没法学习。"

明河叔说："那也不能往外赶人家呀，乡里乡亲的，人家就是来看个电视，还不让看？"

斌哥说："那也不能天天来呀，弄得家里跟鸡窝一样，一天天乱得不行。"

明河婶子说："小斌说得也是，你说自打买了这台电视，家里就没消停过，有时候乱得我也脑仁疼。"

明河叔说，"乱是乱了点，可家里也热闹了，跟街坊四邻的关系也好了，总的来说还是利大于弊，我们还是要看主流嘛……"

明河叔还要继续发挥，被燕姐的声音打断了："爸，在家里您就别卖弄名词了，咱看电视吧！"

明河叔哈哈笑起来，说："看电视，看电视！"

7

随后几天，我们每晚都爬墙滑树，躲在明河叔家窗后听电视。但是听电视也有不便之处，只能听见声音，看不到画面，尤其在故事紧张的时候，让我们很着急，要是以前没看过电视还好，现在明明知道那里有画面在放，却还要当作小喇叭听，感觉很不过瘾。我们听的时候还要小心翼翼地，想笑的时候不能笑，生怕发出一点点声音。蹲在那个黑暗的夹道里，蹲的时间长了脚会麻，坐在地上的话，有不少小虫子和蚂蚁爬来爬去的，让人很痒，有的还会咬一口，虽然不是很疼，但一会儿胳膊上就长出了一片红点。那时我们就是这样，一边靠墙蹲着，一边挠着红点听电视，眼睛望着黑暗中的那堵墙，墙边那棵高高的榆树，树上随风飘动的那些树叶，以及偶然划过的一闪一闪的萤火虫。

不久后，三见哥告诉我们一个消息，后街的混白七儿家也买了台电视，比明河叔家的还要大。我们一听都很高兴。混白七儿是我们村后街的一个能人，本来在大队里干，生产队解散以后，他先是在309国道边开了一家饭店，后来又建了座砖瓦厂，红红火火，在我们村率先走上了致富之路，据说他已经成了"万元户"，参加过县里的表彰大会，还披红挂绿地站在大卡车上游街，比村里的老支书都风光。他家里买台电视，我们不奇怪。可说要到他家里去看电视，我们心里还是有不少障碍。但看电视的渴望更强烈，我们想，高小虎、高小豹都敢到前街来看电视，我们就不敢到后街去吗，难道我们竟然还不如他们吗？这让我们最终下定了决心去后街闯一闯。

这时还发生了一件事，也帮我们下定了决心。那天傍晚，我放羊回来，赶着羊穿过胡同回到家，发现明河婶子正在我家院子里跟我娘说话，我把羊赶到圈里，把那只带头的"大花"拴好。这时就听明河婶子说："二嫂子，我跟你说，我们家可能是招了贼了。"

我娘惊讶地说："啊，咋回事呀，丢了啥东西啦？"

明河婶子说："倒是没丢啥东西，下午我到后夹道里找东西，看见墙上有人爬的印子，还不是一个，可吓人了，我跟你兄弟说了，你兄弟让我别声张，说可能是招贼了，贼是来探路呢，你兄弟说等晚上多叫几个人，在那里守着，等贼一来，就把他们抓住。我二哥今天晚上回来不？"

我娘说："回来倒是回来，等他回来我叫他过去，就是这贼太吓人了，也没听说咱村谁家招贼了呀，我倒是听说，三里韩村有一家晚上睡得实，叫人把牛牵走了。"

明河婶子说："谁说不是呢，一看到那些鞋印子就吓得我这心里怦怦跳，嫂子你也知道，我这人不怕鬼，就怕贼，咋说鬼也是虚的，这贼可是实实在在的人呀，要是当头给你一棒子，谁受得了啊，咱又是妇道人家……"她们两个坐在院里那棵大榆树下说着话，听得我心惊肉跳，原来明河婶子竟然把我们当成贼了，晚上还要抓我们，但我也不敢挑明了说就是我们爬的，只当作没听见她们的话，从羊圈出来就往堂屋里走。

明河婶子叫住了我，说："二黑，这两天你咋没去看电视呀？"

我说："我跟三见哥跑着玩去了。"

明河婶子说："晚上跟你爹一起过来玩啊。"我嘴里"唔唔"着，跑到堂屋里趴在缸上灌了一阵凉水，我想我得抓紧给三见哥报个信，商量一下怎么办。我走到院子里，跟我娘说："我去接我爹了。"说着就往外走。

明河婶子和我娘却又换了一个话题："嫂子你说，真是儿大不由娘，就说这小燕，也到结婚年龄了，上门提亲的人不少，你兄弟单位上也有几个小伙儿喜欢她，可她一个也看不上，咱在这里干着急，她倒一点也不急，问她就说，我的事我做主，不用你们管，你说这事可咋办呀。"

我娘安慰她说："现在的年轻人可不都兴这个？兴啥咱就随啥，咱小燕还怕找不到婆家，长得这么好，条件这么好，年纪轻轻就能挣钱了，你还管她做啥？"明河婶子长长地叹了口气。

走在胡同里，我想起了那天晚上躲在明河叔家窗后听到的对话，那天也是演着《上海滩》，明河叔说："小燕，我们单位那个小陈，你考虑好了吗？"

燕姐说："有什么好考虑的，我不是跟您说了吗，我不同意。"

明河叔说："我跟你说啊，这小陈可是个正式工，他叔叔是县领导，小伙子年轻有为，很有前途，你别不当回事。"

燕姐说："他有没有前途跟我有什么关系，我就不喜欢那样的。"

明河婶子说："这也不喜欢，那也不喜欢，你个小妮子到底喜欢啥样的呀。"

小燕说："我就喜欢许文强那样的，多帅呀！"

明河婶子说："这个许什么强，是哪个村的？"

明河叔笑着说："她说的是电视上的人，你瞧，就是那个拿枪的！"

明河婶子愣了一下，说："我跟你说正经的呢，你别打岔，我问你小燕，你跟那个临时工还有来往吗？"

小燕说："什么临时工，那是我同学，我们就是同学关系，妈，你别问了行不？咱就不能好好看会儿电视呀。"

燕姐说的这个同学，我们也见过，他时常送燕姐回来，但只送到我们村的小桥边。我们在山坡上放羊，遥遥地可以望见他们各骑一辆自行车，相伴着从南向北慢慢骑来。道路两侧种满了白杨树，他们的身影在树与树之间的空隙中不时闪现。那时候我们这里的风气很保守，很少看到青年男女并排走路，即使是新婚夫妻回娘家，骑车也是一先一后，在路上并不交谈。我们看到燕姐和这个小伙子并排骑着车，说笑着，一路走来，感觉既新奇又兴奋，便一直看着。到了我们村的小桥边，他们下了车，说两句话，燕姐拢一拢头发，便骑上车，跨过小桥回我们村了，那个小伙子站在桥头的大树下，一直看着她的身影，直到看不见了，才骑上车向回走。

8

那天晚上，吃完晚饭，我和三见哥、黑五搬着小板凳，到后街混白七儿家去看电视。走在路上，天色越来越暗，路越来越陌生，我们的心里也很忐忑。走到后街那个大水坑边，再从那里向东走一段路，混白七儿家就在路的北边。他的房子是新近翻盖的，高屋大院，一抹红砖水泥，很是洋气。门楼高大宽敞，看上去有一棵老榆树那么高，宽得可以开进去一辆拖拉机。我们站在他家的大铁门前，感觉有点压抑，但既然来了，怎么也得进去。三见哥硬着头皮去敲门，铁环敲击着门上的铁皮，发出当当的声响，但没有人来。三见哥将门一推，大铁门竟吱呀呀开了，我们便往里走，这时突然冲出一条大黄狗，汪汪叫着朝我们扑来，我们都被吓了一跳，赶忙躲闪。

"别乱叫！这狗拴着呢，咬不着人。"说着话，一个胖胖的女人走过来，我们都认识她是混白七儿的媳妇，她在夜色中却认不清我们，说，"你们找谁呀？"

三见哥说："四嫂子，我们是前街的，听说你家买了个电视，我们想看看，行不？"

混白七儿媳妇拉亮灯，这才认出他来："是三见呀，还有黑五和二黑，大老远的你们咋来啦？想看电视，那还不简单，快进来，快进来！"说着就把我们往院子里领。我们跟着她拐过大门道，进了院子，才发现坐了半院子人。这些人正在说笑着，抽着烟，见我们进来，他们平静了一下，随即又热闹起来，窃窃私语："这不是前街那谁吗？"

"前街不是有电视吗，他们咋跑咱后街来了？"

"自己还带着小板凳，准备得还挺好！"

我们望着半院子的人，心里有点打鼓，这些人虽然都是我们村的，但却是后街的，很多面孔看上去很陌生，不像明河叔家都是我们的邻居。他家的电视机也摆在堂屋门前的小桌上，混白七儿媳妇带着我们穿过人群："都让让，都让让。"她把我们带到了前几排，"你们就坐这儿吧，这儿看着清亮。"看来她还是把我们当客人待呢。我们把小板凳放在地上，紧张地坐下，看看周围的人，看看前面的电视。

一会儿她又跑过来，给我们每人抓了一大把瓜子："多吃点，吃完了再抓啊"，我们很不好意思地摊开手接住，她又转到别的地方去了。

我注意到有双眼睛一直在盯着，转头一看，原来是高小虎，他旁边坐着高小豹。自从上次打架被斌哥赶走之后，有好几天没见到他们了，在这里见到他们，我并不意外，意外的是见到他们，我竟然生出了几许亲切感，禁不住朝他们点了点头——是呀，在一大堆陌生人中，他们可以说是我最熟悉的人了，尽管他们是我们的对手。见我点头，高小豹也朝我点了点头，高小虎却瞪了我一眼。我向三见哥和黑五指了指高小虎坐的位置，他们转头看见了高小虎和高小豹，先是一愣，后来也点头示意，高小豹笑了笑，高小虎仍是梗着脖子，不理我们。

混白七儿家的电视摆在那里，正播放着新闻，他家的电视是十七英寸的，看上去比明河叔家的大了好多，里面的人也大了好多，刚看时我还不大适应，不禁嘀咕着："这上面的人咋那么大呀。"

旁边的人说："大吧，这可是十七寸的哩。"我像被噎了一下，转头看看，是一个不认识的人，觉得自己好丢人。伴随着熟悉的"浪奔浪流"，《上海滩》终于开演了，我们第一次在荧屏上看到了许文强——燕姐喜欢的许文强，他的一举一动都吸引着我们的视线。随着故事的进展，人群里不时发出"哇""哇"的惊叫声，枪声一响，还有人吓得抱住头，引来旁边人一片笑声。还有人说他去过上海，旁边的人就羡慕地问他上海是什么样的，他就喋喋不休地讲起来，什么外滩、黄浦江、苏州河。

另外的人说："别讲了，是看电视还是听你讲啊？"

那人说："不想听你别听呀，我又没叫你听。"

这人又说："你这么大声，不影响别人呀。"

"影响你啥了？不服咱就出去练练。"

"练练就练练，谁怕谁啊？"两个人撕扯着，就要向院外走。

混白七儿叼着烟走过来，把烟头往地上一吐，说："咋着爷们儿，要在我这儿打架呀？"

这俩人一见混白七儿，嚣张的气焰立刻灭了，像老鼠见了猫，弯腰点头地说："哪儿能呢，七哥。"

混白七儿瞪了他们一眼，说："要玩回家玩去，别在我这儿瞎闹，愿意看电视就在这儿看，不愿看就滚蛋，听见了没有？"

"听见了，七哥。"两个人不断躬着腰，互相看了一眼，就又坐回去了。

看完电视，我们从混白七儿家走出来，正好与高小虎、高小豹相遇。高小豹突然说："你们还在练鸳鸯连环腿吗？"这时候我们练武的兴奋劲儿过去了，不怎么练了。

三见哥说："我们最近练得少，等放羊的时候再练吧。"说着转身要走，这时高小虎走过来说："你们咋到我们后街来看电视了？"

三见哥说："后街又不是你家的，你管不了这么宽吧，你能到前街去，我们为什么不能到后街来？"

高小虎说："那还不是被你们前街赶出来了，我一直就咽不下这口气。"

黑五说："我们还不是也被赶出来了，又朝哪儿出气去？"黑五还要再说，三见哥止住了他。他是嫌丢人，有点家丑不可外扬的意思。

不料这倒让高小虎、高小豹很吃惊："你们也被赶出来了？"高小虎看我们的眼神由愤恨转变成了同情。

三见哥却不领情，轻描淡写地说："也说不上赶吧，天天去人家家里也不是事儿。"

黑五说："还不是跟你们打架打的？"

高小虎这时大度起来："我说你们咋到后街来了，以后常来啊，后会有期！"说着像武林中人一样，一抱拳，拉着高小豹走了。

黑五愤愤地说："后街又不是你家，还用得着你客气？"三见哥扯了他一下，我们三人便抱着小板凳，穿过漫漫黑夜和曲曲折折的胡同，向前街走去。

回到家，我爹已经从明河叔家回来了，他喝了酒满脸通红，带点醉意地说:"你小子跑哪儿去了?今天你明河叔家播的电视剧可好看了,可惜你没看上。"我想跟他说我也看了,看得比明河叔家的电视还大,但话到嘴边还是忍住了。见我不说话,我爹又说,"你明河叔还问你哩,说你这两天咋没去看电视呀。"

我娘正坐在床头做针线活,听见这话,说:"你就少说两句吧,他不去正好,让人家好好歇歇,自从买了电视,天天家里都坐一大帮邻居,搁谁受得了?你们男的也是不自觉,在人家家里抽烟,说话响得就像吵架,有人还随地吐痰,还真不把自己当外人了。小孩更乱,这个跑,那个叫,吃得满地瓜子皮,光扫地就得半天。"

我爹抬起眼睛,问:"他婶子给你说的?"

我娘说:"人家哪好意思说,你就不能有点自觉性呀,你想想刚买电视那会儿是啥待遇呀,好烟好茶地伺候着,一人一把瓜子,现在呢,现在烟没了,茶没了,瓜子也没了,想想也是,你到人家家里看电视,人家凭啥把你当客人一样供着呀。"

我爹搔着头发说:"住了这么多年的邻居,不至于吧?"

我娘笑着说:"不至于?那是你没摊上这样的事,换你买个电视试试?"

我终于听到了自己感兴趣的话题,赶紧插嘴问:"爹,咱家啥时候买电视呀?"我爹搔着头发,不好意思地笑笑,说:"等以后吧,等以后吧。"

这不是我第一次提出这个请求,在明河叔家刚买电视的时候,我就问过我娘,我娘说:"等你爹回来了问你爹。"好不容易盼到我爹回来了,他却说,"等以后咱家有钱了再买吧",又说,"你明河叔家就有,离咱家这么近,你想看就去看,咱还买啥呢?"我想想也是,就没再追问。等我们被斌哥赶出来之后,我才明白明河叔家的电视并不是我们家的电视,也不是大家的电视,不是我们想看就能看的，想明白这一点让人难受，却也让我更加渴望我们家能有一台电视。

我也问过我娘，我娘说："你明河叔家不是有电视吗，咱还买啥？"

我说："明河叔家能买电视，咱家为啥不能买？"

我娘说："咱哪能跟你明河叔家比？人家是吃国家粮的，哪个月都有工资，咱家里有啥？你的学费还得攒呢。你在学校里好好学习，长大像你明河叔一样吃国家粮，咱就能买电视了。"我娘一说就说到学习，让我有话也说不出来了。事实上我家买电视也确实比较晚，直到好几年之后我上初中时，我爹才买回了一台十四寸的黑白电视，每天晚上我下了晚自习，从县城一路骑车回到家里，一边啃着我娘给我留在锅里的馒头，一边眼睛盯着电视画面不停地看。

但是在这个晚上，我却想不到这么远。我娘问："他婶子说是招贼了，你们抓住贼了没有？"

我爹哈哈笑着说："哪有贼呀？我们等了一晚上也没等到，后来拿着电棒子去后夹道里看，倒是找到两只猫，他婶子说的那些印子，可能是猫爬墙爬的。"

我娘说："你们这么大喊大叫地去抓，有贼也吓跑了。"

我爹说："现在日子都过好了，哪有贼呀？"说着又拍拍我的头说，"别不高兴了，等咱家攒了钱，就给买电视啊。"我点了点头。

9

我没想到，斌哥会到我家里来找我。那天傍晚，我放羊回来，把羊赶到圈里，家里没有人，我家的钥匙一般都放在东屋窗台上的鸡窝里，我伸进手去摸到钥匙，打开堂屋的门，正趴在缸上舀水喝，斌哥匆匆忙忙跑到我家，对我说："二黑，快来给我帮个忙。"

我不知发生了什么，连忙问，"咋啦，斌哥？"

他说："你过来看看，就知道了。"他拉起我就往他家跑。

到了他家堂屋，我一看，傻眼了，只见满地都是零件，电视机的壳子丢在一边，我吃惊地问："斌哥，电视怎么摔坏了？"

斌哥说："不是摔的，是我拆的，我想看一下电视是怎么出人的。"

我一听来了兴趣，忙问："你看明白了没有，是怎么出人的呢？"

斌哥着急地说："这个等会儿再说，现在的关键是，你叔还有半小时就到家了，在他回来前，我得把电视再装上，要是让你叔看到这一大堆零件，我就惨了！这玩意儿拆的时候好拆，要装上就难了，不知道插哪儿，又对不准，这屋里光线太暗，你就拿着这个电棒子（手电筒），我安哪里，你就照哪里。"说着他打开电棒子，一束光照射出来，又说，"就这样照着，你懂了吧？"我点点头，他把电棒子递给我，开始低下头摆弄那些零件，插插这个，试试那个，一会儿就出了满头大汗。他手忙脚乱地摆弄着，还不时抬头看挂在墙上的那只石英钟。时钟的分针咔嗒咔嗒地转着，我眼看着一地零件在斌哥的手上慢慢组装成了一台电视机，简直太神奇了！

我已听到了明河叔的自行车拐进院子的声音，斌哥将组装好的电视抱到厨柜上，我问他："斌哥，能出人吗？"斌哥把手指放在唇边，说了一声"嘘"。

明河叔下了车，嘀咕着："家里没人呀。"斌哥将插头飞快地插在插座上，一拧电视开关，电视里竟然跳出了人影！此时明河叔正好推门进来，说，"你俩在家干啥呢？"

斌哥说："看电视呢。"

明河叔狐疑地说："你咋出这么多汗？跑哪儿玩去了？"

斌哥说："我刚从奶奶家回来，她说家里没煤了，叫你有空去一趟。"

明河叔把电视关了，在椅子上坐下，说："大白天的看啥电视，也不好好学习！"又说，"你去跟你奶奶说一声，我吃了饭就过去。"

斌哥带我走出大门，长长吁出一口气，朝我做个鬼脸，说："多亏有你，要是让我爸知道了，非得打我一顿不可！"

我连忙说："没事，没事！"

他又说："你咋不来我家看电视了，是不是还怪我呢？那次我也是气晕了，作业没写完急的，你可别往心里去啊，后来我爸还把我骂了一顿，让我到你家去叫你，我去了好几次，你都不在，大娘说你出去玩了，你见到三见和黑五，也跟他们说一声，就说那次是我不好，还请他们来看电视啊。"我看斌哥一脸真诚，点了点头，他又说，"你要是见到后街那俩小孩，也跟他们说说，我爸非要我去叫他们，我都不知道他们家在哪里。"

我说："斌哥，等我见了跟他们说。"

那天晚上，我跟三见哥和黑五说了斌哥的话，三见哥沉吟着说："斌哥那天是有点过分，发起飙来不给人留脸面，不过他既然这么说了，我们还是去明河叔家看看吧。"

黑五说，"他伤我们的脸，我们还给他什么面子？村里又不是只有他家有电视，不去他家，我们可以到混白七儿家去看，比他家的电视还大呢，哼！现在知道求我们了吧？"

三见哥说："也不能这么说，电视是人家的，人家犯不上求咱呀，这事说到底还是咱有求于人，斌哥这么说是给咱台阶，咱也给他个台阶就过去了，有啥过不去的坎儿呢？"

吃完晚饭，我们三人抱着小板凳，又来到明河叔家。这时明河叔家的电视搬到了屋里，天气渐渐凉了，坐在院子里看太冷。明河叔见我们来了，哈哈笑着说："你们仨坏小子，这些天跑哪儿去了，咋不见人影？"明河婶子热情地给我们每人抓了把瓜子，燕姐正在跟几个女孩说话，看到我们也笑了笑。

斌哥走过来，拍拍三见哥和黑五的肩膀，说："不好意思啊兄弟，上次都怪我！"

三见哥笑着说："没事啊斌哥，都是自己人，客气啥！"黑五却"哼"了一声，脸转了过去。

但那天晚上，却出现了意外，电视演到关键时刻突然不出人了，荧屏上只有一片嗤嗤啦啦的雪花。我说："是不是没电了？"可是抬头一看，电灯明明还亮着。人群有些骚动，明河叔走到电视机旁，用手掌拍了拍，以前也有出现雪花的情况，明河叔一拍，就跳出人影来了，但这次却很奇怪，电视上的雪花亮了一下，整个荧屏突然暗了下来。

明河叔奇怪地说："今天这电视是怎么了？"说着又用力拍了两下，突然电视的外壳脱落，从厨柜跌落下来，"啪"的一声落在地上，吓了明河叔和我们一跳。众人议论纷纷，明河叔愣了愣神，将电视的外壳捡起来，看了看说，"这玩意儿咋这么不经拍呀！"又说，"对不住了大伙，今天电视坏了，没法看了，等我去修一修，你们改天再来看吧。"大家听他这么说，纷纷抱起小板凳，说笑着就要往外走。

这时坐在我身边的斌哥突然站起来，说："大伙先别走，我修一下试试。"

众人都停住了脚步，明河叔也满脸怀疑的神色："你咋会修？"

斌哥说："我们物理老师家开了个修理铺，我看他修过。"说着他悄悄拉了拉我的衣襟，说，"来，二黑，你给我照着！"我跟他来到橱柜边上，他将电棒子撤亮，递给我，拔下电视插头，将电视抱下来，蹲下，开始检查那些零件，将一些零件拔下来，又将另一些零件插上，我拿着手电筒，随着他手上的动作变换着光线的方向，众人围成一圈，饶有兴趣地看着我俩。明河叔的眼睛一直在盯着斌哥，不大一会儿，斌哥将零件整整齐齐地插好，他再将外壳套上去，用手一拍，整个电视机便完整地呈现在眼前。他把电视抱到橱柜上，插好电源，用手一摁按钮，荧屏上竟然跳出了人，刚才那一集还没结束。

众人纷纷将小板凳放下，坐下来接着看，边看边议论着："没想到小斌还有这本事！"

"这技术可以开个修理铺了！"

"学校里咋教这个呀。"

明河叔却始终板着一张脸，他把斌哥叫过去，说："你没少拆电视吧？动作很熟练啊！"

斌哥的脸一下变得煞白，嗫嚅着说："我们物理老师……"

"什么物理老师教这个？"明河叔怒喝一声，"你跟我说说！"斌哥低下头不说话了。

明河叔飞起一脚踢在他屁股上："说！你瞒着我拆了多少回了？"斌哥跌跌撞撞地，就要摔倒，七成叔一个箭步跳上去扶住他，其他人也围过来，纷纷劝明河叔。明河叔苦笑着说："你们也不用劝我，我就是给他一个教训，带电的东西都危险，电视拆坏了倒没什么，修修就行，要是把他电着了，你说怎么办？小斌你听见了没有，以后不能再拆了，再拆，你就当着我的面拆！"

斌哥低着头，说："听见了。"

明河叔大手一挥，说："大伙都回去看电视吧。"

后来我问斌哥，那天为啥要当众修电视，这不是很容易暴露他拆过电视吗？斌哥说他知道明河叔怀疑他拆了电视，等大伙都走了，少不得要审他，说不定会打得更重，大伙在的话，明河叔打他还有人拦着，他说这是两害相权取其轻啊。

我说："明河叔踢你那一脚疼不疼？"

斌哥笑着说："不疼也得装疼呀。"我没想到在如此紧张的情况下，他的思路还这么清晰，难怪他后来读了电机系的博士。

那天以后，我们又开始每天晚上去明河叔家看电视，每次我去了，斌哥都很热情，有时候我去得晚，好节目快开始了，斌哥还会到家里来叫我。那年大年三十，天上飘着雪，我正在家里吃饺子，斌哥跑到我家，跟我说有一个晚会很好看，我撂下筷子，就跟着斌哥跑到他家。电视上一个胖胖的人正在给人让烟，他说的话太有趣了，笑得我们前仰后合的。那天的晚会一直演到深夜，我们很晚才回家。到后来，我才知道那个胖乎乎的人是马季，他让的是"宇宙牌"香烟，我们看的就是第一届春节联欢晚会。

10

这时发生了一件让我们吃惊的事，那就是高小虎家也有了一台电视。听说他家的电视比明河叔家、混白七儿家的都好，是二十四英寸的，还是彩色的，这太让我们震惊了，我们还不知道电视有彩色的呢，更让我们震惊的是，他家的电视不是买的，而是从台湾寄来的。高小虎、高小豹的爹，那个闯过关东又回来的汉子长声叔，突然接到这么贵重的礼物，有点不知所措，怕村里再像前些年一样批判他，赶紧将电视连同箱子，一起用自行车驮到了大队，说是要上缴给组织，请村里处理。我们村里的老支书骑车往乡里、县里跑了几趟，回来跟他说，现在我们的对台政策发生了变化，要和平统一，他那逃往台湾的父亲和哥哥，虽然是国民党老兵，但已经不是敌人了，而是我们统一战线的对象，所以他们寄来的东西，他们家可以收。我们的老支书特意叮嘱长声叔，要注意两点，一是不要被对方的糖衣炮弹迷惑了，二是介绍我国新时期农村的繁荣景象，说完后，他就让长声叔将那台电视驮回去。长声叔表示可以将电视捐献给大队，老支书摆摆手说："是谁的就是谁的，你快驮走吧。"

后来我们才听说，长声叔的爹和哥哥撤退到台湾后，因为隶属于不同的部队，很长时间都不知道对方的生死，也不知道对方在台湾，他哥哥吃不惯米饭，爱吃我们这里的山东大馒头，他们军营的人跟他说，这城里有一个老头推着小车在路边卖馒头，那馒头蒸得很筋道，听口音也像山东人，他哥哥便去找这个老头，找了好几次才找到，在买馒头的时候，才发现这个老头原来就是自己的亲爹！

"我的爹呀！"

"我的儿呀！"父子俩在台北街头抱头痛哭。两岸可以通信之后，他哥哥写了不少信寄到我们村，询问家里的情况，也说他和他爹的情况，长声叔一开始很警惕，将信上交给了村里，也是老支书问清了政策，才跟他说可以写信，只是谁都没想到，他哥哥这次直接寄来了一台大彩电！

我们这些小孩不懂这些，只是听说有一种电视能出彩色，比混白七儿家的电视还要大，便都一窝蜂跑到高小虎家去看。高小虎家在后街的最东头，走到后街那个大水坑，路过混白七儿家，还要继续向东走，一直走到路的尽头，路南有一处垫得很高的地基，那就是高小虎家。他家房前屋后种满了刺槐树，据说是为了防小偷和野地里的动物——从这里再向东，就是野地了，那里有黄鼠狼、野兔和狐狸，不时会窜到村里把鸡叼走。我们搬着小板凳，在去高小虎家的路上，一个个都心惊肉跳的，这个地方很偏远，那时候大人吓唬我们，也会说让黄鼠狼把你叼走之类的话，在我们的意识中，这里似乎是豺狼虎豹和妖魔鬼怪游荡出没之地，让我们从内心里感到害怕。

我们是第一次到高小虎家来，到了这里才发现，他家是一个很平常的院落，土坯、土房、草房顶，看上去比我家还要贫穷残破，更不能和明河叔、混白七儿家相比。在这么杂乱的环境中，却摆放着一台崭新的二十四英寸大彩电，显得是那么不协调。高小虎、高小豹和长声叔，似乎也没有从生活的突然转折中回过神来，以前都是他们去别人家看电视，还不受人待见，现在村里人怎么一下都拥到他家来了？长声叔站在院门口，来一个人，就赔着笑脸递一支烟，高小虎和高小豹站在他身后，流露出又兴奋又惶惑的神情。电视开演之后，长声叔也是一会儿给这个倒茶，一会儿给那个抓瓜子，还吩咐长声婶子和高小虎、高小豹做这做那的。长声婶子陪着长声叔的娘六奶奶坐在一起，六奶奶边看边抹眼泪："这死老头子一走就是这么多年，撇下我一个，苦熬死熬的，就当他死了，哪想到，这又有信儿了……"

长声婶子劝她："娘，别哭了，有信儿了还不好啊。"

高小虎、高小豹倒显得很平静，他们躲在一个角落里，像在别人家看电视一样，当我看向他们的时候，高小虎看到了，还转过头来冲我笑笑。新闻播完了，电视上出现了一块石头，突然迸裂，从里面蹦出一只猴子来，一飞冲天，这就是《西游记》的片头，伴随着欢快激昂的前奏，这部电视将我们带到了一个神奇的世界。

从高小虎家走出来，我们兴奋地、喋喋不休地谈论着孙悟空，高小虎家的大彩电也让我们大开眼界，我们还是第一次看到这么大的电视，第一次看到彩色的电视，那里的色彩是那么鲜艳、绚丽，比我们生活的世界更美、更真实。

在高小虎家看到大彩电之后，再看明河叔家的电视，就会觉得又小，又没颜色，我们到明河叔家去得就少了。有一次我在路上碰到斌哥，他问我："二黑，你咋不来看电视了？"

我说："高小虎家有个大彩电，我们去他家看了。"

斌哥惊讶地说："他家买了个大彩电啊，什么样的？我还没看过彩色的呢。"

我说："可好看了，又大，又有颜色，斌哥你也去看看吧。"

这时斌哥可能想起了他曾把高小虎、高小豹赶走的事，笑笑说："我倒是很想看，可怎么好意思到他家去呢。"

我说："没事，斌哥，上次你说的话我跟他们说了，他们说一开始也生气，但是后来想想，天天晚上都来你家看电视，打扰你学习，也觉得很过意不去。"

斌哥挠挠头说："那我也不去了，还是看我家那个黑白的吧。"

过了几天，我们村里又停电了，但这次只是前街停电，后街没有停电。吃完晚饭，我们抱起小板凳就往后街跑，正好在胡同口碰见斌哥，他问我们："你们到哪里去？"

我们说："到后街去看电视。"

他说："不是停电了吗？"

我们说："听说后街没停电，我们去看看。"

斌哥一听兴奋起来，说："那你们等我一会儿。"说着他飞快地跑回家，搬了个小椅子，跟我们一起向后街走去。一路上我们兴奋地谈论着金角大王和银角大王，奔波儿灞和灞儿奔波，虎力大仙、鹿力大仙和羊力大仙，我们才发现斌哥也是这么喜欢看电视。斌哥虽然生长在我们村，但明河叔在城里上班，他也算是半个城里人，平常里我们总感觉他高高在上的，跟我们有些隔膜，他在城里上学，也对我们村里的人和事不是很了解，走在路上他问，"这是谁家的房子呀，盖得这么气派？"

我们说："这是混白七儿家的，他家开了家饭店，现在可有钱呢。"

走着走着他又说："后街的路咋这么难走呢，一个胡同连一个胡同，曲里拐弯的，要不是跟着你们，我都不知道怎么走。"

三见哥笑着说："咱们前街的路也难走，就是咱们走熟了，不觉得。"

斌哥想了想，也笑了："那倒也是。"

到了高小虎家，一大群人已围坐在那里观看了，斌哥和我们一走进来，大家的目光都转过来，注视着他。斌哥以前没来过，算是一个陌生人，而且他的衣服穿戴也很整洁，更像个城里孩子，不像我们整天水里泥里跑，衣衫褴褛的，我们都熟悉斌哥，不觉得哪里奇怪，但在后街人的眼里，突然看到一个"城里孩子"来到这里，难免会感到意外。

在一片沉默中，长声叔快步迎了过来，说："你找谁呀？"

斌哥尴尬地笑了笑，说："叔，我是来你家看电视的。"

长声叔愣了一下，说："那快请，快请。"

这时高小虎走过来，对长声叔说："爹，这是前街的斌哥，是明河叔家的。"

长声叔这才松了一口气似的说："我还当是干部呢，原来是小斌呀，你咋长这么高了？小时候我还抱过你呢。"

斌哥说："叔，我这几年在城里上学，在咱村里时间少，难怪您不认识。"看电视的人听说他是小斌后，纷纷交头接耳地议论：

"看上去就像个城里人呀"

"走在村里，他要是不打招呼，真不敢认了。"

高小虎接过斌哥手里的小椅子，带着他往前走，村里人不断跟斌哥打着招呼：

"小斌，你还认得我不？"

"你家里不是有电视吗，咋跑到后街来看了？"

"你爹在家干啥呢？"斌哥边往前走着，边跟这个那个打招呼，嘴上还回应着他们的问题，一时忙得简直像个下乡视察的干部。我们跟着他往前走，见到场面这么热闹，我也感到高兴和自豪，斌哥可是"我们"带来的，他的光荣也有我们一份，但我转过脸去看看三见哥和黑五，他们的脸上却没什么表情，想想也是，人家欢迎的是斌哥，也不是我们呀。

看完电视，往回走的时候，斌哥说："这二十四寸的大彩电看着就是过瘾，我家那台小的也该淘汰了。"又说，"今天也没跟高小虎说句话，想想我还把人家赶出去了，真是不该！"

黑五说："你把他们赶出去，他们还对你这么好，这不是犯贱吗？"

斌哥说："人家那是既往不咎，是懂礼，都是一个村的人，谁还跟谁记仇呀……"

11

现在去山坡上放羊，我们手上都拿着一根长长的木棍，那是我们的金箍棒，一到山上，把羊撒开，我们就拿着金箍棒厮杀起来。

"快吃俺老孙一棒！"

"呔，你这泼猴！往哪里逃！"我们互相追逐厮打着，直到累得跑不动了，才躺在草地上休息一会儿。七成叔这些天没看电视，不知道在演《西游记》，见我们使枪弄棒的，以为我们还在学武松，就跟我们说："武松的兵器不是齐眉长棍，而是两把戒刀。"

三见哥说："七成叔，我们学的是悟空，不是武松。"

七成叔笑着说："我看你们学的是狗熊掰棒子，掰一个丢一个。"

黑五说："不对呀七成叔，武松打虎那一集，他不就是使的棍子吗？"

七成叔想了想说："你说得也对，行啊小子，学会动脑子了！"我们在这边练武，高小虎和高小豹也在山坡那边练，高小虎手里拿着一根金箍棒，高小豹却还在练鸳鸯连环腿，他总是慢半拍，跟不上我们的节奏。但我们当时没有想到，我们也只是练练而已，只有高小豹当了真，并在多年后成了查拳这个非物质文化遗产的继承人之一。

那天晚上，明河叔又来叫我爹喝酒，我爹说："就在这边喝吧，让你嫂子弄两个菜。"

明河叔哈哈笑着说："去我那儿吧，他婶子菜都炒好了，咱哥俩儿喝着酒还能看电视，多热闹啊！"又对我说，"二黑也来呀，正演孙悟空呢，打得可好看呢。"边说边走了。

我爹从床底下掏出一瓶酒，带上半只烧鸡和一兜葡萄，准备停当，对我说："咱去你明河叔家吧。"

我磨蹭着说："我不去。"

我爹很奇怪，说："你不是喜欢看电视吗，咋不想去了？"

我说："明河叔家的电视太小，又不是彩色的，不好看！"

我爹哈哈笑着说："电视大小还不一样看，快走吧！"说着他拍拍我的头，我嘟嘟嘴，跟他走了。

明河婶子看到我，高兴地说："二黑来啦，这两天咋不来看电视了？"听她这么说，我也有点不好意思了。

明河婶子又给我夹了一块肉，说："吃吧，快吃吧。"我爹和明河叔坐下来喝酒。电视已经打开了，嗞嗞啦啦响着，看惯了大彩电，再看这么小的黑白电视，确实有点别扭，但不一会儿也就习惯了。先是新闻，后是广告，我耐心地等着孙悟空出场，但那天不知怎么回事，广告结束后，出来的不是那熟悉的前奏，而是一大片草地，上面有十几二十个外国人跑来跑去的，在拼命地追着一个球。

我很着急地问明河叔："这是怎么回事，电视是不是坏了？"明河叔正在和我爹喝酒说话，抬头看了一眼电视，说："这是转播足球赛呢。"

我说："那孙悟空什么时候播？"

明河叔说："这是插播，很快，播完了球赛就会播。"我只好耐心地坐下等待。

但那场球踢起来好像没完没了，半个小时过去了，一个小时过去了，他们还没踢完。我爹喝着酒，看看电视上的画面，说："这帮人追着一个球跑什么，真是吃饱了撑得没事干！"

明河叔哈哈笑着说："这是世界杯，水平最高，踢赢了就是世界冠军，好多城里人都爱看呢。"

我爹也笑着说："城里人也是吃饱了撑的，要叫我说，这帮人就应该弄到庄稼地里出大力，流大汗，看他们还踢不踢？"他们正说着，我看到一个长头发的家伙跳起来，想用头去顶球，好像没顶到，但不知怎么一来，球竟一下撞进了球门，解说员的声音嘶哑亢奋起来，"这个球太漂亮了"！场上也是一片欢呼、跳跃、拥抱。我百无聊赖地看着，希望他们快点踢完。直到多年之后我才知道，这个球就是马拉多纳著名的"上帝之手"，这也是我看的第一届世界杯，但是在那个晚上，我只是为没有看到孙悟空而怏怏不乐。

那天放羊回来，我赶着羊群走进胡同，斌哥正迎面走来，他看到我说："正好，二黑，你没事儿吧？"

我说："没事儿啊斌哥，你又把电视拆了？"

斌哥笑着说："还拆啥电视呀，我姐姐有个事儿需要帮忙，咱快把羊赶回去，到家再说。"说着他便帮我一起赶羊，我们将羊赶到我家羊圈里。

他说："正好你在这里先洗洗手。"说着跑到压水井边，用力压着那根木杆，一股清澈的井水便流了出来，我用手接了一捧水，搓了搓，又抹了一把脸，斌哥说，"好，快走吧！"说着就带我向他家跑。

到了他家，明河叔和明河婶子却不在，只有燕姐一个人在家，她正坐在那张小桌前，一只手托着腮，眼睛注视着厨柜的方向——电视上正演着《西游记》，是昨晚那一集的重播。燕姐穿着一件米黄色的连衣裙，缀着白色小圆点，这是城里正在流行的款式，下午的阳光照过来，在两扇打开的门之间，将她的身影勾勒得很美。听到脚步声，燕姐抬起头来，见我和斌哥跑过来，她的眼神里闪过一丝失望，问斌哥："你把二黑叫来了？"

斌哥说："你这么着急，到哪去找人呀？我在胡同里正好碰见他，就把他叫来了。"又说，"二黑上学了，也认字，不信你问问他。"

燕姐转过头来问我："你也上学了？上几年级了？"

站在燕姐面前，我一时有些紧张，连忙说："三年级。"

燕姐笑着说："都这么大了，你写两个字让我看看。"桌上就摆着纸和笔，她推到我这边，我半蹲在桌前，拿起笔，不知写什么，燕姐说，"写你的名字就行。"我拿着笔，在那张供销社用笺上歪歪扭扭地写下了我的名字，像鸡爪子扒的一样，燕姐拿过去看了看，笑着说，"写得还不错，能认出来。"

燕姐让我和斌哥搬个小板凳，在她身旁坐下，又指了指电视，跟我们说："等会儿电视上会唱一首歌儿，我要把歌词记下来，可上面的字出得太快，我一个人跟不上，到了唱歌的时候，你们也帮我一起记。她一唱，我就写第一句，小斌写第二句，二黑写第三句，我再写第四句，你再写第五句，他再写第六句，就这样分头记，你们听明白了吗？"那时没有录像机和录音机，也没有歌词和磁带，电视也无法暂停，燕姐竟然想出了这样的办法来记歌词，至今想来仍然让我感觉不可思议。但在那个时候，让我感到疑惑的却是另一个问题，昨天的电视我也看了，里面没有歌呀，我只记得孙猴子跟琵琶精打斗的惊险场面，哪有什么歌呀？

斌哥也很疑惑，不过他的疑惑跟我又不一样，他说："你这么着急回来，就是为了记歌词呀，记这玩意儿有啥用啊？"

燕姐说："我觉得这首歌好听，想学一学不行呀？你别管那么多了，说了你也不懂。"

斌哥白了她一眼，说，"就你懂，一天天的，就知道臭美！"燕姐拿起笔，做了个姿势要打他，斌哥哈哈笑着跑远了。

闹了一会儿，燕姐说："小斌你别乱跑，快到了！你看人家二黑多专注！"斌哥笑着坐到了桌前，燕姐给每个人发了纸笔，摆好，我们就一起抬头看电视，电视上昨天的琵琶精还没出现，女儿国王正领着唐僧逛御花园，音乐响了起来，燕姐说："就是这首歌，按我说的，快点记啊，别落下字了。"于是，我们随着那首歌的旋律，抬头看一眼荧屏，就低头奋笔书写，最后我们三人或娟秀或杂乱的笔迹，终于拼成了一首歌，就是那首著名的《女儿情》：

鸳鸯双栖蝶双飞

满园春色惹人醉

悄悄问圣僧

女儿美不美

女儿美不美

说什么王权富贵

怕什么戒律清规

只愿天长地久

与我意中人儿紧相随

爱恋伊，爱恋伊

愿今生常相随

......

我也学会了这首歌，这是我在学校里教的歌之外，唯一会唱的一首歌。那时我不懂歌里的情感与情绪，只觉得很美，一想起这首歌，我就会想起燕姐那天下午坐在桌前的神情，我不知道她在想什么，也不知道与后来的事情是否有关，但是一听到这首歌，我就能感受到一种莫名的忧伤。这是一种似乎独属于我，但又跟我的年龄不相称的忧伤。在学校里，我也时常哼唱这首歌，黑五问我唱的是什么，我说是《西游记》里的歌。

黑五说："《西游记》里的歌不是'你挑着担，我牵着马'吗，哪有这首歌？"

高小豹说："也不对，《西游记》里的歌是这样唱的：噔噔噔噔，噔噔噔噔，啾啾——"我感觉跟他们说不清楚，说了他们也不明白，便看了他们一眼，默默走开了。

12

《西游记》演完了，我们就很少到后街去看电视了，一是天黑，路远；二是无论混白七儿家还是高小虎家，最初的热情过后，对家里来这么多人都开始感到厌烦了，虽然他们没像斌哥那样拿着棍子赶人，但是混白七儿家晚上两扇大铁门时常紧闭，敲也敲不开，高小虎家没有铁门，可他家的木栅门也会关上。那天晚上，我们去高小虎家看电视，没想到他家的木栅门竟然是关着的，我们摇了摇，还从里面锁上了，我们就一齐咚咚咚咚地敲门，黑五还爬上墙头，高声喊叫："高小虎，高小虎！"过了好一会儿，我们才听到有脚步声慢慢走过来，打开了门，是长声婶子。

我们见她开了门，就要进去，长声婶子拦住我们，说："你长声叔感冒了，刚吃了药躺在床上睡呢，今天就别看电视了，等你叔好了，再来看吧。"

三见哥忙说："行，长声婶子，那你让我叔在家好好睡觉吧。"说着就领我们往回走，长声婶子在我们身后关上栅门，将门闩插上了，那门闩磕碰锁鼻的声音分外刺耳。

我们默默地走到大路上，黑五突然说："他们肯定是躲在家里自己偷偷看呢，刚才在房后面，我都听见电视的声音了。"

三见哥说："人家自己家的电视自己看，算啥偷看？人家愿意让咱看，咱就看，不愿意让咱看也合理。"

黑五说："说是这么说，但也叫人憋气，等明天我非问问高小虎不行，看看他爹是不是真病了！"

三见哥说："别问了，即使问出来长声叔不是真病，那又能咋样呢？"

"那……"黑五一时窘住，说不出话来。

第二天去山坡上放羊，我们一眼就看见了高小虎和高小豹，还没等我们上去问，高小虎就走过来说："昨天真是不好意思，让你们白跑一趟。"

黑五气势汹汹地想要说话，三见哥拦住他，对高小虎说："昨天听婶子说，长声叔感冒了，今天好点了吗？"

高小虎皱了皱眉说："我爹是病了，不过不是感冒，是心病——"

我们都吃了一惊，三见哥忙说："怎么了？"

高小虎看了看周围没人，但依然压低了声音说："你们也知道，我爷爷不是在台湾吗？前几天他叫我大爷寄来一封信，说要回乡祭祖，我爹收到信后就愁眉不展的，这两天饭也吃不下了，就知道坐在那里发愁，都愁出病来了。"

三见哥说："这是好事呀，有啥可愁的？"

高小虎皱起眉头说："按说是好事，我奶奶一辈子都盼着他回来呢，眼都快哭瞎了，可是你们不知道，我家的祖坟那年叫人砸了，祖坟都没有了，还祭啥祖呢？我爷爷要是回来看到了，还不得气死呀？我爹现在也是两头为难……"我们没想到这么复杂，一时都不知道说什么好。

后来高小虎的爷爷还是回来了，我们县里、乡里和村里组织了盛大的仪式，欢迎爱国台胞返乡祭祖。高小虎的爷爷和奶奶在分离三十多年后终于相见了，执手相看泪眼，好长时间说不出话来。幸亏长声叔提前在信中简单说了祖坟的情况，老爷子才没有当场昏倒，但本来计划中的大笔投资也搁浅了。这次欢迎仪式还上了我们县电视台的新闻，那天我们坐在明河叔家等着看《射雕英雄传》，这是新一部让我们兴奋入迷的电视，没想到却第一次在电视上看到了熟悉的人——长声叔有点拘谨地跟各种人握手，我们村的老支书和五大爷也表情严肃地跟在后面，把我们都看呆了。

那天三奶奶也在，她摩挲着眼睛说："那不是老支书吗，他咋跑到电视上去了？前边那个人，看着咋像后街的长声呀？"又说，"那是不是长声他爹，他不是跑到台湾去了吗，这还乡团咋又回来啦？"明河婶子忙低下头跟他解释着。

明河叔却指着电视上的老支书和五大爷，哈哈大笑说："你看他俩平常咋咋呼呼的，不是吵这个就是熊那个，一上电视还装得人模狗样，谁不知道他俩呀，哈哈……"这条新闻很长，我们自始至终都在盯着电视看，播音员的声音我们很熟悉，我们村里的人我们更熟悉，但播音员一播我们村的人和事，却让我们感到很陌生。

看到老支书、五大爷和长声叔上了电视，我们才想到身边的人原来也可以上电视，这让我们很兴奋，也萌生了要上电视的想法。

黑五说："长大了我也要上电视，我要当孙悟空。"

三见哥说："你当孙悟空，我就当如来佛祖，你怎么也跑不出我的手掌心！"

他们看我不吱声，就问我："二黑，你当谁呢？你当猪八戒吧，要不沙僧也行。"

我说："我才不当猪八戒和沙僧呢，我要当个编故事的人，把你们都编到故事里去！"

他们俩哈哈大笑起来："你就吹牛吧！"

在那之前，在山坡上放羊时我们天天都演《西游记》，有一天七成叔拿来一本没头没尾的书，他说这本书才是真正的《西游记》，电视上就是按书上拍的。我们都不相信，他就给我们念。我把这本书拿回家，磕磕绊绊地，竟然读完了。

我问七成叔："这本书是从哪儿来的呀？"

七成叔说："是从铁匠王二家拿的。"

我说："我说的不是书，是里面的故事，从哪儿来的呀？"

七成叔说："这是一个人编的，你看前面不是写着他的名字——吴承恩，就是他写的。"

我说："原来是个人写的呀。"

有一天，我又问七成叔："为啥书上有的妖怪，电视上没拍呀？"

七成叔说："有吗？"

我说："有呀，你看这上面写的六耳猕猴，长得跟孙悟空一模一样，连观音菩萨都分不清，电视上没有这一集呀。"

七成叔想了想，挠了挠头说："可能是还没拍完吧。"

我说："那什么时候演呀？"

三见哥和黑五也跳过来，兴奋地说："什么时候演呀？"

七成叔说："快了，快了吧。"我们一直在等着，但新《西游记》总也没演。

这时明河叔家发生了一件大事，那就是燕姐跟那个临时工跑了，私奔了。本来燕姐的一切都很正常，她每天按时上班，按时下班，晚上跟我们一起看电视《红楼梦》，这个电视我们小孩不爱看，觉得哭哭啼啼、婆婆妈妈的，但燕姐却看得很投入，有时看着看着还哭了，用她的小手绢偷偷擦泪。此时燕姐也按明河叔的要求，跟那个县领导的外甥见了几次面，小伙子也到明河叔家来过，他长得相貌堂堂，很板正，但他说起话来总仰着头，似乎有点看不起我们乡下人。听说燕姐跟他快要订婚了，但不知为什么，突然有一天，燕姐就不见了。最先发现燕姐不见的是明河婶子，那天晚上看电视时，她不时地往门外看，嘴里反复念叨着："这个小燕，都这么晚了，咋还不回来？"

她到燕姐屋里去了一趟，回来慌慌张张地向明河叔招手："她爸，你过来一下。"

明河叔正跟七成叔说笑着，见明河婶子叫他，便也走进房间，等他出来的时候已是面色铁青，但他故作镇定地说："各位街坊邻居，对不住了，今天家里有点事就不放电视了，等改天再来看啊。"说着走过去，把电视关了。我们不知道发生了什么，纷纷搬起自己的小板凳向外走，也有人关心明河叔发生啥事了，明河叔却摆摆手说，"回头再说，再说。"

刚走出院门不久，我们就听到明河叔家传来茶杯摔在地上的碎裂声，随即是明河叔压抑着的怒吼："这个小妮子，竟然还敢跑，看我不打断你的腿！"

"你跑吧你，我看你能跑到天边去！"明河婶子低声劝慰，"别生气了，快想想怎么办吧，你再气出病来，这个家更没法过了。"

"这个小妮子也是，看电视看电视，一天到晚就是看电视，还不是看电视闹的，你说你买个电视干啥？"

明河叔突然提高了声音说："这么说就怪我了？还要这电视干啥，干脆把它砸了！"接着就是噼里啪啦的声音，斌哥的声音，"爸，别砸，别砸！"

明河婶子的哭泣声："我又没说你，你发这么大火干啥！"过了好一阵，才慢慢平静下来。

那天晚上，我们院里二十多个青壮年都被发动起来，分成好几路，去临时工家的村庄、我们县车站、邻县的车站等地去寻找，但是找了三四天，也没找到燕姐的影子。我爹也参与追寻，到第五天才回来，他满脸胡子，一身疲倦，颓然坐在椅子上说："这个小燕，真不懂事！"就在那几天，明河叔的头发突然一下全白了。

各路人马都回来之后，他说："不用再找了，她爱去哪儿去哪儿，从今以后，我没这个女儿！"一年以后，当燕姐和临时工抱着他们的女儿，提着大包小包的礼物上门时，也被明河叔赶了出去。

十几年过去了。小时候我们觉得二〇〇〇年似乎遥遥无期，但只是一眨眼，我们就来到了新世纪。这一年过年时，我从北京回到家乡，我们当初渴望的《西游记》终于出了续集，也在这时上演了，电视上的唐僧、孙悟空、猪八戒、沙僧还跟从前一样，没有什么变化，可是我们的生活却发生了巨大变化。这时三见哥和黑五在外地，斌哥在美国读博士，他们过年都没回来。我去明河叔家拜年，见到了燕姐和那个临时工，当年的临时工这时已成为一家公司的老总，说话很亲热，燕姐看上去也很幸福。明河叔早就跟他们实现了和解，他和明河婶子一起坐在沙发上，乐呵呵地看着燕姐的女儿跑来跑去的。

那天，我一个人登上我们放羊的那个山坡，山坡还是那个山坡，可是当年的少年都已不见了。我向远处眺望，依稀看到当年燕姐匆匆忙忙从村里跑出来，跨过小桥，临时工骑着自行车从南向北而来，他们两个人越走越近，终于在桥头那棵大树下相遇，燕姐纵身一跃，跳上自行车的后座，两个人的身影越来越远了。

小谦的故事

三十年后，回想起我与小谦的故事，已经恍如梦寐了，当时的很多人已经不在了，当时的环境也已经发生了巨变，而那时年少的我们，也已经长大成人了，但当时的细节、氛围以及微妙复杂的关系和内心波动却在我们的心里积淀，构成了我们人生的底色。

1

那时我哥哥在外地工作，我嫂子一个人在家带着小谦。小谦是他们的儿子，但是只比我小三岁。我们那里来看刚出生的孩子都时兴送红糖。那一天，小谦躺在我娘的炕上，我嫂子和我娘都不在屋里。我娘住的这个东厢房窗户很小，白天屋里的光线也很昏暗，我走进屋里，没看见人，但是一眼就看到桌上摆着一包用草纸包着的红糖，当时我才三四岁，还没有桌子高，想爬上桌子抓一点红糖吃。那时候我们很少能吃到糖，尤其是红糖能结成小块的黑疙瘩，能含到嘴里吮着吃，就是最美味的了。那张桌子紧靠着那盘大炕，我先爬上炕，再从炕边趴到桌子上，把那包糖打开，便用手抓着小块的黑疙瘩往嘴里放，津津有味地吃着，回头看看，小谦的眼睛亮晶晶的，见我看他，露出了笑容。我一边看着他，一边忙不迭地抓起糖往嘴里送。

我正吃得欢呢，忽听门外一声惊呼："娘，快来呀！"一个影子喊着迅速跑进屋里，一把将我抱起来，扔在地上，又扑到炕边抱起小谦，说，"我的儿呀，没吓着你吧，没压着你吧？"原来是我嫂子。

我跌倒在地上，刚爬起来，我娘也跑了进来，连声喊着："怎么了，怎么了？"

我嫂子惊魂未定，抱着小谦说："吓了我一跳，我刚看到一个黑影爬上桌子吃东西，以为是小狗呢，可把我吓坏了！"

我娘这时才看到炕边的我，抓住我的胳膊照我屁股就打了两下，说："你咋来了？你咋跑到这屋里来了？"我嘴里含着黑糖块，忍着屁股上的剧痛，呜呜呜呜地哭了。我娘又转过脸去问，"小谦咋样了，没压着他吧？"

我嫂子抱着小谦，轻轻拍打着他说："没事没事，就怕把他吓着了。二小咋样了，没摔着他吧。"

我娘说："他没事，皮实着呢，可别把小谦吓着了。"说着她就把我推出门外，又返身进去察看小谦去了。我一个人站在堂屋门口，我愣愣地看着院子里大大的太阳、绳子上晾晒的衣服和点点滴落的水珠，感觉自己像是被抛弃了，嚼在嘴里的糖似乎也是苦的。

我嫂子在三里韩村小学当老师，三里韩村在我们村南边，只有一两里地，我嫂子在那里教学，也在那里开伙，就把家搬到那里去了。我四姐大约十五六岁，不上学了，我嫂子就让我四姐去给她帮忙，带着小谦。我记得我第一次吃馄饨，就是在我嫂子的学校里。现在我还记得，那是一所破败的学校，我嫂子房间的后窗正对着一条小路，就是三里韩村和我们村之间的那条路，路上还有残留的雪。那是一个天冷欲雪的冬日，房间里生着炉子，但还是有点冷。我嫂子说："天这么冷，咱们包馄饨吃吧，喝点汤热乎。"她和我四姐便包馄饨，我四姐和面，我嫂子就调馅，小谦在床上睡着，我看着她们忙活。蜂窝煤炉子上坐着小锅，热气腾腾地冒着水汽。

等到擀皮儿的时候，我发现她们擀的皮儿跟我平常见到的饺子皮儿不一样，就问："这怎么跟饺子皮儿不一样呀？"

我嫂子跟我说："这是馄饨，馄饨是馄饨，饺子是饺子，馄饨皮儿跟饺子皮儿不一样，饺子皮儿是圆的，馄饨皮儿是梯形的，带角儿，包的方法也不一样。"

我还是搞不懂馄饨和饺子有什么区别，就又问："不都是用面皮包着馅在锅里煮吗？为啥有的叫饺子，有的叫馄饨？"

我嫂子和我四姐都笑了，我嫂子说："跟你说你也不明白，等会儿煮熟了，你尝尝就知道了。"那是我第一次吃馄饨，我一下就吃了十几个，吃得肚子都鼓了起来，我嫂子还问我，"馄饨好吃吗？"

我一边往嘴里扒拉着一边说："好吃，真好吃！"

她又问我："馄饨好吃还是饺子好吃？"

我想了想说："饺子的馅好吃，馄饨的汤好喝，都好吃！"我嫂子听了，跟我四姐一起哈哈笑了起来。

我在我嫂子那里吃了不少好东西，我第一次吃饼干，第一次吃面包，第一次吃罐头都是在我嫂子那里吃的。那时候罐头是个好东西，那时还是物资匮乏的年代，尤其在我们这个贫穷落后的地方，能吃上罐头就是最难得的美味与享受了，那时候招待客人，如果桌上摆两个罐头——一个肉罐头，一个水果罐头——当菜肴，那就是最高的待遇和礼遇了，即使有一个罐头也很了不起了，但这也不是一般人家所能请得起的，只有家里有公家人的人家才有钱，才买得起。

我记得有一天，我正在堂屋里玩，我嫂子在外面喊我："二小，快点来，给你个东西吃！"我一听，赶忙跑出来，我娘也跟着出来了，就在堂屋门前的台阶上，我嫂子左手端着一个圆形的玻璃瓶，右手拿着一双筷子，我说："这是什么？"

我嫂子说："这是罐头，水蜜桃罐头，你尝尝。"说着她弯下腰，用筷子夹了一块果肉，塞到了我的嘴里，我大口地咀嚼着，感觉口腔被一种陌生而甜美的味道充满，软软的、滑滑的、嫩嫩的，嚼着嚼着那块东西不知不觉就让我咽下去了。"好吃不？"我嫂子问。

我说："好吃，真好吃！"我嫂子又夹了一块，塞到了我嘴中，这次我慢慢地咀嚼着，想让那甜美的味道在嘴里多停留一会儿，但是不一会儿，那块果肉还是咽下了肚子。我眼巴巴地望着那个圆形的玻璃瓶。

我嫂子说："再给你吃一块啊，吃完不能再吃了。"

我娘在旁边说："叫他尝尝就行了，这样吃哪有个够呀？"我嫂子又夹起一块，放在我嘴里，接着将瓶盖拧上说，"就这一块了，你慢慢尝尝吧。"说着转身进了东屋。我慢慢地，一小口一小口地咽下了那块软糯的桃肉，口腔中仍保留着那芬芳馥郁的桃子的味道，我抬头望望，我嫂子已不见了，她只是中午回来一下，又去上班了。我向上看看，我嫂子窗前种的那棵香椿树刚刚发芽，在阳光下绽放出新绿，明闪闪的，地上纵横交织的树影一枝一枝的也很鲜明，那种甜美的水蜜桃的味道便和此情此境融合在一起，永久地沉淀在我的记忆中。此后每当我看到水蜜桃，便会想起我家堂屋台阶前正午的阳光、树荫、摇晃的新绿，以及我嫂子的身影。

就是这样，在我生命的初期，我所能吃到的美好的东西，大多与我嫂子有关，这可能因为她娘家比较富有，也可能因为我哥和我嫂子都上班，那时候农村里一年到头收获的就是粮食，很少能换成现钱，只有上班的人才能按月发工资，而只要有工资，就比风里来雨里去靠天吃饭的农民要好上很多。

2

那时我嫂子住在我家东屋，我家住在堂屋，我们既是一家人，又是两家人。我嫂子的娘家是我们村里富裕的人家，她嫁到我们家算是下嫁，又加之我哥长年不在家，所以我娘总觉得有点对不住她似的，总是对她和小谦很好，对我姐姐和我就没那么好脾气了。

现在我还记得那一天，应该是冬天的黄昏吃晚饭的时候，我们全家人坐在桌前吃饭，那张桌子摆在我娘住的东厢房和堂屋之间的过道上，屋里的光线有点暗，还有点呛人的气息，那是我娘屋里烧炕带来的气味，桌子放在这里，也是为了取暖。大家都坐下后，都拿起一个窝头啃着吃，我却拿起了一个白面馒头，那时候我才四五岁，在家里是最小的，家里人都让着我，我也以为是理所当然的，我大口地咀嚼着，很快就吃完了，就当我伸手再要去抓一个窝头时，"啪"的一声，我嫂子用筷子轻轻地打了我的手一下，她说："你还吃起来没完了，也不给别人留点？"我一下子愣在那里，不知道发生了什么，她打得倒不疼，但是那语调却给我留下了很深的印象，我想这是我第一次意识到世界上还有不喜欢我的人，这对我是一个不小的冲击，但当然我当时想不了这么多，就只是坐在那里发愣。

这时我姐姐瞪了我嫂子一眼，说："他还是个孩子，跟他计较什么？"

我娘怕她们吵起来，连忙打圆场说："都别说了，快吃饭吧，吃完饭快下地干活去，你嫂子也还得去学校哩。"说着又塞给我一块红薯，说，"快吃吧，吃饱了到外边玩去。"

还有一次，我在外面玩了半天，回到家里，见小谦正在东屋门口，坐在小板凳上，拿着一根筷子插着一块菠萝吃，那时候我还没有吃过菠萝，也是第一次见到菠萝。菠萝是南方的水果，那时候在我们北方乡村里是很少见，很金贵的。我就问他："这是啥呀？"

小谦嘴里还含着一口，嘟嘟囔囔地说："我妈说，这是菠萝。"他称呼我嫂子为妈妈，跟我们乡村里一般都喊娘不一样。

我看着他吃得很香，嘴里的口水都快流出来了，我又问他："好吃不？"

他又咬了一口说："好吃！"

我又腆着脸说："啥味的？让我尝一口行不？"

小谦说："不给你吃，就不给你吃。"

他瞥了我一眼，站起来就想向东屋的门里走。他的语气气坏了我，我又馋得不行，上前飞奔两步，一把将那根插着菠萝的筷子夺了过来，转身就跑，小谦一下子哭了起来。我嫂子在屋里，听到哭声，连忙出来看，见是我抢了小谦的东西，又气又急，跑了几步追上我，从后面一把抓住了我的衣服，那是夏天，我穿的是一件汗衫，在我的汗衫与我嫂子的手之间形成了一个弧度，她大声地喊道："你跑什么跑，抢了东西就想跑呀？"这时我跑到了院门口，还想用力挣脱，但是突然之间，我嫂子又一把将那根插着菠萝的筷子抢了过去，气咻咻地说，"看你还跑不跑？"说着揪着我的衣领就往回走。

这时我娘听到了动静，也从堂屋里快步走了出来，连声问："咋啦，咋啦？"

我嫂子松开我的衣领，还在气头上，愤愤地说："你看看你二小吧，净乱抢东西！"

我娘走过来，说："抢什么东西了，你抢什么东西了，快说！"我梗着脖子不吭声，我娘也生气了，朝我屁股就打了两巴掌，我哇的一声哭了出来。我娘还骂，"你哭什么哭？你抢东西还有理了？快回屋去！"说着拉着我的手就往堂屋走，我嫂子也拉着小谦回东屋了，小谦已经不哭了，他的眼睛好奇地望着我。

回到屋里，我娘和面准备擀面条，她一边在案板前忙活，一边数落我："不能抢人家的东西，你记住了吗？人家的东西，你就是再想吃，再想要，也不能吃不能要，更不能抢，记住了没有？下次再敢抢，我就拿擀面杖打你。"说着她晃了晃手里的擀面杖，擀面杖上还沾了些白色面粉，在空中飘荡着。

过了一会儿，我嫂子推门进来了，她左手牵着小谦的手，右手端着一个碗。她将那个碗放在桌上，对我说："二小，来吃吧，这是菠萝，是我给你切好的，快过来跟小谦一起吃。"

我娘说："你让他吃这些做啥，你看看你又端过来。"

我嫂子说："买了就是吃的，吃呗，我切好了在盐水里泡着，就是想给二小送过来点呢，没想到他看到小谦吃，非要抢，抢啥呀你，这会儿又不好意思了？快过来吃吧。"我坐在那里，强忍着口水不动，我心里还生着气呢。

我嫂子又对小谦说："你插一块给你叔叔送过去，让你叔叔吃。"小谦将一根筷子插住一块菠萝，送到我面前，说："叔叔，你吃吧。"我看着那块黄绿相间的菠萝，到底没忍住，从他手里接过来，咬了一口，一种又酸又甜的诱人味道立刻充满了我的口腔。

这时我嫂子又说："这菠萝就得在盐水里泡泡才能吃，要不就又酸又涩，泡了之后就不涩了，就变甜了，娘，你也尝尝。"我娘还在擀面条，笑着说："我尝那干啥，我这忙着哩，你们先吃。"

我嫂子又回过头来跟我说："二小，你不能跟小谦抢你知道不？你比他大，又是叔叔，怎么能抢他的东西呢，你说是不是？"我一边嚼着菠萝，一边点了点头。

等我嫂子和小谦走了，晚上吃面条的时候，我娘又跟我说："人家的东西，给你，你才能要，不给你，你再想要也不能抢，你记住了吗？"我一边吃着面条，一边点了点头。

3

小谦渐渐长大了，他总是跟在我屁股后面想跟我出去玩，但是小孩子的心理也很有意思，小孩总愿意跟比自己大的孩子在一起玩，不愿意带比自己小的孩子玩，那时的我也是这样，我愿意跟黑三玩，跟三见哥玩，但是不愿意带着小谦玩。有时候我要出去玩，小谦就在后面跟着我，想要跟我一起玩。我有时勉强带着他，有时就一溜烟跑走了，把他甩在后面，小谦只能哭着往家走，找我娘去告状："奶奶，叔叔不带着我玩。"

那时候我嫂子工作忙，平常里都是我娘带着小谦，现在我还记得我娘摇晃着摇篮车，在香椿树的树影下哄着小谦入睡的情景，有时她也推着这辆摇篮车，到菜地里去摘菜，摘一些茄子、豆角、西红柿回来，菜地离我家有一里多地，她推着这辆车来回两趟，回来的时候身上出了些细微的汗，小谦也在路上颠簸得睡着了，她便把摇篮车停在树荫下，呼喊我将摘的那些菜抱到屋里去，小谦就在斑驳的阳光与树影之间安静地睡着。小谦一告状，回来我娘就说我："你是他叔叔哩，又比他大，就该带着他玩。"说得多了，我就带小谦玩一两回，但我还是不愿意带着他玩。

　　直到后来，我才意识到，我不愿意带小谦玩，并不仅仅是因为他年龄小，而是还有别的原因，那就是他不像一个农村的小孩。农村的小孩像我和黑三、三见哥，在风里雨里到处乱跑，在泥里水里到处乱滚，身体晒得黢黑，穿的也都是破衣烂衫，平常跟着大人在地里干活，一有空就四处疯马野跑着玩，但是小谦呢？小谦不是这样，我嫂子有工资，生活条件好，她的审美眼光又高，就把小谦像城里的小孩一样打扮。所以那时候小谦就很白净，穿的衣服也很整洁，身上没有农活和风雨的痕迹，简直像年画里的胖娃娃一样。大人们见到他都很喜欢，总忍不住上去掐一掐他的小脸。但是这样的小孩却很难跟我们玩到一起，我们在风里雨里跑，他不敢跑，怕弄脏了衣服，下雨了地上有一个一个的小水坑，我们喜欢赤脚踩着水坑玩，一脚下去就是一片小水花，他不敢踩，怕弄湿了鞋。他也不是不敢，他也想跟我们一起玩，但是当他脱了鞋脱了袜子，也去踩上一脚时，我们早就跑到小树林里摘木耳去了，一下雨，小树林的枯枝上就长满了木耳，我们摘回家洗洗就是一道菜。等小谦拎着他的鞋袜，找到小树林里的时候，我们就该往回走了。到了家里，我们的父母不会说我们，而我嫂子一见到他，就会说："你又跑哪里玩去了，看看这满身的泥和水，鞋都脱了，看这裤子都脏成啥了？"说着就把小谦的裤子脱下来，扔在水盆里泡着，又把他的鞋拎出来，放到墙根去晒着。有时候她知道了是我带着小谦去玩的，也会说我，"二小，你怎么带小谦去踩水玩呀，那水洼多脏呀。"她这么一说，我就更不想带小谦出去玩了。

在我的内心里，还有更深一层的复杂心理。那时小谦吃的穿的都比我要好，我心里有点羡慕嫉妒，而表现出来则是故作满不在乎。刚开始时我也很困惑和难受，同在一个院子里住着，为什么小谦就能穿从城里买的整套的成衣，而我只能穿我姐姐不能穿的那些改小了的衣服？为什么小谦隔三岔五就能吃上罐头、馄饨或新奇的水果，而我只能吃窝窝头就咸菜？这样的对比让我心里不平衡，也让我内心很难受，我也问过我娘，我娘只是叹了口气说："各人有各人的命，谁教你不托生个好人家呢。"

让我更加难以接受的是，小谦不仅得到了我嫂子全方位的呵护，也得到了我娘的爱与关注，在我娘眼里，他几乎取代了我的位置，甚至比我更加重要。小谦是我娘的亲孙子，也是她亲手带大的，因为我哥不在家，因为对我嫂子的歉疚，她照顾小谦便更加尽心，再加上她那时年龄渐长，看到隔辈的人分外亲，也有内心动力去照护小谦，对我反而不那么上心了，只要我不出事不惹事，不让她操心就行了。而当我和小谦之间闹了矛盾，她的第一反应就是把我拉过去打一顿。有一次我和小谦在胡同里玩，不知怎么我把他逗哭了，小谦大声哭着喊"奶奶"，我娘拿着笤帚疙瘩从院子里跑出来，不由分说抓住我就打，我一边求饶一边躲闪着，小谦在旁边看得拍手直笑，恨得我牙根直痒痒。还有一次，还是我和小谦在胡同里玩，那天玩的是弹弓，我在地上搓泥球，就是用河里挖来的胶泥搓成小球球，这些泥球晒干后就能做弹弓的子弹了，小谦在旁边拿着弹弓玩，他拉皮筋时不小心反弹回来，打在了脸上，"哇"的一声大哭了起来，我赶紧上前去看怎么回事，还没等我看明白，我娘已拎着笤帚疙瘩从院里跑了出来，一把抓住我，笤帚疙瘩朝我屁股打来，我连忙大声地嚷道："不是我，不是我，这次真不是我！"

我娘还在不由分说地打着："不是你，不是你，哪次不是你？看小谦都哭成啥样了，还不是你？"

这时小谦的疼痛也稍减了一些，他扑上去拉住我娘的手说："奶奶，这次不是叔叔打的，是我自己玩的，不小心打在脸上了。"

我娘这才把我拉起来，不好意思地笑了笑说："这次我还是打错了你？"

我冤屈地揉着屁股说："连问都不问一声，上来就打，我都说了不是我，不是我！"

我娘又板起了脸，说："哪次你不说不是你？谁叫你老是逗他，多打你一次也不冤，别给你点好脸就不是你了！"从此之后，小谦也抓住了我的软肋，一旦发现我有要欺负他的苗头，就一边高喊着"奶奶"，一边向家里跑，我在后面紧紧追赶着，一看他跑进院门，我就不敢追了，再追我娘就拎着笤帚疙瘩出来了。

这样的情况连我姐姐都看不下去了。有一天她抱着小涛到我家里来，坐在炕上跟我娘说话，我刚好从外面回来，趴在水缸上舀了一瓢凉水，咕咚咕咚灌下肚子，我娘听见了又骂我："你就喝凉水吧，肚子疼了别哭参叫娘的！"

我姐姐就劝她说："娘，二小也不小了，你也别总是吵他，平常里也别总是偏向小谦，人家有人家的妈疼，二小有谁疼呀？

你再不疼，还有谁疼他呀？"

我娘叹了口气说："我这一天天的，地里的活家里的活，忙都忙不过来，哪有工夫管他呀，只要他不给我惹事，我就烧高香了。"

我姐姐说："娘，也不是这么说，你拿看小谦的工夫的一小半管管他就行，你看他这破衣烂衫的，天天像个啥样？再看那一个，天天穿的都是走亲戚的衣裳，这算咋回事呀？"

我娘说："人家有钱就穿去呗，咱家没钱就穿点破的，也没啥。"

不知道是不是听进了我姐姐的劝告，我感觉我娘对我好了一点。那时候我跟我娘睡在东厢房，她睡在北边的大炕上，我睡在南边的小床上。有时候我半夜醒来，看到我娘还在煤油灯下做针线活，我迷迷瞪瞪地问："娘，你还没睡呀？"

我娘说："你先睡吧，娘给你缝缝衣服，看你跑了一天，这衣服破的。"我答应一声，翻个身又睡着了。有时候我娘白天打了我，晚上睡觉时就会坐到我床边，摸摸我的头说，"还疼不？"我摇摇头，我娘又说，"你也别怨娘打你，谁让你这么调皮呢？小谦还小哩，你就让着他点，跟他好好玩啊！"我点了点头。

我娘又说："你想想，等你哥回来，一看你带小谦玩得这么好，他会多高兴呀。"我想了想，又点了点头。有时候我半夜里睡着，能感觉到有人在给我掖被子，不用问我就知道那是我娘，我知道我娘在心底深深爱着我，她不会说爱，我们那里的人都不会说爱，但是爱意却渗透进我们的生活中，也渗透进了我的心底。

当然我和小谦之间也并非只有矛盾，随着年龄渐大，我意识到我们也是一家人，我是他的叔叔，虽然我比他大不了几岁，但叔叔也有叔叔的职责。比如小谦在外面和与他同龄的小孩打架了，就会哭着回来叫我，那时我在周围的小孩里是出了名的，论打架谁都怕我，你欺负小谦不就是欺负我家的人吗，我家的人是那么好欺负的？我跑出胡同，替小谦出头，那些小孩一见到我就吓跑了，也有几个不开眼的，想上来跟我争斗，被我一顿拳打脚踢，都抱着头匆忙逃走了。回去的时候，我在前面走，小谦在后面跟着，两个人都趾高气扬的，我还拍着胸脯对他说："以后再有人欺负你，就来找我！"

我们也打过一次硬仗，那是跟前街的大刀王五，小谦跟他弟弟小六打架了，不分胜负，各自回家搬救兵，等我带着小谦赶到前街时，看到大刀王五、铁锤、小六等人都在，小六指着小谦说："就是他打了我！"

大刀王五年龄和我差不多，看到我也有点忌惮，故作大声地喊："你侄子打了我弟弟，你说咋办吧？"

我说："你说咋办？"

大刀王五说："叫你侄子跪下磕个头，赔礼道歉，这事就算完了。"

我说："叫你兄弟跪下磕头还差不多，少废话，来吧！"话音刚落，我一下扑上去，拳打脚踢，大刀王五和铁锤连忙迎战，但他们抵挡不住我凶猛的攻势，败下阵来，拉着小六赶紧跑了，我看着他们狼狈的身影，不仅哈哈大笑起来，小谦也在旁边高兴得手舞足蹈。但就在这时，突然从大刀王五手里飞过来一个小石子，我一低头，擦着我的头皮飞过去了，我一摸，手指上有一点血，小谦吓了一跳，说："叔叔，血！"

我说："没事，蹭破了点皮，回去别跟你奶奶说。"小谦点了点头。回到家里，正好我娘不在家，我找到那瓶紫药水，撕了一点棉花，沾着擦了擦，擦的时候有点疼，我嘴里咝咝地吸着气，小谦用担忧的眼神看着我，问："叔叔，疼不疼？"

我咬咬牙说："不疼！"

4

那时候我哥很少回来，他每次回来都是我们家的节日，我们都要高兴好多天。我哥每次回来，都在给我嫂子的信上说个大致的时间，到了那几天，我和小谦就在路口的电线杆下等他。我哥是在我们县里的长途汽车站下车，小谦的二姨家在汽车站附近开了个小卖部，我哥下了车，通常会到小谦二姨家借一辆自行车，再骑着自行车往家走。我和小谦站在电线杆下，向北眺望着，看到骑自行车的人盯着，到他骑得近了，看清楚不是，才把视线转向下一个人。直到我们发现一个身材略胖的人骑着自行车从远处而来，我们才奔跑上去迎接，那就是我哥到了。我哥回家总是带两个包，一个拎着的包里是换洗衣服，一个背着的包里是带来的各种吃食。他带来的糖也跟我们村里卖的糖不一样，我们村里卖的糖就是那种硬糖，外面用透明的塑料纸包着，我哥带来的糖是成袋的，里面有硬糖，有软糖，也有酥糖，糖纸也是五颜六色的，分外鲜艳夺目，看上去就让人觉得很好吃。

回到家，我哥抓一把糖给我，我剥了一块含在嘴里，将其他的糖塞进兜里，便飞快地跑出家门，去找我娘。那时候乡村里流行玩一种长条形的纸牌，农闲时村里人没什么事，就有不少人抹牌，我娘也喜欢抹牌，家里没事的时候，每天下午她都会去抹牌。我气喘吁吁地跑到大奶奶家，我娘正在那里抹牌，我大声喊道："娘，娘，我哥回来了！"

我娘一听很高兴，但是故意装作不在意的样子，说："你哥来就来了呗，你叫嚷啥，等我先抹完这把牌再说。"说完也不看我，接着笑吟吟地抹牌、打牌。

我以为我娘不信，就又大声喊道："娘，我哥真来了，你不信，看看他给我的糖！"说着我将兜里的糖掏出来，给她看，那些糖花花绿绿的，在阳光下折射出光彩。我娘笑着看一眼那些糖，也不作声，继续坐在那里抹牌。

跟我娘一起抹牌的大奶奶等人纷纷笑着说：

"这么多糖呀，真好看！"

"你家小朝回来了，别抹牌了，快回家吧。"

"这糖好吃不好吃，叫大奶奶尝一块行不行？"我将糖急忙装进兜里说："这糖是我哥给我的，可不能给你吃。"

坐着的人都笑起来，还有人逗我："你哥给你的，咋就不能叫我吃了？"

我说："我哥这糖是在城市里买的，可贵哩。"

众人又都笑着说："我们也想尝尝城里的糖是啥味儿的，让我们尝尝呗。"

边上还有两三个大人带来的小孩眼巴巴地看着我，我捂紧了自己的口袋说："不给不给，就不给！"众人哄的一声笑了。

我娘劝我："二小，你把糖给小弟弟尝尝，回家再给你哥要，你哥还给你哩。"听我娘这么说，我才恋恋不舍地从兜里拿出糖，给那两三个小孩每人一颗。

好不容易这把牌抹完了，我娘跟着大家一起收牌，众人都笑着说：

"行了行了，儿子好不容易回来了，你快回家吧。"

"儿子这一回来，她又得好几天出不了门，抹不了牌啦，这是舍不得走呢。"

"抹牌再要紧，也没你儿子要紧，快点回家吧。"在众人的嘻哈和奚落中，我娘笑眯眯地说："那就不抹啦，你们接着抹吧，我先走啦。"

众人说:"走吧走吧,你快走吧。"

"你不走也没人想你,还是再接着抹吧。"说笑声中,我娘缓缓地站起身,拉着我的手向家里走。

从大奶奶家到我家,我们要穿过一个不陡的斜坡,一个十字路口,在那棵大槐树下拐弯,走进我家的胡同。一路上我娘也不说话,只是默默地走着,我嘴里含着糖,跟在我娘身边走着。我跟我娘走进胡同,便听到家里的欢声笑语,到家一看,我哥、我嫂子和小谦正围坐在一起说笑着,一家人好久没见,怎么能不高兴呢?

5

我哥要走的前一天晚上,我们家里总会有很多人来送行。大家都挤在我家的堂屋里,坐得满满当当的,欢声笑语一片,大人叽叽喳喳说着话,小孩子在各处乱钻。屋里亮着灯,桌上摆着酒菜,但是没有人动,大家都在等着我哥和我嫂子。

这时我哥和我嫂子正在后街她娘家,那里也有很多人在为我哥送行,小谦的姥爷姥姥、舅舅妗子、两个姨和姨夫,以及院里的很多人,团团围坐在一起喝酒,我嫂子看看这热闹的场面,又叮嘱他们,"可别喝多了呀,家里还有人等着送他呢,喝多了回去不好看。"众人都说让她放心,我嫂子便嗑着瓜子坐下,继续跟娘家人说话。我哥和我嫂子都知道,我家里有一大帮人在等着呢,我哥心里着急想回去,但又不好说,这毕竟是在我嫂子的娘家,要走也得我嫂子说才好,但是我嫂子呢,这个时候更愿意跟娘家人待在一起,而不愿意跟我家的人待着,所以时间总是在向后迁延着。

我们家里的人一直在等着，慢慢地酒也冷了，菜也凉了，我哥还不回来。刚开始等的时候，我大姐就有点不高兴，说："这里一大家子等着他，他倒好，一拍屁股去后边了。"我娘看看我爹铁青的脸色，赶紧到院子里来找我。此时我正跟一帮小孩，在院子里跑着玩呢，听到我娘喊我，连忙气喘吁吁地跑过来。

我娘对我说："别乱跑了，你快去小谦姥姥家叫你哥，到了那里，就说家里有人等着你哩，叫你快点回去。"

我说："天这么黑，我不敢去！"

我娘说："我给你拿个电棒子（手电筒）照着，你叫上小印跟你做伴去。"我娘回屋里拿来手电筒，我叫上小印，便一齐向后街走去。

从我家到后街的路本来不远，但在夜里却很黑很暗，是那种原始的村庄的黑，村庄的夜晚没有光亮，只有浓得化不开的黑，黑魆魆的黑，刚开始还不觉得有什么，但一走出我家胡同，那种黑就扑面而来，将我们层层包围，我们两个人都很害怕，我手中的手电筒射出圆柱形的光圈，不停地摇摆着，晃来晃去，照到什么，什么就被照亮了，但是跟白天平常的景致不同，一棵树，一堵墙，一幢房子，照过去都鬼影瞳瞳的，好像随时都会有小鬼跳出来，尤其是在走到东边的小路向北拐时，那里有几株枣树，暗夜里那遒劲弯曲的枝条，一动一摇的，很吓人，小印在我身边走着走着，浑身颤抖起来，用颤音对我说："二叔，咱回去吧，我害怕。"

我也害怕，但我强作镇定地对他说："别怕，我们快点走，一会儿就到了。"走到那个长长的上坡时，坡的东边是一个大水坑，周围有一圈芦苇，黑夜中那些苇叶窸窸窣窣地响，惊动了几只野鸭子，嘎嘎叫着扑簌簌地飞起来，吓得我拉着小印的手一路狂奔，奔到坡顶,向西一拐,再向北,才到了小谦姥姥的胡同,到了她家,我们的心兀自怦怦怦怦狂跳不止。

屋里正在喧闹着敬酒,我哥喝得脸都红了,看到我们来了,他问:"你俩怎么来了?"

我说:"咱娘叫我来喊你,说叫你早点回去呢。"

我哥说:"你们先走吧,我一会儿就回去。"我听了心里一惊,我们好不容易穿越茫茫黑夜来到这里,难道说了这么一句话就回去,还要再次回到那可怕的黑暗之中?

这时我嫂子从旁边屋里走过来,塞给我和小印一人一把瓜子,说:"等会儿咱一起走,你们先嗑点瓜子。"拉我们在凳子上坐下,小谦的姥姥又抓花生给我们,我们躲闪谦让着,但她还是塞进了我们的兜里。

我问嫂子:"小谦呢?"

我嫂子说:"睡着了,这不是在床上躺着呢。"我往床上一看,小谦果然躺在那里,平缓地呼吸着,他的脸上还露出了甜甜的微笑,他做了什么好梦呢?我嫂子又走到酒桌前,说:"你们喝得不少了,别再喝了,前边还有人等着哩,快点回家吧。"这时那几个人和我哥正喝到兴头上,哪里肯放我哥走。

正在拉拉扯扯着,又听到外面叫门,出去一看,是我三姐和四姐。我三姐直愣愣地对我哥说:"咱爹说,让你早点回去哩。"

我哥也着急了,说:"回去,回去,这就回去。"旁边的人还拉着我哥说要再喝两杯,我三姐看到我在人群里站着,劈头盖脸地就说我:"叫你来喊咱哥,你咋叫了这么长时间?家里一大堆人都等着呢,你还吃上喝上了?"说着上前拉住我的胳膊,就往外扯。

那帮喝酒的人都愣住了,小谦的姥爷说:"别叫你姐夫喝了,前边都等急了，那么多人等着呢。"又对我哥说，"你们收拾收拾，快回去吧！"我哥趁这个机会站起来，跟大家说了两句客气话，我嫂子从里屋抱起小谦，就一起往外走。那些人也都站起来相送，送到大门口，我哥挥挥手说："都别送了，快回去吧。"

外面的夜依然很黑，我哥在路上走得飞快，我嫂子抱着小谦，走得不快，说："你慢着点。"

我哥接过小谦，抱着走了一会儿，又把小谦交给我三姐，说："你们抱着小谦，跟你嫂子在后面慢慢走，我带着二小先回去。"说着他便带领我和小印，迈开了大步向前走。我的手电筒也交给我四姐了，但有我哥在，我和小印也不再觉得害怕，我们风驰电掣般地经过那个苇塘，那个长长的下坡，那几棵老枣树，很快就进了我家的胡同。

到了家，我爹的脸还在耷拉着，我娘迎上来问："你怎么自己回来了？"

我哥笑着说："在后面呢，我怕家里着急，就先回来了。"又说，"叫你们等了这么长时间，真不好意思，来来来，咱先干一个再说。"众人嘻嘻哈哈地说笑着，气氛渐渐活跃热烈起来，先前的尴尬和冷场也都过去了。

6

那时每到周末，我嫂子都会带小谦回娘家，我嫂子在前面骑着自行车，小谦穿着干净的衣服坐在后座上，从我家的胡同向东，再向北，爬一个长长的上坡，向西一拐，就到了小谦的姥姥家。那对我来说是一个陌生而神秘的世界，但对小谦来说却充满了爱与温情，他的姥爷严厉而高傲，但唯独见到这个小外孙，却难得地露出了笑脸，他的姥姥满脸慈祥，踮着小脚，为他做各种各样好吃的，他的舅舅在我们县里的酒厂工作，有一个红红的酒糟鼻，总爱逗着他玩，他的二姨和三姨两家也来了，他二姨家在城里，生了个女孩叫娇娇，他三姨家在纺织厂，刚结了婚，住在厂里的家属院，这些人，再加上他妗子和小刚，他的两个姨夫，热热闹闹的一大家人，聚在一起，屋里院里充满了一片欢声笑语。在这些小孩中，小谦是最大的，也是最受宠的，他带领着小刚和娇娇到处乱跑，到处乱走，上墙头摘葡萄，拿弹弓打鸟，爬到屋后那棵大槐树上摘槐花，或者到堆放杂物的那个房间里乱翻，从里面翻出了毛主席像章、旧书旧报纸，以及年代久远的旧账本等等，玩得不亦乐乎，在这伙孩子中，小谦俨然成了孩子头儿，他在他们中间说一不二，说带谁玩就带谁玩，说不带谁玩就不带谁玩，都得听他的。

　　说起来小孩的心理也真是奇怪，小时候都爱跟大孩子一起玩，但是到了一定的年龄，却又喜欢带着一帮小孩跑来跑去的，很享受那种称王称霸的感觉，我是这样，小谦也是这样，但是我刚称王称霸没有多久，我手下的小谦就开始另立山头了，而且他带领的那些小孩都是他舅家、姨家那个系统的，远在我的势力范围之外，我也只能望洋兴叹了，当小谦从他姥姥家回来，兴高采烈地跟我说起他带领那帮小孩玩这玩那的时候，我总有一种即将被小弟背叛的感觉和隐忧，我的小弟本来就不多，小谦、俭哥家的小印、岗哥家的小发、我姐姐家的小涛、邻居家的王甲龙和王甲威，我曾带领他们在周围那一片摸爬滚打，建立起了一个小小的王国，但这个王国是多么脆弱，作为我最亲近的、日常生活在一起的小弟，小谦在这个王国中的位置很重要很特殊，如果他一旦另立门户，这个王国的命运实在堪忧啊，在那个时候，少年的我就有了一种与年龄不相称的忧虑之感。

但这还不是最重要的，最重要的是我渐渐发现，小谦对他姥姥家要比对我家的感情深，这在现在看来也是很自然很平常的，小孩子总是喜欢去姥姥家。很多小孩都是这样，小谦就更是这样了，由于爸爸不在身边，他便格外受到姥爷姥姥、舅舅妗子、姨和姨夫的疼爱，生怕他受到一点点委屈，而他又是小孩子之中最大的，万千宠爱都集于一身，所以他在姥姥家感受到的爱意便格外浓厚，他对姥姥家的感情也比对我家深了。到后来，他舅舅和姨家也有了小孩，他带领这些小孩叫嚣乎东西，隳突乎南北，就更加得意了，感情也与日俱增，一说到要去姥姥家，就欢呼雀跃起来。但是我在旁边看着，就感觉心里有点不是滋味，本来他就拥有我嫂子的爱，我娘的爱，我娘爱他简直比爱我还要更深，但如今这更深的爱在他眼里竟然不值什么，他竟然还拥有更深厚的姥姥的爱，所以我既羡慕他，又怜惜自己，又有点嫌弃我娘，你对小孙子再好，他还不是更喜欢姥姥家，你怎么不爱我更多一些呢？

7

每到假期的时候，我嫂子都会带小谦到我哥那里住上一阵，小谦还小的时候，她一个人路上抱着他很累，就是我娘陪着她去，小谦大了几岁，就是她带着小谦去，再过几年又有了佳佳，她一个人带两个孩子，路上照顾不过来，仍然是我娘陪着她去。那时候路上的交通状况很差，从我们县里坐汽车出发到那里需要两天，他们要先坐车到济南，再从济南转火车，坐到张店，到了张店天就黑了，没有什么车了，他们要在张店的小旅馆里住一晚上，第二天早上再从那里坐车，到中午的时候才能到。我娘曾跟我说起过一路上的颠簸与辛苦，但我那时却只觉得很有趣，很向往，尤其是她说的"张店"和"小旅馆"这两个名词，在我的想象中幻化成了具体的场景：那是一个砖瓦结构的二层楼，门楣上挂着一个大牌子，门口还有两三棵高大的白杨树，旁边可以看到纵横交错的铁轨在闪着寒光，暮色苍茫中，我嫂子牵着小谦，我娘抱着佳佳，从远处走来，一步步走到小旅馆的门口。至于小旅馆里面是什么样，都有什么好玩的东西，则不是我所能想象出来的了。

更多的内容是小谦告诉我的，那天坐在麦秸垛上，小谦跟我们讲起了那座遥远的城市，他说那里的楼都很高，有十几二十层那么高，我们听了都很惊讶，世界上怎么还会有这么高的楼？我们平日里看到的都是村里的平房，就说去县城里赶集能看到楼吧，那楼最多也只有三层，十几二十层的楼能有多高，那不比天上的云彩还要高了？我们紧紧围着小谦，问他："那座楼比这棵大槐树还要高吗？"

小谦点点头说："比大槐树还要高，比十棵大槐树接起来还要高。"

我们不信，又问："那楼这么高，怎么爬上去呢？"

小谦说："人家有电梯。"

我们又问："啥是电梯？"

小谦说："就是个小房子，带电的，进去摁一个数字，它就往上走，说到几楼就到几楼。"

我们又问："那房子带电，不就把人电死了吗，谁还敢进去？"

小谦说："不是里边带电，电线都在外面呢，就是人进去，一摁数字就往上走。"我们都觉得他是在吹牛，哪里有二十层高的楼，还带电的小房子，一摁就往上走？这不是胡吹吗？小谦还跟我们讲起他在城市里坐了"公交车"，什么是公交车？他说就像好几辆大客车连接起来一样，在城市的大马路上开来开去，还有公交站牌，公交车一到站牌就停，谁愿意上谁就上，交几分钱就行，我们听他的描述，都感觉不可思议，简直像天方夜谭，那时候我们只见过拖拉机，拖拉机冒着黑烟从我们村里突突突突地驶过，我们这帮小孩就兴奋得不得了，我们不顾它扬起的灰尘，在后面拼命追着跑，跑得快的扒住车帮，爬上去，就能让拖拉机拉着跑一阵，体验风驰电掣的感觉，等到了我们村南那座小桥那里，再从车斗一跃而下，在没有追上的小孩眼里，这个人就是英雄，就是幸运儿，他竟然能坐上拖拉机！大客车是什么样的，好几辆大客车连起来是什么样的？我们见都没见过，想象都想象不出来，还有公交站牌，还谁想上就上，就更超出我们的想象之外了，我们都不知道城里的人是怎么想的，为啥要弄这玩意。

　　小谦还跟我们说他在那里还吃了冰激凌，比我们这儿的冰棍好吃，里面加了牛奶，还加了不知别的什么东西，咬一口凉凉的，软软的，香香的，在嘴里融化的感觉太棒了，简直就像上天一样。他吃了一支还不够，又吃了一支，还不够，又买了一支，还是觉得不够，可我嫂子不给他买了，怕他冰坏了肚子。他跟我们说，冰激凌太好吃了，比冰棍好吃一千倍，吃完之后嘴里还有一股香气。冰棍我们都吃过，但是我们想象不出，比冰棍好吃一千倍的东西会有多好吃，那时夏天经常会有卖冰棍的人到我们村里来，骑着一辆自行车，后座上驮着一个木头箱子，箱子里面垫着一个小被子，里面紧紧包裹着冰棍，卖冰棍的人一来，就被我们这帮小孩围住了，有的小孩从裤兜里掏出两分钱，卖冰棍的就会给他拿一支，这个小孩就舔着冰棍。大热天咬一口冰棍，冰块顺着喉咙滑到胃里，就已经很凉爽了，再要比这好吃一千倍，那会是什么样的呢，是要放一千倍的糖精吗，还是放一千倍的香精？我们想不出来，小谦也说不明白，他只是说，回来的时候他买了一支冰激凌，想带回来给我们尝尝，但是还没走到半路就化了，把他的裤子都弄湿了。我们听了都觉得很可惜，忍不住凑到他的裤兜那里闻了闻，但只闻到了一股淡淡的奶香味。

8

我和小谦陆续上了小学，都是在我们村里小学上的，这时我嫂子也调到我们村教书。每天早上上学，我背着小书包，走路去上学，一路数着枣树、梨树和柳树，很惬意，但小谦是坐我嫂子的自行车去的，我嫂子骑着车，他飞奔几步，纵身一跃，就跳到了后座上，到了学校里，再一跃而下，轻盈、潇洒，很引人注目。他长得又清秀，穿得也整洁，又是老师的儿子，很快就成了学校里的中心人物，不少人围着他转。虽然他的功夫不如我，但是我的功夫正好可以保护他，学校里那些好打架的人，大刀王五和铁锤也好，高小虎和高小豹也好，看到他就躲得远远的，有的人想要收拾他也不敢下手，他们既怕我嫂子这个老师，也怕我这个打架高手。可怜我这个顽劣无羁的孩子王，竟然成了小谦的保镖，但在当时，我却并不觉得有什么，而感到了一种责任，我是他叔叔，我要保护他不受别人的伤害，这已经成为我深入骨髓的意识，至于它与我的自我中心感之间的微妙差异与矛盾，是我后来才意识到的，何况那时我也以小谦而自豪，他是我的小侄子，又见过高楼、公交和冰激凌，见识比我广，人也像女孩一样白净，害羞，懂礼貌，在学校里人见人爱，不像我似的整天水里泥里跑，天不怕地不怕，我自然有保护他的义务。

在我嫂子不去学校的时候，就是我带着小谦一起走，我们一起走出家门，一路上看着枣花、梨花和柳芽，说着话就到了学校，放学了也是我领着他，一路蹦蹦跳跳地走回来。但大多数时候，都是我嫂子骑自行车带他去学校。有时我嫂子放学之后不回我们家，要去她娘家吃饭，她就在北面那个十字路口向东转，路过三袋家的代销点一直向东，这条路是与那条上坡路连在一起的，她在快到那条上坡路时，向北一拐，就进入她娘家的胡同了。每当这个时候，看着我嫂子骑车的背影消失在一拐弯之后的房屋树木中，我的心中便会有一种失落感，就像是小谦脱离了我的保护范围而我又无能为力一样，其间也隐隐有一丝羡慕，在姥姥家他会得到更多的爱护，而我是得不到的，在这种微妙心理之下，我只好踢着一块小石头，一步一步往家走了。

那时候黑大强和小刚也在我们学校，小刚是我嫂子弟弟的儿子，黑大强是我嫂子叔叔家的孙子，这样说起来，我跟黑大强和小刚也算是有点亲戚关系，所以在学校里，我们虽然是各自雄踞一方的两股势力，但相互之间也算比较客气，从来没有动过手，甚至在跟另外的强敌对抗时，比如在跟高小虎和高小豹、大刀王五和铁锤等人打架时，我们相互之间还曾联手作战过。黑大强跟我是一个班的，他身强力壮，像个小老虎一样，打起架来不要命，小刚比他小两岁，是他的小跟班，也很勇猛，两个人走在校园里，几乎没有人敢惹。我跟他们没有矛盾，如果说有冲突的话，也只是在谁保护小谦上有一点抵牾。从我这边说，小谦是我的侄子，从小跟我在一起长大，我自觉天然就有保护他的职责，而从黑大强那边说，他是小谦的表哥，也是从小就带着小谦一起玩，自然也觉得小谦受了欺负他该上前（出头），这在大多数情况下并不构成矛盾，甚而是相得益彰的，可一旦有了特殊情况，也会造成双方之间的内讧。

那一次是高小豹欺负小谦，他们两个是一个班的，放了学在学校里玩，小谦手里拿着一个新买的文具盒，被高小豹一把抢了过去，说，"我看看。"小谦哇的一声哭了，我看到之后，三步两步跑到高小豹面前，要从他手里夺过来，但是他极力扭着身子，我够不到，正在这时，高小虎冲过来，挥起拳头朝我就打，与此同时，黑大强也冲了过来，他伸手就去打高小虎，但是高小虎冲来的速度极快，他没打着，而我这时正躲高小虎的拳头，身子一扭，黑大强的一记重拳正好打在我肩上，我一个趔趄摔倒在地，一阵剧烈的疼痛袭来，我冲黑大强怒吼："你打我干什么呀，打他呀！"黑大强一愣，这时高小虎一拳打在他胸口，他哎哟叫了一声，向后退了两步，但又迅速上前，飞起一脚，将高小豹踹翻在地上，文具盒也飞落在一边，高小虎见我们两个人联手，知道不是对手，便连忙拉起高小豹，飞快地逃走了。

小谦跑过去捡起文具盒，又赶紧来到我身边，说："叔叔，你没事吧。"我爬起来，忍着疼痛说，"没事"，又对黑大强说，"你打我干啥，以后看准了再打。"

可能我语气中有责怪之意，黑大强也正忍着剧痛，便没好气地说："打你怎么了？要不看你是他叔叔，我早就揍你了！"

我一听这话，立即火冒三丈，说："行啊，那咱们来练练！"

黑大强很不服气地说："练练就练练！"说着摩拳擦掌地向我走来。

小谦一看急坏了，大声喊道："你俩打什么呀？强哥，别打了，你快回去吧！"说着又拉住我的手说，"别打了，叔叔，咱们往家走吧！"黑大强停下脚步，狠狠地瞪了我一眼，我也狠狠地瞪了他一眼，便各自转身回家了。

从此之后，我就与黑大强结下了梁子，也说不上有多大的仇恨，就是互相看不上眼，有一次在学校前面的水坑边，当时黑大强正在向我们院里的小印步步紧逼，高小虎等人在旁边哄笑着，小印一边惊恐地四处张望，一边步步向后退，眼看就要跌到水坑里了，旁边的人鼓掌欢笑着，这时我突然飞奔过去，半空中飞起一脚，正中黑大强的后背，他踉踉跄跄地跌了几步，"扑通"一声，一跤跌入水中，旁边的人停止了起哄，都愣愣地看着我，一时没有反应过来。

　　正在一团混战之时，突然听到一声惊呼："老师来了！"正在群殴的孩子轰的一声全散了，水坑边只剩下我和黑大强两个人紧紧纠结着，他抱住我的左腿想要掀翻我，我则搂着他的背用力向下压，想要压垮他。

　　正在这时，我的后脑勺上突然挨了一巴掌，一个声音生气地说："快放开，你怎么又打架！"我转头一看，见是我嫂子，便连忙松开了双手，这时黑大强却忽然发力，我一个趔趄，"啪"的一声摔倒在地上。

　　我从地上爬起来，就想向黑大强扑过去，我嫂子却一声怒喝："还打呀你，站那儿别动！"我停下脚步，看看我嫂子。

　　我嫂子看看我，又看看黑大强，说："你们为啥打架呀？"

　　我说："他欺负……"

　　刚说了一半，就被我嫂子拦住了："你别说，让他说！"

　　黑大强身上的衣服还是水淋淋的，又在地上滚了一下，沾了不少泥，他装作可怜兮兮的样子说："我正在这里跟同学玩呢，他一脚把我踹到水坑里去了。"

　　我嫂子皱了一下眉，说："瞧你这一身脏的！"又问我，"看你把人家打成啥样了？你说说，是怎么回事？"

我说："他欺负人。"

我嫂子问："他欺负谁了？"

我说："他欺负小印。"

黑大强说："我没打他，我是跟他闹着玩呢。"

我嫂子对我说："他欺负没欺负人，都有老师在管着他呢，但是你不该打他，你打他就是你的不对，明白吗？"我低下头不吭声。

愣了一会儿，我嫂子说："看你把大强都打成啥样了？别再闹了，快回家吧。"又转脸对黑大强说，"你也是，咋那么熊呢？快跟我回家！"说着推起自行车，在前面走了，黑大强拖拖拉拉地在后面跟着。整个过程中，小谦都躲在我嫂子身后，惊恐地张望着，这时我嫂子让他坐在自行车前面的横梁上，他回头望望我，想要说什么，又没有说。我嫂子骑上自行车，黑大强飞身坐上自行车的后座，我嫂子便骑车向她娘家走去，拐了个弯，一转眼就不见了。

我站在那里，愣愣地看着他们越走越远，心里感到很是委屈，我明显地感觉到了我嫂子对黑大强有点偏心，明明是黑大强的不对，她却将错误归结到我的身上，这让我的心里有一股不平之气，又不知道怎么说才好。我不知道她为什么会这样，或许是黑大强一身水一身泥的形象，看上去更可怜？或许是在她看来，她跟黑大强的关系比跟我更亲近？我不知道，但是在那一刻，我却感觉到我心里跟我嫂子产生了隔膜和距离。看着他们越走越远，我只是坐在水坑边，默默地看着水面荡漾着，荡漾着。

9

我想起来，在前面的叙述中我很少谈到佳佳，事实上佳佳只比小谦小两三岁，从小也是跟我们一起玩大的，如果说小谦比较文静、腼腆、懂礼貌，那么佳佳则更加调皮捣蛋，天不怕地不怕，最爱惹是生非。我发现这么一个规律，家里的老大一般都很稳重，都很懂事，而老二则都很顽劣，喜欢打架，最有反抗的精神和劲头儿，我是这样，佳佳也是这样。这或许能从心理学上得到解释，在老二未出生之前，老大曾得到父母全部的爱，老二只有更闹腾一点，更不听话一点，才能吸引父母的注意，才能得到父母的爱，至于老三、老四、老五，所能获得的爱就更稀薄了，他们或者乖乖听命于老大老二，或者激发起更加激烈的反抗。我不知道是不是这样，但佳佳从小就不听话，就爱打架，其顽皮程度简直跟我不相上下。那时候我跟小谦、佳佳三个人一起玩的时候，反而是我跟佳佳打闹的时候多，我比他大五六岁，他当然打不过我，但他也有他的撒手锏，那就是当他发现我要打他的时候，他就一边飞快地跑进院子，一边高喊着我娘："奶奶，奶奶，快管管你小二小！"这时我娘拎着笤帚疙瘩就跑出来了，我一见到我娘的身影，就飞也似的逃跑了。

写到这里，我发现前面可能写错了，前面说小谦曾用这一招对付我，或许小谦也用过，但想来用得不多，他更多的是安静地坐在那里玩，最常用这一招的是佳佳，我的印象也更深。尤其是那一句"奶奶，快管管你小二小"！简直就是他的经典台词，"二小"在我们那里是第二个儿子的意思，"小二小"则是一种昵称或蔑称，他用在这里就是蔑称，如果与小谦对比一下就会更清楚，小谦对我即使再生气再愤怒，也会称我为"叔叔"，他只会说"奶奶，快管管我叔叔"，而佳佳所喊的"奶奶，快管管你小二小"，其潜台词则是：我不认你当叔叔了，你只是我奶奶的儿子，我要奶奶管管你。像这样敢于蔑视我的，要是让我抓住了，就是一顿好好收拾。但好在他也只是气急了才这么喊，平常里也都是叔叔、叔叔地喊我，叫得很亲热。

在我和佳佳打闹的时候，小谦却反而很平静，他在旁边笑着看着，一会儿劝劝我："叔叔，别跟他学着（一般见识），他还小哩。"一会儿又说佳佳，"你跟咱叔叔抢啥呢，他逗着你玩呢。"他像个置身事外的和事佬一样，那样子让我看了就更郁闷了。我比他大，又是他叔叔，超然事外的不该是我吗，当和事佬的不该是我吗，他怎么抢了我的角色？但小谦是让人生不起气来的人，再玩一会儿，我的气也就消了。

佳佳的调皮捣蛋，不仅是对我的，更多的是对比他小的孩子的，那时我姐姐家的小孩陆续出生了，佳佳和小涛就率领着这一伙小孩玩，一会儿打这个，一会儿闹那个，闹得不可开交，这边喊，那边叫，直到吃饭的时候，才能消停下来。有一次我大姐家收长果（花生），我们都去帮忙，所谓收长果就是将长在地里的花生秧子挖出来，再将秧子根部的花生一一拔下，一般是用铁锹或三齿挖，再抓住花生秧子，将其根部放在筐上反复摔打，就能将花生摔下来。那天就是这样，我姐姐在地里干着活，我也跟在她们后面捡拾花生秧子，运到要摔打的地方去，小涛和佳佳带着一帮小孩跑来跑去地玩，新翻的土地很松软，飘荡着迷人的气息。但不知怎么回事，佳佳和小涛打起架来，小涛一脚踢在佳佳的腿上，佳佳哇的一声哭起来，我赶紧跑过去看怎么回事，佳佳哭着说："他踢到我了，他踢到我了。"说着就向小涛扑过去，两个人厮打在一起，我上去将他们拉开，佳佳仍然不依不饶，一次次向前冲，我拉都拉不住他。

我大姐看这边闹得厉害，也走过来，问："怎么回事呀佳佳？"

佳佳哭着说："你家小涛踢我。"

我大姐说:"踢到你哪里了?"

佳佳说:"踢到我的腿了。"

我大姐说:"我把小涛叫来,让你踢他一脚,行不行?"

佳佳说:"行。"我大姐拉着小涛,让佳佳踢了一脚,他才咧开嘴笑了。我们又回去干活,不一会儿,佳佳和朱涛等一伙小孩又有说有笑地玩在一起了。

我嫂子也像当初打扮小谦一样打扮佳佳,给他买成衣,在鞋上绣个花,在衣服上滚个花边,穿上去显得很干净整洁,但是佳佳不像小谦那么安静,他好动,风里雨里水里泥里到处乱跑,一件衣服一天穿下来,就成泥猴了,一开始我嫂子还给他洗、刷,时间长了就没耐心了,拿小谦穿过的旧衣服改吧改吧,就给他改成了一件新衣服,穿脏了也不心疼,佳佳对这个也很不满意,经常跟我嫂子说:"你就是向着你小谦,不向着我,总是让我穿他穿剩下的!"

我嫂子说:"给你穿新的,也新不了三天,不给你穿剩的,还能天天穿新的?你看看你叔叔,人家天天穿剩的,也没抱怨过。"确实是这样,我穿的不是我爹剩的,就是我姐姐剩的,从来没有穿过新衣服,我也从来没抱怨过,不是我不抱怨,而是我知道,抱怨也没用,抱怨不抱怨,我娘反正都不会给我买新的,一抱怨,我自己烦恼,也惹得我娘烦恼,犯不着好端端惹这一场气。

佳佳想想也是,就说:"穿剩的就穿剩的吧,反正你就是对你小谦好,对我不好。"我嫂子拍了他的后脑勺一下,"对你不好,你还这样,要是对你好一点,你不飞上天了?"

那时候计划生育已经控制得很严了,严格说起来,佳佳是属于超生的。我们这帮小孩不懂啥叫计划生育,时间长了也不在意,从大人嘴里听一两个词,就会拿来用,那时候佳佳经常惹我,我开玩笑就常称他为"黑人"——就是家里的户口本上没有他这个人的意思。佳佳更小，更不懂得这些，我喊他黑人，他还对我反唇相讥："你还叫我黑人哩，也不看看你自己，看你黑得跟个煤球一样，跟个驴粪蛋一样，你才是黑人哩！你这个小二黑！"我的皮肤确实很黑，那时的绰号就叫"小二黑"，跟"黑三"并称，是我们院里最黑的两个小孩。但是"小二黑"这个外号，大人能叫，佳佳不能叫呀，他应该叫我叔叔、应该尊敬我才对，他一喊小二黑，我就更生气了，上去就跟他打起架来，他招架了几下，打不过，就重施故技，一边喊着"奶奶，快管管你小二小"！一边往家跑，但这次我娘却并未拎着笤帚疙瘩出来，原来这一天我娘没在家，到菜园里摘菜去了，我追到院门口，本来要向回撤了，但见我娘没有出来，就追了进去，佳佳跑到院子里，以为已经进入安全地带了，没想到我又追了进来，他刚放松下来，看到我吓了一跳，惊叫了一声，继续跑，我们两个在院子里绕着圈追逐着，佳佳找到一个机会，从院子里跑了出去，在胡同里向外飞奔，我在后面紧紧追赶着。

正在这时，我嫂子骑着自行车从胡同那头过来了，佳佳这下可找到了救星，他飞快地跑到我嫂子的自行车前，哭喊着说："妈妈，妈妈，叔叔要打我！"我嫂子飞身下了自行车，问他："叔叔为啥要打你？"

佳佳说："他说我是黑人，我喊他小二黑，他就追着打我！"那时我嫂子正为超生受罚而上火，一听这话立刻火冒三丈，她将车子扔在一边，大声对佳佳说："以后谁再说你是黑人，你就打他骂他，你跑什么呀，就跟他往死里打，看他还敢说不？"

这时我也跑到了我嫂子旁边，一看风声不对，掉头就想往回跑，被我嫂子一把抓住，她的巴掌照我的屁股就拍了下来，啪啪啪地用力打着："叫你喊他黑人，叫你喊他黑人！他是黑人，你是黑人不？我就问问你，谁是黑人？他是黑人也轮不到你说，你说说，还敢说他是黑人不？"我屁股上像着了火一样，一阵又一阵剧痛袭来，来不及听她说的话，也不知道她说的是什么意思，只是哎哟哎哟地叫着，嘴里喊着："嫂子，我再也不敢了，我再也不敢了！"

这是我记忆中我嫂子唯一一次真正打我，她当时可能是真的气急了，下手特别狠特别重，但是打到后来她也后悔了，手上的劲越来越小，到最后她也哭起来："我打你干什么，打你干什么呀。"说着她抛开我，连自行车都没顾，跑回家，跑到她的小东屋里，一个人哭了半天。

到晚上我娘回来，我嫂子红着眼睛，到堂屋里来跟我娘说："下午我打二小了。"

我娘笑着说："打就打呗，早就该打了，打得他轻。"

我嫂子说："也不是，娘，我不该打他，他就是说话太气人了。"

我娘说："有啥该打不该打的，打就行。"

我嫂子说："不该打，可我实在没忍住，是我不好。"又对我说，"二小，你还疼不？嫂子打你，你也别生气，你不该喊他黑人，你知道不？你是他叔叔，怎么能这样叫他呢，别人这样叫他，你应该帮着他上前，不能跟着人家一起叫，你记住了吗？"我费力地啃着我嫂子端来的一碗鸡肉，匆忙点了点头。

10

不知从什么时候开始，我喜欢上了看书，看连环画，这似乎是很奇怪的事。我的父母都不识字，我哥和我姐姐上过学，但也不怎么看书，家里只有我嫂子是教学的，可她平常里也不读书，而我自从认字之后，就喜欢书，这是为什么呢？想来想去，最初还是因为寂寞。我哥和我姐姐都比我大很多，他们已经是成年人了，很少会去关注一个小孩的内心。没有人理我，这时躲在角落里，用刚学会的几个字看连环画，就成了我在寂寞中的选择，那些简洁的画面和一两行文字就能带我走向一个辽远的世界，让我的想象从贫乏的现实中腾飞起来，进入了一个更加有趣的新天地。

现在我还记得，那天我坐在我家的柴火垛上看《西游记》，我家的柴火垛在院子的东南角，在院门的南边，那时我们烧的柴火是地里的棉花棵子，我们那里叫花柴，拔了之后晒干可以当柴烧，堆在一起就成了一座柴火垛，堆在这里是因为院门北边就是我家的小厨屋，做饭烧火方便。那天我爬到柴火垛的顶上，翻看这本连环画，看完之后，我仍久久沉浸在孙悟空打妖怪的兴奋之中，恋恋不舍，这是我第一次知道世界上还有一个孙悟空，他的虎皮裙、金箍棒和腾挪跳跃的姿势，在那一刻，深深地印在了我的心中。正在这时，小谦从外面回来，看到坐在柴火垛顶上的我，喊了我一声："叔叔！"他的声音似乎才把我唤醒，我转过头，向下看着他。他又说，"你在上面干什么呢？"

我说："看孙悟空呢。"这时我回头一看，只见西边天空的彩霞中，出现了一个金光闪闪的孙悟空！他身穿金黄的虎皮裙，高高举着如意金箍棒，要以千钧之力劈下来，而在他脚旁，一团灰白的云好像白骨精，正仓皇逃走，我一看到孙悟空，立刻跳起来，指着他大喊，"孙悟空，孙悟空！"

小谦也朝我手指的方向去看，他说："孙悟空是谁，在哪儿呢，在哪儿呢？"

我说："你看，那不是？他穿着虎皮裙，拿着金箍棒，正跳起来打白骨精呢！"

小谦一脸懵懂，又问："孙悟空是个人吗？他在哪呢，我怎么看不见。"

我说："不是，是个猴子，猴精！你没看见他正拿着金箍棒往下劈吗？"

小谦说："我这里看不见，等我爬上去看看。"说着小谦开始往柴火垛上爬，柴火垛虽然不高，但花柴的枝杈特别多，又特别尖、硬，爬的时候要特别小心，要不很容易被划伤，小谦向上爬，我伸出手拉了他一把，但就这一眨眼的工夫，孙悟空的虎皮裙不见了，金箍棒也扭曲变形了，小谦在我身边坐下，着急地问："在哪儿呢，在哪儿呢？"

我指着西边的彩云说："你看到了吗，那是个猴脸，头上是紧箍咒，看到了吗？"

小谦说："我怎么看不见，在哪儿呢？"在他说话的工夫，孙悟空的脸也开始变化了，我不再说话，紧紧盯着他的那张脸渐渐被旁边一块乌黑的云遮住了，那个紧箍咒也散成了几个白点，随后慢慢消失了。我的心中怅然若失，感到很惆怅，小谦还在说，"孙悟空呢，去哪儿了？"

我跟他说："孙悟空会七十二般变化，现在他变走了，一定会再回来的。"

到晚上吃饭的时候，小谦还向我娘抱怨："我叔叔看孙悟空，不叫我看。"

我娘说："你把那个孙什么藏哪里去了，快拿出来给小谦看看。"

我说："不是我藏的，我叫他看他没看见。"

我娘说，"还说不是你藏的？你不藏起来，他怎么看不到？"说着啪地打了一下我的后脑勺。

还有一次，我正骑在南墙上看书，小谦和佳佳坐着我嫂子的自行车回来了。我家的南墙靠西边有一棵枣树，枣树正对着的南墙有一个小小的豁口，但是那南墙仍然很高，很难爬上去，但我们也有办法，我们将平常不用的那辆地排车掀起来，反扣在南墙上，就成了一把简易的梯子，攀着地排车很容易就能爬上豁口，骑上墙头。南墙外就是南园子，这里本来是一片荒地，我们家的对门邻居衍明叔要了来当宅基地，但是他家不着急盖新房，就垒了一圈矮的土墙将这片地围了起来，在里面种上了树。这片南园子北边邻着我家，东边邻着小六家，西边隔着几棵老榆树就是我们村通向小桥那条路，南边隔着一片荒地就是河堤。这时候南园的小树已经长得郁郁葱葱了，夏天时很荫凉，我时常携带一床凉席，爬过墙去，铺在那里的树荫下睡午觉，或者看书，这里四周都被矮墙围住，没有门，也没有人来打扰，又清凉，又安静，是我很喜欢的一个地方。

　　他们看到我骑在南墙上，一跳下车，就向墙边跑过来，佳佳还喊着："叔叔，你在墙上做什么呢？"

　　我正在看得入神，见他们跑来，怕他们打扰我，我就把书合上，放在墙头上，转过头来对他们说："我在看故事呢，你们别过来。"说着话，佳佳和小谦已经跑到墙下，佳佳跑在前边，扶住车盘想要向上爬了，我见跟他们说了不听，就从墙上跳起来，双手扶住车把，向上一掀，将车盘立了起来，这个"梯子"一下陡峭起来。

　　佳佳在下面气得哇哇叫，小谦也喊："叔叔，我们就上去看一眼。"

　　我正在兴头上，说："看一眼也不行。"说着我将车盘调了一个方向，将正面光滑的一面对着他们，将车把放在另一处，然后拿起那本书，从墙头上飞身一跳，跳到土堆上，跑到南园的一棵树下又读起来。墙这边，佳佳见我不带着他玩，又哭又闹，哭了一会儿，见我不理他，就哭哭啼啼地去找我娘了。

一会儿我娘也来到了墙下，但是我娘也搬不动梯子，只能隔着墙骂我："小二小，你咋又把佳佳逗哭了？快把车盘转过来！"

这一回我连我娘的话也不听，只是隔着墙对她喊："我在看故事哩，别叫他找我玩，他要是能搬就让他搬吧，我才不管他呢。"

我娘又说："小二小，你还不听话了是不是？晚上你还想吃饭不？"我没再理我娘，任她在墙那边骂我，只顾低头看那个故事。

我娘喊了一会儿，见说不动我，就又反过来劝佳佳："咱先回去吧，你叔叔不听话，咱不跟他玩了，晚上等他回来就打他，你说行不？"佳佳还是哭得一抽一抽的。等到晚上吃饭的时候，我跳过墙回了家，我娘也只是说了我两句，并没有动手打我，她说，"你以后要多带着小谦和佳佳玩，别光顾着看书，你看那些闲书管啥用呀。"

故事看得多了，我也开始讲故事，小谦、佳佳、小印、小涛等人最喜欢听我讲故事了，在墙头上，在南园里，在小河边，在胡同口的大槐树下，我走到哪里，他们就跟到哪里，追着我听我讲故事。一开始我是讲书上的故事，书上的故事讲完了，我就开始自己编故事，我把生活中的人和事都编到了故事里，什么三见哥大战高小虎、黑大强怒挑大刀王五，等等，这些故事天天讲，不断绵延生长，最后成为一个镇天楼系列，之所以叫镇天楼，是比小谦看到的城里的高楼还要高——比天还要高的楼，镇天楼中有个封神榜，小谦、佳佳、小印、小涛等都是其中的人物，今天你比我厉害，明天我比你厉害，这个故事在不断打斗中升级。在我天马行空地讲故事的时候，他们都瞪大了眼睛，静静地听着，有时也会打断我说："叔叔，让我更厉害点行不？"说这话的通常是佳佳，他年龄最小，好胜心最强，不甘心总是排在最后面，他一说，小印、小涛也着急了，连连说，"我也想更厉害点"。

小谦这时候倒很平静，说："吵什么吵，快听叔叔讲，把你说得比黑大强都厉害，也不像那么回事啊。"

佳佳撸了撸袖子，说："我就是要比黑大强都厉害！"看着他细瘦的胳膊，我们都笑了。

11

我嫂子在生佳佳之前，早已从民办教师转正了，据说很快就要提拔为校长了，这下不但没提了校长，反而将她从我们村调走，调到吴家村小学当老师去了，好在还保留了她正式教师的身份。

吴家村在我们村东边大约三四里地，中间隔着五里墩，其北边就是七里佛堂。那时从我们村到吴家村没有大路，都是村与村之间的土路，到那里去，要从我们村的东头穿过吴家村，再从五里墩走一条小路，才能到达吴家村，所以吴家村在我们心理上的距离似乎很遥远，反而不如七里佛堂感觉更近，那是因为从我们村北头到七里佛堂有一条乡间公路，虽然破破烂烂的，但总比土路要宽一些，我们村最东边有一个磷肥厂，在公路北边，走过磷肥厂不多远，就到七里佛堂了，那时每次到我姥姥家去，我们都要从七里佛堂向北走，走得熟了，这条路就显得近了。

那时候就是这样，在华北平原上密密麻麻的都是村庄，两个村庄相距不过一二里地，但对于我们来说，从一个村到另一个村就像从一个国家到了另一个国家，满眼都是陌生人，有的甚至连方言和风俗都不相同，村里人也都对自己的村子有感情和认同感，我小时候还听说，我们村里的人和五里墩的人曾经为争水争地大打出手，全村男女老少齐上阵，双方都有人受伤，这件事虽然很快就平息了，但感情上留下的伤痕却长久抹不去。现在和以前大不相同了，现在我们那里修了环城公路和高速公路，从我们村到吴家村或七里佛堂，坐上车一眨眼就到了，我每次回家，都能看到路边的七里佛堂加油站，还有人告诉我，七里佛堂这个村已经不存在了，现在变成了一个社区。我听了不禁生出沧桑之感，小时候我曾经熟悉的那个村庄，那条蜿蜒曲折的小路，以及我们走在小路上的那些复杂心情，都像风一样消失在时间之中了。

吴家村离公路稍远一点，应该还是存在的吧，至少从地图上看是这样，但我后来却再也没有去过。我那次去吴家村是去找我嫂子，那天下午，我哥回来了，我娘让我到吴家村小学去叫我嫂子，我骑上自行车便去了。我嫂子从我们村调到吴家村小学，虽然离家不过三四里地，但生活方式却发生了很大的变化，以前她在我们村，从家到学校骑车不过几分钟，一晃就到了，学校里又都是熟人，稍微晚去一会儿也没事，有什么事请假也方便，但是到吴家村小学就不一样了，她骑车要穿过两个村，时间上虽然只多了十几二十分钟，但心里感觉不一样，尤其是刚去的时候，她生怕迟到，每次都是早早地去，中午也不回家吃饭了，就在办公室里生个炉子，自己做饭吃。我嫂子调走的时候，也让小谦办了转学手续，跟她一起到吴家村小学去了，她每天骑自行车带着小谦，清晨去学校，等傍晚放了学才回来。

那天我骑车从我们村出来，向东走，在我们村东边有一片小树林，有一个大水坑，我穿过小树林，绕过大水坑，就进入了五里墩，五里墩村里的街道和我们村没什么两样，都是破旧低矮的房屋，土黄色的墙，矗立在路口的一根根焦黑色的电线杆，但是这个村庄却让我感觉陌生，路边说话的人，追着我的车子又跑又叫的狗，都让我心慌，我飞快地蹬着车子，沿着那条土路一直往东走。很快出了五里墩，前面是一片麦田，只有一条田间小路，路上坑坑洼洼的，刚下过小雨，坑洼里积存了不少雨水，路上又泥泞，我的车不小心，一下骑到坑洼里去了，我一拐车把，用力一蹬，车子滑倒了，我连人带车一下摔倒在地上，我的小腿被自行车砸在下面，从那里传来剧烈的疼痛，过了一会儿，我才从地上爬起来，一瘸一拐地扶起自行车，想骑上去继续走，但骑上去才发现，自行车的车链子掉了，我又下来安车链子，安了半天也没安上，原来是车链子上的扣断了一节，我把车链子缠在车把上，推着车继续向前走。

快走到吴家村的时候，正有一个老大爷在放羊，他很大嗓门地问我："怎么了孩子，骑车子摔了？"

我不好意思地点点头，问他："大爷，你们村的学校在哪里呀？"

老大爷说："学校你一直向东走，走到一个大坑边上，那里有一棵槐树，你从槐树向南，一直走就到了，你到学校是找谁呀？"

我说："找朱老师。"

老大爷说："朱老师是你啥人呀？"

我说："那是我嫂子。"

老大爷说："好好，听说朱老师教得可好哩，你的脚是怎么了，没事吧？"

我说："没事没事。"说着就辞别老大爷，进了吴家村，我按照老大爷说的，一直向东走。走到一个十字路口，两个小孩带着狗在电线杆子下面玩，可能看我一身泥一身水的，又撇着个腿推着车子，觉得很怪异，便跟在后面看。再往前走，到了那个大坑边，有一棵大槐树，我就停下来问那两个小孩："往学校里去，是从这里拐不？"

两个小孩争抢着说："是啊，你找谁呀？"

我说："找朱老师。"

两个小孩说："你找朱老师呀，跟我们来，我们带你去。"说着蹦蹦跳跳地向前跑了。

那条大黄狗却凑过来，对着我嗅来嗅去的，我怕它咬我，连呼带叫地大喊："狗，狗！"大黄狗冲我汪汪叫着，前面一个小孩又跑回来，呵斥了那条狗，又对我笑笑说："这条狗不咬人。"说着又向前跑去，大黄狗也跟着他跑了，我才小心翼翼地推着车子往前走。

我走到学校门口，他们已经跑进去了，不一会儿，我嫂子从里面匆忙跑出来，嘴里喊着："二小，你怎么来了，你这是怎么了？"

我说："嫂子，我哥回来了，咱娘让我来叫你早点回去哩。"

我嫂子说："行，咱这就往家走，你这身上是怎么弄的？"

我说："在路上骑得快，摔了一跤。"

我嫂子说："你说你呀，咋不小心一点？快过来，把车子放下，咱们洗把脸再走。"这时有不少小孩围过来看，给我带路的那两个小孩和那条大黄狗也在，我嫂子说，"看啥呀看，快回屋里上课去！"说着拉着我的手来到办公室，从暖水瓶里倒了点热水，又舀了点凉水兑了兑，把我推到脸盆架前说，"你自己洗洗吧，洗了拿毛巾擦干。"她将一条干净的毛巾搭在脸盆架上，又说，"你先等一会儿，我去叫小谦。"说着她走出去了。我洗完脸，拿起那条毛巾一看，又白又绵软，还散发着一股胰子的清香，我没好意思用，怕擦脏了，便又把毛巾搭了回去，甩了甩手，抹了一把脸上的水，抬头看这间办公室。小小的办公室里挤了四五张桌子，我嫂子的桌旁生着一个蜂窝煤炉子，正烧着一壶水，呼呼地冒着白气，其他老师的桌上都是空的，只有我嫂子的桌上摆着一些书，还有一两摞作业，桌子下面还有一口铁锅，两三副碗筷、煤球、大白菜。

我正在看着，小谦跑了进来，惊呼一声："叔叔，你怎么了，怎么身上都是泥？"

我说："来的时候骑得快，摔了一下，你爸回来了，我急着来告诉你们。"

小谦说："我妈跟我说了，你摔哪儿了，疼不疼？"说着他的眼泪都快要掉下来了。

我说："没事没事，早就不疼了。"说着我从兜里掏出一把糖，递给他说，"你爸带的，你快尝尝。"小谦拿了一颗糖，剥开，塞到我嘴里，又拿了一颗，剥开，自己吃了，我把那一把糖豆塞到了他的兜里。

这时我嫂子走进来对小谦说："行了，咱快走吧，你爸在家等着呢。"走出办公室，我嫂子让我骑着她的车带着小谦，她推着我那辆掉了链子的车，一齐向外走，边走边说，"北边路口那儿有个修车的，我们到那里去修修。"

我们走出学校，走到那个大坑边，绕过大槐树向北，沿着一条土路一直走到乡间公路的路口，在东南角有一个小屋是修车铺，门上挂着一只轮胎，有个驼背老头正蹲在地上修理自行车，我嫂子走过去，跟他说了几句话，驼背老头便放下手里的活，先修我们的车子。他将车链子拿在手里看看，回身在一个放满各种零件的小铁盒里扒拉了一下，找出了一个跟这节车链子上的扣相似的一个扣，比试了一下，觉得差不多，就将那个坏了的扣拧下来，将这个扣安在了链子的一端，然后又将链子从在自行车下面的齿轮边绕过来，又将两端连接在一起，用钳子拧了一下，固定好，才将链子安上齿轮，转了一下车蹬子，自行车的后轮也跟着转了起来。

他这才从地上站起来，说："好了，可以骑了！"我嫂子掏钱给他，他连忙摆着手说，"啥钱不钱的，朱老师你别客气，快走吧！"我嫂子还是掏出一块钱，扔到了他那个锈迹斑斑的小铁盒里，推着车子走了，那个驼背老头拿起钱追了两步，见追不上，喃喃地说，"朱老师你真是，真是……"

回去的时候，我们走的是那条乡间公路。我骑着自行车行驶在这条路上，还能看到散落在坑洼里的煤渣。我嫂子让我骑那辆修好的车，这辆车是男式的，带大梁，她骑不惯，我骑上车，小谦飞身坐在我后座上，我便用力往前蹬，我嫂子在后面喊着，"慢点，二小你慢点。"但我没听她的，一路风驰电掣，经过七里佛堂、五里墩，经过那个溢出氨水味的磷肥厂，经过我们村后街的一座磨坊，向南一拐，就进了我们村。等我们到家时，我哥抱着佳佳，我娘和我姐姐坐在院子里的树荫下正跟他说笑着，小谦跳下了车，喊着爸爸就向我哥扑去。我把自行车闸在那棵香椿树下，我娘问我："你嫂子呢？"

我说："在后面呢。"正说着，我嫂子骑车进来了。

12

我们的对门邻居衍明叔在县城买了房子，搬到城里去住了，他家的房子就闲置下来，闲置了四五年，我嫂子长年在我家的东屋里住，也觉得不随便，便去找了衍明叔，将他家的房子借来住，这样既离我家不远，可以相互照应，又相对独立，有一个自己的小院。这样我嫂子和小谦、佳佳便搬到衍明叔家去住了。我嫂子搬到衍明叔家之后，对我们的生活并没有多大影响，我和小谦、佳佳仍然在一起玩，只是跑的范围更大了，以前衍明叔家的大门都是锁着，我们要进去只能跳墙，现在钥匙在我嫂子手里，她一打开门，我们就能进去了。衍明叔家的院子比我家讲究，没有猪圈、鸡窝等农村常见的房舍，显得整洁干净了很多。他家的院子里有一棵很大的梨树，一进门有一堵迎门墙，修迎门墙的时候，衍明叔和衍明婶子还住在家里。

那时刚修好的墙面是洁白的，衍明婶子觉得太素，衍明叔就请我们村的二百七在墙上画一幅画。二百七是我们村后街的画匠，他很胖，据说年轻的时候有二百七十斤，那时候我们村里的很多人都还吃不饱，像他这样一个大胖子，走起路来一晃一晃地，在村里很引人注目，所以就给他起了这么个外号，听说他家以前是富农，一般人家可养不出这么胖的人，也养不起！

二百七来画画那一天，我们一班小孩都围在边上看，二百七虽然看上去很雄壮，但性子却很柔和，他带来了几管颜料，在小碟子里一一化开，和衍明叔商量："画个什么好呢？是画松鹤延年呢，还是画花开富贵呢？"

衍明叔看了看洁白的墙面，说："你先调着颜料，我去商量一下。"说着他回到房间里去跟衍明婶子商量去了。

一会儿他回来，对二百七说："还是画松鹤延年吧，花开富贵也好，就怕哪一天富贵又成了罪名，还得改。"

二百七点了点头说："也是啊。"

说着他拿起画笔就准备往上画，衍明叔说："你可小心着点画，画不好可就毁了一面墙。"

二百七笑着说："你就放心吧，我又不是画一天两天了。"

衍明叔说："那就好，那就好。"说着还是紧张地盯着他。

二百七拿起画笔，先在后面刷了几笔绿色当作背景，又拿起黑色的笔描画树干，一转脸看到衍明叔目不转睛地盯着他，不禁笑了起来："你别这么盯着我，你紧张，搞得我也很紧张，你回屋里去喝口水吧。"

衍明叔也笑了，说："那你好好画，我回屋里去待一会儿。"

衍明叔走了，二百七继续画，他把整面墙都涂成了绿色，有的地方浓，有的地方淡，又用黑笔勾勒出了层次，一株株浓密的松树簇拥着在他笔下出现了。他又开始画仙鹤，在左下角，他用工笔细细描着，刚开始我们看不出他画的是什么，一小圈一小圈的，他稍加勾勒，我们才看出那是羽毛，最后再加上一只长腿，一只翘首而立的仙鹤就如在眼前了。这时候，衍明叔端着一个茶杯踱了出来，站在边上看着他画，二百七浑然不觉，他在那只仙鹤的旁边，又勾勒了另一只仙鹤，这只仙鹤展翅欲飞，眼睛却看着那一只，像是在招呼它一起飞。二百七画好后很得意，向后退了两步，想远远地欣赏一下，不料一脚踩在衍明叔的鞋上，他的胖身板撞得衍明叔一趔趄，衍明叔啊地叫了一声，差点将茶杯洒在地上。二百七这才回过神来，要去扶衍明叔，手里的画笔和颜料碟子又无处放，一时窘在了那里，衍明叔好不容易站稳了脚跟，笑骂着："你这个家伙，莽莽撞撞的！"

二百七说："我也不知道你站在这儿呀，咋不说一声？"又说，"你看看这仙鹤画得怎么样？"

衍明叔端详了一阵，说："这画得是不错，就是太素净了点。"

二百七向后退了两三步，整体看了看，说："是有点素，这不还没点红吗？"说着他拿起画笔，在碟子里沾了点红颜色，在两只仙鹤的额头点了一下，那两只仙鹤立刻灵动起来，他靠后看看，又问衍明叔，"你看看现在怎么样？"

衍明叔说："画得是不赖，就感觉少了点什么。"

"少了点什么？"二百七沉吟着在画前踱步，又转过身来问，"那你说少了点什么？"

衍明叔端着茶杯向前跨了一步，指着右下角，说："你看看，这儿都是空的，在这儿再画上点什么吧？"

二百七说："你不懂，这在画上叫留白，是我故意留下来的。"

衍明叔说："啥留白？你就在这儿画上一朵牡丹，多好看！"

二百七说："那可不行，在这儿再添一朵牡丹？那就破坏了整幅画的构图。"

衍明叔说："啥构图不构图的，我看着好看就行，你就在这儿画一朵，在这儿再画一朵！"他指点着画壁对二百七说。

二百七无奈地叹了口气："反正是你家的迎门墙，你看着好就行。"说着，无奈地提起画笔，按照衍明叔的指点，在右下角画上了一朵、两朵，一共三朵牡丹！

衍明叔在旁边啧啧称赞："看看，这多好看！"牡丹画好后，衍明婶子已经炒好了菜，衍明叔将二百七请到堂屋里，好酒好菜招待他，二百七一直喝到半天夕①，才歪歪斜斜地回家走了。

现在衍明叔一家都搬走了，这个小院就成了我们的天下，不过我嫂子还是很小心，千叮咛万嘱咐我们不要乱摸乱碰，尤其是这个迎门墙，可不能拿小刀在上面乱刻乱画，这迎门墙就在门口，一进门就能看见，"要是在这里刻坏了，你三爷爷一回来就能看见，就会发火，就不让我们在这里住了"。但真是怕什么就会来什么：这么一面墙好好地摆在那里，我们怎么能不去涂上点什么呢。

那一天下午飘着细雨，地上到处都是湿的，我嫂子骑车出去

---

① 方言，指下午接近傍晚的意思。

了，不在家，我和小谦、佳佳四处转着玩，都觉得没意思，不知怎么就转到了这堵墙面前，我想起了那天二百七画画的情景，就对他们说："来，咱们也来画画吧。"

佳佳一听很兴奋，说："好啊，我们也画画！"

小谦说："我妈不是说了吗，不让在这个墙上乱画。"

我说："没事，画完了咱再擦了就行了，看不出来。"说着我们就去找颜料和画笔，画笔是几根树枝，颜料是从我娘的抽屉里偷来的，那是她用来染布的，我们接一点雨水，化开，就能用了。

一切准备停当，我拿着画笔，学着二百七的样子退后几步，端详着这面墙说："画点什么呢？是画个仙鹤呢，还是画朵花呢？"

佳佳拍着手说："画个仙鹤，画个仙鹤！"

我说："好，我就给你画个仙鹤！"说着踩在凳子上，拿画笔在那两只仙鹤边上又加上了一只。我从小没学过画，哪里会画仙鹤呀，又没有耐心细细勾勒，只是大笔一挥，画出个轮廓，看一看，不像，又加上了两只翅膀，胡乱涂抹了一下，问他们，"怎么样，像不像？"

佳佳说："不像，像一只老母鸡。"

小谦摇了摇头，也说："不像，像天上飞的老鹰。"

我有点不高兴，从椅子上跳下来说："那好，不画仙鹤了，我再给你们画一朵牡丹吧。"

小谦说："叔叔，牡丹我来画吧，这个我行。"

佳佳也说："我画，我画！"我虽然有点不情愿，但也不好拂了"手下"的热情，只好将画笔交给小谦，说："那你画吧"。小谦接过画笔，看了看墙上那三朵牡丹，提笔蘸了点黑色颜料，在旁边画出了一朵花的轮廓，又用另一支画笔蘸了点粉色，往花瓣上涂抹，别说，还真像那么回事。

小谦画好后说："我画得好不好？"

我说："挺好看的，你在哪儿学的？"

小谦说："我妈教给我的。"

正说着，佳佳一把将画笔从他手中抢了过去："轮到我了，我也画一个！"他站到凳子上，在仙鹤的翅膀上画了一只小鸟。

我说："你这乱七八糟地画的是什么呀？"

佳佳说："这是一只小仙鹤，爸爸妈妈带它出去玩！"说着他从凳子上跳下来，在墙的右下角，牡丹的旁边，又画了一只小乌龟，笑着说，"这是王甲威，王甲威是个大坏蛋！"

王甲威是衍明叔房后邻居家的小孩，跟佳佳年龄差不多，两个人经常在一起玩，经常打架。说着佳佳在旁边歪歪扭扭地写上了："王甲威是个大坏蛋！"我们看着，都哈哈笑了起来。

画完了画，我们再想将这些画抹掉，可就没那么容易了，我跳上凳子去擦，我的那只老鹰模糊了，但也染黑了仙鹤的白翅，也把佳佳的小仙鹤擦花了，再跳下来擦牡丹，弄得那墙红了一大片，那只小乌龟和旁边的字却怎么擦也擦不掉。

"这可怎么办呀？"我们三人都很着急，我嫂子要是回来发现了，非得痛骂我们一番不可，该怎么办呢？我们都开动脑筋，小谦说："在这墙上搭一块塑料布，我妈就看不见了。"

佳佳说："要不咱们把拉车子推到这儿来，将车盘立在这里，就能把墙挡住了。"

我想了想，说："这些方法都不管用，反而会引起怀疑，要想彻底解决，只有一个办法，那就是把墙推倒，墙倒了，你妈就无法发现了。"他们二人听了，觉得有道理，我们三人绕着迎门墙走了一圈，用手推了推试试，那墙是红砖垒的，水泥喂缝，坚固得很，我飞身起来踹了一脚，纹丝不动，倒又在墙上留下一个清晰的鞋印。

那怎么办？我灵光一闪，又冒出个主意："既然推不倒墙，那就只有这一个办法了，咱们把墙弄脏，墙上的画和我们画的，都看不清了，不就行了吗？"他俩也说好，我们立即行动起来，找了个盆子，在水洼里舀了些浑浊的泥水，就往这面墙上泼，你一盆，我一盆，嘻嘻哈哈笑着，你争我抢，像过泼水节一样，把这面墙都泼上了泥水，墙上的画都看不清了，我们身上也沾了不少泥水。

小谦担心地说："我妈要是问，这墙咋弄脏了呢？"

我说："那咱就管不着了，天上下雨弄脏了，也怪不着咱。"

佳佳笑着说："那得怪老天爷，怪不着咱！"

小谦又转而担心，身上的衣服弄脏了怎么办，我说："没事，咱回去烤烤火，烤干了，那些泥点子就掉下来了。"

真是人算不如天算，下了一夜雨，我们泼到墙上的泥污被雨水冲刷下来大半，我画的老鹰、小谦画的牡丹和佳佳画的小乌龟，都隐隐约约显露出来了，我嫂子发现了，把小谦和佳佳打了一顿，又领着他俩来找我，说："怎么回事呀二小，不是给你说了不让你们在迎门墙上乱画吗？你怎么又带着他俩瞎画？"

我见他俩哭哭啼啼地已经招了，想赖也赖不过去了，犹豫着不知说啥好，这时我娘问："咋回事儿呀，都画啥了？"

我嫂子说："娘你看看去，衍明叔的迎门墙让他们祸害成啥了，这儿一只老鹰那儿一个王八的，都是小二小带的坏头，这可咋办呀？衍明叔好不容易答应把房子借给咱，咱把人家的迎门墙弄成那样，可咋给人家交代呀。"

我娘说："别着急，别着急，我去看看，咱再想办法。"从我娘说话开始，我就想伺机逃跑，但我嫂子正挡在门口，我无路可逃。此时我娘拽着我的手，一步一步走出院子，来到那堵迎门墙前。

我嫂子拉着小谦、佳佳跟在后面，说："看看，这就是他仨画的！"

我娘看了一眼，抡起胳膊就朝我打来，我一躲，她的巴掌扇空了，我娘就更生气了，抓住我就开始痛打我的屁股，疼得我嗷嗷直叫，她一边打一边喊："你还敢躲，你还敢躲，我看你还敢不敢躲？"

我边哭边喊："不敢了，不敢了，我再也不敢了。"

我嫂子赶忙上前拉住我娘，说："娘你别打了，别打了，再打也没有用，咱想想办法咋办吧。"

我娘这才停住手，抹了抹头上的汗，说："咋办呀，你说咋办好呢？"

我嫂子想了想，说："我看这墙上的画都糟蹋了，不能要了，只能把墙皮抹了，再请人重画。就是不知道这画是谁画的，再请他画一个同样的就好了。"

我娘皱着眉头说："咱村里有好几个会画画的，也不知道你衍明叔请的是谁画的，也有可能是请城里的人画的，你衍明叔这人讲究。"

我嫂子叹口气说："这就麻烦了。"

这时我突然说："我知道是谁画的。"

我娘说："你知道？还不快说！"说着又作势要打我。

我赶紧躲了躲，说："你要打我，我就不说了。"

我娘眉毛一扬，说："你还反了天了？看我不打你……"

说着又要来抓我，我嫂子赶紧拦住她，对我说："好二小，你快跟嫂子说，是谁画的。"

我对她说："是后街的二百七画的。"

于是二百七就又被请到衍明叔家来画画了。他骑着一辆自行车，那肥胖的身子压得车子吱吱扭扭响，来到迎门墙前他吓了一跳，呵呵笑着说："是谁破坏了我的画，这毁坏得可真够彻底的，是你吗，是你吗，是你吗？"他一一指点着我和小谦、佳佳问，我们不由自主地向后退了几步，可他那胖胖的手指和身躯又有点滑稽，让人禁不住想笑，他却又大手一挥，说，"算了，旧的不去，新的不来，我再给你们重画一个，你们这画的是啥呀，这回好好跟我学着点，我教给你们怎么画。"

我嫂子端了一杯茶来，放在旁边的凳子上说："叔，你就照原先那样画一幅就行。"

二百七喝了一口茶，说："照原样画多没意思呀，我给你画个旭日东升吧，或者三阳开泰，三只小山羊站在山冈上咩咩叫，多好啊。"

我嫂子说："不是叔，好是好，可这不是咱家的墙，是衍明叔家的，你就照原样画一张，让他看不出差别来最好。"

二百七哈哈笑着说："明白了，明白了，这几个小子闯了祸，让我给消灾来了，行，没问题，我就给你画个一模一样的！"说着他喝完茶，把杯子往凳子上一放，开始铲墙皮，那些松鹤延年的碎片扑簌簌地往下落，他边铲边说，"都是你们这几个坏小子干的，让我亲手铲掉自己的画，我的心好痛呀！"我们都不好意思地看着他。将墙皮铲完，他又挂上了一层大白，这面墙又光洁如新了。

二百七是我们村的一个能人，不仅会画画，刷大白，还懂中医，会看病，我上高中时有一次牙疼得要命，在县城的小诊所拿了药，也不管用，回到家仍然疼得龇牙咧嘴的，我大姐见我疼得这么难受，就领我去了后街二百七家，在他家那间昏暗的小屋里，二百七看了看我的牙，从一个小袋子里拿出一点草药的粉末，捏着放在了我那颗牙的牙龈上，很神奇，疼痛立刻就止住了！并且从那以后，再也没有犯过，这让我对二百七和他那间神秘的小屋充满了敬畏，二百七的儿子家就在我大姐那个胡同，我时常看到他骑着车子，摇摇晃晃地去他儿子家，像一头骑自行车的大象一样。

此时二百七站在凳子上，又开始画画，他一边画一边给我们讲怎么运笔，怎么调色，怎么勾勒，我们眼看着一只仙鹤从无到有，从他手上慢慢画出，在墙面上展翅欲飞，简直太神奇了！画完松鹤延年，他抽了一支烟，说："那几朵牡丹就不画了吧？当初你衍明叔非要我画，我就觉得不该画，不协调。"

我嫂子说："还是画上吧，要不就不像原来的了。"

二百七无奈地说："好，那我就给你画上吧。"画完牡丹，我娘在家里也把菜炒好了，便请二百七过来到我家喝酒，这天我爹正好也回来了，他陪着二百七，一喝又喝到了半天夕。

衍明叔是个仔细的人，他虽然搬到城里去住了，但是隔不了几天就会骑着自行车回来一趟，看看房子是否漏雨了，墙是否倒塌了，顺便也浇浇树，收拾一下院子里的花草。这天他骑着车子进了门，摘下头上的草帽扇着汗，一眼就看到了迎门墙上的画，他左看看，右看看，有点不相信似的说："这墙上的画好几年了，咋看着还跟新的一样？"

我嫂子笑着说："这两天不是雨水勤嘛，一洗，可不就跟新的一样了？"

衍明叔也笑了，他笑着说："也是，也是，这幅画真好，就跟新的一样，就是再把二百七请来，他也画不出这么好的一幅画了！"

13

衍明叔家的厨房后面有一扇窗户，正对着我们两家之间的胡同，窗台很高，只有我能够得着，小谦、佳佳、小印、小涛等人都够不着。那时候我经常在胡同里率领他们一起玩，让他们排队，立正，稍息，齐步走，一二一，一二一，每天乐此不疲地走着。佳佳走步时很不认真，总是打这个一下，闹那个一下，或者立正时不好好站直，松松垮垮的，或者走路时突然伸出一只脚，绊后面的人一下，我便想出来一个惩治他的办法，那就是把他抱起来，双手举起，把他放在那个窗台上，那个窗台只有一巴掌宽，勉强能搁下屁股，窗户上罩着纱窗，四边都是平滑的砖墙，抓也没处抓，跳又不敢跳，只能在那里乖乖坐着求饶："叔叔，我再也不敢了，把我放下来吧，把我放下来吧。"我不管他，继续训练其他小孩，佳佳在窗台上都快吓哭了，带着哭腔喊，"叔叔，叔叔，我再也不敢了，你把我放下来吧。"这时我才把他从窗台上抱下来。从此之后，这个窗台就成了我惩罚小孩的一个地方，谁不听话，就把他放到窗台上去，在这里，我惩罚过佳佳、小涛、小花，但是惩罚最多的，还是佳佳。

佳佳最调皮捣蛋，鬼花样最多，有一次我把他放到窗台上去了，他还嘴硬，不但不向我求饶，还大声高喊："奶奶，奶奶，快管管你小二小，快管管你小二小。"那时候我娘可能在家里正忙着，这个窗台也靠南边，离我家堂屋较远，我娘没听见，佳佳见没人来解救他，就又低声下气地向我求饶，"叔叔，把我放下来吧，我再也不敢了。"

我说："刚才不是还挺嘴硬的吗，不是还想喊你奶奶来揍我的吗？现在怎么不喊了？"

佳佳说："叔叔，我再也不敢了，再也不喊了。"

我扬扬得意地说："你咋不喊了，再接着喊呗，反正你奶奶也听不见，你还不是落在我手里啦，哈哈哈……"佳佳再三再四地求我，我才把他放下来。但是有一次，佳佳大喊"奶奶，快管管你小二小"的时候，我娘真的拎着笤帚疙瘩出来了，当时我还正对着他说，"你再大点声，再大点声，看你奶奶能不能听见。"

突然"啪"的一声，屁股上就挨了一下，我吓了一跳，赶紧捂着屁股飞快地向外跑，刚跑了几步，又被我娘叫住了，我娘说："你快把他抱下来！"

我战战兢兢地跑过去，把佳佳抱了下来，佳佳得意扬扬地说："我奶奶这不是来了吗？小二小，你以后给我老实点。"我给了他一个白眼，心想，你小子别得意，等你落到我手里，看我怎么收拾你。

那天我娘也没再打我，只是跟我说："以后别把佳佳往窗台上放了，这窗台多高呀，摔下来可不是闹着玩的。"我连连点头答应着，但是面对佳佳这么捣蛋的小孩，不收拾他怎么行呢？而要收拾他，最简单的办法就是把他抱起来，往窗台上一放，他就安安静静地老实了，我又怎么可能不用呢？但我后来也改进了方法，把佳佳放上窗台之后，在他大哭大喊的时候，随时留心警惕着院门口，一见到我娘的身影，就立刻撒丫子逃跑。

那时我将佳佳抱上窗台，只是想小小地吓唬他一下，并没有真的想惩罚他，一般都是过一会儿等他听话了，就把他放下来了。但有一次也发生了意外，那次我将佳佳举上窗台，带领着一帮小孩继续玩，玩着玩着，不知怎么跑到别的地方去玩了，把佳佳还在窗台上这件事给忘了。等我玩了一晌，回到家想要吃饭的时候，我娘抓住我劈头盖脸就打了一顿，她边打边气呼呼地说："你说说你，跑到哪里去了？把佳佳撂在窗台上，咋就不管了？他又是哭又是叫的，把嗓子都快喊哑了，我也没听见，要不是你嫂子回来看见，现在还在窗台上撂着呢？你说说打你冤不冤，冤不冤？"我被打得嗷嗷直叫，又是哭又是喊的。

我娘打了一会儿，又拽着我的手来到东院里（衍明叔家），对我嫂子说："都是小二小闹的，我打了他一顿，佳佳现在好点了吗？"

我偷偷抬眼看我嫂子，我嫂子脸色很不好，眼角还挂着泪花，可能刚刚哭过了，小谦和佳佳安静地坐在饭桌旁，佳佳见我来了，赶紧跑过来拉住我的手，说："叔叔，你刚才跑哪儿去了，我喊了你半天，你也没听见。"我紧紧攥着他的手，心里觉得很对不起他，眼泪也流了下来。

我嫂子勉强挤出一个笑脸，对我娘说："娘，你又打他做什么，他也不是故意的。"又对我说，"二小，你以后好好带着佳佳玩啊，别把他往窗台上放了，多危险呀，你记住了吗？"

我重重地点点头说："我记住了，嫂子，我以后好好带着他玩。"

我嫂子又说小谦："小谦也是，你叔叔不记得，你还不记得自己的亲弟弟，也跟着乱跑着玩去了，这孩子！"小谦低着头，也不说话。

我娘说："不怪小谦，都是二小闹的，你嫂子给你说的话，你记住了吗？以后带着他们好好玩。"

我又点点头，说："记住了。"

我嫂子说："好了，你们在一起好好玩吧。"

但以后这个窗台还是少不了要用，不过我再用时小心了好多，再也没有发生过这样的事。这个窗台不仅白天能用，晚上也能用。那时候晚上吃完饭后，我嫂子时常带着小谦、佳佳到西院来玩，我大姐家在我家的东边，只隔着两条胡同，晚上也会带着小涛和小花来我家里玩。大人们在屋里坐着说话，我们一帮小孩就在院子里、胡同中到处乱跑，都很兴奋。尤其是月亮圆的晚上，半空中一轮明月，洒下银色的月光，周围的世界隐隐约约的，但又能看得清，我们在暗影中玩捉迷藏，在胡同里练习立正、稍息、齐步走，玩得都很高兴。这个时候，月光照到胡同里，也有一条线将胡同分为明影和暗影，明的是月光照着的白地，暗的是房子和墙的影子，它们的区分虽然不像白天一样分明，但却有一种神秘感，让人感觉到隐隐的兴奋，所以玩得更欢，笑声也更响，当我将佳佳举上窗台的时候，他哭叫的声音也更大，我怕他感到害怕，也不敢让他在窗台上太长时间，只要他开口向我求饶，我便把他抱下来，然后我们再一起跑着去玩，脚步声咚咚咚地在胡同里回响着，像是从月亮上传来的鼓声。

那时奔跑就是我们走路的方式，我们在村里奔跑，在田野上奔跑，在白天奔跑，在黑夜里奔跑，无时无刻不在奔跑。我们踮着脚奔跑，也摸索出了更好的奔跑方式，那就是侧着头，配合步伐迅速摆动双肘可以跑得更快，当后面有人追击时，我们就这样奔跑快速摆脱对手，而当我们追击别人时，也这样奔跑着，耳旁的风呼呼刮着，我们的脚踏在大地上，像在敲击战鼓一样，前面有什么矮墙、树枝或篱笆，我们纵身一跃，就飞了过去，如风一般，如奔马一般。等跑累了，他们便围坐在一起听我讲故事，现在镇天楼的故事成了一个西天取经的故事，四个小孩保护着"我"去求取真经，一路跋山涉水，一路降妖除魔，走啊走啊不停地走，而黑大强、高小虎等人则幻化黑熊怪、老虎精，不断兴风作浪，但是在我们的英勇斗争下节节败退，我们乘胜一路追击。

我们在夜色中奔跑，在胡同里嬉闹，全然不知道时间已过去了多久，直到我嫂子喊小谦和佳佳，我姐姐叫小涛和小花，才各自回家了，整条胡同慢慢安静下来，此时月亮已经升到了中天，照着那个窗台，黑洞洞的。我凝望着天上的月亮，在月亮上仿佛看到了镇天楼的影子，看到了我们一路西行掠过天空的身影。

14

我嫂子搬到衍明叔家去住之后，每到秋假，仍然到我哥那里去，这时小谦和佳佳大了，不用再携着抱着的了，也不用我爹我娘去送了，她就一个人带着两个孩子，在我们县里的长途汽车站买上票，坐上车就到我哥那里去了，在那里住上十天半个月的，再回来。这时候我嫂子到我哥那里去的时候，会让我搬到东院里去住，帮她看家。

这时候我大了一两岁，不再像刚搬到东屋里住时那么害怕了，但是搬到衍明叔家去住，一个人守着一座屋子，一个院子，到了晚上心里还是很发怵。一有点风吹草动，就战战兢兢地心里打鼓。尤其是刮风下雨的时候，窗外是呜呜呜呜的风声，刷啦刷啦的雨声，院子里梨树、槐树和榆树的枝条在空中飞舞、碰撞、折断，像千军万马在交战，又不知从哪里发出风吹过孔洞时的哨声，听得我心惊胆战，这时候我怕黑，怕鬼，更怕小偷在风雨之夜闯进来，我到很晚都不敢睡，不敢闭眼，一直亮着灯，躲在被窝里瑟瑟发抖。这时候只有书能拯救我，我打开一本小说，跟着里面的人物和故事走，让自己沉浸在另一个世界中，慢慢地窗外的风雨声似乎远了，屋外无边的黑暗似乎也远了，那些看不见的鬼和小偷似乎也都走远了，我的心也慢慢安定下来，等天亮一睁眼，想起晚上的恐惧和害怕，甚至觉得有点可笑，明晃晃的太阳照着，青天白日的，哪里有什么鬼和小偷呢？但是到了晚上，那种熟悉的恐惧的心理又袭上了心头，我就又赶紧看书。

有一天晚上又下大雨，我缩在被窝里看书，耳听得窗外风雨交加，风雨声、树枝抽打的嗖嗖声、枝条折断的咔嚓声、呜呜的哨音，像是有鬼在哭在叫，我的心紧缩成一团，这时还有敲门声，中间还夹杂着人声，我吓得躲在被窝里不敢动弹，心想可能是哪里的野猫碰到了门，但是敲门声更紧了，人的声音也更清晰了，我大着胆子喊了一声："谁呀？"

这时传来了一个声音，说："婶子，你还没睡吧？你家里有手电筒吗？我想借一下使使。"听到这个声音我反倒安静下来了，这是东边的一户人家，衍明叔家东边是俭哥家，俭哥家搬到北边去住之后，有一对小夫妻租了他家的房子住，门外的声音正是那个小伙子，我跳下床，穿上衣服，去打开门，只见那个小伙子淋得像个落汤鸡一样，看到是我，他有点吃惊："原来是二叔呀？我大婶子不在家？我家的灯突然没电了，想去查查线路，又没有手电，我看到你家亮着灯，就想借一下手电，隔着墙喊了几声，没人应，我就跳墙过来看看，没吓着你吧？家里有手电吗？"我嫂子有手电筒，但我不知道她放在了哪里，拉开几个抽屉，翻找了一下，也没找到。

那个男的见我忙乱的样子，就说："别找了二叔，找不到就算了，我得赶紧回去，家里我媳妇一个人也害怕。"说着就往外走，我拉亮院里的灯给他照亮，他也不用梯子，跑两步翻上墙头，一纵身就跳下去了，墙那边"咕咚"一声。他走了之后，我闩上门，躺在床上，反而不害怕了，心想哪里有鬼呀，这世界上根本就没有鬼，有什么可怕的？

第二天我娘来叫我，见我将几个抽屉翻得乱七八糟的，就说："别乱翻你嫂子的东西，不是跟你说了吗，还乱翻。"

我连忙将东西摆放好，又将抽屉关好，对我娘说："我没乱翻，东边那家人来借手电筒，我找了找，没找着，不知道我嫂子放哪儿了。"

我娘说："找什么找，跟他说没有不就完了。"又看了看床上七扭八歪的被子，说，"你可别盖你嫂子和小谦的被子，小心给她弄脏了，快回去把你的被子抱过来。"说着她把我盖过的被子抱起来，走到院里搭在晾衣绳上晾晒，我回家把被子抱来，我娘也给我晒上了，雨过天晴，阳光很充足，被子晒一天，晚上睡觉的时候，有种暖洋洋的阳光的味道，很好闻。在东院，我嫂子和佳佳睡在东间的大床上，小谦一个人睡在西间的小床上，我在这里看家，有时住在西间，有时住在东间，西间密封性好，只有一个小窗户，感觉上离我家也近，最初的时候我住在这里，把小门插上，就是一个独立的空间，除了偶尔有老鼠的撕咬声，没有什么可怕的，后来随着胆子越来越大，我更多地住在东间，东间朝南有一扇大窗户，白天的时候可以看到整个院子，两间西屋，厨房，高高的门楼的尖顶，迎门墙，院子里的梨树，晚上我就躺在床上看书，床边有张桌子，正在窗户下面，我把一盏小台灯摆在桌上，靠近床头，拧亮台灯，一直看到很晚才睡觉。那时睡觉时，我盖的是小谦的被子，他的被子里有一股香甜的气息。

15

冬天我们最喜欢玩的是鞭炮，那时过年家家都放鞭炮，我们在家里点了炮之后，就在满地碎屑之中寻找没有炸响的小炮，把它们放在口袋里，凑到一起比，看谁攒的小炮多，我们还趁人走路的时候，点着小炮往那里一扔，赶紧找个地方躲起来，小炮"啪"的一声炸响，把走路的人吓一跳，我们躲在树后就高兴得哈哈大笑起来。一到过年的时候，连大人都怕我们，怕我们对他们搞突然袭击，"啪"地一下炸响，吓着他们。我们把小炮塞在各个地方，墙缝里、门框中、草垛上、地上的牛粪里，然后点着它们，就为了听那"啪"的一声。我还敢用手拿着小炮点，左手拿着小炮，右手拿着火柴，在火柴盒上划着火，去点手里的小炮，小炮的引信点着了，嗤嗤地冒着火，左手突然向上一抛，"啪"的一声，小炮便在半空中炸响了。这是一手绝活，别的小孩都不敢，只有我敢用手拿着点炮，最关键的就是要把握好扔出小炮的时机，扔得早了，小炮的引信可能点不着，扔得晚了，小炮就在手中炸响了，把手炸得乌黑，甚至能把手炸得皮开肉绽。扔得最好的是，小炮出手，在半空中划一个弧线，正落到人头顶上方一两尺时，"啪"的一声炸响，这样最能达到吓人的效果，被吓的人捂着耳朵弯腰啊啊叫着飞跑，我们则躲在墙后偷偷捂着嘴笑。过年的时候，我们与另外一拨小孩相见时，都要时刻防备着对方突然袭击，如果你见到一个小孩突然坏笑，赶紧捂着耳朵紧跑几步就是了，因为你不知道小炮会突然在哪里炸响，有时会在墙脚，有时会在脚下，有时会在旁边的树缝里，但自从我练会了手拿小炮往半空中扔的绝招之后，我们村前街后街的小孩见到我们，一个个都躲着走，再也不敢在我们面前逞强了。

正月十五元宵节的晚上，我们那里有一个风俗，就是烤火，在院子里或者路口，点燃一堆篝火，大家围绕着这堆篝火跳来跳去，说说笑笑的，就可以将病根祛除，"烤烤腰，腰不疼，烤烤腿，腿不疼"，尤其老一辈人，很信这个，围绕篝火伸伸腿，扭扭腰，平常里很严肃的他们被篝火映红了脸庞，显得也活泼了起来。有一年正月十五的晚上，我们也突发奇想，在黑三家旧宅院的大槐树下也点燃了一堆篝火，我们说要将去年一年所赢的四角儿都扔到篝火里，统统烧掉，这样老天就可以保佑我们明年可以赢更多四角儿，我们越说越兴奋，回家抱来自己的一堆四角儿，拆开扔到火堆里，那堆火熊熊燃烧着，越烧越大，我们围着火堆坐下来，兴奋地看着，小谦从口袋里掏出一只小炮，扔到火里，"啪"的一声，小炮在火堆中炸响，带起了无数火星，我们也各自从自己的兜里掏出小炮，纷纷往火里扔，一时噼噼啪啪响声不绝，这时我们村有人放起了花火，整个天空一明一暗的，东边一朵，西边一朵，一朵接一朵，在夜空中竞相开放着，我们围着篝火，坐在地上仰望着夜空中绽放的花朵，内心都很兴奋，那天晚上我们在那里坐了很久，直到深夜才依依不舍地各自回家，还相约以后每年正月十五，我们都要把赢来的四角儿带到这里，扔到篝火里烧掉，将这个当作我们的一个特殊仪式。但是到了第二年，小谦已经不在这里了，他到我哥那里去了。

那一年小谦跟我嫂子到我哥那里去，后来我们才知道，他去的时候，带了一个小玻璃瓶，瓶里装满了他费心从小炮上刮下来的灰黑色的火药，等下车的时候，他从车上往下跳，火药受到震动，在玻璃瓶里突然爆炸了，"砰"的一声，将他的大腿根部——也就是紧挨裤兜里放玻璃瓶的地方，炸出了一个大口子，鲜血迸流，小谦疼得啊啊啊地叫着，我嫂子也吓坏了，抱着他大喊："小谦，你怎么啦，你怎么啦？"佳佳吓哭了，旁边的乘客看着他们也是又惊又怕，赶紧帮忙叫急救车，急救车呼啸着来了，将小谦和我嫂子、佳佳运到了最近的医院，急诊的医生看小谦满身是血，也吓了一跳，赶紧拉到急救室抢救。这时我哥得到消息，急急忙忙赶了过来，我嫂子一见到我哥，抱住他就痛哭了起来，我哥连忙拍着她的背安慰她。

一会儿医生从急救室里出来，说，血已经止住了，但伤口创面较大，需要在医院里住院，让我哥抓紧时间去办住院手续，又说："幸亏你们来得早，再晚来一会儿，这小孩就性命难保了。"我嫂子听了，后怕不已。我哥去办了手续回来，跟医生推着担架床，将小谦转移到普通病房。

小谦打了麻药，等他苏醒过来见到我哥在旁边，又惊又喜，说："爸，你怎么来了？"

我哥说："你别动，腿上还受着伤呢。"

我嫂子见他醒来，又哇的一声哭起来，说："你这个小谦，快把我吓死了！"

小谦连忙说："妈，我没事，过几天就好了。"又见佳佳在那里坐着，晃荡着两条腿，就对他说，"佳佳，你还不劝劝妈妈，给她擦擦泪。"

小谦在医院里住了半个多月，出院后又在家里躺了十多天，医生嘱咐不能下床走动，在这些天里，我嫂子变着花样给他做好吃的，又买了很多以前不舍得买的吃的和玩的东西，小谦就和佳佳一起吃，一起玩。我嫂子还说佳佳："你哥是在养伤哩，你别老抢你哥的东西吃。"

小谦说："没事，妈，我俩抢着吃才吃得香。"

佳佳也说我嫂子："你就是向着你小谦，啥都给他买，啥也不给我买。"又对小谦说，"我还沾了你不少光哩。"

我哥在旁边看他们斗嘴，笑着点了一支烟，我嫂子说："你别在这屋抽，到客厅抽去，别呛着了小谦。"我哥便笑呵呵地走到客厅，坐到沙发上抽起烟来。

　　看看到了开学的时间，小谦的腿还没有好利索，我嫂子便和我哥商量，她先带佳佳回去，让小谦留在这里跟着他养伤，她和我哥又到附近的油田附属小学去打听，说了小谦的情况，附属小学的人说，咱们油田的子弟，这样的特殊情况得照顾，等他的腿好了，先跟班上读着，手续什么的以后再说，但是要正式转学到这里，需要在原籍开具学籍证明。这样，我嫂子就带着佳佳回来了，小谦留下跟我哥一起生活，腿好了之后，就到附属小学去上学了。但是一家人这样生活在两处很不方便，尤其是我哥，他长期一个人生活已经习惯了，现在要照顾小谦，又是做饭，又是洗衣服，忙得不可开交，我嫂子呢，以前小谦都是在她身边，现在一下离开了，她也不适应，总是牵挂着他，又担心我哥照顾不好，一个大男人带一个小孩，以前又从来没有带过，日子得过成什么样呢，想想就让人揪心。于是从给小谦办学籍证明开始，启动了我嫂子的工作调动程序。我哥和我嫂子去找了油田和附属小学的领导，他们已两地分居多年，我嫂子又是教学能手，附小也正缺少教师，他们答应如果家里的手续能办下来，就可以让我嫂子调入。我哥和我嫂子又回到我们县，前前后后，经过一年多的奔波和各种程序手续，我嫂子的户口和工作关系终于调入油田，落到附属小学了。

　　这对我哥我嫂子，对我们家里来说，都是一件大事，从此我哥我嫂子带着小谦、佳佳，就离开了我们家，在千里之外的油田安下家，开始了他们的新生活。

　　我哥和我嫂子走的那天，是一个阴雨天，我哥单位正好出车到我们附近的县，他便跟领导申请，让这辆车回来时从我们这里路过，正好帮他把家搬过去。小谦也跟着我哥回来了，在城市里上了一年学，他的言谈举止更加洋气了，但他也没有忘记我们，给爷爷奶奶带来了礼物，也给我带来了礼物，他知道我喜欢书和连环画，便给我带来了几册新出版的漫画《铁臂阿童木》，问我喜欢不喜欢。在我三姐家，我三姐问他腿上的伤怎么样了，还疼不疼，小谦说："三姑，早就不疼了。"

我三姐让他撩起裤子看看那个伤疤，小谦拗不过她，只好将裤子撩起来，我三姐一看眼泪就掉下来了，说："我的孩儿呀，这得多疼呀。"那是巴掌大小的一块伤疤，表面还疙疙瘩瘩的，没有完全好，我看得触目惊心。

小谦反而安慰我三姐说："早就不疼了，没事了，你别难受。"

两天之后，大卡车轰隆隆地开来了，大家开始七手八脚地往车上装东西。装好东西，天色已晚了，他们又在我家里喝酒，一直喝到很晚才散，那个卡车司机喝吐了好几次，拉着我哥的手直说："你家里的人实在太热情了，再这么喝，我非喝醉在这儿不可。"

我哥笑着说："那你就少喝点吧。"

我和小谦、佳佳和小涛围着大卡车转来转去，夜色中的大卡车显得特别威武雄壮，比我们看到的拖拉机厉害多了。我们爬到车斗上，又爬到驾驶室顶上，坐在那里俯视着村里的土墙和干草垛，觉得它们太矮小了，四周黑黢黢的，偶尔传来几声狗叫，显得分外荒凉。卡车的司机出来躲酒，出来走走，顺便看看他的车，正好看到我们几个在车上玩，他也来了兴致，打开驾驶室的门，让我们坐上去，他打开车前面的远光灯，我们看到射出去的光柱照亮了半个村庄，比手电筒照得远多了，亮多了，我们看到几十米开外有一条狗，被这条光柱一照，向这边看了看，又缩回去了，我们不禁哈哈大笑了起来。司机又按喇叭，两声长一声短，喇叭声又引起了一阵狗叫，我们也听得兴奋起来，也跟着司机去按，喇叭一阵乱响，司机赶忙拦住我们说："可不能乱按了，村里的人睡觉早，再把人家吵醒了。"

正说着，我哥找到这里来了，问司机："你咋跑到这儿来了，快回去吧，都等着你哩。"说着，揽着司机的胳膊回去喝酒了。

司机走之前，还把驾驶室的门锁上了，他笑着说："可不能让你们乱摸乱动，你们要是把车开起来就麻烦了，非出事故不可。"他走之后，周围慢慢安静下来，我们又爬上了车斗，在那里静静地坐着。

这时月亮升了起来，清冷的月光照着这个我们熟悉的世界，胡同还是被分成黑白分明的两半，墙的影子倒映在胡同中，那弯弯曲曲的线条也是我们熟悉的，我们曾无数次在那里练过立正、稍息、齐步走，那"一二一、一二一"的喊声还在耳边回荡，但是小谦和佳佳明天就要离开我们了，他们就要乘坐这辆大卡车，去往远方，去往一个我们都不熟悉的地方，我们不知道将有什么样的未来在等着他们，也不知道将有什么样的未来在等着我们。

16

三十年后。这三十年发生了多少事啊，三十年后的世界已经不是三十年前的世界了。

那年春节，小谦的姥姥去世了，小谦和佳佳开车回来了。在那之前六年，我嫂子已经去世了，她得的是胃里的病，还没到退休年龄就去世了。我嫂子去世后，我哥办了退休手续，回到老家，在家里陪着我娘。那时我家的老房子拆迁了，村子在西部盖起了高楼和小区，我们在那里给我娘买了一套房子，她就一个人住在那里。我哥在小区里另买了一套房，每天过来给她做饭，照顾她的饮食起居，陪她说说话。我娘八十多岁了，她除了腿脚有点不灵便，眼睛有点模糊之外，身体都很健康。她时常说："你嫂子就是没福，现在孙男嫡女的一大家人，她要是活着，该有多好呀！"

我嫂子去世的消息，一直没有告诉小谦的姥姥，这时小谦的姥姥也是快九十岁的人了，他们担心她心里难受，身体撑不住，便一直瞒着她，没敢跟她说。每到过年过节的时候，小谦仍像以前一样，给他姥姥打点钱，电话里他姥姥总是问起他妈，小谦和我哥总是说，"她没在家"，"她到学校去了"，"她出差去了"，等等，他姥姥再问，他们就含混几句，模糊过去了。他们都知道，我嫂子对她娘家的事很上心，要是她在世，根本不可能这么长时间对他姥姥不闻不问，小谦的姥姥也知道，所以她心里很纳闷，总是不停地问，但是他们既然要隐瞒，每当她问起时，便随口编出各种各样的理由，到后来他姥姥也不怎么问了，大约她心里也有了不祥的预感。那时我哥在我们村里住着，也不敢到后街那边去，小谦的姥姥时常在胡同口坐着，要是遇到了她，让她认了出来，该说什么呢？

我考上大学离开家乡之后，每年春节都回家。那时候我哥和我嫂子很少回来，有好多年，我都按照乡村的礼俗，代替我哥到小谦姥姥家里去拜年。那时小谦的姥爷已经去世了，他姥姥和他舅舅住在那座五间的堂屋里，他舅舅住在正房，他姥姥一个人住在东面的厢房里。每次我走进这个屋子，就想起小时候到这里来的情景。

小谦的姥姥慈祥又和气，总是问我：

"你哥来信了吗？"

"你嫂子又来电话了吗？"面对她热情恳切的话，我不知说什么好，只好跟她说几句问候的话，便匆匆告辞了。

小谦回来之后，就到后街去参加他姥姥丧事的筹备了，他姥姥九十多岁去世，在乡村里算是喜丧了，乡间又有乡间的礼俗和规矩，所以丧事办得很隆重，而又不过分悲伤，我正好在家里，也参加了吊唁。办完丧事，小谦就要回去了，他在单位里是一个部门的负责人，平时工作很忙，能请假回来参加姥姥的葬礼，已经很不容易了。小谦回去的前一天，我们一起为他和佳佳送行，在我娘那座房子的客厅里，大家围坐在一起喝酒，我姐和姐夫来了，他们的孩子们也来了，边喝酒边聊天，就像多年前送我哥一样。

喝酒喝到中间，我走下楼去抽烟。站在楼道门口，看到小谦的儿子、佳佳的女儿正在和小涛的儿子等人在楼群间奔跑着玩，看着夕阳下他们兴奋追逐的样子，我不禁想起我和小谦的童年，我们的童年已经消逝在时间深处了，那时的细节、环境和氛围也早已不见了，若不是特意回忆，很多事情都已想不起来了。我正想着，小谦也从楼上下来了，看我站在那边，跟我说："叔叔，你在这里呀！"说着递给我一支烟，点上，我们两个抽着烟，看着那些孩子跑着玩。这时的小谦已经是成年人了，成熟、稳重，但我熟悉的小谦还是他小时候的样子，现在的小谦，对我来说简直像是一个陌生人，我们两个人在那里默默地站着。

抽着烟，小谦突然问我："叔叔，你还记得你讲的镇天楼吗？小时候我觉得那就像是真的。"

我冲他微微一笑，似乎不用多说一句话，我们两个人之间就似乎形成了一个微妙的小宇宙，瞬间将我们带回到三十年前的世界，我们长大了，但故事里的人仍是少年，我感觉到我们似乎正站在那个路口的电线杆下，在等待我哥的身影，我仿佛看到小谦在放学路上喊着"叔叔"，一路向我飞奔而来。

后街的鸽子

1

那时候我姐姐订婚了，订的是我们村后街的朱家，在后街那个大水坑的东北角，我曾经到他们家里去过。那时候我还不懂事，不知道什么叫订婚，我们院里的两个大孩子猴子和黑糖恶作剧，跟我说，你到他家去，见到他就说，你是谁的弟弟，他们那家里人就会给你糖吃，等你拿了糖，我们再分着吃多好呀，黑五和三见哥也说好。那时我们饭都吃不饱，平常吃的就是红薯和玉米，糖对我们来说太珍贵了。当时我们正坐在代销点前面的麦秸垛上，我听了心里一动，猴子又跟我说，只有你去才能要来糖，我们去都不行，我听了心里更加得意，就跳下麦秸垛，跟着他们一起走。我们从前街走到后街，路过三奶奶家门口，我们队的牲口棚，在后街村口那几棵大枣树下向北拐，绕过四喜家、月钦家、常老头家，就来到那个大水坑边。大水坑的东北角有三四排土坯房子，猴子指着最北面那座房子，跟我说："就是那家，你快去吧，我们在这边等着，你要了糖就赶紧回来呀。"

我抬头看看，那家的院门掩映在一排榆树中，院墙很高，木制的栅栏门敞开着。我向前走了几步，心里突然有点害怕，又快步跑了回来。

那时候我们村前后街的界限很分明，前街住的是张、王两姓，后街住的是朱、刘两姓，我们姓李的主要住在中间，在我的感觉中，前街和后街似乎都很遥远，很神秘，走到后街，看到的都是陌生的人，陌生的树，陌生的房子，心里感到有点畏惧。见我跑了回来，猴子和黑糖说："怎么不去了？"

我说："我有点害怕。"

猴子说："怕啥呀，你跟他们是亲戚，你一去，他们高兴都来不及，有啥可怕的。"

我说："我都不认识他们，跟他们是什么亲戚呀？"

黑糖说："现在还不是亲戚，等你姐姐一嫁过去，不就是亲戚了？你们还是亲家，'亲家母，你坐下，咱俩来拉拉知心话'，就跟戏里唱的一样，你想想亲不亲？"

我抬起小脑袋想了想，感觉确实很亲，又似乎觉得哪里有点不对劲，挠了挠后脑勺说："为啥非得我去呀？"

猴子说："刚才不是跟你说了，只有你去人家才会给糖啊，我们去人家不认识，非把我们赶出来不可。"

我听了心里涌上了一股自豪感，便说："那我去，你们在这里等我。"说着转身向那个院子走去，快走到时，心里还是有一些胆怯，向后望了望，猴子和黑糖、黑五和三见哥躲在墙角后，冲我打手势，给我鼓劲，我咬咬牙，就硬着头皮走了进去。

一进院门是几棵枣树，枣树南边是一个很大的羊圈，养了好几只羊。他家的房子很高，但看上去有点破旧，房顶上有一排鸽子笼，很多灰色的鸽子在里面咕咕咕咕鸣叫着，房檐下也挂着几只鸟笼，里面有几只色彩斑斓的小鸟在跳来跳去，有一只红脖子的小鸟还会学人说话，我看了又兴奋又好奇，就啾啾地逗着它玩。这时冷不防地从后面蹿出来一条大黑狗，汪汪冲我叫着，吓了我一跳。大黑狗后面还跟着三四条不同花色的狗，看着很吓人。

这时后边走来一个老头说："别怕，这狗不咬人。"又拦住狗说，"小狗，你瞎叫唤什么！"这个老头就是我未来姐夫的爹，我认得他，当时给我姐姐提亲的时候，他到我家里来过，我爹还陪他喝过酒。

他也影影绰绰认得我，但似乎认不真切，更不知道我是干啥来了，好像也不好意思直接问，就引着我去看那些鸟，给我讲各种鸟的习性，吃什么食，饮什么水，什么时候喂，又让我看他的鸽笼，那一排鸽笼有七八个小隔间，每个隔间里有两三只鸽子，他爬上房顶把那些鸽子放出来，那二三十只鸽子就飞上天空，在天上盘旋，排成各种图形，还发出了清脆的鸽哨声，他指着领头的那对白鸽说："这是一对信鸽，能跑好几千里，当时买它们可花了不少钱呢。"又说，"你听到鸽哨的声音了吗？好听吧？鸽哨可不容易做呢，要找一根粗的苇子，截下来，然后再切出几个切口，绑在鸽子的腿上，它在天上飞的时候才能发出哨声，跟人吹的口哨一样。"我听得入了迷，不停点着头。

从房顶上爬下来，他又带我穿过一道月亮门，来到东边的院子，这个院子中间种着一棵苹果树，苹果树下是一口压水井，井旁还有一张矮桌、一个水缸、一把竹制的藤椅。苹果树南边是一片菜圃，有扎了架子的豆角、黄瓜，也有排列成行的青椒、茄子、西红柿和胡萝卜，靠墙还有一排狗窝，每条狗一个窝，一排七个。那几条狗也跟着我们走进来，回到它们的窝里，蹲着，眼睛却望着我们。对面的东墙边有两个土坯垒成的小塔，大约一米高，我跑过去一看，一个里面是黑兔子，一个里面是白兔子。见我盯着它们看，白兔子的黑眼珠也瞪得圆圆地看我，黑兔子却惊慌失措地躲了起来。

他见我好奇，又耐心地跟我解释："兔子真正的窝在地底下，上面这个砖塔是为它们遮风挡雨的，也防止它们逃跑。"说着他从兔子窝里捞起一只白兔子，兔子那双明亮的大眼睛滴溜溜转，两条后腿不断地踢蹬，他顺着脊背摸兔子的毛，兔子很快安静下来了，他笑了笑，对我说："你也来摸摸。"

我犹豫着伸出手，摸了一下兔子，那只兔子身体一激灵，我又轻轻地摸了两下，它的眼神变得柔和了，他将兔子放在地上，兔子便蹦蹦跳跳地向前走，我在后面追，它在草丛中停下，露出三瓣牙齿，快速地啃着草叶，我在它身后蹲下，用手去摸，兔子蹦了一下，跑远了。我站起来，要去追，转头看他又捞出了一只黑兔子，放在地上，那只黑兔也蹦蹦趚趚地跑过来，我想去抓，这只兔子看到我，转身一蹦，向西北方向逃跑了，我在后面追，它突然钻入草丛，怎么都找不到了。

我说："两只兔子都跑了。"

老头笑了笑说："跑不了，让它们在院子里透透风吧。"说着他从树上摘下来一个苹果，朝我晃了晃，说，"来，尝尝这个苹果熟了没有？"我跑过去，从他手里接过苹果，迫不及待地啃了一口，有一种又酸又甜的感觉，其实从一进这个院子，我就盯上了树上的苹果，但是我感觉跟他还不熟，不好意思开口，现在我捧着苹果啃着，心里油然升起了对他的亲近感。

他在藤椅上坐下，呷了一口茶，又指着旁边一个小板凳说："坐下好好吃吧。"

我刚坐下，听到哗啦一声，像是水波跳动的声音，忙站起来寻找，却又没有了声息，我隐约感觉是从水缸那里传来的，便啃着半个苹果趴到水缸上去看，这才发现水缸里竟然还养着鱼，不是我们村南小河里的那种审条儿，而是红色的、白色的、五彩斑斓的金鱼，有五六条，有的鼓着大眼睛，有的拖曳着长尾巴，正在水缸中游来游去，我从来没有见过金鱼，不禁看呆了，这时正好有一条红色的金鱼游过来，向上一跃，扑腾起的水花溅到了我脸上，我啊呀叫了一声，赶紧往后退，差点跌倒在地上。

　　我未来姐夫的爹哈哈大笑了起来，他起身进屋拿了条毛巾，给我擦了擦脸，等我再回到桌前的时候，发现桌上多了一把糖和一把瓜子，他又坐到藤椅上，手里把弄着一个黑色的东西——后来我才知道是收音机，我们那里称为"戏匣子"，他调出了声音，放在桌子上，又指了指糖和瓜子对我说："吃吧。"

　　那时我深信猴子和黑糖的话，从一进他家院子开始，我就等着他给我糖，现在看到糖，我的眼睛不禁亮了一下，赶紧抓了一块糖紧紧攥在手里，想起猴子和黑糖，另一只手又抓了几块。这时我才想起他们还在等我，不知是不是等急了，我心里有点慌，便站起来说："我走了"，说着转身就往外跑。我未来姐夫的爹一愣，他可能没想到我说走就走，连忙站起来说："玩得好好的，怎么这么快就走啊。"我一跑，那些狗也汪汪叫着跑，他紧走几步追上我，把那些狗赶开，又把桌上剩下的那些糖和瓜子塞到我兜里，带我穿过那道月亮门，又走过院子里那几棵枣树，将我送到院门口，跟我说："有空再来玩啊。"我点点头，撒开脚丫子就向西跑。一口气跑到墙角，我一看，猴子和黑糖已经不在了，黑五和三见哥也不见了。

2

那天晚上回到家，我没敢跟我娘和我姐姐说我去了后街，我娘跟我说过不能拿人家的东西，要是让她知道了，非打我一顿不可，在回家之前，我琢磨了半天，将糖和瓜子用一块破布包好，藏在了麦秸垛的洞里。到了第二天，在代销点前的打麦场上，见到猴子和黑糖、黑五和三见哥，他们说："昨天你咋进去那么长时间？"

我兴奋地跟他们说起昨天见到的鸽子、兔子和金鱼，又从麦秸垛洞里扒出糖和瓜子，他们边吃边听我兴致勃勃地说白鸽是怎么在天上飞的，兔子是怎么在地上跑的，金鱼是怎么在水里游的，还有那一群大狗小狗，是怎么汪汪汪汪叫的，眼睛里都流露出羡慕的神色。那时候我是个"人来疯"，越是引人注目就越是得意，尤其在猴子和黑糖这两个大孩子面前，他们比我大五六岁，平常里都很少带我玩，黑五和三见哥也比我大一两岁，现在他们都向我投来了艳羡的目光，我愈发得意，最后说到那老头将我送到门口，跟我说："有空再来玩啊"，还添了一句"啥时候来都行"。

猴子沉吟着说："啥时候来都行？那就今天再去吧。"

黑糖也说："我们跟你一起去，行不行啊？"

他们这么一说，可让我犯了难，昨天我就是硬着头皮进去的，也能感受到跟那个老头无话可说的尴尬，今天我要是再去，到了那里跟他说什么？而且不只我一个人去，还要带上猴子和黑糖，到了他家里怎么说，他会不会欢迎？但是我的大话已经说出去了，想往回收也收不回来了——现在想想我就为当时的自己尴尬，可那时我却并没有清晰地意识到这些，反而被一种自大的情绪鼓涨着，大大咧咧地说："那就去呗，有啥不行的啊。"

我们跳下麦秸垛，从前街往后街走，走过我们队的牲口棚，走过后街那几棵大枣树，很快就来到大水坑边，遥遥看到东北角那个老头家的门口，我不禁加快了脚步，猴子和黑糖却停下来，我走了一会儿见他们没跟上，便又跑回来，问他们："你们怎么不走啊？"

猴子挠了挠头说："我们还是不去了……"

黑糖也说："要不还是你一个人去吧，你到了那里问问他，能不能带我们去，你问准了我们再去。"

黑五和三见哥也看着我，点了点头，我想了想，说："那好吧，我去问问。"转身朝他们家走去。

我一进院门，那条大黑狗就冲了上来，汪汪汪汪叫着，但却不像昨天叫得那么凶，同时还不停地摇着尾巴，它一叫，另外三四条小狗也围了上来，笼子里那些色彩鲜艳的小鸟也不停地上蹿下跳，叽叽喳喳叫着。这时我未来姐夫的爹从屋里走出来，看到我，他一下子愣住了，说："怎么又是你啊？"

我歪着脑袋向上看他："你不是说叫我有空再来玩吗，今天我就有空啊。"

他哈哈大笑起来，说："好好好，真是个实在孩子啊。"说着他把那些狗赶开，领着我向院里走，随口问我，"你知道你该叫我啥吗？"这一句话可把我问住了，在我们那里，女婿一般称呼岳父为大爷，新娘的兄弟也称女婿的父亲为大爷，但是我姐姐和我姐夫尚未成亲，那我该怎么称呼他呢？我正在心里盘算，他却拍了拍我的小脑袋，呵呵笑着说："你就喊我大爷吧。"我清脆地喊了一声"大爷"，他哈哈大笑起来。

我们来到东边那个院子里，我跑到兔子窝那里去看兔子，又趴到水缸上看金鱼游来游去的，他伸手从树上摘下一个苹果递给我，说："你跟大爷说说，你昨天是为啥来的？"我啃着苹果，跟他说起昨天猴子和黑糖怎么说到这里可以给我糖，我们又是怎么从前街走到后街的，我又是怎么一个人走进院门的，他听得哈哈大笑，对我说，"难怪你小子昨天抓了糖就跑呢"，又说，"以后你想吃糖就到这儿来。"说着到屋里又抓了一把糖和瓜子，塞到我的兜里，弄得我怪不好意思的。

他冲我眨了眨眼，说："这是我们之间的小秘密，不要跟别人说啊。"我也学着他眨了眨眼，说了声"好"！他的话正说到了我的心坎上，我正担心我爹、我娘和我姐姐知道呢，要是他们都不知道，而我又有一个随时吃糖的地方，那该多好啊！

这时我突然想起一个问题，问他："猴子和黑糖说想跟我一起来，让我问问你，我能带他们来吗？"

他沉吟了一下，对我说："他们想来就自己来，不用让你带，我们的小秘密只属于我俩，你看行不行？"我高兴得跳了起来，连连说好。

他又问我："今天你还想玩点什么？"

我想了想说："我想爬到房顶去放鸽子。"

他笑着说："好啊，你跟我来。"

他带我来到西院，堂屋门西边的树下放着一架梯子，斜搭在房檐上，昨天我就是看他从这架梯子爬上去的。来到梯子下，他扶着梯子让我先上，那时乡村的梯子都是农家自己做的，找两根细一点的檩条，再找一些可以做椽子的木棍，将木棍钉在两根檩条中间，竖起来就是一架简易的梯子。他家的梯子也是这样，但他家梯子上的木棍与木棍之间的空隙很大，我攀着上面的木棍，向上蹬一级，要费很大的劲儿，有时站在木棍上，甚至够不到双手要抓的上面的木棍，他看我爬得吃力，就从后面登上梯子，推着我的背助我一臂之力，有时见我实在够不着，就一手抱起我，将我放在高一层的棍子上，我就在这更高的棍子上继续攀爬。看看到了房檐，到这里梯子已是最高一级了，但是比房檐要低，向上没有可以抓握的棍子，要跨一大步才能踏上房顶，这个动作对我来说太难了，很容易一步踏空摔下去，但是我却并不怕，上半身趴在房檐上，脚底下用力一蹬，抬起腿，想将腿片到房檐上，这时候我突然感觉身体一轻，像飞了起来，原来是我未来姐夫的爹一手将我提溜起来，放在房顶上，随后他跨了一步，也踏上了房顶。

我们一上来，那些鸽笼里的鸽子就咕咕咕咕叫，还有的扑腾着翅膀向这边飞，他嘴里咕咕叫着呼唤它们，走到鸽笼旁一一打开，那些鸽子便蜂拥而出，有的在屋顶上悠闲地踱步，有的挓挲着翅膀想要飞翔，他从兜里抓出一把小米，轻轻撒在屋顶上，那些鸽子便纷纷抢上来啄食，有一只白鸽只顾啄小米，不小心撞到了我的腿上，可它连头也不抬，继续在地上啄来啄去，我蹲下来想要捉住，它轻轻一跳就逃开了，仍然低头不停地啄，我趁它不注意，从后面悄悄接近，突然伸手去捉，这只白鸽受到惊吓，突然展翅飞了起来，它的翅膀擦着我的肩膀，扇起一阵微风，在我右前方腾空而起，看着这只白鸽要在眼前飞走，我很不甘心，猛跑几步，伸手想要去抓。正在这时，我的衣领却从后面被紧紧抓住，我转过身来，是我未来姐夫的爹，他说："别在房顶上跑，你看看，这多危险！"我低头一看，这才发现离房檐只有一步之遥，心里这时才有点害怕。

他把我拉到鸽笼旁，从兜里抓出一点小米放我手心里，说："你在这里喂，它们一会儿就跑过来了。"我蹲在地上，嘴里学他咕咕咕咕叫着，把小米撒在面前，不一会儿，那些鸽子就纷纷围拢过来，在我眼前排成一片，那只小白鸽也飞了回来，在离我较远的地方低头啄着，地上的小米越来越少，其他鸽子纷纷走远，小白鸽却离我越来越近，我伸手想要去抚摸它的羽毛，没想到它却一歪头，在我的掌心啄了一下，有点疼，我赶紧缩回手查看，原来我手心里还粘了一些小米粒，它不是要啄我，而是要啄小米，我搓了搓，将手里的小米搓在一起，摊开掌心伸到它面前，小白鸽小心翼翼地啄了一口，这次没有啄疼，我对它笑了笑，小白鸽一边啄食，一边瞪着它的小眼睛看我，我用另一只手轻轻抚摸它的羽毛，它咕咕咕咕温顺地叫着，手心里的米粒啄完了，我把它抱起来，这次它没有飞走，温柔地躺在了我的怀里。

正在这时，一声嘹亮的口哨吹响，刹那间，房顶上的鸽子纷纷展开翅膀，扑腾腾飞上天空，我怀中的小白鸽也腾空而起。这些鸽子刚开始还有些凌乱，小白鸽飞到前面，它们很快就排成了整齐的队伍，一起在瓦蓝的天空中盘旋飞舞，响亮的鸽哨声绵延不绝，它们先是绕着房顶飞，后来绕的圈越来越大，我的眼睛紧紧地追随着它们，随着它们的盘旋在房顶上转圈，不时地跳跃、鼓掌、欢呼，有时它们被旁边的高树挡住了，我正在着急，可是一晃，它们的身影就又出现了。

我的目光随着它们看到了碧蓝而辽远的天空，绿树环绕的村庄，鳞次栉比的黑色屋顶，以及西边那个大水坑。大水坑的边上长满了芦苇，中间盛开着红红的荷花，有两三只大白鹅在水面上凫游着，还有两个不知谁家的小姑娘，正在岸边洗衣服。我从没有在这个角度看过大水坑，一时觉得美极了，不由得凝神谛视起来，这才在东南角的芦苇丛后发现了两个小黑点——那是猴子和黑糖，他们一个拿着树枝在地上不停地画着，像是在写字，另一个不时抬头向这边张望一下，像是在等我。看到他们，我异常兴奋，高声呼唤着他们的名字，但是相隔太远，他们根本就听不到，只有一个瞬间，我觉得猴子像是听到了什么，他一下跳起来，四处东张西望着，我继续向他们高呼，挥手，但他们却似乎再也没听到我的喊声。过了一会儿，我看到猴子扔掉手中的树枝，跟黑糖说了几句什么，黑糖也站起来，他们又向这边望了一眼，便转身慢慢向回走了。站在房顶上，看着他们的背影消失在村里的巷陌中，想到他们也不等我，竟然先走了，我心里不禁有一点难过，转过头去看时，那群鸽子依然在天空中盘旋，嘹亮的鸽哨声时断时续。

3

等再次见到猴子和黑糖时，他们骑在代销点东边三奶奶家的墙头上，正向南眺望我们队的牲口棚，那些骡子牛马刚下地归来，饲养员正忙着饮水喂料。我跑过去，问猴子有没有听到我在房顶上喊，他说离得那么远，又有那些大榆树挡着，他们什么也没看见，我便兴致勃勃地给他们描述我是怎么站在房顶上看鸽子飞翔的。

猴子和黑糖听我讲得入神，也不忍心打断，最后才问我："我们让你问的事，你问了没有？"

我听得一头雾水，忙说："问什么呀？"

猴子说，"不是说让你问问，能不能带我们一起去看鸽子吗？"

我"哦"了一声，才想起有这么回事，连忙说："我问了，他说你们想去就自己去，不用我带，你们去的时候可要叫上我呀，到时候我们一起去。"猴子和黑糖互相看了一眼，我见他们眼神有点黯然，连忙问，"你们不愿意带我去呀？"

猴子说："不是带不带你的事，人家这是不想让我们去。"

我说："他不是说想去就去吗？"

黑糖说："说是这么说，大人说话都喜欢拐弯儿，你跟他们家是亲戚，想去就去，人家也拿你没办法，我们跟他远了一层，人家不想让我们去，就只好这么说呗。"我听了觉得有点吃惊，说，"不可能吧？他不是这么说的呀，我再问问他去。"说着从墙头上跳下来，就要往后街走。

猴子连忙拦住我们说："别去，你去了也没用。"

我说："那咋办呀？"

猴子想了想，笑着说："也没事，你替我们去就好了。"

我挠了挠后脑勺说："我怎么替你们去啊？"

猴子说："你每次到他家去了，就回来给我们讲讲，不就相当于我们也去了？"

我高兴地说："这很简单呀。"

猴子拍了拍我的肩膀说："你三叔说，让我们去生产队帮着干活，正好以后也没空了，你就多去后街，回来讲给我们听。"

我说："你们去干活，是不是就能骑马了？"黑糖刮了一下我的鼻子，"你倒想得挺美"。

从此之后，我隔三岔五就到后街我未来姐夫的家里去，有时候他们家里没有人，有时候就只有我未来姐夫的爹在家，我一去，他就带着我玩，到房顶上去看鸽子，到东边院里去看兔子和金鱼。有时他做木工活，我就静静地待在一旁，看着他做，偶尔问他几句什么，他边做活边回答，时而抬起头来看看我。那时候我并不知道这个老头是一个什么样的人，也不知道为什么平时家里只有他一个人在，直到多年之后，我才知道那时他家里的人都去生产队干活了，只有他一个人在家，在为盖新房做手工细活，我也才知道他不是一个普通的庄稼人，而是一个乡间奇人，他不仅会养狗养鸽子，还会养马养牛养羊。我们那里的人都说，他能听得懂鸟言兽语，能跟鸟兽说话，我曾跟他到村东的那片树林里去玩，他一吹口哨，很多鸟都纷纷鸣叫起来，还有一只喜鹊飞过来，落在他的手心里，他对着喜鹊啾啾啾啾地说一会儿话，喜鹊好像听懂了似的，冲他点点头，一振翅膀又飞走了，我问他跟那只喜鹊说了什么，他神秘地笑了笑说，"小孩子别乱打听"。那时我印象最深的是，不论什么，他总能玩出花样来，一块木头，他拿小刀左旋旋，右旋旋，就能旋出一个陀螺来，他到草地里走一趟，就能捉到两只蝈蝈，装在麦秸编的青绿小笼子里提回来，再放到陶罐里让它们斗，跟他在一起玩，总是能发现有新的乐趣。

那时候我最喜欢看他干木工活，他在院子南边羊圈附近搭了一个棚子，里面堆放着各种各样的木头、家具的半成品，地上满是刨出来的刨花和刨末，飘荡着木头锯开之后的清香。在一个小角落里，还有一个木箱，里面摆满了木匠用的各种工具，刨子、钻子、凿子、锛子、各种大小不一的锯条，以及曲尺和墨斗等等。这些东西我都没见过，走进棚子，就好奇地这儿看看，那儿摸摸。

看见我摆弄他的工具，他就说："别乱动我的东西啊，这些东西会咬手，咬着你了可别怪我。"

我奇怪地问："你的东西咋会咬手呀，它是怎么咬手的？"

他拿过一个钻子来，在自己手上比画一下，说："噌地一下，一股血就冒出来了，就是这么咬手的，你说疼不疼？"

我吓得往后缩一缩脖子，说："疼、疼，真疼。"

他笑眯眯地拍拍我的小脑袋，说："知道疼就行，可别乱动。"我最喜欢玩墨斗，从里面拉出那条墨线，固定在一块木板上，向上用力一拉，墨线弹回去，打在木板上，就是一条黑色的直线，他平常就是沿着这样的黑线锯、削、凿的，但我不懂，也不管这些，趁他不注意，拉起那条墨线在木板上到处乱弹，等他回过头来，看到木板上横七竖八的黑线，鼻子都气歪了，气哼哼地说："你这个小家伙，可真是乱弹琴呀！"

他干活很慢，很细致，嘴里叼着一根烟，蹲在地上，对着木板瞄来瞄去，才拿锯子开始锯，然后用刨子、钻子、凿子不停地钻和刨，有时他也会吩咐我，"给我把锛子拿过来""给我把曲尺拿过来"，我就乐颠颠地跑过去，把锛子和曲尺拿过来，递给他。他接过去，也不看我，又开始不停地量和瞄。更多的时候，我就坐在木头墩子上，看他怎么干活，我眼看着一块块木头在他手中逐渐变得规整，最后变成了一个凳子、一扇门、一张桌子，他让我站上去："看看结实不结实？"我踩着凳子爬上桌子，在上面咚咚咚咚地蹦，这张桌子纹丝不动，他满意地笑着说："很结实啊，下来吧。"我从桌子上一跃而下，他坐下来，点着一根烟，笑眯眯地抽着。

有一次我去他家里，他正在将做好的一个门框和几扇窗框装上地排车，见我来了，对我说："正好你来了，走，我们一起看看新房去。"

我问："什么新房啊？"

他对我说："就是你姐姐和你姐夫的新房啊，等他们结婚了，就住在那里。"

我一听心里兴奋起来，他们的新房是什么样子的，我也很想看看，便说："走啊，在哪里？"

他笑着说："你跟着我走就行。"他转头看看我，又说，"干脆你也坐在车上吧。"

说着他把我抱起来，让我坐在车帮上，紧紧扶住斜放在车厢里的门框和窗框，跟我说："坐好了啊。"

随后他便推着车子出了门，出门向南拐，来到后街村口的那几棵枣树下，从这里再向东，这正是我到他家来的那条路，我不禁有些疑惑，问："这是去哪里呀？"

他笑着说："去新房啊，你坐稳，很快就到了。"又走过两条胡同，他向南一拐，进了一条胡同。这条胡同我从没来过，看上去很陌生，他推着车子，来到胡同尽头倒数第二家，向东一拐，进了院门，把车放下，说："到了！"

我从车上跳下来，走来走去地看。这是一处全新的宅院，四围是红砖垒的院墙，院子里栽着几棵小枣树，正房是三间，西侧有一间偏房，东边靠墙是一排小榆树，最南边是厕所，也都是红砖砌的。这在当时是很好的新房。我去的时候，正房还未完工，现场有点杂乱，房子的外面摆着红砖，里面堆着泥沙，四边的墙垒到了半人多高，正是该安窗框的时候了。他带我走到房间里面，我抬头看了看，还没有上梁，望出去是一片碧空。他说："这房子还没盖好呢，等过几天盖好了你再来，就好看了！"我点了点头。

正说着，有一个人走了进来，胖胖的，后来我才知道他是我姐夫院里的一个叔叔，绰号叫二百七，但当时我不认识他，他也不认识我，看到我，他就问："这是谁家的小孩呀？"

我未来姐夫的爹说："这是前街那谁她兄弟。"

二百七就笑呵呵地跟我说："怎么着？你姐姐还没嫁过来，你就先给她看新房来了？"

我白了他一眼，说："看看新房怎么了？"他们两个人就哈哈大笑起来。

4

有一个下雨天，在代销点门前的打麦场上玩，我跟黑五和三见哥说起了我姐姐的新房，他们很好奇，问我这新房子在哪里，是什么样子的，我就跟他们说："离这里不远。"

他们说："那你带我们去看看吧。"

我说："你们不带我去你姐姐家看，我为啥要带你们去看我姐姐的新房呀。"黑五和三见哥的大姐都结婚了，但都嫁在了外村，不在我们村。

他们说："我姐姐要是嫁在咱们村，我也带你去看。"我想了想，觉得他们说得有点道理，但又感觉自己带他们去好像有点吃亏，心下有点犹豫。

这时三见哥说："你一定是瞎编的，是吹牛，你姐姐是要跟后街的人结婚，他们的新房子，怎么会离咱这儿近呢？"

黑五也说："我说呢，差点让你骗了。"

我一听就急了，指了指我姐姐新房的位置说："就在那里，不信我带你们去看看。"说着我从麦秸垛上跳了下来，在前面带路，向我姐姐的新房走去。

我们冒着小雨踩着水洼，走过三奶奶家门口，走过我们队的牲口棚，在下一个胡同口向南一拐，就进了我姐姐家新房的胡同，路过东边第一户人家时，他们家的大狗冲我们汪汪地叫，再向前走，西边第二户人家盖着高大的门楼，再向前走，东边第三户人家就是我姐姐家的新房了。我指指那座新房说，"你们看，就是这里。"说着就带他们往里走。院子里飘着潇潇细雨，滋润着刚栽下不久的小树苗，不知谁家的一只山羊，跑到院子里啃吃着地上的青草。进了门我才看到，几天没来，三间堂屋都已盖好了，上面的房顶刚盖上没有多久，苇箔都是新的，檩条和椽子还露着白茬儿。

我们去新房的事，不知怎么让我姐姐知道了，她回到家又气又急，跟我说："以后你别往那座房子里去玩了，还乱说，你乱说什么呀？"

我理直气壮地说："我乱说啥了？那个房子不是给你盖的吗？"

我姐姐都快气哭了，对我娘说："你也不管管你二小，看看他瞎说的都是啥？"

我娘笑着数落我："以后可不能这么说了，就像盼着你姐姐早点出门子似的。"

我说："我姐姐出门子不是好事吗？"

我娘瞥了我姐姐一眼，笑着说："是好事，可也不能这么说。"我姐姐一扭脸，走出房门，回她自己房间去了。我愣在那里，怎么也琢磨不明白大人的事。

我不听我姐姐的劝告，仍到新房去玩，有时我一个人去，有时带别人一起去，刚盖好的房子空空荡荡的，没有比这里更适合我们玩的地方了，再说这里是"我姐姐"的新房，带他们到这里来，我感到分外骄傲和自豪，每次带新的人来，我都带他们参观堂屋的每一个房间、西厢房、东边的一排小榆树和厕所，得意地跟他们说，等过些天，我姐姐结婚了，就住到这里来了。看着他们羡慕的眼神，我心里更加高兴，就像这里是我的地盘一样。

那天路过我姐姐家新房那个胡同，我拐了进去，没想到竟在这里遇到了我未来姐夫的爹。我一走进院子，就看见那里堆了一大堆石灰，他正在用水搅拌。见到我，他高兴地说："嗨呀，你干啥来了？我正说好几天没见你了呢。"

在他面前，我不好意思说来看我姐姐的新房，只是看着他。他手里的活不停，用铁锨搅拌着，将水和白灰混在一起，我说："这是要干啥呀？"

他说："这是拌石灰，等拌好了把屋里的墙一刷，墙就变白了。"说着又用下巴朝东边一棵小树指指，说，"你看看那是啥。"

我跑过去一看，见树上挂着一个鸽笼，里面正是那对白鸽，小树的枝条还很嫩，鸽笼挂上去坠得有点弯了，白鸽在笼里跳跃着，我惊喜地说："你怎么把鸽子带来了？我今天去找你了，想看看鸽子，没想到你不在家。"

他笑着说："以后我不在家，你就到这里找我呀，这几天你没来，也没人做伴，我就把这对鸽子带来了。"又说，"等干完了活，就把这对鸽子带到小河南沿，在那里把它们放飞，你要不要跟我一起去？"

我高兴得几乎跳了起来，说："好呀好呀，什么时候干完活啊？"

他笑着说："还得好大一会儿呢，你耐心等着吧。"

于是我便坐在地上，时而看看鸽子，时而看着他干活。他在那里提水，搅拌白灰，又用旧报纸叠了顶帽子戴在头上，提着一个小桶，登上梯子开始刷墙——他用一把黑色的刷子蘸了白灰，在墙上一下一下涂抹过去，那面墙就变白了，一开始只是白了一块，随后就白了一竖条，慢慢地，白的面积越来越大，遮住了原先墙上的红砖和泥缝，整面墙就变得洁白漂亮了。刷完一面墙，累了，他就坐在两块砖上，擦擦汗，抽支烟，跟我说话。他跟我说打的那些家具，这张桌子放在哪里，那对沙发摆在哪里，五斗橱和大立柜怎么摆放，我有点迟疑地问他："哪里有五斗橱和大立柜，我也没见你打呀？"

他哈哈笑着说："我没打不要紧，这是你姐姐要带来的嫁妆呀。"见我还是不懂，他又笑着跟我解释，现在小青年结婚，嫁妆一般都会有五斗橱和大立柜。

总算干完活了，他把工具收拾好，洗洗手，跟我说，"走吧。"说着他走过去，从树上摘下鸽笼，便带我走出了院子，我们向南爬上河堤，此时太阳快要落山了，西边的天空一片彩霞，红彤彤的，照得河水也红了。我们从河堤下面的小路向西走，跨过小桥，再从河的南沿向东走，来到了一大片草地。他把鸽笼放在草地上，打开鸽笼，那两只白鸽蹦蹦跳跳地走了出来，在草地上踱步，低头啄草籽，他跟我说："你看报纸上，咱国家一有什么喜事大事，就在天安门广场开会，放飞鸽子，你知道怎么放鸽子吗？"我说不知道，他说，"你双手捧着，用力向上一抛，鸽子就飞起来了。"说着他咕咕咕咕叫着，两只白鸽走了过来，他捧起一只，让我捧起另一只，一齐用力向天空一抛，那两只白鸽果然腾空飞了起来，越飞越高，在天空中不停盘旋，在晚霞的映照中姿态更加优美。他吹了一声口哨，白鸽便开始向北飞，越过小河、山峦、树木，向我们的村庄飞去。

他仰头看看鸽子，提起鸽笼对我说："咱也回家吧，鸽子到家比我们还要早呢。"

走到小桥上的时候，我突然抬起头来，问他："你说有喜事就能放鸽子，那我姐姐结婚是喜事，那天也能放鸽子吗？"

他愣了一下，接着哈哈大笑起来，拍拍我的头说："那有什么不行的，放飞一群鸽子，在天上飞，多喜庆多热闹啊！"

5

猴子也喜欢养鸽子，他家有一对灰色的鸽子，他爱如珍宝，每天给它们饮水喂食，定时放出去飞，平常里我想靠近一下他的鸽笼，他都不让，还总是吓唬我："别离得太近，小心鸽子叨了你的手。"可他在听说我未来姐夫的爹家里有二三十只鸽子，尤其是有一对白鸽之后，不仅让我靠近鸽笼，还让我抚摸他的鸽子。

"瞧这身上的羽毛，多光滑。"他还跟我说，"我要是有一对白鸽就好了，你能不能跟你那亲戚说说，让他给你一对白鸽子。"

我为难地说："我娘不让我找人家要东西。"

黑糖也帮我说话："人家好不容易养了一对白鸽子，肯定不愿意送人，那不跟让人家拿刀子割自己的肉一样？"

猴子说："别人要他不给，你去要他能不给吗？他们家正求着你姐嫁过去呢，还舍不得一对鸽子？"

听他这么一说，我的自尊心受到刺激，别人要不来，难道我也要不来吗？于是血气上涌，脱口而出："我去要，他一定会给！"

猴子和黑糖也附和我，一个说："那是，那是！"另一个说："你去要，他不给也得给呀。"我被他们吹捧得有点晕了，他们又说要帮我割草，又说要去代销点给我买糖，我脑子一热就答应下来，但是向后街走的时候我就开始后悔了，倒不是怕我娘打，而是怕我未来姐夫的爹不给我，就像黑糖说的，人家好不容易养了一对白鸽，能给我吗？走在路上，我心里越想越没底。

到了他家，我跟平常感觉不一样，心里总是惴惴的，像是要偷他们家的东西一样，他在旁边做木匠活，有一搭没一搭地跟我说着话，而我则低着头，有点神不守舍，只是偶尔抬头看看那对小白鸽。他看我闷闷不乐的样子，就走过来摸摸我的头说："今天这是怎么了？好像不高兴的样子，是感冒了吗？"又说，"也没发烧啊，你觉得哪里不舒服吗？"我摇了摇头，仍然低下头去，听着他嗤嗤嗤嗤锯木头的声音，心里暗暗想，实在要不来就不要了，也没什么大不了的。他干了一会儿活，擦擦汗，坐下来跟我说，"要不要去东院里看兔子？"我摇了摇头。他又说，"要不要去看小狗，那条大黑狗快生了，等小狗生下来，我给你一条最好看的。"我又摇了摇头，他又说，"咱们还是爬上房顶去看鸽子吧，带点小米，去给鸽子喂食，那天你不是很高兴吗？那些鸽子也很喜欢你，你看你一来，那些鸽子都看着你呢，你知道不？有好几只鸽子都快下蛋了，下了蛋就能孵小鸽，你见过鸽子蛋没有，鸽子蛋就跟鸡蛋形状一样，就是小点，大约这么大。"他说着，用手比画了一下鸽子蛋的大小，朝我晃了晃。

我从来没见过鸽子蛋，听他一说倒是很有兴致，也比画了个手势问他："是这么大吗？"他点了点头，我又问他，"那白鸽子下的蛋，是不是也是白色的？"

他呵呵笑了起来，说："那可不一定，有时是灰色的，有时是白色的。"

我又说："那是不是灰色的蛋孵出来的是灰鸽子，白色的蛋孵出来的是白鸽子？"

他笑得咳嗽了起来，笑了一会儿才对我说："这可不是按颜色分的，只要是那对白鸽子下的蛋，不管什么颜色，孵出来的就都是白鸽子。"又说，"你喜欢这对白鸽，我就把它拿下来给你看看。"说着他登着梯子爬上房顶，将那对白鸽连同鸽笼一起拎着，爬了下来。随后他将鸽笼挂在树上，嘴里啾啾地唤着鸽子，又对我说，"看看，多漂亮呀！"我抬起头来看，那两只白鸽咕咕咕咕叫着，在笼子里上下翻飞，他见我仰头看得吃力，又将笼子摘下来，打开门，把这对白鸽放了出来，"正好让它们出来透透气。"这两只白鸽争先恐后地飞出笼子，落到院子的空地上，在夕阳温暖的光线中，它们悠闲地踱着步，神态很优雅，我的目光紧紧地跟随着它们，忽然它们一振翅膀，迎风飞了起来，我眼看着它们飞越院墙，飞越高树，飞到了天空中，在蓝天白云间翱翔，我看得有点呆了，忽听一声口哨，那两只白鸽从天空中缓缓降下，又落到了院子里。

我未来姐夫的爹也和我一样，看着它们踱步、起飞、翱翔、下落，现在鸽子又开始在地上踱步，他忽然转过头来对我说："把这对白鸽送给你吧，你想不想要？"

我一时愣在那里，不知道说什么好，嘴里说出来的却是"想……不想要……"他笑了，问我："怎么又想要又不想要呀？"

我急得简直要哭了，情急之下脱口而出："不是我想要的。"

他笑着问我："不是你想要，那是谁想要呀，别着急，慢慢跟大爷说。"于是我便从在他家里看到白鸽子说起，说到我讲给猴子和黑糖听，又说到猴子的灰鸽，他对白鸽的喜爱，又说到他们怎么让我来要鸽子，我答应下来，怎么走在半路上又后悔了，说到最后我竟然真的抽抽搭搭地哭了。他一直笑着听我讲，听到这里，拍了拍我的脑袋说，"别哭啊，别哭，没啥大不了的，我想想怎么办呀。"

他低头看着在地上踱步的鸽子，想了一会儿，跟我说："你看看这样行不行？这一对白鸽很珍贵，是我费了不少劲才买来的，我可以送给你，但是你不要送给他们，他们想看，可以到你家里去看呀，怎么看都行，他们要是问，你就说是我说的，等明年开春这对白鸽下了蛋，可以送给他们一对鸽子蛋，你觉得怎么样？"又说："也不是说不给他们，我是怕他们养不好，把这对白鸽养死了，给你呢有一个好处，就是你不懂了可以随时来问我，我教你怎么养，你觉得这样好不好？"

我想了想说："好是好，可我也没养过鸽子，不知道怎么养呀。"

他说："也没啥难养的，按时给它们喂食饮水就行，一天两次，早上七八点钟一次，下午三四点钟一次，可以喂人吃的馍馍和窝头，也可以喂麦子、豆子和小米，一次别喂太多，水要给它饮清水……"

我们正说着，我未来姐夫的娘突然回来了，看到我，她觉得有点很奇怪，说："这不是前街那谁她兄弟吗？你怎么来啦？"说着赶紧放下锄头，把我让进屋里，让我坐下，又给我沏了一碗红糖水让我喝，又问我，"你娘挺好的？你爹挺好的？你姐姐也挺好的？"我不停地点着头，我虽然认识她，但跟她不熟，她这么严肃的问话让我有点不自在，便起身要走。她又说，"这就到吃饭的时候了，咋能走呀，咋着也得吃了饭再走呀，你先坐着，大娘给你做饭去。"说着，便走出了屋门。

我独自坐了一会儿，看看这屋里，虽然才下午四五点钟，却显得有点昏暗，我在屋里坐不住，便偷偷溜了出来，正好听到我未来姐夫的爹和娘在厨房里说话："她兄弟这是做啥来了？"

"我也不知道啊，就是来玩吧？我给他讲了半天鸽子，他听得倒很入迷，也没说有啥事。"

"你这个人也真是，他没说你不会问问呀。"

"问啥呀，他一个小孩能有啥事？"

"你说有啥事？不会是咱亲家反悔了吧？"

"反悔啥呀，不是早就定好了？再说要是反悔，能让一个小孩来说？你别老是疑神疑鬼的。"

我从门口溜出来，偷偷溜到院子里，想再偷偷溜到院门口，跑出去找猴子和黑糖。哪想到，我刚走了几步，那条大黑狗就汪汪地大叫起来，我未来姐夫的爹和娘赶紧跑出来，他娘说："她兄弟，你往哪里去啊？别走呀，吃了饭再走。"

我连忙说："不吃了，不吃了。"

说着脚步不停地向外走，那条大黑狗叫得更响了，另外三四条狗也围了上来，我未来姐夫的爹叱责着它们，赶忙跑到我身边，拉着我的手："别怕，别怕。"说着走到那棵枣树下，他抬头看了看挂在笼子里的那对白鸽说，"你把这对白鸽带走吧，记住我说的话啊。"我看看那对白鸽，点了点头。

他呵呵笑着，将那只鸟笼摘下来，让我拎着鸟笼上面那个钩子，说："你就拎回去吧，千万别给别人啊，回去给它喂点小米就行，可别喂多了，渴了就给它饮点清水，有啥不懂的，你来问我就行。"我点点头，拎着鸟笼子，兴高采烈地出了院门，顺着那个大坑的东沿向南走，我未来姐夫的爹和娘站在门口送我，嘴里还在不停地说着，"慢点走啊，有空再来玩！"

6

我提着鸽笼，一路边走边看，正好迎面碰上我三叔。我三叔是返村知青，是村里的大队干部，此时他正骑着自行车匆忙赶路，看到我说："你咋跑到这儿玩来了，手里拿的是什么？"

我说："人家给我的鸽子。"

我三叔看了鸟笼一眼，摸了摸我的头，说："快回家吧，别到处乱跑了啊。"我点点头，我三叔又骑上自行车匆匆走了。

我来到代销点门前的打麦场上，猴子、黑糖正带着黑五、三见哥等一帮小孩在那里玩，看到我拎着一个鸽笼往回走，他们一下围了过来，都啧啧称羡，纷纷说："这对白鸽真是太漂亮了，让我们玩玩好不好？"

我说："你们只能看啊，可不能乱摸。"说着我爬上三奶奶家的墙头，将鸽笼挂在那棵榆树的树枝上，他们都凑过来，围着看，那对白鸽见这么多人看，在笼子中不停地往上飞。

这时猴子和黑糖把我拉到墙角，说：

"我说得怎么样，你一去就要来了吧？"

"你是怎么说的，他怎么就给了你？"

我就跟他们说了要鸽子的过程，最后我说："他跟我说这对白鸽只能给我，不能给别人，他还说等明年春天鸽子下了蛋，可以送给你们。"

黑糖说："我就说吧，你去一定能要来，他再不舍得也得给你呀。"

猴子看了看黑糖，又看看我说："要不是我俩叫你去要，他也不会把这对鸽子送给你吧？你说，是不是该让我俩先看两天？这可不是说要你的鸽子，就是先拿回去看两天，我保证一根毛也少不了，再说你也没养过鸽子，这两天你到我家去，正好我教教你怎么养，你觉得行不行？"

他这一说，我火热的心情像被兜头浇了一盆冷水，一时愣在那里，不知说什么好，黑糖说："看你把人家吓得，人家刚拿回了这对鸽子，新鲜劲儿还没过去，你就想给人家拿走，还讲不讲理了？"

猴子看了看那对白鸽，说："怎么不讲理了，我说的是不是理啊？你想想。"

黑糖说："你说的也不是没理，但是你也得照顾一下人家的情绪啊是不是？不管怎么说，鸽子是他要来的，你不能抢呀。"

他这一说，猴子有点着恼了，突然提高了声音，说："我就跟他抢了，你能把我怎么着？"说着他一个箭步跳上墙头，一把抓住鸽笼，从树枝上摘下来，拎着鸽笼就跑。

黑糖和我在后面赶紧追，我边跑边喊："我的鸽子，我的鸽子，快还给我，快还给我！"喊着喊着就哭了起来。黑五和三见哥只看到鸽笼被猴子抢走了，不知道发生了什么，也在后面紧紧追赶着。

　　猴子的家在学校后面，他从代销点向西跑，跑到电线杆那里再向北转，在大路上一直向学校跑去，这时正是黄昏时分，村里的人都下晌回来了，有的牵着牛，有的拉着车，有的扛着锄，说说笑笑的，遇到熟悉的人就打一声招呼，夕阳的光照在他们身上像镀了一层金边，显得很安详，这时他们看到几个孩子在街上疯跑，只觉得是在闹着玩。猴子在前面飞跑着，黑糖在后面紧紧追赶，我和黑五、三见哥被落在后面，我一边哭一边跑，突然踩到了一个小坑，一下跌倒在地上，黑五和三见哥连忙将我扶起来，我想再去追猴子，但是脚崴了，一动就疼，只能坐在地上，黑五和三见哥问我："怎么啦，怎么啦，你没事吧？"

　　我用手指着猴子喊："我的鸽子，我的鸽子。"

　　猴子还在向前飞奔，但是黑糖已经接近了他，但在这时，我看到猴子突然停了下来，黑糖几步追上猴子，抓住他的衣领，而他的动作也突然停了下来，我顺着他们的目光向前看，远处出现了一个骑自行车的身影，我擦了擦眼睛，认清了，那就是我爹，我爹平常里很少回家，这次回来得正是时候。看到我爹，我的身上鼓足了不知哪里来的勇气，脚也不疼了，一口气跑到猴子和黑糖身边，只听黑糖说："你抢什么抢？你看人家都哭了，快还给人家！"

　　猴子嘻嘻笑着说："我是跟他闹着玩呢。"

　　黑糖从他手里劈手夺过鸽笼，递给我说："别哭了，快拿着鸽笼回家吧。"我看看笼子里，那对白鸽受到一番惊吓，紧紧趴住底部的横杆不敢动了。

这时我爹也骑到了，他跨下自行车，笑眯眯地问："你们在这儿玩啥呢，看这跑得浑身是汗。"

我指着猴子说："他抢……"我想说"他抢我的鸽子"，还没说完呢，黑糖连忙拦住我，说："没事，二叔，我们跑着玩呢。"

猴子狡黠地冲我一笑，也对我爹说："是啊，我们闹着玩呢。"

我爹说："别玩了，快回家吧。"说着他从自行车前把上挂的黑皮包里掏出几个核桃，塞给猴子和黑糖他们，猴子接过核桃，转身飞快地跑了，黑糖愣了一下，也去追他了，黑五和三见哥也跟他们一起走了。

我爹对我说："咱也回家吧。"又从我手里接过鸽笼，问我，"这是谁的鸽子啊？"

我说："这是后街我大爷给我的。"

我爹问："后街哪个大爷？"

我说："就是我姐姐要嫁的那家的那个大爷。"我爹听了一愣，哈哈笑起来，"你咋认识他呀？他咋想起来给你鸽子了？"我一时说不出话来，只是笑着。

我娘和我姐姐都不在家，我爹把鸽笼挂在院子西侧那棵大榆树的树枝上，洗了洗手脸，搬了两个小板凳，跟我一起坐下，看那两只白鸽。这对鸽子刚才受了惊吓，这会儿才慢慢安静下来，我爹舀了一勺清水，让我倒给它们，又抓了一把小米，撒在它们面前的小碗里。他对我说："鸽子可不好养，得细心，这东西最爱干净了，吃的喝的都要干净才行，还得经常洗澡，不过你整天疯马野跑的，学学养鸽子，收收心也行。"

我问，"怎么给鸽子洗澡呀？"

我爹说："就是拿个盆，在盆里洗呀。"

我说:"那鸽子的毛湿了,还能飞吗?"

我爹说:"洗的时候不能飞,等身上的羽毛晾干,就能飞了。"又说,"等明天我教教你怎么给鸽子洗澡。"

我说:"爹,你怎么对鸽子这么熟呢,你是不是也养过鸽子呀。"

我爹笑起来,说:"当然啦。"接着他跟我讲起他养鸽子的故事。

他说他年轻的时候在地主家"扛活",那个地主喜欢养鸟养鸽子,整天什么活也不干,就是提着鸟笼在街上遛鸟,他喜欢养鸟遛鸟,就专门雇了一个长工帮他养鸟,"这个长工就是后街你那个大爷,那时候我跟他住在一起,他忙的时候我就帮他喂,他养鸽子训鸽子有绝招,别人学也学不来,偶尔他也教我几招。有一次他家里有事,回去几天,等他回来的时候,发现我养的鸽子一只只羽毛锃光瓦亮,他就问我是怎么养的,我说我别的不会,就是会给鸽子洗澡,哈哈哈哈……"

我爹说着大笑起来,我问他:"后来呢?"

我爹说:"后来他也常给鸽子洗澡,鸽子就养得越来越好了,再后来地主被打倒了,分土地,分浮财,这么多鸽子没人要,后街你大爷说他要,就分给他了,当时还有人说他养鸽子是地主阶级的生活作风,他说地主能养鸽子,咱贫下中农也能养,不仅要养,而且要比地主养得更好,还有人问他养鸽子有啥用啊,鸽子不像鸡鸭鹅那样下蛋能吃,不像狗那样能看家,也不像牛马那样能耕田拉车,一个穷人养鸽子干啥?他说穷人为啥不能养鸽子,鸽子虽然不实用,但是美观大方又好看,干一天活回来,躺在草垛上,口哨一吹,鸽子一飞,啥烦心事也没了,看着鸽子在天上飞呀飞,就像自己也飞起来一样,他说得倒好,可是没有生产队愿意要他,只好当后街的饲养员,他去买卖个鸽子,人家都说他是投机倒把……"

我爹谈起鸽子来也是滔滔不绝，这是我没有想到的，平常里我爹就是爱喝酒，坐在饭桌前一个人吱溜吱溜默默地喝，很少说话，现在他和我坐在院子里的大树下，看着鸽子，竟然说了这么多话，虽然他的话我也不全懂，但我却觉得他不像以前那样严厉了，甚至还有点可爱，这是我们父子之间很少有的谈心时刻，现在我还记得，天色一点点黑下来，院子里有微风轻拂，我爹背靠在大树上，他的身影渐渐与夜色相融，可他说的话却是那么温和，那么亲切。

7

这时候，我娘和我姐姐从地里回来了，我姐姐拉着一辆地排车，车上是在地里割的草，我娘背着柳条筐，里面装着从菜地里摘的菜。看到我爹回来了，我娘又高兴又抱怨："你回来，也不说到地里去接接我们"，一会儿又说，"也不说坐上锅，还得先烧水做饭。"

我爹笑着说："这不刚回来，还没来得及呢吗？"说笑着，我娘把菜拿到小厨房，准备做饭去了。

我爹站起来说，"我得到你奶奶家去一趟，二小，你跟我去不？"我爹每次回来，都要到我奶奶家去坐一会儿，说说话，这是旧时的礼节，每次去他都愿意带上我活跃气氛，但今天我有了这对白鸽，哪里还愿意跟他去，只是说，"我不去，我不去"。我爹又问了一句，"真不去啊，那我可就走了？"

我说："真不去啊。"

我爹看了我一眼，转头走了，这时我娘在小厨房里喊："到那里坐坐就回来啊，一会儿饭就好了。"

我爹在院子门口说："知道了。"

我姐停下车子，抱了一捆青草给羊，又扔到猪圈里一捆青草，我跑过去帮她，她笑着说："你就别添乱了。"剩下的青草她从车上卸下来，堆到小厨房南边的墙角，这些青草第二天要摊开在院子里晒，等晒干后堆起来，留着冬天喂羊。

忙完这些，我姐姐回到屋里，端出来一个洗脸盆，招呼我说："二小，快过来，给我压点水。"我蹦蹦跳跳地跑到压水井旁，抓起压水井上的木杆，不停地用力向下压着，不一会儿，一股清水从出水口汩汩流出，哗啦啦流到洗脸盆里，我姐姐先掬了一捧水洗了把脸，说，"真凉快呀！"等水满了半盆之后，我姐姐说，"好了，够了。"端起脸盆，来到东厢房窗口那棵香椿树下，放在脸盆架上，细细地洗了手，洗了脸。

等她擦完脸之后，才看到树枝上挂的鸽笼，夜色中她看得不是很清楚，就问："这是从哪里弄来的小鸟呀，还挺漂亮的。"

我随口回答她说："这是我姐夫他爹给我的一对白鸽，他家还有好多鸽子呢。"

我姐姐听后吃了一惊，连忙问："你乱说什么？谁是你姐夫，谁是他爹？"

那时候我们乡村里青年男女订了婚，互相都会避讳着，不提对方的名字，不见对方的面，别人一提到就会脸红，就赶紧躲，生怕别人拿这个开玩笑，但我不懂这些，还跟她认真地解释："就是后街那个谁家呀，你不是跟他定亲了吗，我不是该喊他姐夫吗？"

我姐姐一听又羞又急，扑上来就要打我，我赶紧跑开，躲到了我娘的身后，我姐姐气得直跺脚，说："娘，你听听他说的是什么话，现在就开始喊什么姐夫了！还要人家的鸽子，你要人家这些干什么，你说你该不该打？快把这些给人家还回去，这些东西不能要！"说着她一转身，回到西屋她的房间，趴在床上呜呜地哭起来了。

我娘问我是怎么回事，我把去我未来姐夫家的过程一五一十地跟她说了，我娘说："也不怨你姐姐要打你，你往他家去干啥？更不能要人家的东西，现在后街那谁还不是你姐夫呢，你也不能乱喊，让人家听了笑话。"

我似懂非懂地点点头，我娘又到我姐姐那屋里，安慰她说："别哭了，他还不懂事呢，你跟他学着干啥，一会儿等你爹回来，就让他领着二小，把鸽子还给人家去啊，别哭了，快起来吧。"我姐姐还是将头伏在枕头上，呜呜地哭。我想上去拉我姐姐，我娘瞪了我一眼，说，"去去去，你就别在这儿添乱了。"她把我拉到门外，又问我，"你爹知道这鸽子是谁给你的吗？"

我说："知道啊，我都给他说了。"

我娘又问："你爹说什么了？"

我说："我爹说了很多，怎么给鸽子洗澡，怎么给鸽子喂小米，还说让我养鸽子好，可以收收心。"

我娘说："你爹也是个没心没肺的，也不想想鸽子哪里来的？还喂小米，人都不够吃的，哪有东西喂鸟啊？"

我问我娘："这对白鸽非要送回去吗？这可是人家送给我的啊。"

我娘说："不送回去哪行？你看看你姐姐都哭成啥样了？你这孩子也真是的，人家给你就要啊，也不看看是谁给的？"

我嗫嚅着说："人家对我挺好的呀。"

我娘说："好什么呀好，你懂什么啊？一天天尽给我找事！"

说着我娘又回到小厨屋，做饭去了。我一个人来到院子里，站在鸽笼下面看那两只白鸽，夜色中这两只鸽子安安静静的，是两团模模糊糊的白影，看着鸽子，想到它们下午才拿来，一会儿就得送走，我感到很舍不得，也很委屈，明明是人家送给我的鸽子，为啥我姐姐不愿意，就得还给人家？越想我心里越难受，不由得默默抹起了眼泪。

我爹从我奶奶家回来，见我一个人站在院子里，就问我："你站在院子里干啥，你娘和你姐姐呢？"我没吭声，我爹走到我面前，才发现我在流泪，他说，"你哭了？为啥哭呀？咋啦？"

这时我娘从小厨屋里走出来，没好气地说："你哭啥哭，你还好意思哭？"又对我爹说，"小的也哭，大的也哭，还不都是因为你？"

我爹莫名其妙地说："因为我，我咋了？"

我娘指了指挂在树枝上的鸽笼，说："这鸽子是从哪儿来的？"

我爹说："从哪儿来的？不是后街他大爷给的吗？"

我娘说："什么后街他大爷，你这个榆木脑瓜，也不想想你闺女还没结婚，就要人家的东西，你不怕别人说闲话呀？"

我爹这才明白过来，笑着说："就因为这呀？那咱不要了，给他送回去不就行了，有啥大不了的。"

我娘说："你问问你儿子，愿意送回去不？"说着，转身又回小厨屋了。

我爹这才重新注意到我，说："我说你哭啥呢，原来是为这呀！"他拉我又坐在小板凳上，耐心地跟我说，"我跟你说呀，这鸽子咱可不能要，咱要是要了，人家就会笑话咱，就会笑话你姐姐。"

我说："这是送给我的，又不是送给我姐姐的。"

我爹说:"是送给你的不假,可你想想,人家为啥送给你呀?还不是因为你姐姐,你想想是不是?"

我低头想了想,隐约觉得我爹说得有道理,但口头上却不想承认,硬着头皮说:"人家就是送给我的呀。"说着又去看那对白鸽,它们刚刚成了我的,还没暖热呢,一转眼就又不是我的了,这搁谁谁受得了?早知道这样,当初还不如不要呢,想到这里,我又感到莫名的委屈。

我爹摸了摸我的头,说:"别哭了啊,你是大小伙子了,这点事还值得哭,明天我带你去赶集,给你买好吃的啊。"听说我爹要带我去赶集,我的心里才好受了些,抹了一把眼泪,抬头默默地看着鸽笼,我爹又摸了一下我的头,从树枝上摘下鸽笼,对我说,"走吧,咱给人家送回去。"又提高声音,对在厨房里忙活的我娘说,"我们走了啊,去后街一趟。"

我娘说:"快去吧,快去快回啊,饭马上就好了!"

这时我觉得把鸽子送回去是我付出了巨大的牺牲,似乎应该让我姐姐知道,就跑到我姐姐的门口,敲敲门,对她说:"姐姐,你别哭了,我和咱爹把鸽子送回去了。"我姐姐在房间里仍然是默不作声,我邀功不成,心里有点懊恼,嘴里嘀嘀咕咕地说,"还不如早点嫁过去呢,鸽子就不用还了。"

我姐姐在屋里说:"你说什么?还不快滚。"我听她的声音有点生气了,赶紧从她门口跑开,追上了我爹。我爹一手拎着鸽笼,一手拉着我,走出了院门。

8

夜色渐浓,天上的月亮在云层中穿行。我爹和我走出胡同,向东走，在几棵枣树那里向北转，黑暗中四喜家、常老头家、月钦家的大门都黑洞洞的，看不清楚，但这条路我早走熟了，很快就来到了大水坑东边，前面就是我未来姐夫的家了。我爹整一整衣领，咳嗽一声，走进院门。几条狗汪汪叫着，围了上来，那条大黑狗跑在最前面，见到我它摇了摇尾巴，接着又冲我爹叫。我未来姐夫的爹喊了一声："谁呀？"说着从屋里走了出来。

我爹在院子里站下，说："是我。"

他走近了，才看清了是我爹，赶忙紧跑几步迎上来，连声说："是二哥来啦？快，快屋里坐。"

我爹笑着说："不坐了，这小孩子也不懂事，说你给了他一对鸽子，你给他这做啥？他又不会养，养不了几天就得养死，我给你送回来了。"说着将鸽笼递给他。

我未来姐夫的爹说："怎么不会养呀？鸽子还不好养，再说就是个玩意儿，让他养着玩吧。"

我爹笑着说："那可不行，你养得好好的，可不能让他祸害了。"说着拍拍手说："行了，那我们走了。"

我未来姐夫的爹拉住他的手说："二哥，你好不容易来一趟，哪能就这么走呢，怎么也得到屋里坐会儿。"

他们说着话，我未来姐夫的娘也出来了，也说："快到屋里坐会儿吧。"我爹却不过情面，只好跟他们走进了屋，在椅子上坐下。我未来姐夫的娘点着煤油灯，端到桌上，又忙着找茶叶、茶杯、茶壶。

我爹摆摆手，说："他大娘你不用忙活，我一会儿就走。"

我未来姐夫的爹说："别管她，来了怎么也得坐一会儿呀。"一会儿茶沏上来了，我未来姐夫的爹就和我爹聊天。虽然我姐姐和他家的儿子订了婚，但中间都是媒人在传话，像这样面对面说话的机会很少，他们两个人先谈了一会儿养鸟，又谈了一会儿庄稼，接着又谈到了两个孩子的婚事。

我未来姐夫的娘见我一个人坐在边上听，显得很无聊，就抓了一把瓜子，一把糖，放在桌上让我吃。他们两个越说越投机，这时我未来姐夫的娘早摆上了四盘菜，也不知道她是什么时候准备的。在她往桌上端盘子的时候，我爹站了起来，说："他大娘你不用忙活，我们走了啊。"说着就要往外走。

我未来姐夫的爹用力一把拉住我爹坐下，从椅子背后抓出一瓶酒说："二哥你好不容易来了，今儿个咱哥俩好好喝点。"

我爹又站起来说："不行不行，我得回去了，家里还在等着呢。"

我未来姐夫的爹拦住他说："咱哥俩儿聊得投机，越说越高兴，平常里请你还请不来哩，来了咋能走呢。家里等着怕啥哩，待会儿叫人给家里说一声就行。"说着又拉我爹坐下，拧开酒瓶盖儿，哗——倒了一杯酒，放在我爹面前，又哗的一声给自己倒上，端起杯来，说，"二哥，今天也没别人，就咱哥俩儿，咱俩好好喝一盅。"

我爹不知如何是好，只好尴尬地坐下，也端起杯，跟他碰了一下，说："你说这事弄得，按说今天不该在这儿喝。"

我未来姐夫的爹说："啥该不该的，碰巧了，这就是缘分，来，咱先干一个。"说着他俩就喝起酒来，喝着酒，话也多了起来，他们谈起了以前经过的事，认识的人，谈到有的地方已经搞起了包产到户，我们这里也快了，两个人显得都很兴奋，我未来姐夫的爹说，"等包产到户了，各家管各家，我就专门养鸽子，也当个专业户。"

我爹笑着说："到时也没人说你投机倒把了。"他们就哈哈笑了起来。

正喝着酒，突然听到院子里自行车响，过了一会儿，一个小伙子推门走了进来，我一看，原来就是我姐姐的对象，他进门一看到我爹坐在那里，愣了愣，脸刷地一下红了。

他爹说："你来得正好，今天你大爷来了，你快过来敬杯酒。"又说，"他刚下班，天天都回来这么晚。"我姐姐的对象含混地跟我爹打了声招呼，便出门去院里的水龙头上洗手洗脸，外面传来了哗哗的冲水声。一会儿他走进来，在我旁边坐下，给自己的酒杯倒满酒，就向我爹敬酒，一连敬了三杯，也不说什么话，举起杯就干，他的脸始终红着。

他爹说："就是一个闷葫芦，也不知道说句话。"我爹笑着说，"这样的孩子才好，稳当。"我偷偷打量着他，这是一个很精神也很腼腆的小伙子，眉清目秀，身上穿着磷肥厂的制服，显得很挺拔。那时他在我们公社的磷肥厂上班，磷肥厂在我们村东北，每次我们路过那里，都会看到大门紧闭，从里面飘出很浓的氨水味，对我们来说很神秘。

看到我在观察他，他转过头来冲我笑了笑，说："你多吃点啊。"说着又给我夹菜。可是我已经吃了不少了，在屋里坐着也觉得闷，我就把筷子放下，偷偷溜出了屋门，一个人来到院子里。

院子里一片月光，刚才我未来姐夫的爹接过鸽笼，随手挂在了树枝上，我来到那棵枣树下，看着笼中的那一对白鸽。它们咕咕咕咕地轻声叫着，回到了熟悉的环境中，似乎很惬意，原来它们不愿意在我家待着呀，想到这我心里有点懊丧，我围着鸽笼转了两圈，突然想到，它们会不会是饿了？我要给它们喂点东西，可是喂什么呢，正当我踌躇之时，我未来姐夫的娘从屋里走了出来，见我在树下站着，就说："你在院里站着干啥呢，咋不去屋里吃东西呢？"

我说:"我都吃饱了,你看这鸽子咕咕叫,给它们喂点食吧。"

她呵呵笑着说:"你想喂呀,我去给你抓点小米,让你喂。"

从她手里接过小米,我又来到了那棵枣树下,将小米放在鸽笼中的小碗里,两只鸽子围过来,低头不停地啄着,我又去舀了点清水,放在另一个小碗里,趁着月光看这对白鸽,它们洁白的羽毛在夜色中像是发着光。

这时我的手上感觉到一阵温热,我转头一看,原来是那条大黑狗在舔我的手,我摸了摸它的头,它摇晃着尾巴轻轻地叫着,我突然想,不知道东院的那两只兔子这时睡着没有,还有金鱼,不知道它们是不是还在水里游,我还从未见过它们在夜里的样子呢,想到这里,我带着大黑狗,穿过那道月亮门,来到东院里。

月光如水,院子里的苹果树、水井、水缸和藤椅都隐隐约约泛着光,只有远处的菜园和兔子窝躲在暗影里。我先来到水缸边,从水面上看不到一条金鱼,可能它们都睡着了,我用手轻轻搅动里面的水草,一会儿好几条金鱼游了上来,还是那条红色金鱼最活泼,一直在追逐着水草跑,突然它向上一跃,飞出水面,在空中停留了几秒,又啪的一声钻入了水面,大黑狗冲着水缸汪汪叫着,我拍了拍它的头,向东边那两个小塔形状的兔子窝走去,大黑狗也跟在我后面,我掀开上面盖着的土坯,向兔子窝底看,那里面一团漆黑,但在黑暗中,却有两点光盯着我,猛一看吓了我一跳,再一细看,原来是黑兔子的眼睛,我摘了一片菜叶在上面晃了晃,丢进去,那两点光暗了下去,里面传来啃吃叶子的急促声音,原来兔子晚上也吃东西啊,我心里想着,来到另一座小塔面前,掀开土坯往里看,却只见一个团团的白影卧在那里,难道这只白兔子睡着了?我又摘了一片菜叶扔进去,那团白影晃了晃,仍没有什么动静,我找了一根棍子,想拿它捅一下那团白影。正在这时，我眼前突然亮光一闪，一只小虫飞过去了，"萤火虫！"我惊叫一声，抛开棍子，朝它追了过去，萤火虫忽左忽右，忽高忽低地飞着，我在后面跟着跑，大黑狗也跟着我跑，突然我脚下一滑，一下跌倒在田埂上，等我爬起来，那只萤火虫已经不见了踪影，我四处望望，月光下的院子很安静。

这时我听到了我未来姐夫的娘的声音："他兄弟，他兄弟，这孩子，跑哪儿去了。"大黑狗听到了，汪汪叫着朝西院飞跑过去，我也跟在它后面，穿过那道月亮门，来到西院，她看到我，笑着说，"以为一个人你回家了呢，原来是跑着玩去了，看看这身上的土，摔倒了？摔痛了没有？"我说，"没事儿，没事儿"，她拍打着我的衣裳，拍打干净了，又说，"快进去吧，都等着你呢。"说着就要领我进屋。

正在这时，院子门口走进来一个人，一进门就咳嗽了一声，高声喊道："家里有人吗？"

我未来姐夫的娘迟疑着，迎了上去："谁呀？"

我却从声音听出是我三叔，连忙跑过去说："三叔，你咋来啦？"

我三叔笑着说："我来找你和你爹啊。"我未来姐夫的娘也笑着说，"是他三叔啊，快进屋，快进屋！"赶紧把他迎进屋。

我三叔一进来看到我爹，就笑着说："二哥，原来你在这里喝酒呢，我嫂子都找到大队里去了，让我来这里看看。说你就出去一下，怎么就不回来了？快回家吧。"

我爹赶忙站起来，说："那咱走吧。"我未来姐夫的爹和娘说，"哪能刚来就走呀，兄弟你坐下，也喝一杯！"

我三叔笑着说："改天咱再喝吧，家里都急坏了。"说着就往外走，我爹也站起来往外走。我未来的姐夫和他的爹娘说着热情的话，送我们走出屋，一直送到院子门口。

回去的路上，天依然很黑，月亮却冲出了云围，漫天洒着清辉，我三叔说："二哥，我给你说个事儿，你先别往外说，心里有数就行。"

我爹说："啥事啊？"

我三叔说："村里刚开会定下来，我们村也要包产到户。"

我爹一听来了精神："真的？"

我三叔点点头说："真的。我跟他们吵了一晚上，还拍了桌子。"

我爹说："好啊，那小队的队长怎么安排，队里的牲口怎么办？"

我三叔说："地分了，牲口也得分啊，一步步来吧。"说着话来到我们家胡同口那棵树下，我三叔停下脚步，说，"二哥你快回家吧，我不送你了。"

我爹说："好，你也快回去歇着吧。"我三叔点点头，转身向西走去，走到电线杆那里再向北。我和我爹伫立在树下看着他，直到他的身影消失在夜色中。那天晚上，他们说的什么我听不懂，我跟在他们身旁，只记住了几个词，直到多年之后，我才明白这个夜晚是我们村有史以来最重要的时刻之一。

9

我姐姐结婚那一天，热闹极了。清晨，天还蒙蒙亮，嫁妆车就从我家出发了，我高高坐在第一辆嫁妆车上，看着清晨薄雾中的大路、树林和房屋，有一种威风凛凛的感觉。车子从后街绕过，很快就到了我姐姐家，那里早已放起了鞭炮。停下车，胖胖的二百七要来抱我下车，我不下，他拿出一个红包，递给我，我还是不下，他又塞给我一个，说："快下来吧。"

我还是不下，这时我未来姐夫的爹走过来了，他塞给了我一个红包说，冲我笑着说："快进屋吧。"

我说："好吧。"

他就将我从五斗橱和大立柜上抱下来，说："快去玩吧。"

二百七见我这么痛快就答应了，显得大出意外，赶紧将手里拿的另外几个红包塞回兜里，笑着说："好呀，还是咱们自己村里人爽快。"

后面黑五、三见哥等人还在等着，见我这么快就下车了，他们也只能下来，晃着手里的红包说："怎么只给了三个就下来了，二小，你怎么下来得这么快？"

我只好说："我要撒尿，快憋不住了。"说着向厕所跑去。等我回来，嫁妆已经快卸完了，黑五和三见哥正跟后街的小孩一起，在地上捡小炮呢。

我正要跑过去跟他们一起捡小炮，有人在后面拍拍我的肩膀，我转头一看，原来是我未来姐夫的爹，他冲我眨眨眼，神秘一笑："跟我来。"

我跟着他穿过热闹的人群，绕过临时搭起来做饭的那个大帐篷，来到东墙边那一排小树旁，他用手一指说："你看，那是什么。"我的眼睛一亮，每棵小树的树枝上都挂着一个鸽笼，他指着最前面那一对白鸽说："你不是说你姐姐结婚是大喜事，我们也要放鸽子吗？我把鸽子带来了。"停了一下，他又说，"我今天事太多，没空跟你一起放，你找几个人，等那边一宣布典礼结束，你们就一起放，鸽子呼啦啦飞上天，多喜庆啊！"我喜得眉开眼笑，连连点头。

他拍拍我的肩膀就走了，我赶紧在人群里找到黑五和三见哥，跟他们说了这个消息，他们一听都很兴奋，也顾不得捡小炮了，跟我跑到东墙边看鸽子，我们数了数，鸽笼一共有七只，要一起放，还得再找几个人。三见哥说："叫上猴子和黑糖吧。"

我想了想说："叫黑糖可以，别叫猴子了，他上次还抢我的鸽子呢。"

黑五也说："这个猴子，尽欺负人。"

三见哥说："别跟猴子记仇呀，他就是调皮捣蛋，也护着咱啊，上回带咱一起去偷梨，人家放狗出来咬，他还让咱先跑，他的裤腿都叫狗给扯烂了。"我想了想也是，勉强点了点头。

客人越来越多，我家的客人我都认识，我未来姐夫家的客人我不认识，他们相互之间寒暄着，说笑着，院子里人头攒动，到处都是人。我在人群中找到猴子和黑糖，他们也像大人一样，站在墙根，在跟后街的几个半大孩子说话呢。我走过去，把黑糖拉到墙角，跟他说要放鸽子，他眼前一亮，跟猴子耳语了几句，他们俩便跟我向东墙边走去，猴子还拍了拍我的头。

绕过帐篷，看到树枝上那一排鸽笼，猴子不禁跳了起来："哇，太好了，这么多鸽子！"他从头至尾一一看过去，又从那头走回到这对白鸽面前，嘴里不停地啧啧称赞着，我们和黑糖紧紧跟在他后面。猴子转过头来对我说，"待会儿放鸽子的时候，你放这对白鸽啊"，我点点头，看他对这两只白鸽这么上心，我以为他要放呢，白鸽是领头的，谁不愿意放呢，听他这么说我才放心下来，甚至开始对他有点亲近了。他又对黑五和三见哥说，"你俩放挨着白鸽的这两笼"，又对黑糖说，"咱俩放南边这四笼，一人负责两笼。"他们都点点头，猴子又说，"到时咱们都看着，婚礼一结束，我一喊'放！'咱就一起放。"

我们都说好，猴子仰头看了看天上的太阳，说："现在时间还早，你们先到别的地方玩会儿去吧，不过咱们得轮班在这儿看着，别让其他小孩发现了搞破坏，要是提前把鸽子放了，鸽子弄伤了，不就麻烦了？咱们就这样分吧，我和黑糖一班，你仨一班，过一个小时你到这儿来换班，记住，该你们轮班的时候，上厕所也不能仨人一块去，得留一个人在这儿守着，记住了吗？"我们纷纷点头称是，随后留下猴子和黑糖，我和黑五、三见哥便跑了出去，找到个僻静地方，噼噼啪啪放起了小炮。

这天我家的客人很多，走在院子里，这个摸摸我的头，那个捏捏我的脸，还来了几个小表弟小表妹，好久没见了，他们看到我都很亲热，很兴奋，跟着我到处乱跑，很快我就和黑五、三见哥走散了，但在新一群小孩中我成了头儿，心中更加得意，带着他们东跑西窜，爬高上低的，我还带他们到河堤上去转了一圈，看了看河边的杨柳、小桥、荷花和小鱼，等我满头大汗地跑回院子，黑五和三见哥正在着急地找我，三见哥把我拉到水龙头边上，给我抹了一把脸，说："你跑哪儿去了，婚礼马上就要开始了，猴子都急坏了。"说着拉着我就往东墙那边走。

猴子还在对着那两只白鸽看，见我来了，说："你小子跑哪儿去了？我们都换了两回班了，也没见着你。"

我不好意思地挠挠后脑勺说："我表弟表妹来了，我带他们去河边玩了一会儿。"

猴子说："别再乱跑了，一会儿典礼一结束我们就放。"我点点头。

这时堂屋门口那里围了一大圈人，在等待仪式开始，我在人头攒动中看到了二百七胖胖的身躯，还有媒婆那张笑成一朵花的脸，我三叔不知什么时候也来了，他站在西偏房门口抽烟，几个人围着他说话，村里人见到他很热情地打招呼，他就微笑着点头。

堂屋门口热闹起来了，红毯子上摆着四张椅子，执事人请我爹和我娘、我未来姐夫的爹和娘坐在上面，他们都穿着一身新衣裳，我未来的姐夫也被人拉到红毯子上，他穿着一套崭新的西装，胸前还别着一朵小红花，映得脸更红了，他一直站在那里腼腆地笑着。这时伴娘挽着我姐姐出来了，我姐姐穿着一身红色的长裙子，头上盖着红盖头，胸前也戴着一朵小红花，一步步走到我未来姐夫身边，她的样子又美丽又温柔，看上去像是换了一个人，全然不像跟我吵架时那么凶。看到我姐姐走出来，我实在忍不住了，便跑过去从人群外面往里挤，等我终于站到最前面时，仪式已经开始了，只听执事人说，"一拜天地——"我姐姐和姐夫便跪下来叩拜，"二拜高堂——"他们便再拜我爹娘和我姐夫的爹娘，"夫妻对拜——"他们两个人便在两边站好，跪下来叩拜，拜的时候他们离得太近了，我姐姐的头和我姐夫的头轻轻碰了一下，周围的人都哈哈笑了起来，我笑的声音更大，这时我爹在人群里发现了我，瞪了我一眼。

"送入洞房——"两个伴娘便挽起我姐姐向新房走去，这时我姐夫的爹也发现了我，他笑着冲我眨了眨眼。

我突然想起放鸽子的事，便开始转身往回挤，这时执事人说："典礼仪式到此结束，请各位亲朋好友尽快落座，马上开席，大伙都吃好喝好啊！"

我一听更着急了，用力往外钻，这时只听一声口哨吹响，一群鸽子呼啦啦飞上了天。他们竟然不等我，就把鸽子放了，我心里又气又急，挤倒了身边一个小孩也顾不得了，好不容易挤到外面，黑五和三见哥一见我，拉住我的手就跑，说："快点，快点！"

我生气地说："你们不是把鸽子放了吗？还叫我干啥？"

三见哥低声说："你的还没放呢。"

跑到东墙边，我看到其他鸽子都已放飞了，只有那对白鸽还在笼子里，猴子和黑糖已把鸽笼从树枝上摘了下来，他们两个抬着，嘴里催促着："快点，快点！"我跑到他们身边，匆忙把鸽笼打开，那一对白鸽钻出来，双翅一振，呼啦啦飞上了天空。

　　猴子这时才对我说："我们怕赶不及，先把别的鸽子先放了，这对白鸽留着给你放呢。"

　　我喘着粗气说："没事没事。"心里却感到气顺了。又忙去看鸽子，那群灰色的鸽子刚才还在天上群龙无首地乱飞，这对白鸽加入之后，它们渐渐找到了秩序，开始顺着一个方向飞，它们飞得越来越高，转的圈子越来越大，在碧蓝的天空上尽情盘旋着，翱翔着，身姿是那么优美动人！

　　凝望了许久，我的眼睛才从天上回到地上，黑五和三见哥拉着我去坐席，我们在乱哄哄的人群中找到一张桌子，跟猴子、黑糖坐在一起，这一桌都是小孩。小孩坐席有一个特点，那就是只吃菜，不喝酒，上来一个菜就风卷残云地抢完了，吃酒肴就吃饱了，等到后面的八大碗上来时，早就不知道跑哪儿玩去了。那天就是这样，端上来一个菜，我们七八个小孩就开始抢，这些平常吃不到的菜肴让我们眼馋，互相争抢着吃也更有趣，我们抢得是不亦乐乎。我们争抢着吃菜，还听到旁边桌上的大人在议论：

　　"谁想到放鸽子这个主意的？简直是绝了！神了！盖了帽了！"

　　"鸽子呼啦啦一飞，这个婚礼立马上了一个档次！"

　　"那可不是？很有点普天同庆的感觉啊。"他们说着就哈哈大笑起来，我听了心里很得意，很想跑过去告诉他们，这个主意是我出的，鸽子也是我放的，你们看我厉害吧？但我想想还是忍住了。

猴子不知道从哪里偷来一瓶酒，他挤眉弄眼地说："我们也喝点吧。"我们这些孩子都没喝过酒，但是见过大人喝，觉得那是大人才能做的事，很好奇，现在偷着喝则更加兴奋，便你一口我一口地喝了起来。有的小孩嫌辣，喝了一口就不喝了，有的小孩咋咋呼呼的，但喝了几口就晕了。

我尝了一口，也觉得很辣，但是黑五和三见哥都在喝，我也就跟他们一起举杯相碰，猴子又不停地劝酒，说："今天是你姐姐结婚，你可要多喝一点啊！"又说，"你能想出来放鸽子这一招，简直太绝了！"又说，"来，为我们的白鸽干杯！"我被吹捧得晕晕乎乎，不知不觉又亢奋起来，也不停地跟他碰杯。很快我就趴在桌上不省人事了，连我姐姐和我姐夫来敬酒都不知道了。

等我醒来的时候，是躺在我姐姐的新房里。我睁开眼睛，看到我姐姐换了一身素色衣服，正坐在床头，一个人静静地发呆，白色纱帘在风中轻轻摇摆着，像在梦境中一样。我姐姐转过头，见我醒了，摸摸我的额头说："你今天怎么喝酒了，现在还难受不难受？"

我看看四周，四周的东西都是新的，墙壁、桌子、家具、被褥，新得有点不像是真的，我说："这是哪里呀？姐姐，咱回家吧。"听到我的话，我姐姐不知怎么突然哭了，先是低声啜泣，后来竟哭出了声。

我说："姐姐，你怎么哭了？"我姐姐也不作声，仍是哭，我见我姐姐哭，也忍不住哭了起来。外屋听到我们的哭声，一下涌进了好多人，我爹和我娘、我姐夫、我姐夫的爹和娘、媒婆，他们有的劝我姐姐，有的劝我，有的说，"大喜的日子可不兴哭啊，不吉利"，有的说，"别哭了，别哭了，咱这儿离家近，啥时候想家了就回去啊"。劝了一阵，我们才止住哭声。

这时我爹说："天也不早了，咱就早点回去吧。"

我拉住我姐姐的手，说："姐姐，咱回家吧。"

媒婆赶紧上去拉开我的手，笑着说："你姐姐嫁过来了，是新娘子，今天可不能回去啊。"我还要伸手去拉我姐姐，我爹一把抱起我，快步走出了门外，屋里传来了我姐姐的哭声和我娘的劝慰声。过了一会儿，我娘也走出来了。我姐夫、我姐夫的爹和娘等人，都走到院子里来送我们，一直送到院门口。我爹摆摆手说："你们回去吧，快回去吧。"

回去的时候，天已经黑下来了，我坐在我爹自行车的大梁上，出了胡同，走过我们队的牲口棚、三奶奶家门口、代销点前的打麦场，一路上我还在想：我姐姐为什么不能跟我们一起回去呢？这时候我突然感觉哪里不对劲，那排大榆树下空荡荡的，像是缺了一块，我问我爹："那个牲口棚怎么不见了？"

我爹说："你还不知道呀，明天村里就要分牲口了，你是想要小牛还是小马啊？"一想到可以拥有一匹自己的小马，我立刻兴奋起来，就像已经骑在一匹雄伟的骏马上，正在穿越茫茫夜色，向着明天飞奔而去。

一条路越走越远

1

从我家往北走，走七八里路，就到了张坪。

我姥娘家就住在张坪，我很喜欢到那里去。

去张坪的路上，要经过七里佛堂和萧化村，这条路的每一个细小的波折都深深烙在我的心上。

2

七里佛堂，在我们那里读作"七里普堂"，据说那里有过一座佛堂的，后来不知怎么没有了，我从来没见过，也不知道是什么样子的。那里有很多梨园，春天一到满是白色的花，四处飘香，还有很多蜜蜂飞来飞去。秋天那些树上便挂满了黄澄澄的梨，我跟爹娘去姥娘家，往往从园子外面过，看着那些果实在树枝上摇摇摆摆，就馋得不得了。

我跟黑五还去那里偷过梨，走了很长的路才到那个地方。

两人小心地钻过篱笆，爬上了一棵很大的树，先啃了两个，接着摘了梨就往裤兜里塞。正摘得欢，忽然一阵狗叫，窜来了两条黑狗，围着树不停地摇头摆尾，吓得我俩伏在树上不敢动了。一会儿出来了一个满脸胡子的大汉，看见了我们说："你们俩是哪儿的小孩？"

我俩都不说话。

那个汉子笑了："来偷梨的？"

我们的心都提到了嗓子眼。

"快下来，看这梨那么小，哪儿能吃啊。"

我们瞅着那狗，小心翼翼地从树上滑下来，不知道他要把我们怎么样。

"到这边来，看看这棵是什么树？"

那是一棵很大的杏树，我们很奇怪梨园里怎么还会有杏树。

"梨还小，不能祸害，我给你们打几个杏吃吧。"说着他拽住一根树枝，晃了晃，黄杏像雨点似的扑簌簌地往下掉。看我们愣在那里，他说，"快捡啊。"我和黑五忙不迭地捡了起来，每人捡了一兜。他又把我们送到了梨园门口，嘱咐我们小心点走，别迷了路，我和黑五朝他做了个鬼脸，一路啃着杏回去了。

这村里的大路很少，晴天满是尘土，雨天到处是泥泞，有一些鸡鸭在那里悠闲地踱着步，有时可以看到老母猪在水洼里舒服地打滚。我们从它们身边走过，都要很小心。村里的小路都是曲曲弯弯的，我们从村里走，总要在狭小的胡同里绕来绕去。

我记得有一次，刚下过雨，村里的水坑都涨满了，我们从一个大水坑边走过，水坑的边上就是一堵墙，小路只有一两尺宽，简直像悬崖边一样，我爹推着自行车小心地走，我坐在车上很担心会掉到水里去，小路很滑，从墙那边还伸过来一些黑色的树枝，有的还挡住了路，我爹就攀着这些树枝，很小心地把我送了过来，又回去把我娘也挽了过来，才长吁了一口气。

回过头去看看，真是惊险，那一片水，在我看来就和汪洋大海一样，在水面上游来游去的几只白鹅像军舰一样神气。

3

出了七里佛堂往北走，有一条大路。路边是两排高大的梧桐，每一棵都那么粗，高得几乎顶住了天。枝叶在空中交接，把整个天空都遮成绿色的了，阳光只能星星点点地透过来。我最喜欢在这条路上走，夏日那一地的浓荫分外凉爽，感觉似乎到了一个透明的世界，跟周围的一切都不一样了。梧桐宽大肥厚的叶子在风中摇摆，粗壮的树干却几乎岿然不动。

每次去张坪，我都从这条路上走，这些梧桐一棵棵似乎都成了熟人了。它们每一棵的姿态都不一样，但都是那么美。有的枝干遒劲，昂首向天，一副气盖天下的气势；有的枝叶婆娑，随风摇曳，又显得那么温柔妩媚；有的独自站在那里，像是很腼腆的样子；有的两棵紧靠在一起，像在说着什么悄悄话。还有一棵大概是很老的，有一年我从它的身边走过，看到它的枝干全枯了，心里十分难过，可是下一次见到，那枯枝上又发出了嫩叶，点点新绿让人心动，我禁不住下了车子，拍了拍它苍老的枝干。

有一次，姐姐骑车带我去姥娘家，到了这段梧桐路，她骑得累了，我们便在树下歇息一会儿。梧桐树外边是无垠的田野，我们去折了人家一根玉米秸，当甜棒在嘴里嚼了一阵，才又骑车向前走了。

4

梧桐路的尽头就是萧化村。这村里有一个大坡，先是一个长长的下坡，到了谷底，又是一个长长的上坡。坡的西边是一个大沟，东边是一个砖厂，有不少人在那里拉土、脱坯、运砖，他们顶着日头，都光着背，汗涔涔的。我们走到这里，下坡的时候骑车很是畅快，简直像飞一样，上坡时就困难了，一步一步死劲地蹬，有时蹬到半路上不去了，只好下来推着车子走，还得小心不要摔了下去。

爹娘带我到这里，每每让我下车自己跑上坡，说看我跑得快还是车子骑得快，我听了就跳下车子，一路小跑，很快就到了坡顶，站在那里又是跳又是笑，我爹还在那里弓着身用力往上推呢。

有一次，从姥娘家回来，我爹喝多了酒，下坡时一下子歪到了西边的路沟里，砖厂的那些人见了，连忙跑来把我们扶起，看看没有摔伤，彼此说笑了一阵，又把我们送上坡，才走散了。

萧化村还有我们一家远房亲戚，有时路过遇上他家的人，爹娘就会下来寒暄一阵。按说我该叫她大姨，但我不知道她跟我们是什么关系，平时也不走动。我一心想早点到姥娘家去，见爹娘跟他们说起话来没个完，心里就老大不乐意；不过有时正碰上他们从地里回来，会塞给我一个苹果或一把花生，这倒是让我很高兴的。

5

上了坡，出了萧化村，再走一段路就到张坪了。远远看见村落隐约的轮廓，我就高兴起来，心早飞到了车子前面。那里有那么多亲戚，还有那么多人跟我玩。好不容易进了村，看到姥娘家的门楼，我就先从车子跳下，跑得比车子还快，一路跑进了院子，大声叫嚷着，姥娘家的人见到我，知道我家来了人，便笑着出来迎接我的爹娘。一见面又是寒暄又是说笑，忙得不知跟谁说话好。

我姥娘家其实就是我舅舅家。我姥娘很早就去世了，我对她没留下什么印象；我姥爷也去世了，我只记得他曾到我家去住过，也还能大略想起他的面容，但已经很模糊了。他们就只有我娘和我舅舅两个孩子，不过到了我这一辈，人丁却特别兴旺。我舅舅家有五个儿子、两个女儿，我们家有两个儿子、四个女儿。在这些兄弟姐妹中，我是最小的，最小的哥哥都比我大十岁，所以他们都很宠爱我。不过他们比我大那么多，我也跟他们玩不到一起。经常跟我在一起玩的是坤哥，他比我大两岁，是三姥爷房里大舅家的孩子，我们两个一见了面，总要在一起玩，有时还会打架，不过闹一会儿就又和好了。

我舅舅家是三进相连的院子，最后那一座房子后面，有一棵很大的梨树，不知有多少年了，我一来就喜欢和坤哥去爬那棵树。这树很高，但枝杈长得很低，很容易爬，爬到树上，茂密的枝叶就挡住了我们，谁也看不见。到吃饭的时候，他们就大声喊，我们猫在树上不肯下来，因为我们吃梨就已经吃饱了。有一年冬天来，我也去爬这棵树，那时应该已经没有梨了，可是我在最高的那个树枝上竟然看到了一个，或许是收梨时够不到就没有打，我看了很是高兴，攀着颤巍巍的枝条爬了上去，终于把那个梨摘到了手。那梨经了风霜，已经很皱了，吃起来倒比别的梨更甜更脆。

我和坤哥还经常在墙头上跑着玩，那墙都是泥土垒起来的，我们能在墙上彼此追逐，飞快地跑，大人见了都怕我们掉下来，叫我们"快点下来"，可是我们一转身就不见了踪影。墙东边的东院是三姥爷家，现在是他那房里的二舅在住，他只住前面的一进房子，后面整个房子都是空的，我们时常钻到这个房子里去翻看，那里有很多以前的报纸、图片，还有各种堆在一起的箱子、柜子、瓶瓶罐罐，有一次我从这里面找到了一个毛主席像章，把它擦得锃亮，戴在胸前，骄傲得不得了。

我们还常翻过墙，跑到一条河边去玩。那条河里的水很清亮，夏天里我们扑通一声就跳了进去，在里面像条鱼似的游着，游累了就躺在水边的青草上。那里有青蛙一跳一跳的，还有蚂蚱在飞，岸边长的是另一种梨树，结的果子黑黑的、涩涩的，一点都不好吃，他们说这叫面梨，要等熟了放一段时间才好吃呢，可我总等不到它熟了的时候。在河边玩够了，我们就一起往家走，有时也会摸几条鱼回去。

东院的二舅很爱逗小孩玩，他最喜欢的就是看我和坤哥摔跤。经常是他叼着一根烟，对我俩说："来来来，你俩摔一个，看谁摔倒谁了。"边上的人也都帮腔，围过来跟着看。我们俩也都来了劲，很快就扭结在一起，使上了全身的劲儿，小脸憋得通红。

边上的人都评论着："呵呵，这下二小不行了。"

"哎哟，还是小坤劲大……"我们俩搂抱在一起较着劲儿，不一会儿，我把坤哥摞倒了，或者坤哥把我摞倒了，他们就高兴地笑了起来，拍拍我们的肩膀，夸奖几句。一开始是我被摞倒的时候多，慢慢地我也能摞倒坤哥了，这让我很得意。到后来，摔跤简直成了一个固定的节目，每次去姥娘家，他们总会逗我与坤哥摔跤，我们两个也每次都要比一比，直到后来长大了，知道他们是在逗我们，才不去摔了。而直到现在，每次见到姥娘家的人，他们还会津津有味地说起我和坤哥摔跤的事。

二舅还让我们喝酒。有一次大人坐在桌子上喝酒，我们在边上跑着玩，他把我们叫了过来，说："你们两个谁敢喝酒？"我们两个都争着要喝，他端起自己的酒杯，对我说，"你喝一口"，我接过来，咕咚一声就灌下去一大口，辣得脸都红了，连连咳嗽，二舅给我搛了一块肉，说，"快吃点肉。"我接过来大口地嚼着，觉得很兴奋。后来他又让我喝，我也就大胆地喝了，或许是为了想吃那块肉，或许是为了表示自己勇敢，那一次我喝了很多，最后竟然喝醉了，脚步开始踉跄，腿也有些发软，感觉院子里的大地和天空开始旋转起来。这是我第一次喝醉，大人拽着我的胳膊我都走不稳了，觉得房子、鸡舍和自行车，都动了起来，这让我觉得很有趣，不禁哈哈笑了起来，后来他们把我抱到床上去睡了。再后来他们见了我，都开玩笑说我以后一定能喝酒，还逗着我再喝。据说那时我还爱抽烟，经常捡大人丢的烟头来抽，不过这些我都不记得了，他们倒是常常提起。

每次到姥娘家我都玩得很高兴，都不愿意走。有时也会跟我娘在那里住一晚上，记得有一次住在姥娘家，外面下起了雨，雨滴啪啪地打在窗棂上很响，我在半夜里醒来，突然很想家，哭着闹着要回去，我娘和我妗子哄了我半天，我才又睡着了，第二天醒来却又不愿意走了，跑到外面生龙活虎地去玩了。

6

我舅舅时常到我家里来，每年夏初，地里甜瓜熟了的时候，他就会驮一篓子到我家里来，说是送了给我吃的，到秋天花生也熟了，他也会驮一麻袋送到我家来。那时候，我们家里不种甜瓜和花生，我舅舅老想着我们，骑个车子蹬七八里路，专门送了来。

有一次我在外面玩，正好看见我舅舅骑着车子从北边过来了，我连忙高声叫着，迎着他跑过去。舅舅见了我，下了车子，擦一把汗问我："你娘在家么？"我连声说在，他把我抱起来放到车子的横梁上，又骑上车往我家走。

刚进胡同，我就大声喊："娘、娘，我舅来了！"我娘在院子里洗衣服，擦擦手就赶紧出来了，高兴地把舅舅迎进了屋里。

我舅说："二小，给你带来了点甜瓜。"

我娘说："你给他带那做什么，看惯坏了他。"

我白了娘一眼，飞快地跑到院子里，把那个袋子从车上卸下来，解开，一个个甜瓜就滚了出来，有的青，有的白，在阳光下闪烁着，很是诱人。我抓起一个，靠在树边就啃。

我娘看到了，大声冲我喊："你也不说去洗洗？"

我跑到井边，压了点水冲冲就吃了起来，我娘又在那里喊："你就一个人吃，也不说给你舅洗一个？"

我听了连忙去挑了两个大的，又到井边去洗，洗好后拿给舅舅，他说："你吃吧，快吃吧，我不吃，吸着烟哩。"

我吃着跑到院子里，又摆弄那些甜瓜，想着哪些留给姐姐，哪些自己吃。刚玩了一会儿，我娘又叫我了："快去地里叫你爹，说你舅来了。"

我撇撇嘴，啃着个甜瓜就出了门。

在路上，正碰上荷锄归来的爹和姐姐，我兴高采烈地跑上去，告诉他们舅舅来了，他们也都高兴起来，加快了脚步一起往家走。

这时我爹却对我说："二小，你到代销点买瓶酒去。"

"怎么不叫姐姐去？"

"你姐姐干了一晌活，累了，回去还要帮着你娘做饭呢。"

我只好接过钱，跑到代销点去了。

等我回到家里的时候，娘和姐姐正在逮那只大红公鸡呢，那是要招待我舅舅的。我放下酒瓶，也去帮着捉，大红公鸡扑棱着翅膀满院子乱飞，我四处跑着拦截，累得气喘吁吁，跑了一圈，终于捉住了它。

这时舅舅正在屋里和我爹说话呢，他一来，我们家里总是充满欢快的氛围。

7

我的舅舅个子不高，背有些驼，脸上满是皱纹，表情很慈祥。我记事时他年纪已经很大了，所以在我的眼里他一直是这样的形象，没有变化，我也没想到会有什么变化。舅舅不爱说话，是个很老实忠厚的人，跟四邻八舍关系都很好，在村里没有说不是的。他还当过很长时间的村支书，据说"文革"时常会受人欺负，我娘说他受了委屈，有时就一个人回家悄悄地哭，可是该到有他做的事时，就还是去默默地做。

他们姐弟俩关系很好，我娘说，日本鬼子来的时候，她领着我舅舅跑到一家亲戚家躲了很长时间，"你舅那时就像你现在这样大，吃也吃不上，喝也喝不上，整天拉着我的衣襟问，'姐姐，小日本啥时候走啊'，那时看着他就觉得可怜，我也是没办法，有一口吃的就给他留着，还到人家去要饭，那时的人都穷，能要着一口不容易，要跑很远，冒着大风雪，我在前边走，他就在后面跟着，一家家地敲门，有的人家还好，没吃的也给你说两句好话，有的就放出狗来咬你……"

"那年闹年馑，咱家里没吃的，你几个姐姐饿得都哭，我看着可怜也就跟着哭，你爹黑着脸蹲在那里也没法，那时你舅家地多，到晚上他背着一袋棒子来了，跟我说，'姐姐，这些棒子你先吃着吧，不够我再想法'，我说：'你家也有那么多孩子呢'，他说，'家里还有点，不能让孩子饿着呀'，在家里坐一会儿他就走了，来回二十里路呢，他背着粮食就来了，来了也就那么两句话……，只要咱家里吃的接不上茬，你舅背着袋子就来了……"

8

二舅也常到我家来，他是个很滑稽的人，爱开玩笑，爱赶集。我家里离县城近，他每次到城里赶集都会到我家里来，一来就咋咋呼呼的："姐姐，快给我接把水洗洗脸，热死了这天。"

他每次来，都会给我带些东西，是他从集上买的，有时是一兜羊肉包子或者一袋馃子（油条），有时是一顶小花帽或者一把小刀。

他拿着这些东西，问我："二小，你想不想要？"

"想要。"

"想要就喊一声二舅。"

"二舅。"

"不行，得喊一声亲二舅。"

"亲二舅。"

"好小子，二舅对你好不好？"

"好。"

"长大了别忘了二舅就行。"

"我长大了，天天给二舅买烧鸡吃。"

"呵呵，好小子，长大了可别忘了。"

逗完了我，他就问我娘："姐夫往哪儿去了，我今儿个得跟他好好喝一杯。"

"他往地里去了，也快回来了，你等着，我先摘点菜去。"说着，我娘挎起篮子到菜园里去，摘了些茄子、黄瓜、辣椒，再切点腊肉，开始炒菜。

一会儿我爹回来了，便开始跟二舅喝酒。二舅爱喝酒，也爱讲国家大势，一喝酒就开始讲国家大势，中央又发什么文了，县长又换了谁啦，他都知道，讲起来就收不住，一说就要说到天黑，喝酒也常常会喝多。喝多了他就更热闹了，又是说又是唱的。

有一次，他还双手把我举起来，不停地举过头顶逗我笑，正举得高兴，不想一失手，把我从空中甩了下来，幸亏我爹手快，一伸手就接住了我，才没有摔伤。到后来很久了，二舅还老是说："呵呵，我差一点把二小摔了，那一回可把我吓坏了。"

9

我上了小学，就在我们村里。

刚上学的时候，很不习惯，经常跑回家，或者逃学出去玩，为此没少挨爹娘和老师的骂。家里来了人，舅舅或者二舅，我就更不愿意到学校去了，经常赖在家里不肯走，非要我娘骂一顿，才怏怏不乐地背着小书包走了。我娘要到姥娘家去的时候，我更是非去不可，不让去我就很委屈，有时候还会大哭一场，我娘没有办法，只好让我跟着去。

有一次到了舅舅家，二舅拿了张报纸在那里念，我在边上玩，突然他对我说："二小，你上了学好好学习，以后要上大学呀。"

"啥是大学？"

"大学就是很大很大的学呀，你看这里，人家说得多好，又是清华又是北大的，我看你小子行，长大后要上大学。"

"那我也要上。"

"你上哪一个呀？"

"哪个好我上哪一个。"

"哈哈哈哈。"二舅笑了起来，拍着我的脑袋说，"这小子有出息，有志气！"

我娘说："别逗他了，还上大学呢，不知道大了能不能找到媳妇呢。"

我舅舅坐在那里嘿嘿地笑，也说："咱这么好的孩子，咋找不上媳妇呢，我这当舅的还等着喝喜酒呢。"

二舅说："我看这孩子脑瓜灵，能娶个好媳妇，咱要找媳妇，也要考大学，别忘了啊……"

"我要上大学，很大很大的学……"

"哈哈哈哈。"他们都笑了起来。这时正是黄昏，阳光穿过窗户射了进来，屋子里显得昏暗而安详，时间似乎凝滞不动了，这一刻也永久地印在了我的心上。

此后他们见了我，常拿上大学来开我的玩笑，问我："什么时候去上大学啊？"

我有时红了脸不说话，有时就说："快了，快了，北京马上就有人来接我了。"

10

在学校里，我渐渐和同村的小孩玩熟了，经常跟他们漫山遍野地乱跑。我还有了两个很好的朋友，一个叫小四儿，一个叫胖墩。我们仨上学一块去，下学一块走，到时你来叫我，我去叫你，亲得不得了，要玩就一起玩，说跟谁打架也一起上，好得跟一个人似的。

那时我们经常去胖墩家玩，他家里有很多画册（连环画），像《西游记》《血溅津门》等等，我们都看得很入迷，在他家里一看就是很晚。我们后来也都开始搜集画册，每个人都搜集了好些本，互相交换着看。我们还一同走路到县城的集上，在书摊儿上租人家的画册看，两分钱一本，我们蹲在路边看一下午，又沿着河回来了。

在胖墩家，我们还听评书，那个时候收音机上正讲《杨家将》《岳飞传》，是刘兰芳讲的。我们挤在胖墩那个小屋里，跟他哥哥一起听，屋里的一盏灯很昏暗，我们几个人的脑袋凑在一起，围绕着那个小黑木匣子细细聆听，那里似乎隐藏着一个金戈铁马的神奇世界，将我们的心紧紧吸引住了。听了评书，我们还封自己为里面的人物，一个做杨六郎，两个做孟良焦赞，元帅坐帐来发令；演《岳飞传》，就一个做岳飞，两个做岳云岳雷，商量如何大破金兀术，一板一眼，像演戏一样。

有一天傍晚，胖墩来到我家，跟我说，他昨天晚上看了一个很好的电视，武打的，两家比武，跳出来一个独臂老人把他们都打败了，后来出来了一个不会武功的霍元甲，又把他打败了。他说得很兴奋，小脸红扑扑的，连说带比画，让我也十分好奇，我说那我晚上也去看看。那时候我们家里没有电视，我就和小四儿跑到胖墩家里去看。一看果然十分有趣，我们以后就天天去看，看完之后都高兴得不得了。胖墩他娘对我们也很好，我们看着电视，她做好了饭，就让我们在他家一起吃。看完了电视，又吵吵嚷嚷地争论一会儿，我们才各自回家，那时正好是夏天，我们一边走一边还能在路边的树上摸知了。

村里放《少林寺》的电影，我们老早就去占了个位儿，也不吃饭，就在那里等着，放电影的在那里拉幕布、安电锅、调拷贝，我们都跟在后面看。放电影是在一个打麦场上，天还没黑就来了一群群的人，把我们挤得不行，电影开演了，前面是一排排的大人，我们都看不见，最后只好从人堆里挤出来，跑到后边去看，我们还爬上了一棵树，攀着树枝正好与幕布是齐平的，看得很清楚，看到打王仁则那一段，小四儿一激动，还差点从树上掉下来。

看了《霍元甲》与《少林寺》，我们也开始练武，在胖墩家绑了个沙袋，天天在那儿打拳，把手背打得都脱了皮，也不觉得痛。练了拳，我们还互相对打，看谁的武功厉害。我们还商量一起跑到少林寺去当和尚，不过后来被家里人发现了，骂了一顿，就没去成。

这个时候，姥娘家已经慢慢失去了对我的吸引力，虽然那里还是一个乐园，但对我来说，似乎没有以前那么重要了。有一次，我娘又要去姥娘家，我去学校找吴老师请假，她说快考试了，不准假，我快快不乐地回到家，告诉了我娘，我娘说："那你这回别去了，下一回再带着你吧。"我当时很伤心，但伤心了一阵也就过去了，毕竟在家里还有小四儿和胖墩跟我玩，还有黑五跟我玩，我已经不像以前那么伤心了。

11

我上中学的时候，舅舅家的哥哥和姐姐陆续都结了婚，干了一辈子农活，我舅舅现在可以歇歇了。不过事情还是很多，哥哥们结婚后一个个孩子就出生了，他们要去地里干活，我舅舅和妗子就在家里照看孩子，有时还要给他们做饭，这五个儿子哪一家都要照顾，下边的小孩哪一个都要照看，孩子一多，难免要操心，要防备他们别磕着碰着，还要照看他们不要打架，要是有点头疼脑热的，就更让他们操心了。

这时我还经常跟娘一起去张坪看望舅舅和妗子，他们骑在前面，我自己蹬一辆破车子，使劲在后面跟着。这时七里佛堂村里修了路，我们不必再在小胡同里绕来绕去了，那个大水坑也不见了，以后再也没有见过。

我二舅家没有孩子，便把我舅舅家的三哥过继了过去，算是他那一房里的。这时二妗子也去世了，二舅在家里没有什么牵挂，就到城里一家建筑工地上去给人家看门。那个地方离我家不远，他也常到我家里来玩。

那时我在学校里，常跟同学借小说看，我二舅也喜欢看小说，有一次我借了一套《三国演义》，他拿去看了，拿回来时，上面沾了很多油渍，让我很不高兴，不知道怎么还给人家。还有一次，我借了一本《红日》，他也拿去看了，看完后他对我说："这个不好，那个好，你以后多借点老书吧。"我还借给过他一本写"文革"时的小说《较量》，他也不喜欢，他最喜欢的一本是《七侠五义》，一谈起来就是南侠展昭，北侠欧阳春……

12

我舅家的哥哥们结婚或添小孩时，我娘会去串亲戚，而我在学校里功课越来越忙，去得很少了。

这时我的生活也发生了很大的变化，在县城的学校里，我有了一些新的朋友，融入了新的生活。这些县城或其他乡镇的同学，使我的眼界大开，我的世界不只限于家庭和亲戚家里了，而对我来说，这新的天地似乎更加迷人、更加重要。我跟他们一起玩，一起看金庸和古龙，一起到地下录像厅里去看《英雄本色》，一起听歌，从西北风到港台的童安格、小虎队，都是我们喜欢的，下了课我们就在大街上走来走去，走遍了小城的每一个角落。此时我还偷偷喜欢上了班里的一个女同学，这莫名的情愫让我无所适从，内心的悲喜系于她的一颦一笑，几乎没有空间容纳其他东西了。

而我在学校里学到的东西，也使我与家庭产生了隔膜。有一次，过年的时候，我娘在家里贴的老天爷像前烧香，点着了几张烧纸，跪下来磕头，她对我说："二小，你也过来给老天爷磕几个头。"

以前我娘这么说，我都会高兴地跑过去磕几个头的，可这次我却对她说："我不磕，哪里有什么老天爷啊，都是迷信。"

我娘听了，看了我一眼，没说什么，继续磕头，给老天爷烧完了香，她又去给财神爷、灶王爷烧香磕头。而我一下子愣在那里，不知道该说什么好。直到后来，我才明白自己有多么愚蠢，那老天爷和财神爷并不是迷信，而是他们对幸福和善良的美好愿望，是他们艰苦生活中的一种安慰，正是有了这简单而执着的"信仰"，他们才能度过漫长历史中的种种苦难——那种种饥饿、贫穷、歧视与侮辱，是现在的我不能想象的——而不失善良的本性，而我所学到的那点浅薄的科学知识，却是没什么作用的。

还有一次是周末，我正拿着一本《半月谈》在那里看，我娘坐在小饭桌边择豆角，屋里很安静，只有阳光从窗户里射进来，不少微尘在阳光中飞舞。我娘一边择豆角，一边看我读书，突然她问我："二小，你看的这是啥啊？"我娘都没有读过书，对书本是敬畏的，或许也感觉好奇。

那时我正在看一篇谈国有企业改革的文章，就跟我娘讲了一番改革的道理，到后来我说："娘，你看咱中国有十多亿人，要是能团结起来，劲儿往一块使，那咱中国不很快就好起来了吗？"

我娘说："是哩，可这么多人，咋着才能把劲儿往一块使呢？"说着她一边择豆角，一边看着我，像是在为我担忧一样。

后来有一回，娘要去姥娘家，她让我跟她一起去。当时我正在为那个女同学忧心，心思不知飘到了何处，哪儿也不想去，就对我娘说："今儿个我不想去了。"

我娘看我闷闷不乐的样子，便问："你是咋了，病了没有，是不是上火了？"

我轻轻地摇摇头，也不说什么。

我娘在捆扎行李，她看看我，叹了一口气说："以前你多想去姥娘家哪，现在长大了，就不想去了。"

13

初中的时候，我每天早上从家里走，下了晚自习才回来；到了高中，我就住校了，在学校里一住就是一周，只在星期六才回到家里住一天，到了第二天下午就又走了。与家里的接触既然如此之少，到姥娘家去的就更少了。

有一次是七月十五，娘要给姥爷姥娘去上坟，我跟爹娘一起去。出了七里佛堂，我发现路边光秃秃的一片，跟以前不一样了，我突然想到了什么，连忙问我娘："这路边的梧桐树咋都没有了？"

我娘看了看四周，对我说："你还不知道啊，去年就砍了。"

我一下子感到很伤心，又不知道说什么好。

我娘又说："多好的树啊，说砍就都砍了……"

我下了车子，走到路边去看那些树，树都是连根锯的，贴着地皮，留着一个个久经风雨剥蚀的树墩，树墩上面是清晰的年轮，那么古老而沧桑，我看着不禁眼角酸楚了起来。

"二小，你在那里做什么，快走啊。"早赶在前面的爹娘冲我喊。

"来了，来了。"我骑上车子，去追他们。但在我心里，似乎有什么东西永远留在那里了，那是一个绿色的梦，一段童年时最快乐的时光。

14

高考结束后的那一段日子，是最放松的。紧张的心一下子闲了下来，我整天在家里无所事事，只是找些小说来随便看。在这个时候，我看了《废都》和《呼啸山庄》，也翻了几本王朔的小说，但终日一个人待着，也很憋闷。

考试成绩要下来的那段时间，心情特别紧张，也很烦躁。有一天，大姐对我说："人家都去看成绩了，你怎么不到学校里去看看？"

当时我不知为何很生气，突然对她说："看什么看，你是想早点知道我考不上，是不是？"

那时天快黑了，大姐正在往屋里收衣服，听了我的话，她愣了一下，看了我一眼，把衣服揽在怀里，走到屋里去了。她看我的眼神是那么尴尬、悲伤与怜悯，让我永远难以忘记，而我明知道大姐是在关心我，竟然说出了如此伤人的话，这是我至今也不能原谅自己的。

在那年九月送我去县城上车的时候，我大哥开一辆三马车，我和大姐坐在后面。行走在土路上，在颠簸与尘土飞扬之中，我和大姐都哭了，我想大姐是觉得我从未出过远门，在为我在外面的生活担心；而我则清醒地意识到，或许我这一去，就是永远地离开家了，以后的轨迹也正印证了我当时的预感：在离家的路上，我是越走越远了。

在这个暑假里，不断有高中的同学来找我玩。我们见了面都很高兴，以前大家都是在学校里交往，总有许多清规戒律和学习的压力，现在一切禁忌都消失了，是那么轻松。那时通常一两个人来找我，我们再一起去找别人，骑车走在乡间小路上，两旁是绿色透明的树和庄稼，我们在那里边走边谈笑着，微风吹来，心情分外惬意。

到了同学的家里，他的父母也不再把我们当小孩子了，而是当个客人来招待，泡茶给我们喝，炒了菜让我们喝酒。我们虽然有些受宠若惊，却也隐隐地感到一丝得意。

那时有一个同学的爸妈不在家，我们最喜欢到他家里去玩，七八个人聚在一起，又是说又是笑，围在一起喝酒，听音乐（黑豹、唐朝、张楚和校园民谣），还学着抽烟，彻夜长谈，累了就睡在他家里，第二天起来又到处游荡。这样一玩就是好几天，我们也就几天不进家。曾经有一个同学，有差不多一星期没有回家，他的父母知道他爱喝酒，以为出了什么事，好几个晚上都骑着车在公路边走，拿着手电照路边的沟里，看他有没有躺在那里，后来他总算回去了，被狠狠地骂了一顿。我那时一出去也是好几天，但我都告诉家里大略的时间，让他们不要担心，我知道他们还是担心的，可我似乎也顾不了那么多了。

我们都玩疯了，在一起总有那么多话说，深夜里骑车飞驰在县城的街道上，走遍了这小城的大街小巷。借着朦胧的夜色和明灭的烟头，不知是谁最先谈起了自己喜欢的女孩，我们才知道大家的内心原来有这么多秘密，这新的发现让我们激动不已，而能说出自己的内心，也使每一个人都感到紧张与欣喜。

阿三喜欢一个女孩，却一直不敢表白，我们都很为他着急，替他出了不少主意，他总是羞涩地摇头。在黑夜里漫游了许久，最后他说让我跟他一起去找那个女同学，我高兴地答应了。那天下着雨，我们两个骑车赶了很远的路，才走到那个女孩的村子里，阿三却并不去找那个女孩，而是先找了这村里我们的一个男同学。似乎他不想承认是专门来看她的，即使是来看她，也只想作为一个普通同学，算是一次寻常的探望，他想让人觉得自己是不经意或者"顺便"来看她的，而不是梦寐以求地想看到她。

在这个男同学家里，阿三绕着圈子询问了一些她的情况，这个同学大概也猜出了他的心思，到了下午，便带我们一起去那女孩家。到了那里一敲门，阿三便躲到后面去了，开门的是女孩的父亲，男同学问那女孩在不在家，说是有同学来看她。她的父亲看了看我们，说那女孩出去了。我们告了辞，便往回走，男同学把我们送到村口，也回去了。我和阿三骑车慢慢地走，一开始他闷闷不乐的，后来走了一阵，他又突然高兴起来了，说："她不在家正好，要是她在家，还不知道说什么好哩。"

我就整天这样和同学混在一起，很少在家里待着。

有一天，我从外面回来，我娘说我舅舅来看我了，他知道我考上了大学，很高兴，可等了我一天，没等到，就又回去了。说着我娘给我拿来舅舅送我的东西，那是一套西服和一件的确良衬衫，那衬衫是雪白的，白得晃人的眼睛。

15

那年我来到了北京，开始了大学生活。

从一个偏僻的县城，来到这座国际化的都市，变化是很大的。在那之前，我只有一次走出过我们那个县，还是跟我爹在一起，现在一个人置身于这座现代化的城市，内心时常感到孤单与无助，生活上也有很多不能适应。

第一次坐公交车，我不知道要在站牌下等，在半路上就冲着一辆车挥手，那车没有理我，夹带着风声从我身边呼啸而过了，让我感到很气愤。后来有一次我坐过了站，还有一次坐反了方向，让人家当作乡下人抢白、嘲笑。

周围的男女同学都很时尚与新潮，从吃饭、打扮到谈吐，他们都是那么张扬而自信，而我是一个乡下的孩子，总是那么土里土气，有时也觉得自惭形秽，有时却更为骄傲，对自己的尊严会更敏感。在学校里是那么不自在，但回到家里却很荣耀，我们村里还没有大学生，周围亲戚家里也没有，提起我来都是啧啧称赞的，所以我很愿意回家。

每次回到家里，我娘都会带我去姥娘家。我舅舅见到我总是很高兴，也不再把我当作小孩子了，特地炒了菜让几个哥哥来陪我喝酒，是当作亲戚来看待的。二舅见了我还会提起小时候的事，醉醺醺地说："这小子小时候就说要考大学，还真考上了，真不赖，真不赖。"

不过我也不是太想去姥娘家，跟舅舅和二舅我往往不知谈什么好，如果说学校里的事，他们不懂，往往要解释半天，说家里的事吧，我还没有习惯于大人的角色，不知该怎么谈好，这样我也就不常说话，只是听他们谈些村里的事，可他们说的那些也不是我所关心的，坐在那里听着，有时也很难受。

16

有一次，我去姥娘家时，发现房后那棵大梨树不见了，原来是给五哥盖房子，那棵树正好碍事，他们就把树刨了，将那里作了地基。我在原先那棵树的边上看了看，什么也没留下，如果无人提起，谁也不会知道这里曾长过那么好的一棵树，春日白雪皑皑，秋天果实累累。

17

在北京，我也慢慢地融入了新的生活，与周围的环境逐渐和谐起来。

我所关心的事务越来越广泛，视野也有所开阔。除了自己专业的学习之外，这时我开始大量读外国小说，看了《局外人》和《卡拉玛佐夫兄弟》，我也喜欢音乐，去听了古典音乐的讲座，也听了流行音乐，罗大佑、张国荣、梅艳芳等等，还有英文与日文的歌，有时听不懂歌词，却喜欢里面的节奏与旋律。后来我还喜欢上了电影，知道了不少大师的名字，看起来有时很激动，有时却也会觉得沉闷。在大学里我还谈了恋爱，开始写自己喜欢的东西。后来大学毕了业，又进了另一所大学读研究生。

开始时学校里一放了假，我很快就回家了，在家里总要待到假期结束。暑假是两个月，寒假是一个月。可到了后来，我在家里待的时间却越来越短了。

　　有一次过年回家时，我在村口下了汽车，拎着行李往家里走。正好大姐从远处走来，看到我，便骑着自行车飞快地赶过来接我，快到我面前时，她要下车，不料车子一滑，把她摔在了地上。冬天的路又硬又滑，我要去扶她，她已经自己站了起来，拍拍身上的土，冲我笑笑说："没事没事，你快把包放在车上吧。"我把包放在后座上，要去推车，她说："我推吧，你坐了一天车，累了吧？"我也没再坚持，就跟她说着话一起往家走。后来我才知道，那天大姐胳膊上的皮肤擦破了很大一块，她回去后就涂了点紫药水。

　　过完年我要走时，大姐出门送我，在路上她对我说："回了家你也不多待几天，住的时候还没盼的时候长哩，你看这胳膊，是你来的那天摔的，现在胳膊还没好，你就要走了。"

　　我听后无言以对。

18

　　每次过年回家，我都会跟我娘到姥娘家去，一般是在大年初二或初三，那是我们那里"回娘家"的日子；到后来我娘不去了，就是我跟姐姐们一起去。我知道娘希望我们去看望舅舅与妗子，每次也都积极地去，但在自己心里，却是不怎么想去的，到了那里也是礼节性的，跟舅舅和妗子说不了几句话，只是问问好，大多时间就是跟那些哥哥们喝酒聊天。

　　有一次我去张坪，坤哥也回来了，他高中毕业后去深圳了，这次回来穿了一身新衣服，说话也有点侉，跟小时候变了不少，喜欢张扬，后来他说让哥哥家的孩子们每人给我敬一杯酒，说是希望他们长大后像我一样"有出息"，能考上大学，不受城里人的欺负。这些孩子都已长大，除了几个大一点的，我都不认识了，看着以前还那么小的孩子，一下子就长得那么高了，让人实在不知说什么好。

热热闹闹地喝了酒，我听见两个孩子在悄悄商量："咱们到河边上去玩吧。"

"去那棵面梨树那里，走！"两个人说着抓了些糖果，拉着手跑出去了。这让我想起了多年前的我和坤哥，但我们已经不能这样了。

19

我已经越来越习惯北京的生活了，到了家里反倒有些不太适应。

我还没有什么，我的女朋友跟我回家几次之后，不愿意再去了，一说去我家，她就发怵：冬天太冷，没有暖气，只在屋里生一个炉子，也没有烟囱通风，经常会有煤气味，她一闻到就受不了；到了夏天又太热，苍蝇满天飞，家里人不太在意，她却十分过敏。洗澡也不方便，夏天还可以，一到过年的时候，跑到县城里也不容易找到一家开门的澡堂。

本来我不是太在意，她这么一说，自己也奇怪以前那么多年是怎么过来的，奇怪是奇怪，但家还是要回的，而她要是不说，我对她还感到很愧疚，她反反复复地说，就让我很生气。有一次我们还为此吵了一架，她痛哭了一场，我心里也很难过，既觉得对不起她，又觉得她不能体谅自己：在家里就这么几天，有什么不能忍耐的呢？

我自己本是很少生病的，每次过年回家却必定要感冒一场。感冒不算什么，更让我不适应的是，可谈的话题很少，我越来越不知道跟他们说什么好了。家里的人都有自己要做的事，或喂鸡，或喂牛，或者跟邻居唠家常，要么就看电视，而我却无事可干，地里的农活我也会干，但我回去的暑假和寒假，正是农闲的时候，也做不了什么。去找同学吧，跟我玩的那些同学工作了，都有自己的事情做，大部分也都结婚了，老去人家家里也不好，于是只好终日闲在家里，像个多余的人一样。

这样在家里待的时间长了，自己也觉得没意思，就只有早早回北京了。

20

这时，关于舅舅和二舅的事情，我大多是听我娘说的。

舅舅家的大姐夫在县里工作，他们那里新修了一个储存化肥的仓库，他见我舅舅在家里没事，便请我舅舅去看门，我舅舅便到县城里来了。他负责给人开门、锁门、接电话，有时也记记账。他在大门口有一个房间，有电视和电话，他在这里很认真，人家都夸做得好，勤谨又仔细。他在这里就一个人，也很清静，不像在家里，有那么多孩子纠缠，后来他把我妗子也接了来，他们老两口就在这里住下来了。

这个地方离我家里很近，我每次回家都到这里来看他，不用再到张坪跑一趟了。

二舅这时却不在县城了，他在建筑队看门之后，还在别的许多地方待过，但都待不长，因他爱喝酒，又爱下棋、看书，有时还跟小青年打台球，玩起来就把正事忘了，经常给人家丢东西。有一次他跟人家下象棋，回去后发现连锁都让人偷了，结果被那单位的头儿说了一顿："老大爷，您这么大年纪，就不会消停会儿？"

他很不服气，卷起铺盖走了，还说："此处不留爷，自有留爷处。"

不过到最后也没有单位收留他了，他只好回了张坪老家。

在家里住了几年，有一年冬天，骑车到外面去玩，大雪天路滑，他一不小心摔在了地上，把腿摔断了。后来他在家里养息了很长时间，再下地时，就只能拄着拐杖一瘸一拐地走，他再也不能骑车出去玩了。

21

县里修了环城公路。

东环正好从我家门口通过，往北一直通到张坪的地边。

我们再去姥娘家，不用再从七里佛堂、萧化村经过了。

此后我就再也没走过那条路，不知七里佛堂的梨园是否依然飘香，不知那些梧桐树是否又长出了幼苗，不知萧化村的那个长坡是否还在？

22

今年暑假，我回到家里。

到家时太阳已经偏西，我娘煮了一碗面条让我吃。我们边吃边说话，谈了谈家里和我学校里的一些事情。后来我想起了我舅舅，上次我回家的时候，舅舅得了胆结石，开了两次刀，人瘦得不轻，也显得有些呆了，于是我问："我舅的病怎样了？"

听了我的话，我娘却久久不说话。

我又去看我爹，我爹正黑着脸看我娘呢。

我也转过脸去看我娘，我娘说："你舅他……老了。"

她说得很平静，我听了却心里一惊，挑面条的筷子也停在了半空中。

"啥时候啊？"我问，泪水却涌上了眼角。

"是五月里。"

"咋不告诉我呀？"

"给你说你也回不来，那时不正闹'非典'呢。"

我呆在了那里，泪水顺着眼眶流了下来，筷子也放在了一边。

屋里渐渐暗了下来，家具和桌椅显得有些黯淡，从西边窗户那里透过来几缕阳光，照亮了几小块地面，氛围是那么昏黄与安详，而我心中的某个地方似乎永远空了。

我娘却是那么平静，她说："别难过了，快把面条吃了吧，一会儿就凉了。"

我拿起了筷子，挑了挑面条，却吃不下，又放下了。

我娘跟我说了舅舅去世时的一些情况，舅舅的病开春又犯了，到省城医院去看了，终于也没有治好。我娘去参加葬礼的时候，各个村里正防治"非典"，每个村路口都有人站岗放哨，就跟日本鬼子来了似的，有的连路都挖了，很难走，随时都要当心，那时麦子正在抽穗，地里是青青的一片。

我想象我娘骑着三轮车在路上走，去悼念她从小相依为命的弟弟，心中该是怎样的悲痛。当年她就是从那里嫁到这边来的，这条路走了那么多次，可如今她唯一的娘家人却去世了，她从此再没有了娘家。本来她的两个儿子应该跟她一起去的，但他们现在都远在天边，她只有一个人承受失去亲人的哀伤。天是那么蓝，路是那么远，而她也已经苍老，白发覆上了额头，皱纹爬满了面庞，她在路上艰难地走着……

到了晚上，我娘告诉我二舅也去世了，跟我舅相差不到一个月，我听了，心里又是一咯噔。

"他哥俩倒是一块儿走了。"我娘说，"你二舅也没受什么罪，说没了就没了。"

"我什么时候到张坪去，给舅舅和二舅烧些纸吧。"

"你舅刚过了一百天，你也不用去了，你妗子说这几天就到城里来，你去看看你妗子就行了。"

我点点头，不知说什么好，我是再也见不到我的舅舅和二舅了。

23

最后一次见到舅舅和二舅，是在去年寒假。

那天我骑着三轮车，载着我娘，从我家里一路骑到了张坪，头上都冒出了汗。

那时我舅已经动了手术，他躺在家里的床上，打着点滴，戴着氧气罩，显得很是瘦弱，见我们来了，还艰难地笑着点头示意，声音沙哑地说："二小也来啦。"我娘问他现在的情况，妗子和哥哥都说已经好多了，每天能下来活动一会儿，稀饭也能吃下去不少。我舅也说自己好多了："等会儿输完了液，我就起来。"

中午还来了几个亲戚，我们就在舅舅卧床的隔壁吃饭，两个哥哥陪着，还喝了一点酒，我舅还说："二小能喝酒，你们陪他多喝点。"

那天直到我们走的时候，舅舅还在床上躺着，临别时他握住我娘的手说："我过几天就会好的，姐姐你别担心。"

吃饭之前，我和我娘到隔壁的东院去看二舅，我娘让我拿着一只烧鸡。到了东院里，我娘和我先去三哥那屋里（他过继给我二舅了），屋里没人，我们喊了几声，没人应，我和我娘就直接到二舅住的那个小屋去。二舅正在屋里，他披着棉袄坐在椅子上，正拿着个收音机在那里调台。一见我们他就笑了，对我娘说："姐姐，我早听见你来了，想过去看看你，可是你看这腿，走不了路啊。"

我娘说："这不是我们看你来啦。"

"我那腿好的时候，一听见你来，早就跑西院里去了，现在不行喽。"

"兄弟，你还是多歇着点好。"

"嗨，歇着啥，天天都是歇着。"这时他才对我说话，"二小也来啦？"

我答应着，把那只烧鸡放在桌上，二舅看了看，说："姐姐你费那钱干啥，我的牙都没了，吃啥也咬不动了。"

"你能吃就吃点，要不就给孩子吃，你可别跟他们生气啊，还得他们照顾呢。"

"唉，孩子……"他笑笑，叹了口气。

我问二舅身体怎样，他还是那么爱开玩笑，"呵呵，反正一时半会儿死不了……就是在屋里太闷得慌，烦了就听听这个。"他拍了拍手边的收音机。

我娘继续跟他唠家常，我看着这屋子，屋子是很破旧的，棉被和袄都是黑色的，看着有些硬和肮脏，也不知道他是怎么过的。

正说着话，西院里有个孩子来叫了，我和我娘便起身告辞，二舅说："姐姐，我没事，你放心吧！"说着又去摆弄那个收音机了。

走过那堵墙的时候，在墙角我看见了一堆破烂的竹片和铁丝，我想起来这原是一架藤椅，小时候常在舅舅屋里摆着，二舅喜欢坐在那里逗我们，当时我觉得这个椅子特别新奇，因为我家里没有，经常在那里爬上爬下的，而现在它的竹片已经腐朽了，铁丝也都生了锈，变成砖红色的了，在白雪的映衬下分外显眼。

24

过了一两天，妗子到县城里来了，住在女儿家。

我和我娘去看望妗子。

妗子也显得老了，神情有些憔悴，不过样子很平静，见了面，她就对我娘说："姐姐，我不愿意到城里来，一个人在家里多清静，可孩子非要把我接过来，我跟他们说，在这里住几天，就还回到张坪去。"

我娘说："大妹妹，孩子们也是好意，出来玩几天也好，家里多冷清。"

我与妗子寒暄了几句，就坐在那里听她和我娘唠家常，在她们面前我总觉得自己还是个小孩，不愿意插嘴，而她们所谈的，我也不知道说什么好，只好沉默。中午吃饭的时候人很多，两个姐姐和她们的丈夫、孩子，还有住在城里的两个哥哥及其家人，屋里很是热闹，乱哄哄的。吃完饭，孩子都跑出去玩了，姐姐和哥哥也去上班了，家里才渐渐清静了下来。

妗子还不舍得娘走，她们老姊妹俩坐在院子里的一张小桌边说话。

　　"姐姐，他受了一辈子罪，才说能享点福，你看这又走了。"

　　"他就是这个命，一辈子受罪的命……"

　　"别的咱也不怨，哪怕再多活几年呢……你看拉巴了这几个孩子，好不容易拉巴大了，又要给他们盖房娶媳妇，那几年过的可真是苦日子……到处借钱，咱欠了人家多少钱啊，……那时他啥没干过，下煤窑、挖坯子，拉车子给人家送砖，拉上七八百斤，往济南，往保定，就那么走着去，累得回来就往家一躺，不愿意动弹，跟死人一样……后来好不容易还完了窟窿，又是孙子孙女一大堆，得给他们照看着……好几家的孩子呢，你给这家看不给那家看，人家媳妇看了就说……这孙子辈的也拉巴大了，都去上学了，这才到城里来，总算清静些了，你说他就享享福吧，他不，他就这么走了，你看这……"

　　"他这个人，一辈子就是苦熬，对别人没一点坏心眼，好跟自个儿较劲……"

　　"唉，姐姐，你说人活这一辈子图个啥呀？"

　　"别管咋说，也拉扯大了这么大一家子人，没让人说过别的，活这一辈子也算值了……大妹妹，他走了就走了，他没这个福，你也别老念想他了，也得在意你自个儿一点……"

　　"是哩是哩，姐姐你也多在意着点……"

　　她们一边说话一边择着菜，天色渐渐晚了，夕阳的光温暖而明亮，照在这个静静的小院里，洒落在摆满青菜的小桌上，也勾勒出我娘和妗子的身影。她们都已经老了，身上都有这样那样的病，对生活还能看得那么开，或许这就是真正的爱吧，爱是恒久忍耐。

她们轻轻的絮语，新鲜的青菜，以及这淡淡的阳光，组成了一幅动人的画面，让我在这一刻悲哀而感动：那一条去姥娘家的路，我是越走越远了；而穿越生老病死与四季的循环，生活依然在继续，纵使我们不知以后将漂流于何方，但心中的记忆却永难磨灭，足以使我们安然度过每一个平淡的日子。

舅舅的花园

1

在我们村里，花椒树是不常见的，我家里却种着四五棵，那是从城里我大舅的家移栽来的。花椒树种在我家院子的南边，排成一排，它们的枝干不高，但很蓬勃，枝上长着刺，叶子很小，很绿，圆，又厚，在阳光下泛着光泽，到了春天开细碎的小花，然后就结出一串串细小的果实，青青的，又慢慢变得结实，变紫，就成熟了。不等它们熟，我们就开始用了，我娘做菜时，没有了花椒，就让我去树上摘几串，洗一下，扔在油锅里，就爆出一股浓郁的香气。我想吃零嘴又找不到的时候，也会去摘两串青花椒，放在嘴里嚼，又麻，又新鲜，嘴里也像活了起来似的。那时候，我娘还会做一种芝麻盐，就是把炒熟的芝麻碾碎了，放上盐，放上少许花椒粉，那是一种难得的美味，我至今也不能忘。

看到家里的花椒树，我就会想起城里的大舅来。这个大舅并不是我娘的亲兄弟，他是我三姥爷家的，说起来是我娘的堂弟，不过我姥爷家只有我娘和我舅，三姥爷家只有大舅和二舅，他们从小一块长大，关系很密切，像亲兄妹一样了。小的时候，我甚至分不清这些，觉得大舅、二舅好像都是我姥娘家的，跟我舅一样了，后来才慢慢明白了其中的区别，按乡下的说法是"远了一层"的亲戚了，不过在我的心理上仍然是很亲近，跟我舅好像也没有什么不同。而且呢，我舅是个老实木讷的人，到我家来了，就是坐在那里抽烟、喝酒，跟我爹说话，不爱跟我们这些孩子玩，而大舅和二舅就不同了。我二舅是个滑稽又活泼的人，最爱逗小孩，一会儿让我们摔跤，一会儿让我们打仗，咋咋呼呼的，他一来，我们家里就充满了欢声笑语，我大舅呢，他在城里当着个官儿，他来了，也不怎么说话，不怎么跟小孩玩，但是他有一种气派，或者气质，像是见过大世面的，威严又亲切，好像从另一个世界来的，跟我们隔着很远的距离，但是却又那么吸引着我们。

那时候，我大舅是当着个什么样的官儿呢？我已记不清了，他好像在一个公社里当过一把手，也在国棉厂当过书记，后来又调到了县里，做的是什么，我也不知道，不过，他在我们亲戚里是最有出息的。在亲戚中间，说起他来，谁不羡慕呢？家里有了事，想要找人帮忙，谁第一个想到的不是他呢？他的家，在县城里，亲戚们到城里去赶集，也总会去歇歇脚，唠唠家常。我的大舅，在亲戚们中间，是一个中心的人物了，他很沉稳，很热心，谁家里有了什么事，要找什么人，他总是尽力去帮忙，办完了事呢，他也不居功自傲，笑眯眯的，好像很轻松似的，让办事的人更加佩服，谈起他来，除了竖大拇指就是啧啧称赞，别的还有什么好说的呢？有这样一门亲戚，有这样一个人，好像亲戚们在大事上都有了主心骨，这该是多大的福分呢。

小时候，我常跟我娘到我大舅的家里去。从我家出了村，向西走，走四五里路就到了县城，穿过县城，在县城的西边有一片平房，这里就是我大舅所在的家属院。我们从一个宽大的胡同拐进去，向北走，东边第五户就是我大舅家。进了门，是一个方方正正的大院子，五间大瓦房，西边大门向北连着两间小平房，这里就是厨房了，东边是一个宽敞的棚子，放着自行车和一些杂物。院子里呢，种着各种树木和花草，有花椒树，有枣树，有梨树，竟然还有竹子。我们这个地方冷、干燥，竹子是不容易成活的，我大舅不知从哪里找来了耐冷的品种，栽在了院子的南边，一丛丛，一簇簇的，瘦挺，青翠，在阳光中筛落一地细碎的影子，很好看，这就是竹子了，我第一次见到竹子，就是在我大舅的家里。还有葡萄藤，种在门口迎壁的后面，攀援着，伸展着，虬龙一样，一直爬到了厨房的上面，笼罩下一片宽广的绿荫，那一串串的葡萄，隐藏在浓密的叶子后面，悬挂着，青的、红的、紫的，在微风中轻轻摇曳着，散发着诱人的清香。还有花，兰花、菊花、仙人掌，还有很多我叫不出名字的花，有的种在院子里，有的栽在花盆中，摆满了窗台。在院子的中间，压水井的旁边，还有一个很大的鱼缸，水面上是漂浮着的睡莲，开着淡白色的花，几条金鱼围绕着它们游来游去，那些鱼，红色的、黑色的，又瘦又长，闪着斑斓的光，悠然地游动着，游出优美的弧线，让我都看呆了，我还没有见过这么好看的鱼呢。

我们一进门，我大妗子就迎出来了。她高声爽朗地笑着，甩着手上的水或面，亲热地叫着我娘"姐姐"，就把我们往堂屋里迎，又是端茶，又是端瓜子，或者端来一盘水果，苹果、梨、桃，热情地让我吃。我大妗子是棉麻厂里的一个妇女干部，大嗓门，说话又快，又脆，她的亲热很夸张，简直让人不知所措，那些苹果和梨本是我喜欢吃的，她非要往我手里塞，还要我马上就吃，说"吃了还有"，这反而让我很困窘了，捧着苹果不知该如何下口，她就又着急了，大声笑着说："看这孩子，在他舅家，倒把自己当外人了。"她这么一说，却让我更加局促了，红着脸不知怎么才好。我大舅在家，也不怎么说话，他坐在八仙桌边的圈椅上，很亲热，很平和，笑眯眯地跟我娘唠着家常，偶尔也走过来，给我拿一点吃的，放在我的面前，说一句，"二小，你多吃点啊"，就又坐回去了。

等大妗子去忙别的，终于不再管我的时候，我的心才慢慢踏实下来，就坐在那里，细心打量着我大舅的家。这里的一切都是那么考究，那么整洁，墙壁是雪白的，沙发是松软的，电视是彩色的，地面也是水泥铺成的，纤尘不染。方正的八仙桌上摆着果碟和茶具，中间的墙上悬挂着松鹤图，两边是一副对联：明月松间照；清泉石上流。这里的东西，很多我们家里都没有，有的东西，虽然我们家也有，但是我大舅家的却更讲究。比如洗脸盆，我们家就随便摆在院里树下的一个凳子上，我大舅家却有专门的洗脸盆架子，是细木制成的，洗脸盆中画着双龙戏珠，也很好看，边上还摆着香皂盒，洁白的毛巾整齐地搭在架子上。还有暖水瓶，我们家的只是外面包着绿色的铁丝网，我大舅家的却是硬塑料的，外面画着精美的图案，这些暖水瓶靠墙根一溜摆着，下面还垫着托盘。看着如此精致的摆设，想着我们家的简单、粗陋，让我感到颇为拘谨，像来到了一个不属于自己的地方，也不像在家里那样疯马野跑地玩了，似乎是有点自惭形秽，不知该怎么做了，只好静静地坐在那里。但是心里呢，却又对这样的环境隐隐地有些羡慕，有些喜欢，只是仍然觉得陌生，空气中似乎有一种莫名的压抑。

那时候，我哪里是一个坐得住的人？在那里听我娘和我大舅说一会儿话，我就偷偷地溜出了堂屋，瞥一眼厨房，我大妗子在那里忙活着，我悄悄从门口经过，来到了院子里。院子里真是姹紫嫣红，各种花都在开着，有的红，有的粉，有的白，蝴蝶和蜜蜂在花丛中穿梭着，翩跹着，阳光洒落在它们的羽翼上，斑斓、流动、闪着光，带着响，是那么美，我在这花圃一样的院子中徜徉着，一会儿看看花，一会儿看看树，一会儿又去看看鱼，一只蚂蚱飞过来，跳到草丛里去了，我赶快去追，小心翼翼地靠近，然后猛地一扑，可惜它又飞远了，我又赶忙去追赶。追着这只蚂蚱，我好像又回到了我们村小河南边的草地上，慢慢变得活泼起来了，也不管是否踩了我大舅的花草。等到我大妗子喊我吃饭的时候，我来之前刚换上的新衣裳早已经弄脏弄皱了，我娘生气地在压水井边给我洗手，一边责备我不该乱跑："看你，都把你舅的花踩坏了！"

我大舅到花圃里走一圈，看一看，扶一扶，回来大度地挥挥手说："没事、没事，都好好的呢。"又说，"小孩嘛，哪有不爱跑爱动的。"

到吃饭的时候，就热闹了。我大舅家有四个孩子，三个女儿，一个儿子，这时候该放学的放学了，该下班的也下班了。我的三个表姐中，大红和二青都已经上班了，她们一个在工商所，一个在棉麻厂，都是很风光的工作，十七八岁，人又漂亮，骑着自行车在我们县城穿过，会有不少人长久地注视她们的背影。三芹和坤哥还在上学，三芹在上初中，坤哥只比我大两岁，在上小学。他们一回来，家里的氛围就活起来了，大红她们围着我娘叽叽喳喳地说个不停，她们从小就是我娘看着长大的，见到我娘很亲热，拉着我娘的手，腻着我娘，说着她们的心事和闲话。我呢，跟着坤哥，早就跑出去玩了。对这个家和这个小城，我本来是有些陌生的，可是跟着坤哥，我就什么也不怕了，我们从小就是一块玩大的，在张坪，在我家，只要我们两个见了，就是在一起疯玩，现在到了他家，还不是一样？他领着我到他的小屋，去看他的玩具，他玩的东西可真多，简直是琳琅满目了，我看看这个，看看那个，都有些爱不释手，他还收藏糖纸，收藏烟盒，收藏印有明星像的贴画，很得意地向我展示，看得我的心里痒痒的。或者，我们跑出去玩，在家属院里转悠，拧开公共食堂前的水龙头，打水仗，到隔壁一所学校的操场上，去看中学生打篮球，或者赛跑。这里的一切，对我来说都是那么新奇，是在我们村子里看不到的。一玩起来，我就什么都忘了，直到天色很晚了，我才跟着我娘，恋恋不舍地向我们家里走去。

2

那时候，每一次到我大舅家去，我都很向往。在那里，不仅可以吃到好吃的，见到新鲜的，还可以跟坤哥一起玩，是多么好啊。有时候我甚至想，要是我生在城里，住在我大舅家，就好了，那样我就可以天天在城里玩了。我大妗子也常会跟我开玩笑："二小，住下别走啦，以后就跟我们过吧。"

大红和二青也逗我："是呀，你住这儿，姐姐天天带着你玩，给你买好吃的。"我歪着头想一想，觉得还是自己家里好，就犹豫着摇了摇头，她们就问，"你为什么不住这儿啊？"

我说："那，我就见不到我爹我娘了。"

她们听了，就哈哈地笑了起来，我大妗子笑的声音尤其响亮，她笑着还说："看这孩子，这么小，还想着他爹他娘哩。"

可是每次到我大舅家去，我娘都很踌躇。她有她的烦恼，她老是在那里念叨着，主要是，她不知道去我大舅家，该带一些什么礼物，她说："人家家里啥都有，啥都不缺，啥都不稀罕，咱给人家带点什么呢？"是的，在我们乡间，是很讲究"礼尚往来"的，去亲戚家，总要带一些礼物，最好是人家家里没有的，或者用得着的，这样才显得好看。可是我大舅家，什么东西没有呢？吃的、穿的、用的，他们在我们这小城里都是处于较高层次的，我们买那些高层次的东西吧，又买不起，买了，人家也不一定需要；买低层次的东西呢，又让人家看不上眼。何况，我大舅还是一个官儿呢？给他送礼的人很多，烟、酒、营养品、外地的稀罕东西，吃也吃不完，用也用不完，就堆在厨房和储藏室里。我们买的东西，再好也好不过那些，他们怎么会放在眼里呢？——所以，我娘就很烦恼，我们村里的人，跟城里的人做亲戚，也是很难的啊。

我记得有一次是夏天，我跟我娘到我大舅家去，从家里走的时候，我们空着手，我娘说到了城里再看着买点东西，到了城里，又累，又热，买点什么呢？我娘犹豫了半天，说："这么热的天，我们就买个西瓜吧。"我们就在一个卖西瓜的摊子上，挑了一个最大的西瓜，有十多斤重，我一路提着，到了我大舅家，浑身都湿透了。

我大妗子一看，忙说："看二小这一身汗，热坏了吧，快切一个瓜吃。"

我娘说："那就把这个瓜切了吧。"

我大妗子说："先不吃这个，有冰好的。"说着，打开冰箱，抱出了一个冰镇西瓜，这个西瓜更大，更圆，吃起来冰凉爽口，又甜，又沙，很好吃。

还有一次，我跟我娘到我大舅家去，买了一只烧鸡，是在城里西街有名的唐家烧鸡铺买的。烧鸡是我们小时候最向往最珍贵的好东西，一说到烧鸡，我们就会流口水，好像那就是所有好吃的东西中最突出的代表了，一年我们也未必能吃上一回。那时，我们所能设想的最美好的生活，就是能够天天吃上烧鸡，要是能够天天吃上烧鸡，那该是什么样的日子啊？我们简直连想都不敢想。我们城里最有名的烧鸡铺，就是唐家烧鸡铺了，这家的烧鸡做得又嫩又软，黄澄澄的，又香，又入味，到现在说起来，也是我们那里的头一份，同样是烧鸡，就数他们那里做得最好吃。唐家烧鸡铺门口长年支着一口大锅，里面是多年的老汤，烧鸡就是在里面煮着的，要煮很长时间，放很多种香料。那时候买不起烧鸡，从唐家烧鸡铺门口走过，我们都要多嗅一嗅那里的香味，就好比吃了烧鸡一样过瘾。那天，我娘咬咬牙，买了一只烧鸡，我一路闻着香味，到了我大舅的家里。中午吃饭的时候，那只烧鸡被撕开，装在盘子里，摆到了桌子上。我一看见，就两眼放光，很快把筷子伸了过去，我娘瞪了我一眼，说："就你好吃！"又让大伙都吃，"大红、二青、三芹，你们也都尝尝。"大红、二青和坤哥都搛了一块，但是对烧鸡，他们也都没表示出特别的热心，吃了一块就不怎么吃了，是啊，桌上有那么多好菜呢，清蒸鱼、白灼虾、红烧排骨，还有炒的各种青菜，他们吃得很平常，很均匀，每样都吃一点，只有我，别的什么都不吃，只是不顾一切地去吃那只烧鸡。还有三芹，她一块烧鸡也没有吃，我娘也注意到了，她说，"三芹，你怎么不吃烧鸡呀？快吃一点吧。"说着，她搛了一个鸡腿，放到了三芹的碟子里。

三芹皱了皱眉头，说："我呀，就是不爱吃烧鸡。"说着她把鸡腿扔在一边，又去搛别的菜了。过了一会儿，她把鸡腿夹给了我，说："二小你喜欢吃，就多吃点吧。"我接过来，就毫不客气地啃了起来，心里却也很吃惊：这个世界上，怎么还会有人不爱吃烧鸡呢，那该是什么样的人呢？这样想着，去看三芹，好像她突然离我很远，不是一个世界上的人了。

我们家里新摘的蔬菜，茄子、豆角、西红柿，或者新玉米、新花生下来了，我娘也总想着给我大舅家去送一点，尝尝鲜，我大舅最喜欢这些东西了，我们带别的东西去，他总是责备我娘："姐姐，这些东西家里都有，你来就来呗，还花那个钱干啥？"可是我们要带了这些东西，新摘的北瓜、南瓜，或者新下来的绿豆和小米，我大舅就很高兴，他说，"姐姐，还是咱自己家里种的东西好，我就喜欢吃这些，家里有了，你再给我带点来。"听他这么说，我娘也很高兴，家里有了新鲜的东西，总忘不了给我大舅送去一些。可是，我大舅家在农村的亲戚很多，很快，大家都知道他喜欢自家种的新鲜蔬菜了，不少人也开始送这些东西，每到新鲜的蔬菜下来时，都会有人给他送，我们再去送的时候，已经不新鲜了。

那一回，是秋天新花生刚下来的时候，我娘说："给你大舅去送一点吧！"我就背着半布袋新花生，跟着我娘去我大舅家了。到了那里，我大舅和大妗子都很高兴，可是一看到那些花生，我大妗子就快人快语地说："姐姐，你大老远的，背来这么多花生干啥？"

我娘说："这不刚下来嘛，让孩子们尝个鲜。"

我大妗子说："尝也尝不了这么多呀，他舅、他二姨、他三姨家，新花生也都下来了，都半布袋半布袋地给，哪吃得了呀？这新的又不能放，长虫子，要不你走的时候，再带回去吧。"我娘哪里肯再带回去，走的时候极力推辞，我大妗子打开储藏室的门让我们看，"姐姐，你看，都塞满了，实在没地方放了。"没有办法，我们只好又背了回去。

还不只如此，我大舅又拿出了两瓶酒，让我们带回去，他说：

"姐姐，这些酒我也喝不了，你带回去，给我姐夫喝吧。"

是的，每一次到我大舅家去，回来的时候，我大舅总会让我们带回不少东西，油、香油、小袋的面、大米、木耳、白条鸡、橘子、苹果、梨；等等。我家的花椒树，也是我大舅送给我们的树苗。那是别人送给他的，他家种不了这么多，就给了我们几棵，记得树苗拉回来的那天，我很兴奋，也很新奇，我见过花椒，还没有见过花椒树，它开什么花呢，结出来的花椒是什么样子呢？我很好奇，在我爹种下它们的时候，就很积极地帮着培土、浇水，盼望着它们能早日长大。

那时候，我娘总是感叹："哪回去你大舅家，带去的东西，还没有回回来的东西多呢。"在我们那地方，去亲戚家要带礼物，回来的时候呢，亲戚也不会让你空手回去，是要"回"一点东西的，但一般来说，只是将亲戚带来的东西留下一部分，剩下的再请他带回去，也就算"回"了。比如说，去亲戚家带了二十个馒头（那时候乡村里串亲戚，大多是带馒头，用花包袱裹住，挎在胳膊上，或夹在自行车后座上，就去了），那家亲戚留下十个或八个，剩下的就再让他们带回去。但是在我家和我大舅家呢，有点不对等，我们带去的东西少，"回"回来的东西多，所以我娘才会有那样的感叹。在她的感叹中，有不安，有欣慰，也有一点不好意思。她高兴的是我大舅对她是那么好，就像亲姐姐一样，带来的东西呢，也可以改善一下我们的生活，而不好意思的，则是我们无以回报，不能像他们对我家一样对待他们，所以那时候，我娘常对我们说："等你们长大了，可不能忘了你大舅……"

我那时候还小，并不了解这些，见到好吃的东西就吃，也不管是从哪里来的。有时候从我大舅家带来的新奇的糖果，我还会在小伙伴中间显摆："看，这是城里我大舅给我的，你们没有吧？"

那些花花绿绿的糖纸包裹的糖，有的酸，有的甜，有的带有一股奶味，是我们村里的代销点所没有的，看着小伙伴们羡慕的眼光和快要滴下来的口水，我的虚荣心得到了很大的满足。

还有的时候，小伙伴之间拌嘴或骂架，互相不服气，一个说，"我叫警察来抓你"，另一个说，"我叫派出所所长来抓你"，这时我也会把我大舅搬出来，说，"我叫我大舅来抓你"，不管对方抬出多大的官儿，我只有一句，"我叫我大舅来抓你"！那时候，我的大舅，在我的心目中是多么高大的形象，他好像能管所有的事，能管所有的官儿，在我的世界中，没有比他更厉害的人了，他和他的家，在城里，就好像在天上一样，我想起他来，就会想起那个花团锦簇的庭院，想起那些纤尘不染的房间，那仿佛是在一个很高很远的地方，我们只能眺望，或者仰望。

3

那时候，我就知道了，坤哥并不是我大舅的亲生儿子，而是抱养的。我大舅和大妗子有了三个女儿，没有男孩，按照我们乡村的风俗习惯，没有儿子，也就算是没有后人了，我大舅虽然离开了乡村，但他离得并不远，还是被乡村里的亲戚朋友包围着，也被乡村的风俗和观念包围着，不知道他是自己愿意，还是没有办法摆脱，最后是抱养了一个儿子，就是坤哥。关于坤哥的亲生父母，我听家里人说起过，但说法不一，印象也是很模糊的，有的说是在医院里领养的，并不知道亲生父母是谁，也有的说，他的亲生父母是私奔或者逃婚的，生下他之后，没有办法带，只好撇下他，闯关东去了。我也不知道，哪一种说法是准确的，在我跟坤哥一起玩的时候，也并不会想到这些，因为在我开始记事的时候，他已经是我的"坤哥"了，那好像是自然而然的事情。

这件事，坤哥呢，他也知道，家里的亲戚们呢，当然也都知道，但他们并不觉得这是什么了不起的事情。在乡村里，家里没有孩子，或者没有儿子，就抱养一个，延续香火，实在也是很常见的，哪一个村里没有这样的事情呢？有的孩子长大了，又去认了亲生父母，跟他们像亲戚一样走着，也有的亲生父母，想再把孩子要回去，跟养父母之间发生了矛盾与争吵，诸如此类的事情，都是村里人茶余饭后谈论的对象，觉得很平常，又不平常，是可以当作一种闲话，津津有味地议论的。所以家里的亲戚，谈起这件事来也不避讳，有的大人甚至还跟坤哥开玩笑："小坤，想你亲爹亲娘不？"

坤哥听了也不搭话，有的人也跟我开玩笑："二小，你要是跟你大舅过了，多好呀，天天都有好吃的。"我想一想，好像是很好的，但又似乎是没影的事儿，看他们一眼，就跑出去玩了。

我们亲戚家的孩子、我舅家的表哥表姐、我的姐姐，他们都比我大很多，在我们的眼里，都是大人了，他们不愿意带我们，我们也不愿意跟他们玩，只有坤哥，和我年纪差不多，所以，那时候都是我俩在一起玩。我们最常见面的地方是张坪，我姥娘家，在坤哥来说呢，是他的奶奶家。每到我姥娘家有什么事了，我们去串亲戚，就能见到坤哥了。那时见到坤哥，我是多么高兴啊，到了姥娘家，从我爹自行车的前梁上出溜下来，就跑过去找他了，有的时候我们到得早，我就在门口等着他，过一会儿就问："坤哥咋还不来呢，咋还不来呢？"

我们在一起常玩的，就是爬墙。我姥娘家是一个三进的院子，东边是我三姥娘家，两家之间有一堵矮矮的墙。我们一来，就爬到那个墙头上去了，在那上边沿着走，一个在前面跑，一个在后面追，大人看见了觉得危险，连声地喊着，让我们下来，可他们越喊，我们跑得越快，一溜烟就不见了踪影。翻过墙头这边，是我三姥娘家，这是个两进的院子，我二舅住在前面的院子里，后面的院子就荒废了，院里长满了野草，屋子没有翻盖，都很破旧了，我们就跑到这破房子里，在那里东翻西翻的，有时能翻出很多稀奇古怪的东西，我三姥爷的破羊皮袄、我三姥娘的绣花鞋、毛主席像章、旧报纸、画报、老的吊杆秤、过期的粮票布票；等等。这里是我三姥爷住的房子，他去世后，这个房子就空了。

那天，我们在一堆破烂中翻出了三姥爷的旧羊皮袄，坤哥披在身上，像一个袍子，又宽又大，他大摇大摆地走进了西边的院子，引起了大人们的一片笑声，他很得意，很滑稽，在那里像演戏一样走来走去，大人们说："这是哪儿来的，这不是他三爷的羊皮袄嘛？"

"可是好多年没见了呢，他三爷活着的时候，一到冬天就穿上了。"

"你们从哪里找着的？把老八百辈子的东西都翻出来了。"

还有的说："看小坤穿上，真逗，跟一个老头似的。"

"不像老头，像古代的人，哈哈……"

他们正说笑着，我大妗子看见了，走到坤哥边上，一下就把那羊皮袄扯下来了，生气地呵斥他："从哪儿找出来的你就穿啊，脏不脏呀？"坤哥做一个鬼脸，转身就跑了。

我们找出来的东西，有时也让我大舅很注意，记得那一次，我们找出了一把破瓦刀，在那里挥舞着玩，我大舅看见，要了过去，在手里抚摸了良久，原来那是我三姥爷——也就是我大舅的父亲用过的，他看到这个，可能又想起我三姥爷了吧。我大舅还到那座破屋子里去过，他走进来，在这里看看，那里看看，也不说话，吓得我和坤哥躲在墙的后面，连大气也不敢出，后来我娘告诉我，我大舅在去读书之前，跟他的父母一起，是一直住在这座房子里的。

我姥娘家最北边，在北边那座房子后面，有一棵很大的梨树，我和坤哥也经常爬这棵树。这棵树树身很矮，枝叶繁茂，春天是一片雪白的花海，秋天则挂满了金澄澄的梨子，在风中摇摆着，散发着成熟果实的诱人气息。到现在，我姥娘家的人说起来，还会说，"二小和小坤，最好爬那棵大梨树了"，或者说，"他俩啊，一到这儿来，不是上墙就是上树"，如今那棵大梨树早已不在了，但是我想起姥娘家，想起坤哥，仍会想起那棵大梨树和那些快乐的日子。那时我们爬在树上，去摘梨，去摘梨花，去吊秋千，或者隐藏在茂密的叶子后面说话，或者比一比看谁爬得更高，秋日的阳光洒下来，是那么明净、爽朗，而我们也是那么自由自在，就像在树梢飞过的小鸟，无忧无虑，无牵无挂，只是，这样的日子，已经再也不会回来了。

我二舅是个很爱热闹的人，一见到我和坤哥，就撺掇我们两个摔跤，在我姥娘家那个院子里，我们两个人摔了多少次跤啊。我二舅上来就会鼓动："上回你俩摔跤，是二小输了，来，让我看看，这一回谁能赢？"他一下子就调动起了我们的情绪，我不服气，坤哥也不服气，两个人很快就扭在了一起，边上的几个人在拍手，大笑，加油，我们两个就更来劲了，紧紧抱住对方的腰，往侧面使劲，同时伸出脚去，找准机会使绊子，一勾腿，一个人就摔倒了。

开始，摔在地上的人总是我，后来我的劲儿越来越大，也能把坤哥摞在地上了，坤哥不服气，爬起来就再摔，我二舅和那些人就又鼓噪起来了："好，第一回是二小赢了，看第二回！"两个人又狠狠地抱在一起，憋红了脸，铆足了劲，非要把对方摔倒在地上不行，尤其是坤哥，看到我这个弟弟竟然摔倒了他，在心理上好像难以接受，非要扳过来不行，摔倒了，就再来一次，再来一次，直到累得不行了，他也非要压到我身上，才算结束。这样的摔跤，在很长一段时间里，成了我们的"保留节目"，只要我们两个一碰到，总会摔上好几跤，这也成了我二舅他们的娱乐项目，一见到我们，就怂恿着让我们比个高低。直到坐在酒席上，他们还会津津有味地品评着、说着、笑着。后来我们长大了，才不再摔了，但直到如今，我到我姥娘家去，他们总还是会提起这些，提起坤哥，提起摔跤，在说说笑笑中，记忆中那些明亮的日子，好像又回来了。

在我的记忆中，我大舅和大妗子好像很少到我家来，或许是我大舅比较忙，亲戚之间平常的走动也就免了，只有在比较重要的事情或场合上，他才会出现。所以坤哥到我家来得也比较少，但是他一来，我就会很高兴，好像是他来到了我的地盘，我的世界，我就该带他好好地玩，好好地走一走。在张坪我姥娘家，在城里我大舅家，坤哥都是当然的主人，我似乎不能完全放得开，而在我们家，我们村，我的底气好像也足了似的。那天，坤哥一来，我就带他去了村南那条小河边，到了河堤上，爬树、捉鱼，还在河边采了一朵很大的花，坤哥告诉我这叫"荷花"，那一朵花很红，很美，明艳照人，我们举着这朵花回家。回家的时候，我们没有从门里进，而是从河边直接走到了我家的南墙边，从墙上翻了过去。我家的墙很高，我们跳下来时，把院子里的人吓了一跳，可是我们两个人却都没有事，坤哥手里的花也好好地拿着。那次是我先跳了下来，回头去看坤哥，只见他手持着一朵荷花，从墙上一跃而下，衣裳都飘了起来，简直像一个仙子，周围响起了人们的惊呼，在众人讶异的眼神中，坤哥轻轻地落了地，他的表情很平静。

那天，我还把村里我的小伙伴们介绍给了坤哥，我的好朋友，我希望他们也能成为好朋友。在一起玩的时候，坤哥很快就成为了中心人物，而我，倒不怎么为人关注了，这让我隐隐有一点失落。是啊，他比我大，又是城里来的，衣裳漂亮，见识得多，口才也好，在哪里不是孩子们羡慕的对象呢，不是小孩们围绕的中心呢？而我，在村里的小伙伴中间，靠着胆大，力气大，积累起来的一点威信，在他的面前只能土崩瓦解了。可我是个随遇而安的人，心里有点不舒服，一晃就过去了，很快就和他们欢天喜地地玩了起来。何况，坤哥是"我的"表哥呢？我的表哥这么厉害，在小伙伴们面前，我也很有面子呢。现在想来，在我和坤哥的关系中，我总是处于附属、依从的地位，而坤哥总是主动的，指挥一切的，是他带着我玩，这不仅因为他是我哥，他是城里的人，而且更是由于，在性格上，他也是倔强的，争强好胜的，从不甘心屈居于人后。不管是对我，对别的小孩，或者是在他的家里，他都想成为一个众人关注的人物，即使在很小的事情上，他也是不达目的誓不罢休。比如他想要一个玩具，就非得给他买不可，如果我大舅不给他买，他就哭、闹，一次次地，直到给他买了，才算完。再比如，在回家的路上，大红或二青开玩笑，说看谁能先走到门口，坤哥呢，他就一定要第一个到，不允许别人超过他，他的姐姐知道他的脾气，就会让着他，可是有一次，他家的小狗跑到了他的前面，先到了门口，他一看，气得在地上打着滚哭，众人抚慰了半天，他才慢慢安静了下来。我想，我的坤哥，他的内心一定是脆弱的，他一定是需要关心，需要宠爱的，需要很多很多。

我还记得那一天，我和坤哥在我们村小河的南岸玩，我们向西走，走了很远，一路上他挥舞着一根棍子，抽打着野草和树丛，眉飞色舞地说着这说着那，不知为什么，他突然停了下来，没头没脑地问我："你说，我的亲爹亲娘，他们咋就不要我了？"我不知该如何回答，只好看着他，又去看远方彤红的夕阳。静了片刻，他撇开这个话题，又说起了别的，才慢慢变得活泼起来。但是我永远记得，那一刻，他的眼神是那么忧伤，那么绝望。是的，他那么年幼，就承担了一个不该知道的秘密和折磨。很多事情我们以为他不在乎，他也竭力表现出不在乎的样子，但是我知道，他在心里是在乎的，很在乎。

4

那时候，正是我大舅家如花似锦的日子。我的大舅和妗子年富力强，在县城里也有着让人羡慕的位置，无论走到哪里，都是为人敬重的，去他家里的人，叙旧的、闲谈的、拉关系的，每日里络绎不绝，真是家中客常满，杯中酒不空。他们的三个女儿都长大了，一个个出落得如花似玉，大红和二青，工作了三四年，也到了谈婚论嫁的年纪，给她们说媒的人，更是踏破了门槛。

我的这三个表姐，大红、二青和三芹，她们对我都很好，见了面也很亲切，但是，怎么说呢，在她们的好里面，似乎有一种别样的东西，有一点轻视或者可怜，而又要加以照顾的意思，或许在她们的本意中，并没有这样的想法，但从我的感觉来说，却总觉得有一些不同，那微妙的，而又自然而然的障碍，好像自始至终都存在。这种细微的东西，真是没有办法说得清。比如我和我姐姐之间，或者和我舅家的表姐之间，虽然她们也会逗我、骂我，甚至打我，但是打也就打了，骂也就骂了，过去之后，我们之间仍然很亲密，并不会在心里留下什么芥蒂；但是大红、二青就不一样，她们并不骂我，也不打我，最多只是逗逗我，亲切的，温和的，但是她们的眼神不经意的一瞥，却能让人感受到分明的距离，那是傲慢的，或者屈尊的神色，是不由自主流露出来的优越感。是的，那可以说是一种竭力隐藏起来的优越感，正是这一点，让我们的内心拉开了距离。我的姐姐也说，我大舅家的孩子都有一点"傲"，她们不大喜欢，我想她们所说的，也是这样的意思。不过，如果站在大红和二青的立场上想一想，她们又能怎么样呢？她们日常吃的、穿的、用的，都是那么高级，她们平常所交往的，也都是有头有脸的城里人，衣着光鲜，谈吐文雅，她们就是在这样的环境中成长起来的，而且又年轻、漂亮，备受宠爱，让她们真心去喜欢那些穷乡亲，喜欢一个乡下来的孩子，也是不大可能的。她们能够不流露出厌烦的神态，能够顾全亲戚之间的礼仪，又那么亲热，那么周全，已经很是难得了。不是还有的亲戚之间，为了谁看不起谁而断绝了来往吗？与那些人相比，我们已经好得很多了，我们还能希望什么呢？——这可真是没有办法的事。

但是我娘想得似乎不一样，我娘觉得我大舅是她的兄弟，就好像我们仍然是一家人，至少在她的心中，是不希望我们两家越走越远，所以从那时到现在，过年过节，她都要去我大舅家，后来，她老了，走不了那么远了，就不停地督促我和我姐姐，让我们去看望我大舅，直到我大舅去世。

如果说，那时我大舅家的生活是花团锦簇，那么，大红和二青便是穿梭其中的两只燕子，三芹那时在上学，而大红和二青正到了婚恋的年纪，便吸引了更多人的注意，也牵动着亲戚们的心，她们的婚事，也成了一件盛事。

大红和二青，她们两个人也不相同，大红性格安稳沉静，不大爱说话，二青呢，活泼、调皮，也倔强。所以呢，她们喜欢的人也不同，她们的爱情也不同。大红的爱情故事很平淡，或者是否能叫作爱情呢，也很难说。本来她在棉麻厂，有不少小伙子追求她，她对其中一个电工也有点意思，他们来往过一段时间，坤哥告诉我，那个小伙子"人很帅，篮球打得很好"，可是呢，我大妗子却看不上眼，来家里提亲的，不是某局长的儿子，就是哪个主任的外甥，跟他们比起来，"一个工人，没啥发展前途"，她摇摇头说。那时候，在我们乡村里，是讲究门当户对的，我大舅他们虽然在城里，也受到这些观念的影响，尤其对我大妗子这么好强的人来说，他们家既然是当着官儿的，有一定的社会地位，即使不能跟更高的官家结亲，光耀门楣，至少也不能跟他家相差太远，如果差得远了，不仅同事之间会议论、嘲笑，而且女儿嫁过去之后，也会受苦受罪。自己娇生惯养的闺女，到别人家里去受罪，这是她所不能容忍的，所以她果断地掐断了大红和那个电工的爱情萌芽，迅速地给她定了一门亲，那人是我们县城化工厂厂长的儿子，在厂子里做着会计的。大红呢，大红虽然难受，哭了两天，也就没事了，那个电工，她和他也只是拉了拉手，看了两场电影，似乎并没有太深厚的感情，而且这个会计呢，看着也伶俐，也踏实，好像也没什么不好，于是她很快也就结婚了。

　　大红结婚的那一天，可真是热闹极了，鞭炮、彩车，锣鼓喧天，那么大的场面，是我们见也没有见过的。中午摆酒席，是在我们城里最好的酒店，有五六十桌，来了不少重要的人物，我们这些穷乡亲，也真算是见到了大世面。在我们乡村里，结婚是一辈子的大事了，但是摆席，也不过是在自己家的院子里，怕下雨下雪，再搭上棚子，厨师呢，也只是请村里的人来做，别的事也都是自己家里的人做，像拉桌子板凳、借盘子借碗等等，所以一说结婚，前后要忙上一个月。但是城里人就不同了，什么事都交给了饭店，又有排场，又省心，吃得又好。那天，一盘盘菜端上来，可让我们大饱了口福，那些鱼，那些肉，我们平常哪里能够吃得到？那些酒，也都是好酒，平常里谁能够喝得起？于是，我们就尽情地吃喝了起来，那一餐饭，我们吃得是如此满意，直到多年之后，还会有人津津有味地提起，"那一年，大红过事，排场可真够大的，那酒，那菜，啧啧。"

那天，我在二舅的撺掇下，也喝了一点酒，都有点晕乎了，但是大多数时间，都是和坤哥在人群里穿梭，跑来跑去。坤哥也是那天婚礼的主角之一，作为新娘子的弟弟，他受到了几乎所有人的瞩目，又是唱又是跳的，出尽了风头，甚至新郎也不得不讨好他，以免被为难。在这种情况下，坤哥简直顾不上我了，我呢，有那么多好吃的，似乎也没有感觉到有什么不满意。

大红这档子事，算是过去了，到了二青，又不一样了。二青早就说了，找对象，她要自己找，不用家里人瞎操心，可是她领回来的，是一个什么样的人呢？一个待业青年。我大妗子一听，气得都快说不出话来了："我的姑奶奶，你找个什么样的不行？找一个待业青年！你这不是故意气我吗？我看不把我气死，你就不拉倒！"我大妗子坚决不同意这门亲事，一个正式的电工她还不放在眼里，何况一个待业青年呢？那时候，城里的人都是有单位的，而待业青年则意味着没有单位，没有职业，没有生活保障，只能摆个地摊，或做个小买卖糊口，我大妗子怎么会把女儿嫁给这样的人呢？她真是连做梦也没有想到会出现这样的情况，她说，"只要我活着，还有一口气，我就坚决不同意。"可是二青不是大红，我大妗子坚决，二青比她还坚决，她继续和这个待业青年来往着，对我大妗子介绍的那些对象看都不看一眼，我大妗子疾言厉色地骂她，她索性下班也不回家了，到晚上很晚才回来，第二天早早又走了，家里很少见到她的人影，我大妗子想骂她又骂不到，就冲我大舅发脾气，"那也是你的闺女，你也不管管！"

我大舅呢，平常对于家里的事，都是大撒手的，这次我大妗子生了气，他才不得不过问一下，于是有一天二青回来，他把她叫到了书房，跟她谈了半天，可是谈话的结果呢，是他被二青说服了，他说："那个小伙子也不错，要用发展的眼光看问题嘛。"

我大妗子简直气炸了肺，她说："一个待业青年，能有什么发展！"又说，"就不该让你管，看你管到哪里去了？"

我大舅说："孩子们都长大了，她们也有恋爱的自由呀。"

我大妗子说："行了行了，你别管了，快去看你的文件吧。"我大舅只好讪讪地回到书房里去了。

我大妗子又把大红叫来，让她帮着说服二青，大红这时已经有了小孩，她抱着孩子到二青的房间里去，说了很长时间，二青只是逗着那小孩玩，也不搭话，最后她说："二青，咱妈也是为你好，你也别太犟了。"

二青突然问她："姐姐，你觉得现在过得幸福吗？"

大红说："什么幸福不幸福的？就是过日子呗。"

二青说："那我可受不了，要是让我跟不喜欢的人结婚，我一天也过不下去。"大红听了，低下头，也没有话说了。我大妗子跟二青的关系越来越僵，她又觉得我大舅和大红都背叛了她，自己一片好心，反而受到全家的反对，气急之下，她生病住院了。

在病床上，她挂着吊瓶，对大红说："你去告诉二青，她要是再跟这个人来往，我就不认她这个女儿！"

二青也真是敢作敢为，她说："就是她不认我，我也要跟他结婚！"她说得出，做得到，很快就和这个待业青年旅行结婚去了。那时候，旅行结婚在我们那里还是个新鲜事物，又时髦，又能避开一些矛盾，年轻人很喜欢。

二青旅行结婚回来，我大妗子就没脾气了，她心里恨死了这个闺女，可是又拿她有什么办法呢？她又是个好面子的人，一个闺女这么无声无息地结了婚，像什么话？亲戚朋友们不是会议论吗，单位里的同事不是会嚼舌头吗？这样可不行，于是在她们旅行结婚回来，我大妗子忍着气，又给二青补办了一个"正式"的婚礼，这个婚礼也很盛大，也很喧闹，可是我大妗子总觉得不顺心，此后对二青仍是没有什么好气。直到第二年，二青的孩子生下来，她这个姥姥忙忙碌碌的，才在心底里原谅了二青。

那之后，一到周末，大红和二青就带着孩子回娘家来了，一个男孩，一个女孩，在花园一样的院子里，学说话，学走路，后来又在花丛之间跑来跑去，追逐蝴蝶，追逐蜻蜓，他们稚嫩的声音和举动，不时引来大人们的欢声笑语，三芹和坤哥，带着两个小孩玩，大红和二青，在她们以前的闺房中亲密地说着话，又到厨房帮我大妗子做菜，堂屋里呢，两个女婿陪我大舅喝两盅酒，说说闲话，下午两三点钟的阳光照过来，明亮、温暖、适意，这样的日子是多么美好。

5

那时候，去我大舅家，会路过一所中学，我娘指着校门前巨大的牌子，跟我说："你好好学习，等以后考上这所学校，离你大舅家就近了。"我透过校门去看那学校，只看到一排排青翠的白杨树，旁边的操场上，正有人在打篮球，奔跑着，跳跃着，生龙活虎的，看着让人很眼热，不过那对我来说，好像是一个很遥远很渺茫的世界，所以我娘的话，我并没有怎么放在心上。然而，巧合的是，几年之后，我真的来到了这所学校，成了一名初中生。

这所学校里的教室，是一排排平房，我们班所在的这一排，在学校西半边的第二排，与我大舅家，正好只隔着一堵墙。更有意思的是，坤哥也在我们这一个年级，只是我们两个并不同班，我在四班，他在二班，在我们教室的后面一排。从我们的教室里，透过窗外的白杨树，就能够看到他们班的教室。我娘以为，我来到了我大舅家隔壁的学校，会跟我大舅家更近，会跟坤哥更多地在一起玩，一开始我也朦胧地这样想过，其实并非如此。

不知从什么时候开始，我越来越清醒地意识到，我家和我大舅家并不再是一家人，他们在城里过着他们的生活，我们在乡下过着我们的生活，每一家人都有自己的生活。我们家虽然很穷，但是也过得很有滋味，很有意思，而到了我大舅家，虽然有好吃的，好玩的，但那并不是属于我的，我也只是一个客人，而在他们富裕自得的生活方式面前，我越来越感到压抑，越来越感到不适，所以我也越来越不愿意到我大舅家去了。以前，我娘到我大舅家去，我总是非要跟着去不可，现在，我就在我大舅家的隔壁上学。我娘来了，我大妗子让坤哥喊我到他们家去吃饭，我也不愿意去。不但我自己不愿意去，我对我娘去我大舅家也有些不满意，总感觉有些莫名的屈辱，好像我们是有求于他们似的，好像我们是要去打秋风似的。所以，到了这所学校以后，我反而很少去我大舅家了，只有我娘去的时候，坤哥来喊我，我才勉强去一趟。

到了那里，我大舅和我大妗子还是那么热情，我大妗子总是热情地责怪我："离得这么近，怎么也不到家里来玩？"又说，"以后别在食堂里吃饭了，就到家里来吃吧"，又说，"下了晚自习，那么远，你就别回家了，来家里跟你坤哥一块住，早上一块去上学，多好啊！"她说得很快，也很亲热，我不知道是否只是一种客气，她的好意我心里知道，但是我却难以接受，只能默默地听着了。

但是，每一次见到我，我大妗子都会这么说，后来她还说："刮风下雨的时候，你就别回家了，就到这儿来，这是你舅家，又不是外人。"好像我不去，倒仿佛是见外了，这让我心里很不安，很不好意思，但是我终究也没有更多地去我大舅家。

我和坤哥，这时候也不像以前那样亲密了。在城里，坤哥原先就有他的一伙玩伴，现在这些玩伴也跟他一样上了初中，他们仍然在一起，是一个小小的圈子，那个圈子里，当然都是城里的孩子，他们有他们的玩法，有他们的生活，我呢，只不过是一个乡下来的孩子，既无法融入他们的圈子，也不愿意融入其中，跟他们在一起，我所感受到的只能是自卑，他们呢，也会感到不舒服，玩不痛快，所以坤哥带我跟他们玩了两次，再叫我，我就没有去了，这样一来，我跟坤哥在一起的时间就很少了。我记得那一次，周六下午放了学，坤哥叫我去他家玩，我去了，吃了晚饭，我要走，我大妗子非要让我住在他们家，那天正好赶上下大雨，哗哗的，又是打雷又是打闪，风吹得窗棂呜呜响，我就留了下来。我和坤哥在他的房间里玩了半天，那时我和坤哥的兴趣已经很不同了，我喜欢安静，喜欢看书，坤哥呢，他爱说话，爱动手，他的手很巧，一个钟表或收音机，他能够把零件拆下来，再装上去，有些小毛病也能修好。我们说了一些话，他找出我大舅的一些旧书，让我翻看，说自己有点事要出去一趟。他走后，我一个人在房间里看书，等到了很晚，他也没有回来，我就先睡了。第二天早上醒来，坤哥已经回来了，我问他昨晚去哪儿了，他嘻嘻笑着，就含糊过去了。后来我大妗子说起来，我才知道，原来坤哥经常跑出去，跟他那伙玩伴一起玩，我大妗子觉得他们"玩不出什么好来"，就不许坤哥出去，坤哥呢，只好偷偷地跑出去。我在他家住的那天晚上，坤哥出来后，冒着大雨翻过墙去，找他的朋友玩去了，到很晚，才又翻墙回来，而他之所以让我大妗子识破，是他翻墙时留下了几个泥印子，我大妗子严厉地一审，他才招认了。想想那天晚上，我或许只是坤哥的一个掩护，是他要去找别人玩，而要给大妗子制造的一个与我在一起的假象，其实，他可能是不想跟我在一起玩的。想到这一点，我心里有些难过，那天我骑着自行车，在回家的路上飞驰着，两边的白杨树快速地闪过，风声在耳边呼呼地响，骑着骑着，我突然停了下来，不知什么时候，脸上已淌满了泪水，我将泪水轻轻擦干，才又跨上自行车，慢慢向家里骑去。

其实，那时候，我也不想跟坤哥在一起玩了，在学校里，我也渐渐有了自己的朋友，有了自己的新天地，跟他们在一起，我很放松，也很自在，玩得很高兴，而跟坤哥在一起，不仅我难以融入他和他的世界，而且那种类似附属的地位，也渐渐让我难以接受了，虽然他是我的表哥，从小带我一起玩，但是如今我已经长大了，我的内心因为脆弱而变得格外敏感，我不能忍受任何歧视或轻视的表示，不管是明的还是暗的，不管是直接表露出来的还是竭力隐藏起来的，为此我不止一次和班上的同学打过架，尽管打得头破血流，尽管受到班主任狠狠地批评，但我却咬紧牙关，毫不后悔，此后班上的同学，便没有人敢在我面前风言风语了。在这样的情形下，坤哥和他所暗藏的那种优越感，自然也就是此时的我所难以容忍的了。

而在亲戚们之间，坤哥和我，是经常被拿来做比较的两个人，这似乎也是很自然的，我们从小在一起玩，时常一同出现在他们的视野中，年纪又相仿，现在又在同一所学校，同一个年级，他们把我们两个加以比较、议论，好像也是正常的。但是呢，这种比较，往往又是对坤哥不利的，因为他们所比较的，大多只是学习成绩，那时我的成绩很不错，并且很稳定，在整个年级都可以排到前几名，这是由于我比较喜欢看书，平常的生活让我感到不满足，我总渴望了解外面的世界，渴望精神上的刺激与冒险，而在当时，似乎只有书能够给我以这样的方便，这样读的书多了，似乎有意无意间也拉动了我的成绩；而坤哥呢，他虽然比我聪明，见识也广，但他好玩，又喜欢结交朋友，放在学习上的时间就很少了，所以就学习成绩而言，是无法跟我相比的，即使在他们班里，也只能算是个中游。但是，在亲戚们的议论之中，我似乎成了一个"好孩子"的榜样，聪明、勤奋，又刻苦；坤哥呢，则相反，好像成了一个"坏孩子"的代表，整天也不学习，就知道跟一些街头的"混混"混在一起，三天两头让老师叫家长，简直让大人操碎了心。我们两个的鲜明"对比"，甚至让我大妗子也很受刺激，每一次我去他们家，她都会当着我们的面数落坤哥："你看看你的成绩，怎么那么差？你怎么不跟人家二小学学？"

我不知道对于这些议论，坤哥的心里会怎么想，他总是做出一种不在乎的样子，大大咧咧地，说说笑笑就过去了，好像那并不是什么重要的事，只要他想做，就能够做好，甚至会比我做得更好，只是他不想在这上面耗费太多的精力而已，我想事实上可能也是如此；但是我每次听到这些，虽然有些不好意思，但心里还是有点小小的得意，我想至少在某一方面，我超过了坤哥，这让我的心里也算有了一点平衡感，于是，读书就更加认真了。但是，这也让我跟坤哥的距离拉得越来越大了，是啊，一个"好孩子"是多么无聊，多么没有意思啊，好像整天循规蹈矩，就知道学习似的，而"坏孩子"的天空是多么广阔，想玩什么就玩什么，爱怎么玩就怎么玩，可以挑战一切规矩，自由自在，无所顾忌。即使是我，也更愿意与"坏孩子"在一起玩，事实上，我最好的朋友也都是所谓的"坏孩子"，只不过在玩过之后，我一个人的时候，也喜欢看点书而已。坤哥呢，他对书本来就没有什么兴趣，所读的也仅限于必须读的教科书，再加上一而再，再而三地受到批评，也有些自暴自弃，对学习就更加没有热情了。但是他似乎也不担心，似乎也不用担心，也正像那些亲戚们所说的："人家有个好爹啊，学习不好，照样也能吃国粮。"

但是对于坤哥，我大舅却是很不满意，我大舅是个读书的人，也是从乡村里读书出来才做了官儿，所以对读书看得是很重的，见坤哥总是不好好念书，又跟那些街头的"小流氓"混在一起，甚至后来有了些小偷小摸的举动——家里给他的零花钱少，不够花，他就从家里偷一点钱，或者偷偷拿出去一条烟或两瓶酒；家里要限制他跟那些人接触，给得就更少，这反而刺激了他偷拿家里东西的想法，这形成了一个恶性循环。我大舅和大妗子发现了，很恼火，很失望，狠狠地打过他，又不断地说他、骂他。但是坤哥好像并没有改，只是做得更加隐蔽了，至于我大舅希望他能好好读书，就更加谈不上了。

6

那时候，我娘总是以我大舅为例子，鼓励我好好念书，我不知道在她的内心中，是否也希望我能像大舅那样当上一个官儿，如果是这样的话，无疑我已经让她失望了。但是，我大舅在我娘的心目中，当然不只是一个官儿，他还是有知识、有尊严、有教养的一种象征，在做人上也是重情重义的，这也是多年来他们姐弟俩能融洽相处的原因，我想我做不了别的，至少在这些方面，还可以学学我大舅吧。

我娘经常谈起我大舅读书时的艰苦，那时我三姥爷不想让我大舅出去读书，想让他早点结婚生子，留在身边，但是我大舅却不想这样，偷偷地报考了一所师范学校，被录取了，这才敢告诉我三姥爷，谁知我三姥爷听后大发雷霆，坚决不让他去，父子两个人大吵了一顿。我没有见过我三姥爷，他去世很早，我只见过他的一张照片，穿着那件旧羊皮袄，坐在躺椅上，双手袖在袖筒里，目光却很严厉。据说我三姥爷是个性情乖戾的人，又很强悍，在我姥娘家门上是个说一不二的人物，不用说孩子们怕他，就连他的两个哥哥，也惧怕他三分，他发了怒，简直没人敢劝他，在我大舅读书的事上当然也是如此，我大舅在别的事情上依顺他，但唯独在读书这件事上却很倔强，不肯屈服，我三姥爷当家当惯了，谁敢违拗他的意志？于是他们父子俩就对峙上了，谁也不肯退让："……那时候，你大舅真是为难极了，去上学吧，你三姥爷不让他去，你三姥娘又有病，你二舅还小，他一走，家里没个照应处，不去呢，他又割舍不下，他是真想念书，我问他念书有啥好的？他说是为穷人，要翻身，读了书才能求解放，说了一大堆，我也听不懂……我记得那是秋天快收棒子的时候，我正在地里干活呢，你大舅偷偷地来找我，跟我说，姐姐，我爹不想让我走，我要偷着走了，我走后，家里我娘和弟弟，你就多帮我照看着吧，我说，你就放心走吧，家里的事儿你不用担心，有我一口吃的，也不会饿着他们，我又问他，路上的盘缠够不够？他说找人借了几块钱，我说，你在这儿等着，说完，就跑着回了家，那时候我快成亲了，也攒了一些私房钱，回家就取了来，有二十多块，我都给了你大舅，对他说，我这儿也不多，你在外边省着花，别亏了自己，啥时候缺钱了，就往家里捎个信，你大舅一看就哭了，说，姐姐，你好不容易攒了两个钱……我说，啥也别说了，你在外边好好念书就行了，快走吧，别让我三叔知道了，你大舅这才一边擦着泪，一边赶着上路了……你三姥爷的气性真大，知道你大舅偷着跑了，暴跳如雷，后来直到你大舅毕业了，到烟庄公社去当了文书，你三姥爷也没原谅他……"

"那时候，你大舅去念书，可不像你们现在四五里路，骑着个车子就去了，那时候，也没有自行车啊，到哪里都是走着去，你大舅的学校又远，有二百多里地呢，他去上学，要走两天一夜，路上背着被卧，背着干粮，饿了，就啃两口干粮，渴了呢，看见人家浇地，就在垄沟里喝点凉水，从大清早一直走到太阳落山，天黑了，就找个人家看庄稼的窝棚，在那里凑合着歇一宿，第二天再接着走，到了学校，脚上都磨出泡来了……"在昏暗的煤油灯下，我娘一边纺着线，一边给我讲我大舅读书的故事，纺车吱吱地转动着，煤油灯的火苗一跳一跳地，将我们的身影映在后面的墙上，又黑又大，不停地摇晃着。我盯着那些晃动的影子，脑海里浮现出我大舅去上学的画面：一个十七八岁的青年，背着铺盖卷儿，风尘仆仆地行走在路上，月亮升起来了，照着他孤单的身影，他看一看前方，前方的道路仍然很远，他停下来，擦去脸上的汗水，然后咬紧牙关，继续坚定地向前走去。这样一幅画面，长久以来留在我的印象中，直到我大舅去世，直到现在，我想起我大舅，仍会想起这一幅画面，我的眼睛仿佛穿透了时光的尘埃，看到了历史的幽深处，那一个青年，在追求真理的道路上，艰苦地跋涉着。

然而当我长大时，我大舅已不是一个青年了，他经历了几十年的风雨沧桑，在政治上也经过多次反复，跌倒又起来，受批判，靠边站，吃尽了苦头，现在他又成了一个领导。当年的那些追求，他还在坚持吗？那时候，我想不到这些问题，只是感觉到我大舅是和蔼可亲的，他的话不多，但语气很温和，很亲切，总是笑着，跟我们这些小孩似乎也没有距离。我大舅仍然喜欢读书，他的书房总是掩着门，我和坤哥不敢走进去，甚至不敢在附近大声喧哗，我们稍微闹出了一点动静，我大妗子就走了过来，对我们说："你俩到一边玩去，小坤，没看到你爸爸在看书吗？"我们一听，就赶紧跑远了，我大舅在读书，那似乎是一件很神圣很重要的事情，我们是不能打扰的。

我大舅家的书很多，我在村里找不到书看，精神上既寂寞，又饥渴，到我大舅家去了，有时候也会从他们家里借两本，看完再送回去。我大舅很喜欢我的一点，就是我也爱看书，每次去他家里，他总是夸我，还让坤哥跟我学，他还跟我娘说："咱家的孩子这么多，我看都不像念书的料，就二小还行。"不过我大舅也实在是个不善言辞的人，跟我们见了面，寒暄几句，问问读书和学习的情况，别的就没有什么话了，只是笑眯眯地坐在那里，听我娘说，听大伙聊，只是偶尔插上一两句话，表达他的意见。所以我大舅虽然态度很亲切，但我在内心里，却又感觉亲近不起来，他太严肃认真了，不随和，不幽默，让人也轻松不起来，这一点他就不如我二舅，我二舅不管到了哪里，总是嘻嘻哈哈地，插科打诨，很快就跟我们这些小孩玩在了一起，我大舅呢，他总是那么一板一眼的，我想这可能是由于他总在想问题的缘故，他比我们站得更高更远。

那一年，我们县里举办了一次中学生运动会，那是一个阳光明媚的日子，体育场里，彩旗招展，歌声嘹亮，伴随着雄壮的音乐，各个学校的代表队陆续进场，学生们坐在四边的观看席上，热切地为自己学校的运动员加油，我也是观看者中的一员，和周围的同学兴奋地一起呐喊着。运动员进场之后，会场逐渐安静了下来，主持人宣布请领导讲话，这时我才赫然发现，讲话的竟然是我大舅，他讲的是什么内容，我已经不记得了，但是我看到我的大舅站在那里，很有光彩，很有风度，他的语调铿锵有力，带着扩音器的颤音，回荡在体育场的上空，激起了雷鸣般的掌声。这是我第一次在家庭之外的场合见到我大舅，但却给我留下了很深的印象。他的形象与我平常所见到的，是如此不同，我想或许那是他的另外一面，是我所无法了解的。

那之后不久，有一天下午放了学，班主任靳老师把我叫到了办公室，他提起了我大舅的名字，问："他是你舅舅吧？"

我点了点头，他很兴奋似的说："前几天我见到了他，他很关心你，还问起了你的学习情况，我说你是我们班上最好的学生，他听了很高兴。"我窘迫得不知道说什么好，也有些诧异，平常我很少将家里的事和学校里的事混在一起，好像学校是一个独立的空间，是与现实无关的，听他这么一说，家庭与现实好像绕了一圈，又从另一个方向来到学校，来到了我的面前，让我一时不知如何应对，只好红着脸低下了头。靳老师又说了一些关于我大舅的话，不知怎么算起来，他也是我大舅的学生呢，他说很尊重，很佩服我大舅的为人，他还说起了我大舅在国棉厂时如何简朴，如何跟工人吃住在一起等等，说了好半天，天色渐渐暗了下来，他还意犹未尽，最后他对我说："再见到了你舅舅，代我向他问好吧。"我点了点头，就走了出来。

从此以后，靳老师对我似乎更加看重了，但是他的看重，并不让我觉得荣幸，反而感到有些别扭，我觉得这主要是来自我大舅的影响，而并不是对我本人的肯定，而我，并不想因我大舅而让人另眼相看，我就是我，我只想让人从我的表现来看我，而不是根据我跟什么人的关系来判断，不管这个人是我大舅，还是别的任何人。

那一天放学后，天色已近黄昏了，还没到上晚自习的时候，我跟几个同学到学校外面去玩，我们跑着、跳着、笑着，高高兴兴地，不知不觉来到了我大舅家附近，以前我和坤哥去玩的那个两层楼的公共食堂，也还在，不过已经废弃了，院子里长满了荒草，我们在那里奔跑追逐了半天，满脸是汗，都累坏了，便跑过去，拧开那里的水管，洗一把脸，然后咕咚咕咚大口地喝凉水。我正趴在水管下，两手捧着水喝，突然听到有人喊我的名字，我抬头一看，见正是我大舅，他推着自行车站在那里，看来他是下了班回家，路上见到我，才从自行车上下来。我赶忙跑过去，他问我在这里做什么，我说在跟同学一起玩，他点了点头，又用责备的口吻对我说："以后不要喝凉水了，容易闹肚子，离家这么近，要喝水，就到家里去喝点热水。"他顿了顿，又说，"带你的同学一起去也行，到家里去玩玩。"我没想到他会说出这一番话来，不知说什么好，只好点了点头，"嗯"了一声。他又说，"你去跟他们玩吧，别误了上课，有空了多到家里来。"说着，他跨上自行车，向胡同深处骑去，他骑得很慢，晃悠悠的，落日的余晖洒落在他宽厚的背影上，苍白的头发上，温暖、柔和、明亮，我注视着他的身影越来越小，心中泛起一种难言的滋味，我知道他在向那个花园一样的小院骑去，而我离那里，却是越来越远了。

7

我大舅的病，来得是如此突然，让所有的人都猝不及防。那是中风，真像是一场飓风一样，呼啸而过，将一棵大树生生地连根拔起，狂风过后，枝残叶败，纵然还能活着，也已经大伤元气了。我大舅被这场病袭击之后，躺在病床上，也不会走路了，也不会说话了，我们去看望他，他紧紧地拉住我娘的手，嗫嚅着，想要说什么，却又说不出来，只是望着我娘，眼泪慢慢涌出，又一滴滴落下。我娘知道他心里难受、委屈，但也只能说一些安慰的话，让他好好养病，他似乎也能够听明白，缓慢地点着头。

我大舅一病，家里的生活全乱了。我大妗子从棉麻厂请了长假，在医院里照料他，没日没夜地，她很快消瘦了下去。大红和二青带着孩子，又要工作，又要来照看我大舅，忙得不可开交，走路都风风火火的。三芹和坤哥，都还在读书，他们的生活和情绪也都受到了很大的影响，回到家里，冷清清的，没有人，也没有热腾腾的饭菜了，到了医院，见到的又是一幅凄惨的景象，而周围又有多少人，只因我大舅一病，对他们从笑脸变成冷脸了呢，真是难以述说，我想他们后来考学不甚理想，也与此相关。

隔着漫长的时光回望，我觉得这场病对我大舅和他家来说，是一个重要的转折，在那之前，我大舅家是欣欣向荣、蒸蒸日上的，家庭和谐美满，充满了生机与活力，而且据说，我大舅也正处在升迁的关键时刻，如果没有这场病，他会升至一个更重要的领导岗位，而现在，一场病，正如一场狂风暴雨，将满院的花朵吹得七零八落。

我大舅的病恢复得很不错，在医院里住了两三个月，他可以慢慢站起来，走路了，只是说话仍然说不清楚，他的舌头似乎不会打弯了，嘴里呼噜呼噜地，像含着两三个核桃，他说起来困难，我们听起来，也很模糊，常常不知道他说的是什么。有一段时间，只有我大妗子能听懂他的话，只好当我们的"翻译"。我们去看望他，他很高兴的样子，嘴里呜噜呜噜了一阵，我大妗子就对我娘说："你兄弟说，地里这么忙你还来看他，他很高兴，他说，让你们吃了饭再走。"

我娘就说："忙啥呀？地里也没什么活，等你的病好了，再到我们那地里去看看，今年的庄稼长得可好哩。"她的声音很大，怕我大舅听不清楚，我大舅一边听着，一边频频点着头，也不知道他是不是真的听懂了。大多数时间，是我娘和我大妗子聊天，我大舅坐在旁边，脸上带着微笑，倾听着。我大妗子的嗓门还是那么亮，那么快，她亲热地对我娘抱怨着，说"你兄弟"现在简直跟个小孩似的，该吃的药不吃，该做的锻炼不做，还得人家督促着，医生嘱咐他要静养，他还操心着单位上的事，好像地球少了他就不转了；等等。

那时候，每次去看我大舅回来后，我娘都很伤心，很感慨，她说："你大舅好好的时候，多风光呀，看到他现在的样子，我心里就觉得难受，又可怜。"

现在，我还珍藏着我大舅的一沓日记，是写在信纸上的，那是他当时单位里的公用信笺，上方印着这个委员会的名称。我还记得看到这一沓日记的情景，那时我已在外地上了几年大学，有一次回家，跟我娘去看望我大舅，那时他的身体更弱了，耳朵也有点聋了。我去上厕所，在厕所里看到了这沓日记，它们被当作手纸，放在那里。回到屋里，我问坤哥："我大舅的日记，怎么扔在厕所里了？"

坤哥大大咧咧地笑着，不在乎地说："嗨，反正也没什么用了。"

我说："那我拿回去看看。"

他说："那东西有啥用？你要看，就拿走吧。"于是我返回厕所，把这沓日记拿了回来，一直带在身边。我想肯定还有更多的日记，但没好意思找他要。这沓日记也不全，没头没尾的，从那一年的五月四日到六月二十一日，大约是他生病后两三个月后写的，字迹清楚，前后的部分或许已被当作手纸用掉了。以下的内容摘抄自这沓日记，语法错误也不修改，涉及的人名我用××代替：

5月4日（四月初七）　星期一　半晴

1919年的5月4日的今天是五四学生运动，开启伟大的新民主主义革命，震撼着三座大山，是我们应该纪念的日子。现在的学生运动要有政治方向，要永远前进。

5月8日（四月十一）　星期五　晴

国家执法不严，有些人贪污盗窃十分猖獗，花钱很不在乎，像流水一样挥金如土，要知道贪污和盗窃是极大的犯罪。

5月12日（四月十五）　星期二　阴

××回辛集，从昨天就开始找车，到今天都没找到，结果坐公共汽车回去了。从此事看，有权事不难，无权事难办，难办不生气，生气枉生机。

5月13日（四月十六）　星期三　半晴

回家一趟，给我印象最深的是鲜花盛开，特别是荷花月季更使人注目。接着××、××来看望，十一点王××主任送来了水饺，王主任也将询问田院长的答复说了，田院长说，说话慢点，恢复好歹关键是情绪问题。

5月17日（四月廿）　星期日　晴

昨天下午回家，一天在家，情绪很好，满院鲜花盛开，真是莲花开，月季放，石竹花开来帮忙。

5月18日（四月廿一）　星期日　晴

早起一看鱼缸，绣球死了一个。本来是不高兴的事，为了病也不能不高兴，不高兴也活不了，从接受教训来看罢了。

5月19日（四月廿二）　星期日　阴

叫孩子刷鱼缸，把鱼缸碰碎了；自己想，鱼缸该碎了，不碎怎么买新的。

总之，万事都如意。

6月2日（五月初七）　星期二　晴

××来说，家里雨下透了，是场好雨。

下午到××家学"导引养生功"，学了"醒脑宁神功"前三节，精力不集中，没学会。

6月4日（五月初九）　星期四　晴

××同志送来××写的字，其内容是：

三十年来是与非，一生得几安慰；

莫道浮云终蔽日，严冬过尽绽春蕾。

晚间九点许，于××轻生死去，小小年纪，太不应该。

6月5日（五月初十）　星期五　阴

昨晚九点，听到于××喝药自杀的消息后，半信半疑，到今天果真成了真的了。无论怎样都不该死，为什么死了呢？一是世界观没有解决，好像光为个人活着；二是是非不清，个人私事缠身不能自拔；三是周围环境使她难以应付，心胸狭窄；四是个人太自信，想要达到的目的不能达到而轻生。教育孩子要有正确的世界观，为人要能经得起曲折，遇事要宽宏大量，轻生是最无价值的，最无意义的，只有经得起折磨，战胜折磨才是胜利。人生总是在曲折中生活，这是客观规律。

6月10日（五月十五）　星期三阴

得病一百天，言语说不全；

信心要十足，力争能复原。

6月17日（五月廿二）　星期三晴

下午到海成理发部理发，遇见林×同志，他说："别干了，身体不行了。"我想："只要身体可以，还得干点力所能及的工作，力争多给国家作些贡献。"

6月20日（五月廿五）　星期六半晴

小坤每天午觉出去，究竟干什么？不清楚，批评了他，叫他写了学习计划。当大人的望子成龙心切，要加强教育和管理，成才是有希望的。

8

我大舅的健康，在艰难的恢复过程中。大约也就是从这个时候开始，他开始练习书法，我不知道他为什么会选择书法？或许这是出于他的爱好，或许只是静心宁神的一种方式，不过，他却以惊人的毅力坚持了下来，字也写得越来越好。过年时我们去他家，可以发现，大门上贴的对联就是他写的，"忠厚传家久，诗书继世长"，一横一竖，一撇一捺，都写得工工整整，而且，每一年，他的字都在进步，越来越有功力。平常的时候我们去，有时也会赶上他在练字，每天上午他都在练，雷打不动，下午浇浇花，锄锄草，到外面去溜达一圈，碰到熟人说说话，一天也就过去了。好像就是这样，我大舅开始过起了退休的生活，或者说隐居式的生活。

单位里呢，刚生病的时候，他还想着回去早点上班，出院后也勉强到单位去过，但是他的身体不济，与人沟通不方便，不但工作做不好，反而会造成一些麻烦，加上也有人盯着他的位置，上下左右，人事关系复杂得很，后来组织部门找他谈话，他也就提前退休了，那酝酿之中的升职，就更是无从谈起了。我不知道我大舅是否会为此感到遗憾，我想，即使他感到遗憾，其实也无能为力了，只能无可奈何地接受命运的安排，只能在既定的结局之后调整自己的情绪，让自己过得更舒心一些，除此之外，他还能做些什么呢？

　　或许在突然的变故之中，最能见出世间的人心，我大舅也是如此。他的病，他的退休，让他从一个强者变成了一个弱者，从众人环绕的中心变成了一个退居边缘的人，昔日宾客盈门，而今却变得门可罗雀了。除了一些亲戚和老朋友还在来往，别的人，很少再到他家来了，以前那些热情洋溢的笑脸，那些奉承的话，那些推都推不出去的礼品，现在都不见了。我的大舅，从一个炙手可热的人，突然变成了一个无人理睬的人，他的内心里，会是什么样的感受呢？他从来不说，我们也不知道。倒是我大妗子，有时会愤愤不平地对我娘抱怨着，那个谁谁谁，当初工作还是你兄弟安排的呢，现在倒趾高气扬起来了，倒打起官腔来了，你不知道他那时卑躬屈膝的样子，真叫人恶心——但是，又怎样呢？现在再说这样的话，又有什么用呢？在我大妗子抱怨的时候，我大舅就坐在那里，静静地听着，什么也不说，或许在他的内心里，也很不平静吧。

　　在我们的亲戚中间，有人对我大舅也有很多的抱怨，那时他当着那么大的官儿，要给家里的孩子安排个工作，去工厂，或者去机关，不是很容易的一件事吗？那是多少人的梦想啊，进了城，就可以吃商品粮了，就不用风里雨里伺候庄稼地了，他抬一抬手，或者找人说个情，就能办到了，多么简单哪。可是我大舅不，我大舅是一个有原则的人，对于亲戚家里的孩子，他可以鼓励他们好好学习，可以尽力在各方面帮助他们，但却从不走后门拉关系去照顾他们。别说一般的亲戚，就是他唯一的亲弟弟——我的二舅，跟他说过多少次，让他在城里帮忙找一个工作，他也没有答应，后来我二舅软磨硬泡，他实在推脱不过，才帮他找了一个工作——在一个工厂看大门。我二舅想的是到城里享福来了，谁知道，看大门呢，连一般工人的地位都不如，还要起早贪黑的，他哪里受得了这个罪？干了不到半个月，他就卷起铺盖卷回张坪老家了。我二舅都是如此，别的人就更不用说了。所以，不少亲戚朋友都说我大舅"死脑筋"，不知道安插"自己的人"。现在呢？现在是"有权不用，过期作废"，明白过来也晚了，你看好的那些人，提拔的那些人，他们上去了，谁还会在乎你这个退下来的人？最多过年过节的时候来"慰问"一下，平常里要见他们一面都很难，更别说解决什么实质性的问题了。这个时候，来看你的，还不是我们？这些亲戚就这样纷纷议论着。在我大舅面前，他们会说得温和一些，在背后呢，就毫无顾忌了，说我大舅"傻"，说他这一辈子干得"真是不值"；等等。我不知道，我大舅听了这些议论会怎么想，他会后悔吗？会不耐烦吗？还是会感到深深的孤独？是的，我想他应该会感到孤独，我们的亲戚并不了解他，他们想的还是旧社会那些"一人得道，鸡犬升天"，而我大舅呢，他有自己的理想和追求，有自己的事业与原则，但是，这些又怎样呢？在现在的"官场"（他肯定不会喜欢这个词），旧社会的那一套不是又回来了吗，谁还会像他这样呢？所以我的大舅，不只在亲友中间会感到孤独，在"官场"和同事之间也会感到孤独。

家里呢，以前我大舅一言九鼎，是当然的权威和中心人物，现在他病了，也退休了，也发生了一些变化，从前是他荫庇着所有的人，现在，他反而需要家里人的照顾了，角色颠倒了过来，他的"权威"也受到了削弱，于是以前被压抑的不少矛盾，也慢慢暴露出来了。其中最重要的，当然是大红和二青她们的女婿之间的明争暗斗了。大红的女婿，在工厂里做着会计，当然是一个重要的人物了，二青的女婿呢，只是一个待业青年，后来在商场租了一个门市，卖服装，也挣了一点钱，但是和大红的女婿一起到岳父家里来，总感觉有些压抑，大红的女婿总好像看不起他似的，说起话来，也似乎说不到一起去，总要压着他一头，他早就憋了一肚子气，但是这种事，只是一种感觉，没凭没据的，找谁说去？只能回家后跟二青说说，给二青说了，二青也没好气，说他还不是自己不争气，让她也在娘家，在姐姐面前抬不起头来。二青的女婿呢，受了刺激，就一门心思扑在生意上，也发了一些财。以前我大舅身体好的时候呢，两个女婿有些矛盾，也只是在心理上，哪能摆到桌面上来？我大舅虽然不怎么说话，但他往那里一坐，就是一种气势，两个女婿，谁也不会当着他的面说什么出格的话，或者为难对方，那不是在给老丈人难看吗？不过呢，现在却是不同了，我大舅也镇不住他们了。

我大舅，喝酒很少，午饭后也要睡一会儿。常常是他们还在喝酒，我大舅就先回房间休息了。这一天午睡，他躺下刚睡着不久，就被一阵吵闹声惊醒了。

原来是两个女婿喝醉了，吵起来了，一个说："你装什么装，我早知道你看不起我！"

另一个说："看不起你，又怎么啦？你不就是个暴发户吗？不就挣了几个钱嘛，有什么了不起？"

一个说："你看不起我，我还看不起你呢！暴发户怎么了？我的钱是干净的，是自己一分钱一分钱挣来的，不像你，公家私人的分不清！"

"你说这话可得有凭据，要不就是诽谤！诬告！"

"凭据？多了！我忍你不是一天两天了……"两个人叫嚷着，就纠缠扭打在一起，大红和二青赶忙上前去拉，我大妗子高声斥责着他们，两个孩子吓得直哭，整个屋里乱成了一团。

他们正闹得不可开交的时候，突然门开了，我大舅从卧室里缓慢地走了出来。正在撕扯哭喊的人忽然停了下来，都愣愣地看着他，但是这种停顿也只有一秒，或者两秒，在这一两秒之间，我大舅的权威又回来了，或者说他旧日的权威，也只能维持一两秒钟的平静，因为，很快，两个女婿就不再看他，又厮打了起来，一个揪着另一个的头发，另一个的拳头则向对方捣去，孩子的哭声和女人的劝告又响亮了起来，我大舅平静地看着这一切，他的心里在想着什么？他是否听到了一个世界碎裂的声音？没有人知道。他慢慢地走到餐桌前，抓起一个茶杯，狠狠地摔在了地上，一声脆响，然后他用含糊不清的声音，怒喝了一声："都给我滚！"我大舅一辈子都是心平气和的，这，或许就是他表达愤怒的最高程度了。家里人从来没有见过他这样，都惊呆了，大红和二青趁机拉开他们的女婿，带上孩子，匆匆离开了。

我大妗子扶着我大舅，在沙发上坐下来，劝慰着他说："别生气，别生气啊，孩子们闹着玩呢，哪家锅沿不碰马勺啊？要是再把你气病了，这个家又不得安生了。"

我大舅慢慢闭上眼睛，朝我大妗子摆摆手，说："你去忙吧，我没事，只是想安静一会儿。"从此之后，我大妗子想了一个办法，两个闺女，不让她们同时来了，这一周让大红来，下一周让二青来，把她们错开，这样家里安静了一些，但也不像以前那么热闹了。

其实，对于我大舅来说，更难应付的是坤哥。在他住院那一段时间，坤哥简直玩疯了，整天在外面跑，不着家，谁也不知道他去了哪里。而且，现在他的毛病越来越多了，以前他有些"小偷小摸"，还只是在家庭的范围内，现在则扩展到了亲戚家里。亲戚家有了个新奇的东西，小手电筒、录音机，或者别的什么好玩的，他去亲戚家一趟，走了之后，那东西就不见了，问他，他也说没见，可是那些东西，陆续在他的房间里发现了。这让我大妗子很窘，很难看，在亲戚中没脸做人，狠狠地批评他，他要么一声不吭，要么说，"就是拿来玩玩"。不仅在其他亲戚家是这样，就是在他的姐姐家，大红或二青那里，他也是偷着拿，这让她们很生气，大红说："他拿走东西，也不说，他要是说拿回去玩两天，谁也不会不让他拿呀，可他就是不说，偷偷地拿，你说气人不气人！"为此，我大舅对他罚跪，用棍子打，问他还敢再拿别人的东西不，他哭着说"不敢了"，可是下一次去了，又犯，我大舅又打。如此几次，我大舅和坤哥都疲倦了，我大妗子气得说："咱要这个孩子干什么？当初还不如不要呢！不是亲生自养的，长大了也是个白眼狼！"坤哥绷着嘴唇，一句话也不说。

9

我一直没有说到三芹，我上初中的时候，她正在上高中，那时在我的眼中，她好像是一个不可企及的存在。怎么说呢，我觉得，三芹，我的这个表姐，有一种我从未见过的美，陌生、新鲜、而富于魅力。我们乡下的女孩，我的姐姐，还有别人家的姐妹，她们也是美的，不过她们的美是淳朴的、自然的、温和的，而三芹不同，她的服饰和装扮，她的美，是张扬的，夸张的，是扑面而来的，在那时的我看起来，这是属于城市的，是来自另外一个世界的，是"时髦"的，因而别具一种吸引力。其实，我们班上的女同学，有不少也是城里的，但是她们却并不像三芹一样，我想这是她们年纪和我差不多，还小，还没有修饰的意识，而三芹已经是个大女孩了，或者说，已经像个大人了，她的成熟，在我们眼里，自然也是富有魅惑的。而且，或许是出于家境，或许是出于个性，三芹有一种什么都不放在眼里的气质，任性、娇蛮、霸道、咄咄逼人，或者旁若无人。在家里，她敢跟我大舅撒娇，敢跟我大妗子顶撞，这是大红和二青，甚至坤哥，连想都不敢想的，似乎只有她，才有这样的"特权"。而在学校里呢，她更是一个风云人物，我大舅的关系，她的个性，让很多老师都对她无可奈何，敢怒而不敢言。自然也有男生给她写纸条，或者"情书"，但是，她怎么会把他们放在眼里？有时，还会以恶作剧的方式来嘲笑对方，"有感情地朗读课文"，是她对付那些情书的一种方式，在公开场合，大声地，"有感情地朗读"。尽管如此，仍然有不少男生冒着被羞辱的危险，飞蛾扑火般地写来情意绵绵的信，所以，学校里有不少关于她的流言蜚语，一会儿说她跟这个男生好了，一会儿说她跟那个男生好了，可是三芹却依然故我，毫无顾忌，她大步走在校园的小路上，裙裾飘飘，但旁若无人，似乎对周围的目光和周围的世界，都视而不见，没有什么能放在眼里。

当然，三芹的学习成绩不好，但她的生活是如此丰富，她有那么多爱好，有那么多的事，学习又算得了什么？我记得，那时三芹最喜欢的是打排球，午休的时候，或者黄昏，放了学之后，在操场上，经常能够看到她活跃的身影。她个子高挑，姿势优美，排球飞过来了，她轻轻一跃，一接，排球便画着弧线，向碧蓝的空中飞去。这一幅画面，给我留下的印象极深，我想起三芹，就会想起在空中飞翔的排球，白白的排球，蓝蓝的天，正在跳跃的三芹，似乎构成了一个整体。或者，他们，三芹和她的男女同学，打完球，说说笑笑地往回走，汗水洇湿了他们的衣服，但他们毫不在意，外套斜搭在肩上，穿过阳光与斑驳的树影，他们说说笑笑着，走着，洋溢着青春的朝气，似乎那就是最快乐的时光了。我想，三芹后来考上我们地区的体校，也与她的这一爱好有关。而她毕业之后很久，关于她的故事，仍然在我们这所中学里流传。

那时候，三芹对我和我娘是热情的，也是疏远的。我娘是看着她们姐妹长大的，她们对我娘当然也很亲密，很尊敬，但是她们已经长大了，也就和我们越来越疏远了。我还没有说过，大红和二青成家后，几乎很少到我家来，按照乡下亲戚的礼数是"有来有往"的，但是他们既然在城里，也就不按乡下的礼数了，他们家有红白喜事呢，我们也不去，所以我们见到大红和二青，也只是在我大舅的家里。不过每次见到我娘，大红和二青都很热情，至少表面上会很热情，拉着我娘的手说这说那的。而三芹就不同了，她爱使性子，不仅对我大舅和我大妗子使性子，有时也对我娘使性子，比如她和我大妗子顶撞，我娘仗着以往的亲密关系和客人的身份，说她一句："三芹，哪有闺女家，这样跟娘说话的呀？"

三芹有时就把脸一横，不客气地说："你管得着吗？"这让我娘很尴尬，很下不来台。我大舅赶紧批评她，她也冷着脸，不言不语。

所以我娘那时候时常感叹："你大舅家这个三妮子，可真不是一盏省油的灯。"她对我娘如此，对我，就更不用说了，在她的眼里，我只是一个乡下来的孩子，只是一个远房亲戚，有什么必要礼貌地敷衍呢？所以，在我大舅家所有的人之中，我感觉与三芹的距离是最为遥远的，但是隔着这遥远的距离，我却对三芹有一种隐隐的欣赏或爱慕，那是年少时莫名的不为人知的隐秘。

两年体校毕业后，三芹很快就结婚了。但是她的婚事，更让我大妗子生气，她结婚的对象呢，竟然就是她的教练，或者说是她的老师，这也还没有什么，这个教练呢，竟然是结过婚的，是离了婚，再跟三芹结婚的！那时候，我们那地方的风气很保守，一个女孩子，嫁给一个结过婚的男人，除非是自己有什么缺陷，要不，谁会这么委屈自己呢？更何况，三芹是如此心高气傲的一个人呢？她是怎么看上这个教练的呢？这至今仍然是一个谜。但是，三芹既然看上了他，还有什么能阻挡她的意志吗？没有了，她看上了他，他还不是就离了婚？她看上了他，甚至我大妗子也不能阻止，她看上了他，哪里管什么满城的风风雨雨？她看上了他，就是定了，不可更改了。我大妗子哭、闹，觉得丢人，对我大舅抱怨，又有什么用呢？她对我娘抱怨，我娘也只能安慰她："一个孩子有一个孩子的命，咱当大人的，也不是什么都管得了，管不了的，就别管了。"

我大妗子也只能叹息："这些孩子，真是没一个省心的，一个比一个难缠！"

她们说这些话的时候，我正在我大舅家的院子里，这是秋天，斜斜的日影照过来，院子里满目萧疏，那些花儿都已凋零了，有的枝叶也枯萎了，只有菊花还在开，黄灿灿的，金丝一样的花瓣层层绕着花心，在疏朗的院子中分外夺目，还有竹子，仍是那么青翠、挺拔，还有花椒树，已经结下了紫色的细小果实。我走到一棵花椒树下，看着那些正在变得枯黄的叶子，又摘下了一串花椒，放在嘴里一嚼，又麻，又涩。

三芹的事情虽然让我大妗子闹心，但是她结婚之后，住在我们地区的城市里，离我们县城比较远，我大妗子也就"眼不见，心不烦"，慢慢地随她去了。这个时候，我大舅家还发生了另外一件事，那就是坤哥突然失踪了。

最初，是他晚上没有回家，家里人去学校找，学校里也没有，班主任说他一天没来上课，又找与他关系比较好的同学，他们也说没有见到他，家里人急坏了，给所有的亲戚朋友打电话，不通电话的就骑车去问，结果仍然是没有找到他。所有的亲戚朋友都知道了，也很着急，大红的女婿还跑到公安局去报了警，仍然没有音讯，家里简直乱了套，我大舅茶饭不思，我大妗子披散着头发，坐在沙发上哭，大红和二青家里也不得安生，二青的女婿甚至跑到刑警队与交警队，去看最近有没有出了事的无名尸首。事情越闹越大了，跟坤哥关系最好的一个"朋友"，才吞吞吐吐地说，坤哥曾经跟他提起过，想要去东北，去寻找自己的亲生父母，还找他借过钱。有了这一条消息，家里平静了一些，但是仍悬着一颗心，也生出一些怨气："养了他这么多年，也养不亲，还要去找什么亲生父母？没想到这么多年，他还存着这样的心！"

大约一周之后，坤哥才回来，他蓬头垢面，精神疲倦地进了家门，就走到他的房间里倒头便睡，睡了整整一天一夜，他才起来。我大妗子问他去做什么了，他愣愣地一言不发，我大舅也很生气，他习惯性地操起棍子，要去打坤哥。这时，坤哥突然跪了下来，紧紧地抱住了他的双腿，放声痛哭了起来。他的哭声是那么伤心，那么难过，那么响亮，像是积攒了一生的委屈，都在此一刻哭了出来，又像是一个孩子走过千山万水，终于回到了家里一样。他这一哭，我大舅手中的棍子落在了地上，流下了眼泪，我大妗子也紧紧地抱住他，痛哭了起来。在这难以抑制的哭声之中，那些心事，那些怨恨，那些牵挂，似乎都化解了，都烟消云散了。

关于这次失踪事件，坤哥此后再也没有提起过，不管别人怎么追问，他总是只字不提。我也想象不到，坤哥究竟是怎么知道了"亲生父母"的消息，怎么知道了他们的名字和住址？他又是怎样细心地攒下了路费？又是什么原因让他下定决心，离开我大舅家，踏上了去东北的路？而他最终有没有找到他们？如果找到了他们，会是怎样的一种境况？如果没有找到，他又是在哪里盘桓了那么长时间？而最后，又是什么原因让他下定决心，从东北又踏上了回家的路？这一切，都是难以猜度的谜，深深地埋在坤哥的心底，我们是永远也不会知道了。我想象着，当坤哥坐在回来的列车上，看着车窗外那些一闪而过的树木，他的内心一定充满了荒凉和忧伤。

10

那一年，我考上了大学。看榜的那一天，我是带着我姐姐家的几个孩子一起去的，到了学校，看到了张贴在墙上的红色榜单，在那上面找到了我的名字，我们都高兴极了，都想着快点骑车回家，把这个好消息告诉我的爹娘和我姐姐。但是我突然想到，学校离我大舅家这么近，他又那么关心我的学习，何不先把这个消息告诉他一声，让他高兴高兴呢？于是，我和孩子们便骑车，奔到了我大舅家。到了那里，我大舅和大妗子听到这个消息，也都很高兴，我大妗子端着果碟，忙乱地给孩子们分糖，分瓜子，我大舅兴奋地说："咱家这么多孩子，总算出了个大学生，你是第一个！"愣了一愣，他又说，"到了大学里，还是要好好学习，可不能骄傲啊！"我满口答应着。

我大妗子还张罗着要留我们吃饭，我对她说我爹娘还不知道这个事呢，我们要早点回去告诉他们，我大妗子说："那我就不留你们了，早点回去吧，让你爹你娘也高兴高兴。"于是她和我大舅把我们送到了门口，我和孩子们便一路说笑着，欢快地向家里骑去了。

那年秋天，在离开家乡去大学报到之前，我又跟我娘去了一趟我大舅家，我大妗子仍是高声快语的，我大舅又勉励了我一番，我看着我大舅家的院子，这花园一样的小院，感觉是那么亲切，那么熟悉，简直就像自己的家一样，要离开还有些不舍。后来，坐在向北飞驰的列车上，我又想到了我大舅，想到了他在月夜长途跋涉的画面，我想，我会不会像我大舅一样，那么执着地追求心中的梦想，那么艰辛地跋涉呢？或许，我正走在一条和他同样的道路上，我将自己和我大舅联系在一起，既感到兴奋，又感觉似乎很沉重，好像前方仍有漫长的路要走。

离开家乡之后，我回去得越来越少，在家里待的时间也越来越短，这个时候，关于我大舅家的事，大多都是我娘告诉我的。但是每一次回来，时间再紧张，我娘仍会让我到我大舅家去一趟，去看望他，有时候她跟我一起去，有时候我一个人去。到了那里，跟我大舅聊一会儿天，说说我的学习与工作，谈谈家里的事。我大舅仍然在练习书法，他的字写得越来越好，他还和我们那里一些有名的书法家有了联系，房间里挂满了他们赠送给他的条幅，还有一些画，房间的正中仍然挂着那幅松鹤图和那副对联"明月松间照；清泉石上流"。只是我大舅的身体越来越不好，在第二次中风之后，他刚刚恢复的语言功能，又受到了很大的伤害，有一段时间，他什么话也说不出来，只好准备了一个小笔记本，把要说的话写在上面，以这样的方式跟人沟通。

有一次，我到了我大舅家，我大舅很激动，他在笔记本上飞快地写了几个字，我大妗子拿给我看，那上面歪歪扭扭地写着："你来了，我很高兴。"这时我大舅也有点耳聋了，我大声地跟他说着话，他只是静静地听着，偶尔流露出似乎会心的笑容，但我不知道，他是否听清我说了什么。过了一会儿，我大舅又在笔记本上写了几个字，递给我，我接过来一看，上面写的是："吃了饭，再走。"我看了，不知道说什么好，我知道我大舅的心情和心意，但是不太愿意在他家里吃饭，一来怕给我大妗子增加负担，照顾我大舅已经够她费心的了，再招呼客人，会更忙乱，二来呢，我在家里待的时间很短，还有不少亲友需要看望，也不想在他家耽搁太久。于是，有时我不顾我大舅的极力挽留和他脸上失望的神色，竟然狠狠心，离开了他的家。

在我大舅家，有时会碰到大红、二青和三芹和她们的全家，她们对我仍然是那么客气，但在眉眼之间，似乎少了一些轻视，而多了一些敬重，或许这是由于我不再是一个乡下的孩子，而是一个"大学生"或者在北京工作的人了，有时她们还会以我为榜样，鼓励她们的孩子："看看你这个二舅，从小就爱学习，现在在北京呢，你们也好好地学，等长大了，到北京去找他。"

但是，她们对我在乡下的姐姐，似乎仍是有些看不太上，所以我的姐姐们，很不愿意到我大舅家去串亲戚，说："人家不愿意跟咱来往，咱非要跟人家走着做什么？"

可是我娘却不愿意，她怎么会情愿跟她的兄弟家断绝了来往呢？她说："你们去，是去看你大舅，又不是去看她们，管她们怎么说呢。"我姐姐虽然不大情愿，但迫于我娘的压力，也只好到我大舅家去走一趟。

所以我姐姐有时会跟我开玩笑："你是北京人了，人家就看得起你，以后咱大舅家这门亲戚，就你一个人串吧。"

也是在我大舅家，我第一次见到了三芹的丈夫，那个教练，他长得不高，容貌也很普通，实在让人看不出，他曾经是一场爱情悲喜剧的男主角，但是他们带着孩子，在院子里的花丛中说笑着，看上去似乎是很幸福的样子。

坤哥高中毕业后，便进入了"社会"，但是他没有找到正式的工作。我大舅的社会关系和影响力逐渐衰微了，已很难再帮得上他，他呢，早已习惯了优越的浪荡生活，也很难吃苦，很难踏踏实实地把一件工作做好，总是这也不高兴，那也不满意，一不高兴呢，就撂挑子，"此处不留爷，自有留爷处"，挥挥手，说一声"爷爷我不伺候了"，就把工作辞了。所以，大红和二青的女婿好不容易托关系帮他找到的工作，就这样被他轻易地打发了。到最后，家里人也不怎么愿意帮他了，而他呢，则抱怨家里人给他找的工作不行，不合适，"那些苦力活儿，哪是人干的呀？一天下来，累得要死，也挣不了几个钱"。他这样一说，别人本来想要帮他，也不敢轻易开口了，帮了他，不仅没有什么感谢的表示，还会落一顿埋怨，谁还会那么热心地去帮他呢？如此，坤哥的工作总是三天打鱼两天晒网的，高兴了就去上几天班，在二青的服装门市上帮帮忙，或者跟朋友跑运输，到外地去转一转，不高兴了，就哪里也不去，在家猫着，或者跟以前的那些伙伴们在一起玩，喝酒、打架，深夜里骑着摩托车在小城的街道上狂奔。

那时候，坤哥在亲戚们中间的口碑已经越来越不好了，当然，这时他已经不偷拿亲友家新奇的小玩意了，但不知为什么，他却养成了另一种毛病，那就是喜欢夸夸其谈，说一些不着边际的话，夸大自己的能力，似乎想以此蒙人或唬人，获得别人的尊重，至少也要压过别人。在这一类话题中，他经常谈到的自然是挣钱了，在他的言谈中，他似乎做着一宗大买卖，很快就要发大财了，至于这宗大买卖是什么，他或者语焉不详，或者是自相矛盾的，一会儿说他跟某个大领导的孩子认识，在一起做生意，说到这里时，他的语调总是很神秘，不过一会儿，他又说准备到韩国或日本去打工了："那里工资高，一年挣个二三十万，跟玩儿似的，我去挣两年钱就回来。"可是一会儿，他的主意又变了，说起他的哪个朋友在海南或深圳开了公司，业务忙不过来，请他过去帮忙。大领导、韩国与日本、海南或深圳，在我们乡下人的眼里，都是那么遥远而难以企及的存在，听他说来，自然像听天书一样，又是向往，又是敬佩，而坤哥的本事也就在于，他能把这些没影儿的事，说得跟真的似的，说得我们的亲戚们一惊一乍的，连连为他可惜，"这么好的机会，你可别错过了"。坤哥听了，只是微微一笑，好像一切都不在话下的意思。不过这些话一时说说还可以，天长日久，坤哥既没有发大财，也没有动身去什么地方，可是一见面，他仍然说着这些话，这样，就连我们亲戚中最老实的，也不能被他蒙住了，到最后，几乎没人相信他了。

我爹平常很少谈别人的是非，可是坤哥有一次来我家，天花乱坠了一番，他走后，我爹竟然摇着头说："这个小坤，说话一点准头也没有！"

更有一些亲戚，忍不住跟坤哥开玩笑，他的大话还没有说完，他们就打断了他，说："小坤，你什么时候去韩国赚钱，也带上我们去开开眼。"或者，"深圳那边的公司有什么消息，我们什么时候走呀？"坤哥自然是大包大揽，好像一切都没有问题，但是众人也不当真，只是把他当一个玩笑，下一次见了，仍然拿他打趣："很久没见着你了，以为你偷偷去了深圳，原来还在家里呢。"坤哥一点也不显得尴尬，很快又拿出了另外一套说辞，不过大家已经见怪不怪了，不论他说什么，也不会认真对待了。慢慢地，坤哥似乎也感觉到了没趣，但是见了人，他仍然会这样说，似乎即使这是一个谎，他也要继续圆下去一样。

但是，在结婚之后，坤哥却突然——也是终于——出去了，这在我们乡下人看来，很有些不可思议，我们乡下的习惯，男子结婚后就很少出门了，因为上有老下有小，一家人都要靠他支撑，但是坤哥呢，自然不能以常人测度，据说他走时还发了誓："不混出个人样，我决不再回来！"这又让亲戚们对他刮目相看了，说不准，以前我们真是小看他了呢。

坤哥的婚礼，也是我大舅家的一件盛事。对我大舅家来说，以前都是嫁闺女，现在则是娶媳妇，是"自己家的事"，我大妗子自然更是重视。虽然坤哥的对象只是国棉厂的一个女工，但我大妗子仍然大操大办了一番，摆了几十桌酒席，请了主持人，请了摄像，迎亲的是十辆黑色的桑塔纳，那在当年的小城是无比风光的了。那一天，彩旗飘飘，鞭炮齐鸣，所有的亲戚都来了，人来人往，熙熙攘攘，热闹异常。据说，仅仅是鞭炮的碎屑就铺满了整个院子，很多小孩在其中热情地寻找着没有炸响的鞭炮，就像当年的我们的一样。婚后不到一年，坤哥的媳妇就生了一个女儿，一家人过得和和美美。可是突然，坤哥非要出去闯荡一番不可，他媳妇拦也拦不住他，只能任由他去了，只能一个人带着孩子，在家等着他。

11

谁能想得到，我大妗子去世会这么早呢？我大妗子的身体一向很硬实，她的性格也很热情，很爽朗，大嗓门，走路也风风火火的，她总是一副精力充沛的样子，简直让人想不到她也会生病，可是一阵急病过来，她竟然很快就去世了。以前，我们都以为这个家里的主心骨是我大舅，但我大妗子去世后，我们才明白，原来家里的主心骨是我大妗子，这么多年，她默默地照顾着我大舅，安排着家里的大事小事，有她在，家里的一切都是有条不紊的，现在她走了，人们才知道，原来这个家最离不开的人是她。

就在我大妗子的葬礼上，发生了一件令人痛心的事情，那就是我大舅家的三个女儿，大红、二青、三芹和她们的女婿，要解除我大舅和坤哥的父子关系。这件事来得如此突兀，让所有的人都很惊讶，但细想起来，其实他们的矛盾由来已久，冰冻三尺，非一日之寒。从小大家都知道坤哥不是我大舅的亲生儿子，而是抱养的，坤哥知道，大红她们当然也知道。一个外人突然成了她们的弟弟，虽然整天生活在一起，也会慢慢熟悉与亲热，但在心理上，在情感上，也难免会有一些隔膜，同亲弟弟毕竟还是有一些微妙的不同。而且，我大舅和大妗子抱养坤哥的主要原因，是受到乡村里重男轻女观念的影响，觉得女儿不是后人，只有儿子，哪怕是抱养的，才是他们的后人，所以在大红她们看来，这个外来的弟弟不仅侵入了她们的家庭，而且反客为主，取代了她们的地位，成了这个家庭的"主人"，这在她们的心理上是难以接受的。何况，大红她们这一代所接受的教育，是"男女平等"，"生男生女都一样"，"男女都是传后人"，并不认可我大妗子他们重男轻女的思想，而既然"男女都一样"，她们这些女儿当然也是"后人"，并且是亲生的，那么还有什么必要再找个外来的儿子做"后人"呢？更何况，这个儿子也并不认同这个家，他不是还要去找"亲生父母"吗？养了他这么多年，不是也没有养亲养熟吗，不是白养了吗——更何况，这个儿子，他不是也生了一个女儿吗？即使按照乡村的逻辑，下一代不是也没有"后人"了吗？如果是这样，反正是要"绝户"，那么早一代与晚一代，又有什么太大的区别呢——而这样的想法，什么绝户，什么重男轻女，不是早就该扫到历史的垃圾堆里去了吗？

如果说以上这些想法，只是或隐或显地存在于大红她们的思想中，使她们与坤哥的隔阂日益加深，那么促使这一矛盾爆发出来的，则有具体的现实原因。首先，当然是她们对坤哥这个人有看法，他整天吊儿郎当，游手好闲的，我们养着他，也就罢了，可他呢，不是这个不满意，就是那个不高兴，动不动就抱怨，使脸色，你使脸色给谁看？谁有义务低声下气地伺候你？在家里使使脸色也就罢了，还到处去显摆，去吹嘘，说一些不着边际的话，在亲戚朋友面前，一点都不靠谱，简直成了一个笑话，把我们家的脸都丢尽了，把上一辈的老脸也丢尽了，哪一次我们去亲友家，没听到过对他的讽刺和嘲笑，让我们的脸上也没有光彩，我们家什么时候出过这样的人，我们家怎么能要这样的"后人"？

　　更现实的原因，则涉及家产的继承问题。我大妗子去世了，我大舅还在世，按说不该讨论这个问题，但是呢，她们觉得，这是摆在眼睛面前的现实问题，现在不讨论，早晚会变得更加棘手。我大舅和我大妗子这么多年，也积攒下了一笔不小的存款，还有这个院子，房产改革，单位已经卖给了私人，将来，这笔存款和这处院落由谁来继承呢？是该由养子来继承，还是该由亲生女儿来继承呢——在我们乡下，按老规矩，这是个不成问题的问题，嫁出去的女儿泼出去的水，已经算是外姓人了，是不参与家产的继承与分配的，继承人当然是儿子或养子了；而按照现在的法律，也是很明确的，儿子和女儿平均分配，养子如果"尽了赡养义务"，也是参与平均分配的，当然，这是自然继承的顺序，如果当事人有特别的遗嘱，也会得到尊重。但是，在我们那个县城，新旧杂陈，旧的习俗仍有很大的影响，左右着人们的看法，而新的呢，人们一时还不能适应，在一件事上常常会左右矛盾。在大红她们看来，既然坤哥只是一个"外人"，当然不愿意让他去继承我大舅的家产了，她们的父母辛苦了一辈子，好不容易积攒下的家业，反而让一个外人继承了去，她们如何能咽得下这口气，她们如何能甘心？更何况，她们自己也需要这笔家产呢？

　　我还没有说，这时大红她们各自的家庭，也都发生了一些变化。大红的女婿所在的那个化工厂早就垮了，现在都用美国的尿素和二铵，谁还用本地产的化肥？那个厂子说垮也就垮了，他这个会计，当然也就没了去处。还算厂子里照顾，让他在家开了个门市，定期拨一点美国化肥让他卖，但是，美国化肥的指标是那么容易搞得到的吗？所以，他也仅仅能够糊口，生意做不大，还得求爷爷告奶奶的，人也不像以前那样精神了。大红呢，棉麻厂虽然还在，但也是不死不活的，没有多大起色，两口子就指着一个门市养家。这时，要能够分到一部分家产，他们的生活不是就会好一点吗？二青家里的情况要好一些，他们的服装生意越做越大，盘下了好几个店面，简直可以说是发了大财，以前我大妗子看不上二青的女婿，大红的女婿也看不上，可是现在，谁还敢看不上他呢？小轿车坐着，大哥大提着，出去吃饭，不是跟这个局长在一起，就是跟那个主任在一起，就连孩子上的幼儿园，也是城里最好的，谁能够做得到呢？以前大红的女婿看不上人家，现在还不是一见了人家，就赶紧上去敬烟？跟外人说起来，还不是一口一个"他姨夫"的，把他当作全家的光荣来显摆吗？二青的女婿当然看不上我大舅这点家产，但是看不上归看不上，他又怎么能容忍一个"外人"去继承呢，他早就看不上坤哥的做派了，跟他撇清关系，不也是很好吗？三芹呢，当年三芹不管不顾地嫁给了那个教练，是凭着满腔激情，可是激情过去之后，也还是要面临现实生活，那个教练离婚时，房子和财产都判给了女方，他们只能租住在一座狭小的房间里，当时觉得只要能跟他在一起，什么都是甜蜜的，可是租着房子，哪里是长久之计？而要买房子，靠他们两个人的工资，又哪里够呢？大红、二青和她们的女婿，本来对三芹结婚的事很有看法，认为他们有伤风化，败坏了家庭的清白，对那个教练，见了面也没有什么好脸色，但是那件事过去时间久了，也就慢慢淡了，在对待坤哥这件事上，他们的态度倒是出奇地统一。

在这件事上，最为难的就是我大舅了。对于坤哥，他也不是没有看法，他真是恨铁不成钢，又恨自己从小没有教育好他，但是，要让他断绝父子关系，他又怎么下得了手呢？怎么说，也是从小养大的，喊爸爸也喊了快三十年，这么多年的感情，能一下子就斩断了吗？更何况，他们也不是没有亲密的时候，小坤第一声喊出"爸爸"的时候，他不是也有过幸福的眩晕吗？下了班，小坤刚学会走路，歪歪斜斜地向他扑来的时候，他不是也很欣慰吗？跟亲戚朋友们谈起来，他现在终于也有了一个儿子，他不是也很自豪吗？小坤长大了，不听话，调皮捣蛋，他又为小坤担了多少心？当然他有不少毛病，小时候爱拿人家的东西，大了爱胡吹，可这又是多大的毛病呢？现在他结了婚，也有了孩子，收收心，不是也有改好的希望吗？在那个风雨之夜，面对着三个女儿草拟好的脱离关系声明，我大舅就是不肯签字，他老泪纵横，泣不成声，不知道自己好好的一个家，为什么竟然走到了这一步？三个女儿苦口婆心地劝他，她们说的那些道理他都懂，他也很爱她们，但是他能够这样绝情吗，他丢得起这个人吗？他想起了我大妗子，她在的时候，她们绝不敢这样做，现在她刚走，她们不顾他的伤心，就开始逼宫了，她们眼里还有这个爸爸吗？我大舅悲愤异常，又说不出话，他从笔记本上扯下了一张纸，在上面写道："我还没有死，等我死了以后，再说。"

大红她们见我大舅这样的态度，也不敢过分逼他，但是她们觉得也不能再等了，夜长梦多，谁知道以后会发生什么？当断则断，我大舅不表态，她们就自己出面解决了。在我们乡下，出殡的时候，在抬起棺材走出家门前有一个习俗，就是由一个人摔碎一个瓦盆，俗称"摔老盆子"，按旧时的说法，这个盆是死者的锅，是要带到阴间去用的。这个仪式很重要，"摔老盆子"的人，一般是这个家庭的长子长孙，是合法而最重要的继承人。在我大妗子的葬礼上，"摔老盆子"的人竟然不是坤哥，而是大红，这让我们乡下的亲戚很是惊讶，因为这个"老盆子"按习俗不应该由女儿来摔，而是应当由儿子哪怕是养子来摔的，一时间他们议论纷纷，大为不解。而大红她们也通过这样的方式，向亲友们宣告了：坤哥不是我大舅家的合法继承人，也就是说，她们不认这个儿子了！

坤哥自然是又羞又怒，他跪在我大妗子的遗像前痛哭流涕，可是又有什么用呢？在亲友中间，很少有人同情他，大红她们人又多，他哪里拗得过她们？在大红摔了"老盆子"之后，他愤恨地脱下白色的丧服，狠狠地摔在地上，没有参加后面的葬礼，就跑了出去。他也在用行动告诉她们：既然你们不认我，我也不认这个家了！果然，从此以后，坤哥就再也没有踏进过这个家门，这个曾经是他的家的门。

12

我大妗子去世之后，我大舅的生活过得愈发艰难了。我大妗子在的时候，家里的事情不用他管，她还照顾着他的一切，吃、穿、住，按时吃药，按时锻炼，我大舅那时每天只是练字、浇花，每天早晚两次到街上散步，偶尔和串门的人聊聊天，过得很悠闲，很有规律。他的病也在恢复之中，除了说话不利落之外，别的没有什么后遗症，生活基本能够自理。但是我大妗子去世之后，这一切都成了问题，就说吃饭吧，我大舅一辈子没有做过饭，小时候他娘给他做，在学校里吃食堂，结了婚就是我大妗子给他做，他一个大男人，哪里会做饭？现在呢，现在就剩他一个人了，他怎么办？不只是吃饭，还有穿衣服，是穿得厚一点还是薄一点，是穿得新一点还是普通一点？以前，这些都是我大妗子帮他决定，现在没有了她，他连穿衣服，都不知道怎么穿了，类似这样的问题，还有很多。

　　家里也没有人照顾他，只有他一个人在家，谁又能放心呢？本来坤哥的媳妇带着孩子，是住在我大舅家的，但是在出了摔老盆子事件之后，她也带着孩子回娘家去住了，家里就只剩我大舅一个人了。坤哥是不会再回来了，三芹呢，在外地，也指望不上，能指望上的，就只有大红和二青了。可是大红和二青也都很忙，她们有工作，有孩子，还有婆家的老人也得照顾，能花到我大舅身上的时间就很少了，偶尔过来看看还可以，但要说天天过来给他做饭，伺候他穿衣服，就实在忙不过来了。有一段时间，大红和二青轮流着过来照看我大舅，但是她们很快就吃不消了，坚持不下去了。请个保姆吧？她们商量着说，可是请保姆呢，花的钱不少，一个外人也不知冷知热的，能不能照顾好也是个问题，她们试着请过两个，可是也都不满意，一个把家里的好东西都做着自己吃了，另一个偷偷地把家里的东西往外拿，这样的保姆谁敢请？于是，把她们也辞掉了。大红和二青一筹莫展，我大舅呢，也只能凑合着过日子。

　　这个时候，我大舅萌生了再娶一个老伴的想法。对于他这样退休的老干部来说，或许这也是很平常的，他们不愁生活，但是老伴去世了，儿女也照顾不过来，再娶一个老伴，两个人互相照顾，在情感与生活上都是一个慰藉，在我大舅身边的朋友中，有不少这样的情况，他们说来说去，也把我大舅说动心了。我大舅刚提出这个想法的时候，大红和二青都很吃惊，也很生气，她们说："我妈刚走没多久，你这样做，对得起她吗？"又说，"爸你这么大年纪了，怎么还想这样的事？"这让我大舅很羞愧。可是呢，她们生气归生气，现实的问题仍然无法解决，你不能让一个老人整天没人照顾吧，你不能让他吃不饱、穿不暖吧？既然你们照顾不过来，又有什么好说的呢？拖了很长时间，她们尽管心里别扭，最后还是同意了我大舅的想法。可是娶后老伴，就跟请保姆一样，也会遇到问题，有的偷懒耍滑，有的偷钱偷物，还有的中老年妇女，专门以此为职业骗取老干部的钱财。所以那个时候，我大舅换了好几个"后老伴"，有一个甚至还跟我大舅商量，要把她原来的儿子确立为我大舅的继承人，被大红和二青毫不留情地赶走了。

以前我大舅很少到我家里来，可是我大妗子去世之后，他经常骑着自行车或三轮车，走四五里路，到我家里来，跟我娘说半天话，或许他觉得，他们这一辈人能在一起说说话的，也就只有他这个"姐姐"了吧。再说，骑车走四五里路，也正是适合他的锻炼方式。他来了，也不吃饭，跟我娘说说话，就又骑车走了。有时他也会带他的"后老伴"一起来，他骑着三轮车，她坐在后面的车斗里，说说笑笑的。

我回老家，去看望我大舅，也遇到过一个他的"后老伴"。那天我进了院子，我大舅正在浇花，他领我往堂屋里走，一个妇女掀开门帘，从屋里迎了出来，热情地招呼我，我大舅说话不利索，呼呼噜噜地向我介绍："这是你妗子。"又指着我介绍说，"这是外甥，在北京呢。"坐在沙发上，看着熟悉的房间，我怎么也无法把这个农村妇女模样的人跟"我大妗子"联系在一起，尽管她也很亲热，不停地嘘寒问暖，我的心里却很别扭，充满了物是人非的沧桑之感。

回家跟我娘说起，我娘也很感慨，说："你大舅家以前多好，没想到老了老了，成了这个样子。"又说，"要是小坤在家，也不会弄成现在这样。"

那时候，我们已经很少听到坤哥的消息了，只有去张坪，才能从其他表哥那里听到一些关于他的事，因为他们见到我，总是会想起坤哥，便不由自主地谈起来。而坤哥呢，跟他的姐姐们早就断绝了关系，但是偶尔还会和张坪老家的人有一些联系。他们谈起坤哥来，要么是调笑的口吻，要么就是摇头叹息，总之是不太满意，或者"还是老脾气"。按照他们说的，坤哥在离开县城之后，并没有走太远，而是在我们地区所在的城市里，一个生产三马车的公司里面做销售代理："这倒是一个适合他的工作，他能说啊，能把黑的说成白的，死的说成活的，最开始那一段时间，他做得确实不错，他做了西北五省的总代理，跑新疆、跑青海、宁夏，打开了销路，也赚了不少钱，一回来，皮衣皮裤锃亮，出手很大方，给孩子的压岁钱都是好几百……可是好景不长，他做什么也不好好做，给人家发的货以次充好，数量不够，还拆借资金，不知怎么一来，让人家告上了法庭，说他是'诈骗'，这下他才急了，官司打了半年，我们也到处给他找人，可法院判下来，还是认定了他是'诈骗'，判了五年，就关在我们邻县的监狱里……"

坤哥被判了刑，一年之后，他的媳妇跟他离了婚，带着孩子另嫁了他人。他在监狱的时候，我大舅没有去探望过他，或许他已走不了那么远的路了，他的姐姐们也没有去探望过他，她们的眼里可能早就没有这个弟弟了，只有张坪的哥哥们，在农闲的时候去探望过他几次，但是路途那么远，他们去得也很少，而且越到后来越少了。五年之后，坤哥出了狱，但是他再也没有回到家里来，没有回我大舅家，也没有回张坪老家，谁也不知道他去了哪里，一直到现在，再也没有他的任何音讯。我想坤哥再也不愿意回来，一定是对这个家和这个世界彻底失望了，他的媳妇和女儿离开了他，他的姐姐和爸爸也不再认他，他哪里还有家？他回来，又到哪里去呢？而且，他是那么骄傲的一个人，进了监狱，怎么还有脸面见人呢？可以想象坤哥回来后，在亲友间会有怎么样的反应，我的坤哥，他怎么会让别人看不起呢，怎么会让别人羞辱呢？这样一想，我也明白坤哥为什么不回来了，但是我希望，在他乡，在异地，无论在什么地方，坤哥，他能过得更好一些。

这个时候，我的大舅，终于也不再找后老伴了，是大红她们终止了他这样"荒唐的做法"，还是他自己终于明白了，在这个世界上，他再也无法找到一个像我大妗子那样心疼他的人了？我不知道，但是这一切，忽然就停止了。大红她们从张坪老家，请来了过继给我二舅的三表哥，让他在这里住着，做做饭，照顾我大舅的饮食起居。这个三表哥，他自己在城里做点零工，他的闺女在城里读中学，也住到了这里，彼此都很方便。只是我大舅，跟三表哥和他的女儿不熟，不亲，也没什么话，平常里吃过饭，三个人也就各忙各的了，这个鲜花盛开的院子，就显得很大，很荒，很空旷。

那一年秋天，我从外地回到了家里，跟我娘坐在一起说话。我习惯性地问起了家里亲戚们的情况，当问到我大舅的时候，我娘告诉我："你大舅，他老了。"她说得很平静，但我心中突然一懔，忙问我娘是什么时候，我娘跟我说起了我大舅去世前后的一些情况，原来我大舅突发心脏病的时候，三表哥不在身边，他的闺女也上学去了，等到中午大红去看他的时候，才发现他已经不省人事了，连忙送到医院里，也没有抢救过来。他的丧事，办得也很普通，大红、二青和三芹还跑到他原来的单位，想要待遇，要规格，但那里主事的都是年轻人，都不熟悉他了，争执吵闹了一番，也没有结果，只好不了了之。我娘说完，十分感慨地说，"你大舅年轻的时候多风光啊，没想到，结果会是这样。"我听了，愣在那里，不知道该说什么好。

我想起了我最后一次见到我大舅时的情景，那是前一年的春节，我回来后，到城里去看他，他见到我很高兴，问我工作的情况，问我娘的身体好不好？我一一回答了，坐在沙发上，看他墙上新写的书法条幅。这时我不知怎么想起来，想要一副他写的字，我说了，我大舅高兴得不得了，他把我带到了他的书房，现场给我写。那里，一面很大的桌子上，铺着黄色的毡布，旁边摆着笔墨纸砚，平常他就是在这里练字的。

他把墨汁倒在砚台里，又铺开一整张宣纸，回头问我："写点什么？"

我一时想不起来写什么合适，就对他说："您看着写吧。"

我大舅沉吟了一会儿，说："你是念书做学问的，我再鼓励你一下吧。"他拈起一支大号的毛笔，饱蘸了墨汁，伏在桌上开始写，我的眼睛随着他的笔锋转动，只见那是斗大的四个字："学无止境。"正楷，潇洒而漂亮。写完后，他又题款，又找出印章，认真地盖上。这副字我一直带在身边，而这一次，也是我最后一次见到我的大舅了。

这一次回家，有几个中学同学说要聚聚，我到城里去找他们，来到了我们的中学附近。这里离我大舅家很近，我突然很想到那里再去看看，我大舅去世了，不知那满院的花草还在不在，不知这处院落归了谁？我骑着自行车，路过校门，继续向西骑，走到了我大舅家的那片家属院，才发现这儿一切都变了。或许是这里的土地要开发，这一片院落都被拆除了，我去的时候，满地狼藉，到处都是断壁残垣，已经分不清谁家是谁家了。在一片瓦砾堆中，我看到了一处两层的建筑突兀地挺立着，那是那座早就被废弃的公共食堂，它的门和窗都不见了，露出黑洞洞的口子，楼顶上长满了荒草，在残阳的余晖中，随风轻摆着。我走过去，沿着荒废了的楼梯，登上楼顶，四处一望，只能看到瓦砾遍地，天地一片苍茫。我一时不知置身何处，难道我大舅家已经消失了吗？那些童年的梦，那些恩怨情仇，那些欢笑泪水，如今都不见了，都没有了，永远地消逝了，留下的只有这夕阳，这微风，还有一个终将和它们一起消失的我。

那天我在楼顶伫立了很久。走下来，我凭着记忆中的方位，艰难地寻找着我大舅的家。在一片断壁残垣中，我终于确认出了我大舅家的大门、厨房、堂屋，还有花园。花园里，已是一片荒芜，什么都没有了，葡萄藤、竹子、花椒树，那些花、那些草、那些鱼，都不见了，我在那里徘徊着，想要寻找到一点熟悉的东西，但只有一次次失望。不知道过了多久，我终于找到了，在被伐掉的一棵花椒树下，我看到，一条新枝抽了出来，它的叶子那么柔，那么嫩，在风中轻轻晃动着，似乎也在轻轻晃动着我的心——是的，我们的生命尽管充满了荒凉与虚无，但仍在继续，仍然有新的希望，而在历经世事沧桑之后，我们要珍藏起内心的梦想和所有的悲喜，去继续生活，永远生生不息。

姐姐与日记

1

我刚刚上小学的时候，我姐姐在城里上高中，一个周末她放学回来，向我娘要钱，要买一个日记本，她说班上的语文老师让写日记。我很好奇地问："姐姐，什么是日记呀？"

我姐姐说："日记就是把每天发生的事都记下来，自己怎么想的，就怎么写下来。"

我撇撇嘴："写这个有什么用？"

我姐姐像是回答我，又像是跟我娘说："我们老师说，写日记的用处可大了，可以锻炼观察生活的能力，可以想想一天所做的事，还可以提高写作能力和语文成绩。"

我爹娘都是乡下人，文化不高，别的也不太懂，但听到可以提高成绩却很高兴，说："那就买吧，那就买吧。"我娘给了我姐姐十块钱，我姐姐骑着自行车载上我，我们一起到城里去。此时正是暮春时分，道路两旁的白杨树高大挺拔，新长出的杨树叶子刚刚成形，空气中弥漫着一股清新的气息，骑行在路上，我和姐姐的心情都很畅快，我还高声唱起了歌，歌声惊动了树枝上的喜鹊，它们振起翅膀，嘎嘎叫着向远方飞去了。

到了城里，我姐姐在一家文具店门前停下，带我走了进去。我还是第一次进文具店，只见那里琳琅满目地摆放着各种课本、作业本、笔和文具。我姐姐在那里转了半天，相中了一个带有塑料皮的本子，那个塑料皮是粉红色的，上面印着《红楼梦》里的贾宝玉和林黛玉，里面也有一些彩色插页，分别印着金陵十二钗的画像，我姐姐左翻翻，右翻翻，爱不释手，最后去售货员那里交钱，买下了这个本子。我在那里正等得有点不耐烦，我姐姐回来了，问我，你要不要一个日记本？我也给你买一个。我听了，心里又惊又喜，喜的是我姐姐将我当成了和她一样的大人，惊的是我也可以有一个日记本了？我姐姐好像看出了我的疑虑，笑着朝我点点头，带我在柜台前观看，那些花花绿绿的封面让我眼花缭乱，我姐姐指着一个蓝色封面的本子问我怎么样，我一看，那个封面的右上角有一个卫星轨道似的图案，下面写着"科技"两个字，看上去好像很神奇的样子，就点点头说，我要这个。我姐姐请售货员将这个本子拿出来，交了钱，我捧在手心里翻看着，心里美滋滋的。

回到家里，吃过晚饭，我娘坐在煤油灯下纳鞋底。我姐姐在日记本上写下自己的名字，就将本子收起来，坐在桌子的旁边写作业。我坐在桌子的这边摩挲着我的日记本，也学着姐姐的样儿，在扉页写上大大的"日记"两个字，又在下面郑重地写上我的名字和日期，写好后我端详了一会儿我那歪歪扭扭的字迹，觉得写得真不赖，拿给我姐姐看，问她："姐姐，你看看我写得行不行？"

我姐姐拿过去看了看，说："嗯，很好！"

我又问："里面怎么写呀？"

我姐姐说:"开头你先写上日期,就是今天,再在后面写上天气,今天是晴天就写个'晴',要是阴天就写个'阴',下面隔一行,就是正文,写写今天都做了什么。"

　　我挠了挠头说:"这么麻烦呀。"我将日记本摊开,写下日期,写了一个"晴",接下来写些什么呢,我对着煤油灯发愣。那盏煤油灯的外面罩着一个玻璃罩,里面是一朵小火苗在跳动着,不时冒出黑色的烟,有一只蛾子飞了过来,想要靠近火苗,却撞在了玻璃罩上,啪的一声跌落到桌子上,它在桌上扑腾了一会儿,又挣扎起来,飞远了,可是过不了一会儿,它就又飞了回来,啪的一声撞在玻璃罩上,又跌落到了桌子上,我说:"这个蛾子,怎么这么傻呢?"说着就用两个手指去捏它,这时我娘说:"别把它弄死了,蛾子也是一条命,你把它扔到门外就行了。"我捏住蛾子的翅膀,它还在我手里扑棱着,我从凳子上爬下来,走到门口,门外是一片黑魆魆的,我将蛾子向外一扔,关上门,赶紧跑了回来。向回走的时候,我看到我娘坐在床上纳着鞋底,我姐姐趴在桌上写作业,煤油灯的火苗将她们的影子映到墙上,黑黑的,大大的,火苗一晃一晃的,她们的影子也一晃一晃的。

　　重新爬到凳子上,面对着摊开在桌子上的日记本,我又抓耳挠腮起来,憋了半天,也憋不出一个字。愣了一会儿,我突然想到了一个办法,对我姐姐说:"姐姐,让我看看你的日记,看看你是咋写的。"

　　我姐姐说:"那可不行,日记只能自己看,别人都不能看。"

　　我说:"怎么就不能看呢?"

　　我姐姐说:"就是不行,日记就是自己看的,不能让别人看。"

　　我有点耍赖了:"我是你弟弟,就不能看看呀?"

　　我姐姐的语气出奇地严肃,她说:"弟弟也不行,咱爹咱娘也不行，日记日记，就是自己一个人看的。"

我接着耍赖，说："那你刚才不是看我的啦？你看了我的，我也得看看你的。"

我姐姐笑了："你这个小家伙，刚才不是你求着我看的？再说，你写什么了？什么都还没写呢。"

我见姐姐有了笑脸，继续跟她耍赖："好姐姐，求你了，我就看一眼行不行？"

我姐姐突然换了一副面孔，说："一眼也不行，这是日记的规矩，日记就是不能让别人看的。"

我见跟姐姐耍赖没有用，就又转向了我娘，说："娘，你看看我姐姐，她不让我看！"

我娘停下了针线，对我姐姐说："你就给他看看吧，好好教教他。"

我姐姐抬起头来，灯光映照在她的脸上，闪耀着一层淡淡的光晕，她说："娘，那可不行，日记就是自己看的，他不能看，你也不能看，任谁也不能看。"我娘手里的针线没有停，抬起头来看了看她，又低头纳鞋底了。

趁着我姐姐说话的时间，我悄悄爬到桌上，将她压在一摞书最下面的那个日记本抓到手，跳下凳子，跑到堂屋中间，手里举着那个日记本，得意地摇晃着说："我抢到了，我抢到了！"

我姐姐从凳子上站起来，三步两步跑到我面前，一把将日记本从我手中夺过来，提高了声音说："你抢什么抢？这个你不能抢！"她的话说得很冲，不像是闹着玩的，我被吓坏了，平常里我跟姐姐争抢什么东西，都是她让着我的，她突然变得这么凶，很出乎我的意料，我一下蒙了，不禁哇哇哭起来，边哭边向我娘那边走。

我娘见了，把针线和鞋底放在桌上，冲我姐姐说："小英，你闹什么闹？看把你弟弟吓着了。"

　　我姐姐看了看手里的日记本，又看看我说："谁让他抢我的本子，跟他说了那么多他也不听！"

　　我娘说："一个本子有什么金贵的？看你弟弟都哭了，快拿给他看看。"我姐姐听了也不说话，拿着那个日记本，转身进了她的房间，咔嚓一声锁进抽屉里，闷在屋里不出来了。我见我姐姐不理我，也不搭我娘的茬，又高声哭了起来，我娘又安慰我说，"傻小子，哭什么哭？你抢了你姐姐的东西你还哭，她不是说了，那是日记，谁也不能看，你非要看她那个做什么。"我见再哭也没用，就抽抽搭搭地慢慢停住了。

　　这时我姐姐又从她的房间里走了出来，坐在床边，摸摸我的头说："别哭了，你哭什么呀，那本来就不是你该看的，里面其实什么也没写，就是要给你立个规矩。你懂不懂呀？"我轻轻地点点头，我姐姐又说，"来，我教教你怎么写。"说着她把我拉到桌子旁，我在凳子上坐下，手里拿着笔，面对着那个本子的空白，不知该从何处下笔。

　　我姐姐说："你想想，今天都做什么了？"

　　我想了想说："今天不就是跟你去买本子去了？"

　　我姐姐说："那你就这么写就行。"

　　我看了看她："就这么写？"

　　我姐姐说："嗯，就这么写，你看到了什么，有什么感想，都可以写。"我想了想，脑子里的印象纷乱复杂的，但想要抓住它们却又抓不住，我挠了半天头，不知该怎么写，我姐姐看我为难的样子，就说，"那你就写买本子的事吧。"于是我提起笔，在本子上歪歪扭扭地写下了我的第一篇日记：今天姐姐带我去买本子，她买了一本，也给我买了一本。

写完后，我拿给姐姐看，问她："姐姐，你看看我写得行不？"

我姐姐看了看，说："行，写得很好，以后你要坚持，每天写一篇。"我点点头，将日记本合上，放在平常我放东西的一个破纸箱里。

我姐姐说："你怎么不放在你的抽屉里？"

我说："放哪儿都行，我找得到。"

我姐姐说："我说你应该藏起来，不让别人看。"

我说："没事呀，我又不怕别人看。"

说着我白了她一眼，我姐姐笑了，说："你这个小家伙，还记仇呢，你愿意放哪儿就放哪儿吧。"我娘听着我们拌嘴，脸上也露出了笑容，煤油灯的灯芯上结了一个灯花，她随手拔出发髻上的簪子剔了一下，屋里顿时亮堂了起来。

2

我心里就没把写日记当成一回事，我平常里也忙着呢，语文课、数学课、自然课，课程是那么多，下了课我把书包一扔，就跟黑五、三见哥在村里到处跑着玩，我们爬上树去掏鸟窝，下到河里去捉鱼，或者跟后街的小孩打架，偷偷爬进人家的梨园去偷梨，每天玩得不亦乐乎，哪还把日记挂在心上呢，那日记又不是老师留的作业，第二天就要检查的，我为什么非要写呢？所以写了第一篇日记之后，我就再也没有写过，那个日记本跟我的木头手枪、弹弓和玻璃球一起，堆放在那个破纸箱里，我只是在翻找东西时才看它一眼，有时也拿起来翻一翻，但是翻翻也就扔在一边了。

倒是我姐姐，每天放了学回来，就把自己关在房间里，写作业、写日记，谁知道她在写什么呢，写完后，她就把作业本放在书包里，把日记本锁在抽屉里，谁也不让看。她的日记里究竟写了什么呢？我很好奇，很想看看，但是一想到她那天说的话，我心里还是有些畏惧，她生气的样子很吓人，我可不敢再惹她了！但是那本日记就藏在抽屉里，像一只小兽躲藏在那里向我招手，挠得我心里痒痒的。我望着姐姐的房间和那个抽屉，时常在想，我能不能把姐姐的日记偷出来看看呢？那时候我姐姐在县城上学，她清晨一起来就骑着自行车出去了，等下了晚自习才回来，中午和晚上都不在家吃饭。而我呢，我在我们村里上学，中午回来，晚上也回来，可以跟我娘一起吃饭，我在家的时间比她要长得多，在我姐姐不在家的时候，我可以不知不觉地溜到她房间里，东看看，西看看，到处蹝摸。

那时我姐姐住的是堂屋西间，我爹娘住在堂屋东间，我则住在小东屋里。我姐姐的房间里有一个朝西的窗户，每到下午的时候，阳光便会透过窗户照进来，照得屋里亮堂堂的，还有一小片阳光洒落在地上，正好是那扇窗子的形状，随着时光的流动，在地上缓慢移动着。那一小片阳光形成了一个光柱，光柱被窗户上的格子分成几块，又被西窗外的树叶遮住了一点，照进来仍是明晃晃的，我一走进这个房间，便有不少浮尘在光柱之中跳舞。我姐姐的房间里只有一张床，一张桌子，一个大衣柜。桌子摆在靠南的窗子前，向西紧靠着墙是她的床，床的北边紧挨着墙角，是那个大立柜，里面都是她的衣服。我进了她的房间，四处转转，就在她的桌前坐了下来，她的桌上摆着一些书和她的擦脸油，这些都不是我感兴趣的，我感兴趣的只有那个上锁的抽屉。抽屉里有什么呢，她的日记本里都写了什么？我心里痒痒的，用力拉着那个抽屉，抽屉撞在框上，发出砰砰的声音，吓了我一跳，我忙停下手，转身四处看看，只见我家的大黑狗跟在我身后，正朝我摇尾巴。我停下来，摸了摸大黑狗的头，放下心来，继续察看那个抽屉。我家的抽屉是老式的，就是一个长方形的木制的抽屉，可以推拉，我姐姐在桌子的下面安了个锁鼻，用一个锁锁住了，那是一个很小的锁，黑色的，上面箍了一个金黄色的牌子，我用力一拉，那个锁就摇摇晃晃的。要是我使上全身力气，一定可以将这个小锁挣断，但是我不敢这么做，要是那样的话，我姐姐肯定会生气的，说不定会将我暴打一顿。那该怎么办呢？

我想了想，不能从前面突破，那就从后面试试。我钻到桌子下面，用手去摸抽斗后面的木板，那块木板做得不是很结实，手一摸有点摇晃，要是把这块木板掰下来，就能用手去掏里面的东西了，但是我想了想，也不能这么做，要是那样的话，我姐姐一定也会发现的，她要是发现了，可不会轻易饶了我。我停下想了想，觉得太危险了，可不能这么做。于是我用手继续摸，摸着摸着，我发现在桌子与抽斗之间，有一条很狭窄的缝隙，要是能将手伸进去，就能够神不知鬼不觉地掏出那个日记本了，想到这里，我用一只手向下拽着那个抽斗，让那条缝隙可以更宽一点，另一只手竭力向里伸着，但我要非常小心地用力，要是用力过猛，我怕一下将那个抽斗拽坏，那样就又会被姐姐发现了，我小心翼翼地使着劲，但是右手怎么也伸不进去。正在这时，我听到院子里有人喊我，"二黑！"

我吓了一跳，赶紧从桌子底下钻出来，跑出我姐姐的房间。原来是黑五，黑五看看我，说："你怎么弄得满头满脸都是灰？"

我用手抹了一下脸，没有跟他说我想偷看姐姐日记的事，只是说："我找我的弹弓呢，不知道放哪里了。"

黑五说:"快别找了,后街的小侉子要跟我们打架,三见哥让我来叫你!"我一听要打架,立即兴奋起来,说:"咱们走!"

黑五笑着说:"就你这样,咋去呀?快洗把脸!"说着他走到我家的压水井那里,向下压着压水井的杆儿,一股清水就哗地流了出来,我走到水龙头下面,用手接着水,在脸上胡乱抹了几下,又用手捧着,咕咚咕咚喝了几口,甩甩手上的水珠,说,"咱们走吧?"

黑五说:"咱们走!"说着我俩就飞快地跑出了我家的院门,又跑出了胡同。

那天晚上,我姐姐放学回来,就进了她的房间。她一进去,我的心就提了起来,我想起下午到她房间里乱翻的事,很后悔自己没有好好检查一下,万一留下了什么痕迹,让她发现就坏了。过了一会儿,我姐姐出来了,我见她没有生气的样子,才悄悄放下心来,赶紧扭过头去,装作认真的样子,趴在桌上继续写作业。此时我娘仍然坐在床前纳鞋底,我姐姐也坐在桌子的另一边开始写作业。那盏煤油灯仍端坐在桌上,一朵红色的小火苗隔着玻璃罩闪烁着。

我姐姐那天很高兴,我写完了作业,她帮我检查了一遍,笑着点了点头,说:"今天写得不错。"

突然她好像想起了什么,问我:"你的日记本呢?这么多天,怎么也不见你写,不是说好一天写一篇的吗?你去拿来让我看看。"

我跑到小东屋,在破箱子中找到那个日记本,拿给我姐姐,我姐姐拍了拍本子上的灰尘,说:"看你这个日记本脏成什么样了?"我搔了搔头,不好意思地笑了,将那个本子摊在桌上,翻到写了日记那一页,看着那歪歪扭扭的字迹,那是我写的吗?买本子？也好像是很遥远的事情了，中间还有很多事，可是我怎么也想不起来了，那就写今天的吧，我翻过一页，在开头写上日期、天气，接下来写什么呢？我托着腮望着那朵小火苗，陷入了思索之中，想了一会儿，还是跟高小豹打架、把他扔到水里的事让我印象最深刻，一想到高小豹湿淋淋地被拖到水塘边的样子，我心里就掩饰不住兴奋，那就写这个吧。

想到这里，我拿起笔，就要往日记本上写，正在这时，我眼角一瞥，看到我姐姐一直在盯着我和我的本子看，我连忙对她说："不能看！不是不能看别人的日记吗，你为啥看我写？"

我姐姐笑着说："不看不看，你写吧，我不看你了。"说着她转过头去，看我娘一针一线地纳鞋底。

我见我姐姐转过头去了，才又重新拿起笔，开始在日记本写字，写着写着，我突然发现有一个字我不会写，水塘的"塘"是哪个tang呢？是糖果的"糖"，还是唐朝的"唐"，还是喝汤的"汤"？我没有学过这个字，不知道怎么写，那怎么办呢，我想问问我姐姐，但是刚刚说过让她不要看，再去问她，似乎有点没面子，也有点不好意思，我搔了搔后脑勺，那就用拼音吧，于是我在日记本上写下了第二篇日记：今天我跟三见哥去后街打架，我和黑五一下将高小 bao 推进了水 tang，真高兴。写完日记，我合上本子，跟我娘说我去睡觉了，便背着书包回到了小东屋，回到屋里，我将书包挂在墙上，把日记本放在破纸箱里，就上床睡觉了。

第二天放学回家，我进了院门，我娘正在堂屋门口喂鸡，她手里端着一盆棒子粒，这边撒一点，那边撒一点，一群鸡围在她脚边咕咕咕咕地叫着，看撒到了哪边，便向哪边跑去，在地上飞快地啄着吃。我把书包往桌上一扔，正要跑出去玩，我娘突然叫住了我，说："你昨天是不是跟人打架了？"

"没有。"

"你还犟嘴！人家都找到家里来了，你跟人家打架，还把人家推到水里去了，你知道这有多危险吗？看你爹回来不打你！"

那一刻我心里恨死了高小豹，不是说了不告家长老师的吗，怎么又反悔了？看他在学校里低眉顺眼的，好像是真的服了，没想到这家伙背后竟然告到我家里来了，看我再逮住你，不好好收拾你一顿！我心里这么想着，生怕我娘抓住我打我一顿，我小心翼翼地点着头，慢慢绕过了我娘和那群四处扑腾的鸡，说："我不打架了，我出去玩一会儿呀！"说着也不待我娘答应，就一溜烟跑出去了。

3

那天晚上，我姐姐回来得也很晚。她回来之后就写作业，也监督我写作业。我娘仍是坐在床边纳鞋底，偶尔她抬起头来，看看我们伏在煤油灯下写字的身影，脸上便流露出笑容。我写完作业，把书和本子收到书包里，就想回屋去睡觉。

我姐姐问我："你的日记呢，怎么不写了？可不能这样三天打鱼两天晒网呀。"我白了她一眼，又跑到小东屋，从破纸箱里把日记本找出来，回到堂屋，摊开在桌上写日记。我先翻了翻前面写的，那字迹歪歪扭扭地，像是蚯蚓在地上爬的形状，我看了一会儿，又在第三页上面写上日期和"晴"，接下来写什么呢，我犯了愁，就又望着煤油灯跳跃的火苗发呆，那杆铅笔正好凑到我的嘴边，我不由自主地噙住了铅笔头，不停地啃咬着。"啪"，我姐姐打了我的手一下，她说，"别啃铅笔头，给你说多少次了？"

"不啃就不啃，你打我干啥？"

我姐姐笑了："哎哟，你小子还生气了，打你是让你长长记性。"

"那我不写了！"

"不写就别写，谁稀罕？下次我再去买漂亮的本子，你别跟我去了。"

这一下我慌了，连忙说："好姐姐，我写我写。"

我姐姐抿着嘴笑了笑说："好呀，等你写完了这一本，我就带你去买，快写吧。"

我点点头，又开始抬头看那朵闪烁的小火苗，踌躇着如何下笔，这时我们从老柳树上纵身一跃的画面又闪现在我眼前，我们的身体落下去，砸出了一个个水花，那一刻我们浸到凉凉的河水里，简直爽快透了！浮出水面，我们长长地舒一口气，在水上欢快地游戏着，追击着。人在水里游，就像是在天上飞，自由自在地，那感觉真是太好了。想着想着，我提笔在本子上写道：今天我和三见哥、黑五下河去游泳了，水里有点凉，我们游得很痛快。

写完后，我姐姐偏过头来想看，我一把捂住了上面的字，然后飞快地将日记本合上抓在手里，冲我姐姐说："你不是说不能看别人的日记吗？你为啥偷看我的？"

我姐姐笑着说："谁看你的了，我看看你有没有写错字？"

我说："那也不能看。"

我姐姐说："不看不看，我不看你的。"

我把日记本塞进书包里，背上书包，向我的小东屋走去。到了小东屋，我躺在床上，拿出日记本翻看，想着这么厚一个本子，不知什么时候能写完，想着想着，我就睡着了。

第二天放学回来，我一进院门，看到我娘正在西屋里织布，她脚踏着织布机不断地发出咔嗒——咔嗒的声响，双手灵巧地在飞梭接梭，我把书包往屋里一放，正要跑出去玩，我娘停下织布机，对我说："你又要往外跑，你往哪里去呀？"

我说："我去找三见哥和黑五玩。"

我娘说："你别乱跑了，今天你爹回来，你去大马路上接接你爹吧。"那时我爹在三十里之外的果园上班，十天半个月才回家一趟，我一听我爹今天回来，心里高兴极了，连忙问我娘，"我爹什么时候回来呀？我去接接他。"说着我爬上水缸，捞起放在水缸边上的水瓢，舀了半瓢凉水，咕咚咕咚灌了一阵，又跑到碗柜边，打开最上层蒙着纱布的那个小门，从放干粮的筐子里抓起一个冷馒头，边啃边向外走。

这时我娘走下织布机，来到我面前，板起面孔问我："你昨天是不是下河去洗澡了？"

我说："没有呀！"

"看你还嘴硬！"说着我娘伸出手来，拿手指在我胳膊上划了一下，我的皮肤上出现了一条白色的划痕，"看看这是什么？"

我娘瞪着眼问，我一下说不出话来。那时候我们都知道，下河洗澡之后，划一下皮肤就会出现一道白痕，要是没下河就不会有，这成了父母判断我们是否偷偷下河游泳的一个标志，现在我娘一下抓到了铁一般的证据，我只能嗫嚅着说："我……我就在河边玩了一小会儿。"

我娘又说："你跟谁去的？"

我说："跟着三见哥和黑五去的。"

我娘说："下河游泳很危险，前几天后村还淹死了一个小孩呢，你没听说吗？以后别下水了，听见了没有？"

我连忙答应着："行，行！"

说着就要往外走，我娘又喊了一声："回来！"

我走回去，见我娘还冷着脸，忙问："咋啦？"

我娘说："你说咋啦？"

我看了我娘说："我不知道呀。"

我娘说："你还装傻！你什么时候学会说谎了？还说得有鼻子有眼，差点把我骗过了。以后再也不能跟我说谎了，知道不？"

我连忙点点头，说："知道了。"

我娘又摸摸我的头说："你爹捎信说天黑前能到家，你接到他就快点回来！"我嗯嗯地答应着，走出院门，我家的大黑狗也摇头摆尾地在后面跟着我。

穿过我家门口那个胡同，来到胡同口的老槐树下，再向西走一百米，就到了我们村那条南北大道。路口的东北角栽着一根电线杆，我就站在电线杆下等我爹。那根电线杆就是一根木头杆子，整个都是黑色的，好像烧焦了一样，但并不是火烧的，而是涂上了一层材料，据说是绝缘的，可以防止跑电漏电。这根电线杆在路口已经竖了很长时间，但安装电线的人还没有来，我们就将这根电线杆当作了练习攀爬的对象，我们像爬树一样，双手紧紧抱住树干，两条腿盘在下面，一交一错地向上攀登，很快就爬到了电线杆的顶端，那里钉着几个瓷葫芦，白白的，太阳一照还反光，我们爬上去，摸摸那个瓷葫芦，再从电线杆上哧溜一下滑下来，滑到离地面一米多高，双手撒开，一纵身就跳了下来。此时，我手里抓着一个馒头，站在电线杆下向北望着，等待着我爹回来。

此时太阳快要落山了，温暖的余晖照过来，我一个人站在那里孤零零的，只有我家的大黑狗跟着我。这时候干活的人也都下晌了，有的扛着锄，有的背着筐，有的拉着装满青草的车子，有的赶着一大群羊，他们的身上也都被涂上了一层暖暖的黄色调。在路上遇见了，他们笑着打个招呼，就又各自走路了。

他们看到我在电线杆下面，也笑嘻嘻地问我："二黑，在这里做啥呢？"

我说："在等我爹呢！"

"你爹今天回来呀？"

"嗯，是啊！"说着话，他们也纷纷走远。电线杆下面只剩下我一个人了，我站在那里等着我爹。我一直向北眺望着，有骑自行车过来的人，我就紧紧盯着，等那个身影逐渐从模糊到清晰，骑到近前了，我才看清不是，心里像在吹一个肥皂泡，越吹越大，突然啪的一声破了。

天色渐渐暗下来，我才看到我爹的身影从北面出现，我赶忙向他飞跑过去，我爹也看到了我，他紧蹬几步，快到我身边时，从车子上下来，一把抱住我，将我放在自行车的横梁上，笑着问我："你娘呢？"边说边推着车向家走。

我说："我娘在家呢。"说着便伸手去摸挂在自行车把上的书包，那个书包是黑色的，很破旧，但里面时常会有一些苹果、鸭梨、桃子，有时还会有烧饼、羊蹄、烧鸡等，都是我爹从外面给我带回来的，我盼着我爹回来，也是在盼着我爹给我带来的吃食。但是那一天，我的手伸进去，摸到的却是个软软的、颗粒状的东西，我问，"这是什么？"

我爹笑着说："等到家你就知道了！"说着我们拐进了胡同，进了我家的院子。

一进院门，我就高声喊着："娘，娘，我爹回来了！"

我娘走出屋门，笑着说："听见了，听见了，你瞎叫唤什么。"我爹将自行车闸下，走到堂屋西侧那棵梧桐树下，那里摆放着一个洗脸盆架子，他洗了洗手脸，走进屋里，我娘已经将做好的饭菜端上来，有三四个菜，还有一杯酒。

我爹很爱喝酒，在家里吃饭时，每天晚上都会小酌两杯，他在桌子前坐下，说："今天这么多好吃的呀。"

这时我已将我爹的黑书包拎进屋，掏出了那个报纸包着的东西，打开一看，那是一嘟噜紫色的小圆球球，每一颗都很饱满，里面包着很多汁水，用手轻轻一碰，颤巍巍的，像是很好吃的样子，我问我爹："这是啥呀？"

我爹抿了一口酒，说："这叫葡萄。"

我又问："能不能吃呀？"

我爹笑眯眯地看着我："这东西就是看着玩的，不能吃。"

我的心凉了一下，但从他的笑意中看到了一丝狡黠，突然明白过来，大嚷着说："你骗人！"我爹哈哈大笑起来，伸手在我鼻子上刮了一下，我飞快地从那串葡萄上揪下一个小圆球，一把塞到嘴里，咬一下，一股甘美的汁水冲破薄壁，滋润着我的口腔和喉咙，"太甜了，太好吃了！"我不禁呼叫起来，我爹拍了一下我的小脑瓜，说："不能这样吃，吃葡萄要剥皮，快把皮吐出来！里面还有籽，也不能吃。"我吐出葡萄的皮和籽，手又抓上了葡萄，不停地往嘴里塞，边吃边吐皮，我爹笑眯眯地看着我，不一会儿，一大串葡萄就被我吃了一半。

我娘说："别吃了，吃多了肚子疼。"又说，"别吃了，给你姐姐留一点。"又说，"别吃了，一会儿还吃饭呢，这东西能当饭吃啊！"说着，见我不听，一把将那串葡萄抢过来，又用那张报纸包好，转身拿到里屋去了。

4

我姐姐放学回家，见我爹回来了，也很高兴。我娘又拿出那半串葡萄，我姐姐尝了几颗，啧啧称赞，我也抢上去，跟我姐姐一起吃，很快就把那串葡萄吃完了，我还咂着嘴，感觉意犹未尽。我爹坐在八仙桌东边的圈椅上，抽着烟，笑眯眯地看着我们，我娘还是坐在床边纳着鞋底，我和姐姐趴在桌前写作业，听我爹和我娘絮絮地说着家里的事，那盏煤油灯摆在桌子正中，一朵彤红的小火苗闪烁着，发散出温暖的光辉。

不知怎么就说到了写日记的事，我娘说："小英他们学校让写日记，小英带着二黑去买本子，也给他买了一个，这些天他跟着小英学，天天都写日记呢。"

我爹听了很高兴，笑着说："你都写了什么呀，让我看看。"

我听我娘是在夸我，很兴奋，跳下板凳就要去小东屋拿日记本，这时我姐姐一把拉住了我，说："别去，日记只是自己看的，不能让别人看，咱爹也不能看。"

我愣在那里，这时我突然想起我日记中写的那些打架、下河游泳等事，也不能让我爹看，他看了会不会打我骂我？想到这里，我心里不由得一阵后怕，连忙附和着我姐姐说："是呀是呀，日记不能给别人看，只能自己看。"说着我又爬到了座位上。

我爹看了我娘一眼，笑了一下，说："不看就不看，你们俩好好学习就行。"那天写完作业，我又拿出了日记本，在摇曳的灯光下写了一篇日记：今天我爹回来了，带来了 putao，太甜了，真好吃！

我爹在家住了几天，就又骑着自行车走了。我爹在家的时候，去哪里都带着我，他骑着自行车带我去赶集，到地里去干活，看着他像山一样的背影，我心里感到很踏实，他一走，我的心里感觉空落落的。在这里跫摸一下，到那里跫摸一下，心里没有抓挠，不知做些什么好。这一天我又转到姐姐的房间，我姐姐是个爱整洁的人，我轻易不敢到她的房间里去，这次我走进去时，西边窗户上照过来的阳光正好落在门内侧，在地上形成了一个偏斜的长方形，那一小块阳光很亮，屋子里还飘浮着雪花膏的特有香气，这香气让我想起了姐姐的日记，也让我想起了上次半途而废的行动，我的心里不由得一动，我姐姐的日记里都写了什么呢，为什么不让人看？她有什么秘密，为什么我不偷偷看一下呢？想到这里，我先走出屋门，四处察看了一下，我娘到菜地里摘菜去了，家里没有别人，院子里只有几只鸡在溜达，偶尔低下头来啄一啄，我家的大黑狗也卧在狗窝里，安静地看着院门。

回到堂屋，走进姐姐的房间，偷偷钻到她的桌子底下，将手伸到抽屉后面去摸那块挡板，我用手轻轻拽着抽屉后面，让挡板与桌面之间的缝隙大一点，再大一点，另一只手摩挲着想从缝隙之中伸进去。让我感到意外的是，这一次我的手竟然很顺利地伸了进去，我的手指顺着向下摸，摸到了我姐姐的书本、钢笔、笔记本，最后我摸到了那个日记本滑滑的封皮，我又兴奋又紧张，心跳得怦怦直响。我用两个手指夹着那个本子慢慢向后拖动，拖着拖着，那个本子突然跌落下去，砸到几支笔的上面，发出哗啦啦的声响，我吓了一跳，连忙停住手，屏住呼吸，四下看了看。这时我看到一双眼睛紧紧盯着我，我啊的一声正要叫出来，对面却传来汪汪汪汪的叫声，我家的大黑狗在那块阳光下摇着尾巴，我对它喝了一声："去去！"

平静了一下心情，我又专心地将手伸进去掏摸着，这次我的手终于抓住了那个本子，我小心翼翼地拖拽着，生怕一不小心再次滑落了，小心着小心着，我将本子拖到了抽斗后面那个挡板边缘，在这里手抓着本子根本过不去，我换了个姿势，我将手松开，将那个本子放在了一摞书的上面，改用食指和中指夹着，慢慢向外抽，一不小心，那个本子还是撞在了木板上面，啪的一声跌到了抽屉底部，大黑狗又汪汪汪汪叫了几声，我没有理会它，继续向下用手摸，摸到那个本子，再用两根手指夹住慢慢向外拖，这样反复两次都失败了。

这时大黑狗跑到院子里，叫得急切起来，我赶紧从桌子底下钻出来，边抹着脸上的灰尘和蛛网，边向门外跑，到了院子里一看，只见两只鸡正在跳起来掐架，太阳静静地照着，大黑狗在旁边恐吓地叫着，想要维持秩序的样子，见到我来了，又摇着尾巴冲我叫了几声。我骂了它一声："瞎狗狗，乱叫什么！"说着一转身，又钻进了我姐姐的房间。这次我换个角度，两根手指夹着本子倾斜着，暗暗使着劲，终于将那个本子的一角拉出了抽屉的上方，这时我的另一只手松开抓着抽屉的角，伸到上面抓住了日记本露出的那一角，轻轻向外一拽，那个本子便被抽出来，落在我手中了。

我从桌子底下钻出来，在我姐姐房间里的小板凳上坐下，不知为什么，我特意避开了那一块闪烁跳跃的阳光，似乎在我心里也觉得这是不能见人的事。我轻轻摩挲着那个粉红色的封面，上次见到封面上的人像，已经是两个月前的事了，那两个人坐在一棵树下，并排着看一本书。我看着这个封面，心里在暗暗嘲笑我姐姐："你说不让我看，不让我看，现在这个本子不是落在我手中了吗？哈哈。我倒要看看你写了些啥，有什么秘密？"

这么想着，我掀开封面往里看，里面一页一页的都是字，都写了有一多半了，有很多字我都不认识，她写的也是连笔，很潦草，像是只顾自己的心情，想到哪儿写到哪儿，想怎么写怎么写，全然没有照顾到看的人的感受。我先从最后一篇看起，只见上面写的是学校里的事，提到的人我都不熟悉，没有什么兴趣，又向前翻，翻到了我爹回来的那一天，里面写道："晚上回到家，父亲回来了，很高兴！我已有一周多没有见到他了，他问了问我学习的情况，我说都很好，正说着，母亲拿出了葡萄，是父亲带来的，父亲说这是他们果园引进的新品种，今年是试种，明年会多种一些。二黑跟我一起抢着吃，看他大口大口吞吃的样子，很喜人。"

很喜人？究竟是夸我呢，还是骂我呢？我在心里直犯嘀咕。再向前翻："听母亲说，二黑昨天又偷偷到河里游泳去了，这家伙总是记吃不记打，得找个时间好好说说他。"还要说说我，也不知有什么好说的，我在心里朝她撇撇嘴。

再向前翻："二黑又跟后街的小孩打架了，还把人推到了水里，这小子越来越调皮捣蛋了，让人头疼，等父亲回来教训他一顿才好。"还想教训我？我才不吃这一套呢，我又向前翻，突然一个东西从本子中间滑落到地上，我捡起来一看，凑在阳光下面看，只见是一张小纸条，上面是工整的楷体字，用钢笔写的，不是我姐姐写的字，字迹遒劲有力，看着像一个男孩子写的："小英同学，你周五晚上有时间吗？如有空，请于晚自习后到操场东侧的小树林，我在那里等你，有话要跟你说。"下面还有一个落款是"林"。

我呆呆地看着那张纸条，不知道那是什么意思，但我隐约感到这对我姐姐来说是一个重要的东西，或许我不该乱翻乱动的，我拿着那张纸条，一时站在那里不知所措，我想把它夹进去，又不知是从哪两页中间滑落下来的，而我的好奇心也被调动起来了，我想看一看那天晚上我姐姐有没有去小树林，那个家伙跟他说了些什么，我忽然对这个陌生人有种隐隐的敌意。于是我又在那本日记里翻起来，翻找了一会儿，我终于找到了一段："下午 L 偷偷塞给我一张纸条，约我晚自习后到操场东侧的小树林去，我心里很紧张，不知道要不要去，快下晚自习时才决定，就去一趟吧，到了那里他反而很腼腆，他说我很美，很喜欢我，想跟我交朋友，我不知道说什么，只说现在不想交朋友，想好好学习。说完我就走出小树林，走向停车场，骑上车子回家了，一路上心里很不安宁。"

这是什么意思呢，没头没尾的，我读下来也没什么感觉，只对其中一句话感兴趣："他说我很美，很喜欢我"——他是谁呢，我想，这里面的L是谁呢？L应该就是"林"吧，他叫什么呢？连个名字都不留，真气人！他说我姐姐"很美"，这让我心里颇有疑问，我姐姐美吗？我跟姐姐生活在一起这么久，或许是习惯了她的长相，并没有觉得她有多么美，似乎"姐姐"天生就应该是这个样子的，但是换一个角度看，我姐姐高挑的身材，长圆脸，细致的眉眼，两条长辫子一甩一甩的，也是很好看的！不过作为弟弟，让我从另外的视角去看姐姐，总感觉有点怪怪的，好像抽离了自身的感觉，仿佛我是在用另一个人的眼光在看我姐姐，这是哪一个人的眼光呢？是那个"林"还是其他人？我不知道，但是我突然意识到，除了我和我家里的人之外，似乎所有人都是在用这样的眼光看我姐姐，那是一种男人看女人的眼光，是欣赏的打量或者带有侵犯意味的凝视，意识到这一点让我怅然若失，有一种敌意在我心中油然而生，我不想让别人用这样的眼光看我姐姐，我也为自己那样看姐姐而感到害羞。

"他说我很美，很喜欢我"——"喜欢"是一种什么感觉呢？他要表达的是什么意思，我姐姐对他的感觉又是怎样的呢？这些问题在我脑海中萦绕着，我猜想着，但是这些似乎超出了我的理解范围，我不明白那是什么。捏着那张小纸条，我坐在小板凳上发呆，直到透过窗框的那块阳光移过来，我才一下惊醒过来。看看天色已晚，我娘很快就要回来了，我赶紧将那张小纸条夹在我姐姐的日记本里，又钻到桌子底下，从抽屉后面的那个缝隙中悄悄地塞进去，又把手伸进去，推着那个本子尽量回到我记忆中的原位。做完这些，我从桌子底下钻出来，拍了拍手上的灰尘，走到院子里。院子里那条大黑狗汪汪汪汪地叫起来，我一抬头，我姐姐骑着自行车拐进了院门。

我吓了一跳，不禁感到有点后怕，连忙问："姐姐，你怎么这时候回来了？"

我姐姐说："我回来拿个东西，咱娘呢？"说着她跳下车，快步往堂屋里走，一转身进了她的房间，我的心跟着她的脚步声一点点提了起来。

我说："咱娘去菜地里了。"我心里怕得不行，怕我偷看日记的事被姐姐发现了，她要是一翻脸，家里没有人，也没人能够帮我，我在院子里挽了挽裤腿，撸了撸袖子，做出了随时可以逃跑的准备。

我听见她开锁找东西的声音，噼里啪啦的，像是敲在了我的心上，不一会儿，我姐姐手里拿着一本书走了出来，说："总算找到了！我还得赶紧走，你脸上怎么弄得都是灰，跑哪儿玩去了？"

我见她没有大发雷霆，提着的心略微放下来了，说："我跟三见哥和黑五捉迷藏去了，也是刚回来。"

我姐姐匆匆看了我一眼，说："别总在外面跑着玩了，快点写作业，我先走了，娘回来了你跟她说一声吧。"说着她走到自行车那里，推着车子就向外走。我说了声"行"，也跟着她向院门口走，等我到了院门口那棵梧桐树下，我姐姐在胡同里已经飞身上了自行车，我看着她矫健的身姿越走越远，一转弯，消失在了胡同拐角处。站在那里愣了一会儿，我想，我姐姐确实也挺美的。

5

那一段时间，我们和小侉子之间的斗争越来越激烈了，三天两头打仗，最厉害的一次，是我们在前街一家宅院里打架那一次。那户人家要盖房，还没有盖，运来了好多红砖，一摞摞垒在地上，比人还要高，我们将这些砖头当掩体，互相向对方投掷坷垃、石子，在砖垛之间追逐、奔跑，一不小心就被坷垃击中，哎哟哎哟地叫着。

在逃跑的过程中，一块半头砖从砖垛上跌落，砸在了我的头上，我一摸，头上冒出了血，但我不敢停留，飞快奔跑着，跑到安全的地方，我才感觉到疼痛，用手捂着头，摸到头上湿了一小片。那一天回到家，我娘看到我头上缠了一圈纱布，吓坏了，忙问是怎么了？我跟她说是在砖垛中间跑着玩，一块半砖跌下来，不小心砸了一下，现在都没事了。我娘又问我是谁带我去包扎的，在哪里包扎的？我说我本来不想包扎，回来抹点紫药水就没事了，三见哥和黑五非要让我去铁锤家，就是铁锤他爹给我包扎的。我娘听了，拉着我去了铁锤家，铁锤他爹正在吃饭，我娘问他伤情，铁锤他爹也说没事，就是砸了个小口子，养几天就好了。

那天晚上，我姐姐回来后，看到我头上缠着的纱布，吃了一惊，忙问是怎么回事，我说是不小心自己砸伤的，我姐姐又气又急，说怎么这么不小心，在哪里砸的，在哪里包扎的。我娘跟她一一说了，她又摸着我的头，问："这里疼不疼，这里疼不疼？"

我说："就一个小口子，撒上药了，早就不疼了。"

我姐姐这才松了口气，说："以后少跟三见和黑五跑出去玩了，到处乱跑，多危险呀！"说着她拿笔尖挑了一下煤油灯的灯花，那朵红色的火苗一闪一闪地，更亮堂了。

那天晚上写作业，写了一会儿，我姐姐说："你的头还疼不疼，要不今天别写了。"我摇了摇头，继续趴在桌子上写，写完作业，我又拿出日记本写日记，我姐姐又劝我，"今天要是累了，就别写了。"我仍然是摇摇头，好像是故意要逞强似的，将那个本子铺在煤油灯下，写下了几个大大的字。

自从我受伤之后，我娘管着我，让我放学后就回家，别再跑出去玩了，但是我哪里受得了约束，瞅个空子，趁她不注意，就跑出去了。那一段时间正是我们和小侉子打架最频繁的时候，三见哥纵横捭阖，联系大刀王五和后街的大强，在水塘边，在打麦场，在小河边，我们时常大打出手，我那几天的日记里也记下了我们的战绩：

星期一　　晴

今天，我跟三见哥和黑五在打麦场上遇见了高小虎，在麦秸垛上打了一架。

星期二　　晴

今天，我跟黑五去后街水塘，在那里正好碰到高小豹和大强，他们见到我们就追，没追上，黑五跑得丢了一只鞋。

星期三　　小雨

今天三见哥和大强在小河边相见，我们没打架，在一起游泳了。回来时发现那棵树干又长出了一片叶子。

星期四　　多云

今天，我和三见哥去磨面，在路上正遇到高小虎和高小豹，他们狠狠地瞪着我们，我想跟他们打一架，被三见哥拉住了。

星期五　　阴

今天我和三见哥、黑五去黑锤家拆线，在那里也遇到了高小虎和大强，大强有点不好意思，他好像不甘心当狗崽子。

星期六　　晴

今天我和黑五去梨园里偷梨，在回来的路上碰见了高小豹，他带着狗追了我们半天，梨都丢了不少。

星期日　　小雨

今天我和姐姐去奶奶家，回来遇见三见哥和黑五，便跟他们去玩了，我们在小河边又跟高小虎打了一架。

——渐渐地，我感觉到什么地方不对劲儿，每当我的日记里写了打架的事之后，我娘总是很快就会惩罚我，她是不是偷看我的日记了？我的心里渐渐生出了这样的疑问，不是说不能看别人的日记的吗？我想起姐姐说的话，心里感到很委屈，又觉得这也怪我，日记本就扔在那个破箱子里，那还不是谁想看就看？我想不能再这样下去了，我也要像姐姐那样，弄个小锁将我的日记本锁起来。

那天晚上，写着写着作业，我突然停下笔来问我娘："娘，你是不是看我的日记了？"

我娘还在纳鞋底，她抬起头来，笑了笑说："我没事看你那东西做什么。"

我说："那我写了啥，你咋都知道？"

我娘笑着说："你都干了啥好事？"

我说："打架的事，还有偷梨的事，下河游泳的事，我都没跟你说，你是咋知道的？"

我娘笑了一下说："你做的那些事，还好意思说，你前脚去，后脚就有人跟我说了，你还以为我不知道？还是打你打得轻。"

我搔了搔后脑勺，说不出话来了。

我姐姐说："你怕别人看你的日记，就把本子藏起来不就行了，我早说了让你锁起来，你也不锁。"

我说："那我也要买一把小锁，把我的本子锁起来。"

我娘说："那等你爹回来，让他给你买把锁吧。"

我点了点头，就耐心地等我爹回来。但是我爹左等也不来，右等也不来，我天天跑到那根电线杆下面去等他，等到天色晚了，路上的行人都回家了，也看不到他的身影，只好一个人带着我家的大黑狗，孤零零地往家走。

那天晚上，写着写着作业，我突然想起要买把小锁给日记本上锁的事，连忙对我爹说："爹，你给我买一把小锁，行不行？"

我爹正坐在八仙桌东侧的圈椅上抽烟，有一搭没一搭地跟我娘闲聊着家里的事，听我这么说，便问："你要锁干什么？"

我说："我要把我的日记本锁起来，可不能让别人偷看。"

我爹笑着说："家里哪有别人呢？都是我们自己人。"

我说："那也不行，我姐姐说了，日记就是自己看的，别的人不能偷看。"

这时我姐姐也给我帮腔，说："爹你就给他买一把吧，他就是看我有，也想要，你就给他买把吧。"

我爹想了想说："那我给你买一把，不过我明天就回果园去了，等我下次回来的时候，从城里路过，就给你买一把。"我一听高兴极了，又蹦又跳地来到我爹面前，狠狠地亲了他一口，我爹高兴得哈哈大笑了起来。

6

最近发生的新鲜事太多了，我好久没有偷看姐姐的日记了，顾不上，但是我发现我姐姐近来好像变化很大，她不跟我一起写作业了，晚自习回来后说几句话，就跑到自己的房间里去了，周末也是一样，整天把自己关在房间里，吃饭的时候我娘喊她好几遍，她才从屋里走出来，匆匆扒几口饭，便又钻到她的房间里去了。我娘说她："你这么慌急忙神地做什么，跟个催命鬼催着似的，也不好好吃饭。"

我姐姐说："快考试了，现在各科作业多得很，还要考试、做题，不抓紧时间根本就做不完！"

我娘摇摇头说："现在的学生真是，一天天的，比上地里干一晌活都累！"我姐姐面临着考试的巨大压力，一心扑在学习上，好像也解释得通，但我总觉得没有这么简单，她好像有什么事情瞒着我们，究竟是什么事情呢？我心里想不明白。

但要再偷看我姐姐的日记不像从前那么简单了，现在不仅她的抽屉上了锁，她的房间也锁上了，她每次出门，都把她的屋门锁上，也不知是从什么时候开始的，最初的时候我娘还骂她："这死丫头，出去还锁上门，防家里人跟防贼似的，要找个东西也不方便。"

我姐姐说："你要找东西，不会我在家的时候找呀，我屋里的东西归置好了，你们一来就给我弄乱了，再进来个猪呀羊呀鸡呀，满屋子扑腾，不一定乱成什么样呢，你又不给我收拾，还不是我自己拾掇？"

我娘瞪了她一眼，说："就你能说。"我姐姐呵呵笑着，啪的一下，将门锁上，骑上自行车走了。

面对着紧锁的房门，我一筹莫展。我推了推门，门开了一条小缝，我拽了拽锁，那条缝大了一些，那时我家里的锁都是那种将军不下马的铁锁，锁与锁鼻之间有一些空隙，门与门框之间也有一些空间，我将这些空间尽量扩大，试试能不能钻进去。听人说，猫的骨头能收缩，极小的孔洞也能钻进去，小孩也是这样，只要头能钻过去，身子就能钻过去。于是我低下身，用头往那条缝里钻，门挤得我脑袋生疼，不过好在慢慢蹭过去了，我睁眼一看，一块阳光正好照在我前面不远的地方，头、脖子过去了，我又侧过身来，手脚并用往里爬，我的身子也一寸一寸地往里进，到了肚子那里，我长长呼出一口气，尽量缩小自己的腹部，用力往里挣着，正在这时，我听到有人喊我："二黑！"我听见是三见哥和黑五的声音，答应了一声，身子卡在那里，不能动弹了。

三见哥和黑五跑进我家，来到堂屋，看到我卡在我姐姐房间的门缝里，不禁哈哈大笑起来，说："二黑，你这是做什么呢？"

我说："你们笑什么，快帮帮我呀！"三见哥和黑五笑着，一个用力顶着门，另一个拖住我的腿往外拽，我的腰和胸蹭在门板上，磨得生疼，我吸着气说，"小心点啊，小心点。"快到我的脑袋了，我喊起来，"别拽我了，你俩都顶着门吧！"他们两个就都用力去顶那个门，我侧着头，也用手扒着那个门向外推，好不容易将脑袋从里面退了出来，耳朵都蹭红了。

他们两个见到我的狼狈样子，都笑得弯下了腰，我没好气地上去给了他们一人一拳："笑什么笑，没看我都这样了，还笑？"

黑五说："你这是怎么了？"

我撒了个谎，说："我娘将我锁在这屋里了，我想偷爬出来，幸亏你们来了，救了我。"好在那时我们都有被锁在小黑屋的经历，他们也没表示怀疑。

在去玩的路上，黑五给我看了他的新文具——三角板和圆规，那时我们数学正学到三角形和圆形，老师在黑板上画三角和圆，我们就比着在本子上画，我们都没有什么文具，就找其他东西来比着画，我画直线、画三角形，是拿我爹以前的一条小钢锯画的，我跟我娘说老师让找个东西比着画直线，我娘找了半天，找出了那条我爹早就废弃不用的小钢锯，用它的背面比着画，画得倒也很直，但是要小心，一不小心正面的锯齿就把手划破了，画圆呢，我家里怎么也找不到什么圆的东西，我娘没有办法，给了我一个二分钱的硬币，我就比着这个钢镚儿画，但是钢镚儿的边缘参差不齐，画出来的圆也有些纹路，让我很苦恼。现在看着黑五手中的新文具，让我很羡慕，那个三角板是白色透明的，举着向天上望望，明晃晃的，下面还有清晰的刻度，那个圆规呢，将一只腿固定住，另一只腿一转，就画出了一个圆，平整光滑，可大可小，真是神奇！黑五说这是他姐夫去县城的新华书店里给他买的，他喜欢得不得了，就装在书包里随身带着，想起来就拿出来看看。

　　那天晚上，写日记的时候，我写道："黑五的姐夫给他买了一个三角板和一个圆规，又好看又好玩，我要也有一个这样的姐夫就好了。"写完，我托着腮陷入了沉思，我想着要有一个姐夫，我姐姐就得结婚、嫁人，我姐姐会嫁给一个什么样的人呢？我想了想，似乎没有什么人能够配得上我姐姐，而且一想到姐姐要嫁人，要到一个陌生的地方去，我的心里就疼痛起来，很舍不得她，我恨恨地在心里对姐姐说，"你看看你对我这么不好，我还是舍不得你呢。"想着想着，我提起笔来，在"我要也有一个这样的姐夫就好了"这句话上画了两道，删去了，在后面接着写道，"我也想要一个三角板和一个圆规"。嗯，我想着，我想要的是三角板和圆规，并不是什么姐夫，想到刚才我差点拿我姐姐换一个三角板和一个圆规，我不禁有点后怕了，又拿起笔在那句话上狠狠地画了几道。

　　周末的时候，我爹回来了。他把那个黑皮包打开，从里面滚出了几个红石榴，我再往里一看，还有几个柿子在一侧放着，那些柿子还硬硬的，但已经红了，皮上有一层白白的柿霜，在煤油灯下闪出摇曳不定的光，我伸手要拿，我娘说："柿子还硬着呢，等晒软才能吃，要不太涩了，你先吃个石榴吧。"

我挑了一个最大的石榴，用手去掰，掰不动，我爹笑着说："我给你掰！"

我"哼"了一声说："才不要你给我掰呢。"说着走远两步，再用力去掰，脸都憋红了，仍然掰不动，我就递给我娘说，"你给我掰。"我娘接在手里，掰了一下，也掰不动，她又递给我爹，我爹拿过来，一用力，那个石榴就从中间裂开了，几颗石榴籽从裂缝里迸射出来，闪着光在空中画过一个弧线，落在地上。

我爹拿着半个石榴递给我："给你！"我犹豫了一下，一把从他手上抢过来，我爹笑着看看我，又将另一半摆放在我面前的桌子上，说，"慢慢吃吧。"我从石榴上抠下那些石榴籽，塞进嘴里，咀嚼着，那种清甜的芬芳立刻充满了我的口腔，我一边吃一边看着，摆在桌上的那半个石榴，在煤油灯那朵小火苗的摇曳不定的光照下，呈现出不同的光泽，浅红、粉红、大红、殷红、紫红，镶嵌在其中的石榴籽，像一颗颗参差错落的宝石，闪着璀璨夺目的光，真是太美了！我看着那些宝石的闪光，一时呆住了，嘴里也忘了咀嚼，定定地看着。

我姐姐回来后，先去了她的房间，一会儿她又走出来，坐在我身边，神秘地笑着。

我说，"你笑什么？"

我姐姐也不回答，拿着一个东西，往我作业本上一放："这是什么呀？"我疑惑地问，拿起来一看，不由得惊呼出来："三角板！"

我姐姐一笑，又把一个东西放在桌上，说："还有呢。"

我又拿起来，再次喊叫起来："圆规！"又说，"姐姐你怎么知道我想要三角板和圆规呀？！"

我姐姐笑着说："你给我说过，你忘了？"

我又有点疑惑："我给你说过吗，我怎么不记得了？"

我姐姐说："你都不记得了，我还记得呢，我对你好不好呀？"

我说："真好，姐姐你真好！"

我姐姐说："知道我好就行，快点写作业吧，写完早点睡！"

我点点头，我姐姐走回她的房间去了。我继续写作业，又把三角板和圆规拿在手里拨弄着，总觉得哪里有点不对劲。写着写着，我对我爹说："爹，你下次回来别忘了给我买把小锁。"

我爹好像确实有点喝多了，满脸慈祥，笑眯眯地说："一定，一定，下回我一定给你买来，不会忘的。"

7

那次挫折并没有泯灭我偷看姐姐日记的想法，我吸取了上次被卡住的教训，这次我将姐姐房间的门锁与门框之间的空隙推到最大，用一根棍子别住，自己从下面的缝隙向里钻，还是先钻头，再钻身子，头钻过去之后，我前面双手扒地，用力向前拱着，拧着身子左侧右侧，终于钻了进来。刚一进到屋里，我的眼睛还不能适应黑暗，只能看到一小片阳光，待了一会儿，暗影中的那些桌子、椅子等家具才慢慢浮现出来，我听一听，四处只有蟋蟀的唧唧唧唧声，此外没有任何声音，我便从伏身处爬起，几步来到我姐姐的书桌前，钻到桌下，手从抽屉后面的挡板熟练地伸进去，一摸，很快就摸到了那个日记本，我大喜若狂，小心翼翼地夹着日记本拿出来，将要取出来的时候，那个日记本"啪"的一声掉到了地上，突然发出的声音吓了我一跳，我静了一下，见没有别的声音，才从地上捡起日记本，从桌子底下钻出来，吹了吹本子上的灰尘，便翻开来看。

屋里的光线有些昏暗，我看不清，便转移到那一小片阳光下，但那片阳光又太亮，照得我有些心虚，我便在那片阳光的边缘，在半明半暗之中翻开了我姐姐的日记本。不过打开一看，却让我一下子蒙了，那上面画着一些奇形怪状的符号，曲里拐弯的，我看不懂，我姐姐日记本的印痕打开的，向前看应该是她昨天写的，看不懂就往前翻，一边翻一边心里还嘀咕着，我姐姐写的是什么字呀，不会是她为了防止我偷看而写的暗语吧，这暗语也太奇怪了，像汉语拼音但又不是汉语拼音，她自己能看懂吗？翻着翻着，我终于看到了我认识的几行汉字，那上面写着："为了锻炼我的读写能力，本人决定，自即日起，日记改用英语写作，每天要写不少于两页，不会的单词先用汉字写出来，第二天查字典补上，从今日开始，至少坚持一个月，此令！小英你要加油哟，我相信你！"在"我相信你"后面写着日期，还画了一个笑脸。

我愣愣地看着那个笑脸，心想，姐姐你可真行呀，还用英语写起日记来了，这不是故意跟我为难吗？让我想偷看也偷看不了了，岂不白忙活了一场。想到这里，我转念一动，想到上次看到的小纸条，会不会再有别的小纸条呢？我又翻了翻日记的夹页，没发现有什么纸条，我又去翻本子塑料封皮与日记本之间的空隙，前面没有，我又翻到后面，从里面果然翻出了一张纸条。我心里怦怦跳着，四下看了一下无人，才打开看，只见那上面写着：小英同学，你说得对，我们现在还是应该以学习为重，最近我的成绩略有些下滑，但是你放心，我一定会迎头赶上，争取跟你齐头并进。愿我们能相会于同一所大学，共同为中华之崛起而读书。

下面的署名是 L. S.。我端详了半天，记起上次的纸条上似乎也有一个 L，但是我翻了一下，原先那个纸条却找不到了。"L"应该就是"林"了，"S"又是什么呢？我又在我姐姐的英语中翻找，可是也没找到。

正当我翻找时，院子里传来了鸡鸭混乱的鸣叫声，我隔着窗子一看，我娘背着一个柳条筐走进院子，快到了给鸡鸭喂食的时间，它们一看到她就围了上去，叽叽咕咕叫着。要从那个缝隙里再钻出去已经来不及了，我在屋里急得团团转，要是被我娘发现了可怎么办？我心里想着，就往床底下钻，钻了一半，我又想起别在锁上的棍子，便又弯腰爬出来，跑到门边，伸出手去，将那根别着的棍子取下，我本想将棍子顺到屋里，但是一紧张，那根棍子哐当一声掉在地上，我顾不上再捡棍子，飞快地跑到床下躲了起来。我娘听到了哐当声，叱骂了一声："小狗，你又乱钻！"这时她已经放下了柳条筐，洗了一把脸，回到堂屋，听到声音，她来到门前，察看了一下门缝，似乎感觉有点奇怪，但也没多想，我听到她的脚步声渐渐远了。我听到了她用一只瓢舀玉米的声音，撒玉米的声音，鸡鸭围着她在院子里唧唧嘎嘎的叫声，以及相互争食的翅膀扑腾声。平常里听到这些声音，我都不会留心，但此时听到这些声音，我心里竟然感觉到有一点美感动。这时我转而有了另一种担心，我躲在这里能躲多久，什么时候才能出去？我想吃晚饭时我娘不见我回家，一定会出去找，那时我再趁机钻出去吧，如果那时出不去，就只有等我姐姐放学回来了，要是她发现了我在这里，偷看了她的日记，那后果真是不堪设想。所以我一定要在我娘找我的时候，趁机钻出去，我暗暗下了决心，也静下来，耐心地等待着时机。

院子里渐渐安静下来，那些鸡鸭吃完了食，去院子里四处跑动了。我又听到了我娘喂羊的声音，她将柳条筐里的青草，抱了一捆放到那只小山羊旁边，又拿起给她喂水的小盆，舀了两勺清水，端过去放在她面前，小山羊咩咩叫着开始吃草。接下来是喂猪的声音，她从一个缸里舀了一瓢玉米面，又从另一个缸舀了两瓢麦麸，倒在一个盆子里，又从热水瓶里倒了一些热水，拿起旁边的一根棍子，将玉米面和麦麸搅匀了，就端着盆子来到猪圈旁边，那两头大肥猪正在猪圈里躺着，看我娘端着吃的来了，便爬起来朝她围拢过去，伸着嘴哼哼唧唧地叫着，我娘隔着猪栏将猪食哗的一声倒进石槽里，那两头猪便吧唧吧唧地吃起来，还不断地争抢着，哼哼着，我娘"啪"地一下拍打在一头猪的头上，斥骂着它："别乱抢！看你把食儿都拱到外面去了！"那头猪老实了一会儿，看旁边那头猪吃得很快，呼噜呼噜地，它又抢上去飞快地吃起来，我娘没有再打它，她静静地看了一会儿，就端着空盆子回到堂屋，将盆子放在门旁。接下来就是做饭的声音，我娘走到厨屋里，往大铁锅里舀上水，放上箅子，又开始和面，和好了，又切成一个个小面团，放在箅子上的笼布上，盖上锅盖。她又去院子的东南角抱来了柴火——那是花柴秆儿，我要是在家的话，她都是让我去抱柴火，随后她就坐在灶台前开始点火，划了两根火柴，火不好点燃，她又站起来，到院子里的麦秸垛上拽了几把麦秸，麦秸很容易点着，一会儿我就听到了火苗舐舐锅底的声音，柴火必必剥剥的燃烧声，风箱一进一出的呱嗒声。我想我娘在蒸馒头，可能要烧一会儿火，此时不逃，更待何时？我从床底下钻出来，来到我姐姐的门前，听了一下，外面没有人的声音，我小心翼翼地将那条门缝扳得大一点，伸出了头，侧着身子想要钻出去，但是出去与进来时不同，进来时是顺着门板钻的，挤大一点空隙就能往里钻，出去时是逆着门板钻的，越用劲越容易被门板卡住，得用手使劲往外推门板，才能让身子钻出去，钻到一半时，手很不容易使上劲。我一边使劲还得一边留心不能发出太大的声音，以免让我娘察觉。

我正在费劲地往外钻，突然院子里传来一个声音："二婶子！"

那是黑五的叫声，我娘听到，从厨屋里走出来，问他："黑五，你怎么来了？"

黑五说："二婶子，二黑呢，他没在家呀？"

我娘说："没在家，他没跟你在一起玩呀？"

黑五说："没有，我去找找他，二婶子，我走了。"说着他噔噔噔噔地跑走了。

我娘在后面喊："慢点跑，见到他让他早点回家"，又叹了口气，"这孩子不知又跑哪儿去了？"说着她又回到了小厨屋，又响起了呱嗒呱嗒的风箱声。在我娘和黑五说话的时候，我就赶忙从夹缝里缩回来，贴着门板听他们的声音，黑五跑远了，我才想起来，昨天我与他和三见哥约好了，一起到大强家去看兔子，大强说他爹给他抓了两对兔子，一对是纯白的，一对是纯黑的，又在院子里挖了个土窖，给那两对兔子当窝，黑兔子和白兔子时常打架，可好玩了。一想到他们可能闪下我，去看兔子了，我的心里就像猫抓了一样，痒痒的，我又扒着门板向外钻。

这时又听到有人喊："二嫂子！"我听出是俊河婶子的声音，便又连忙缩回来。

我娘又从厨房里走出来，跟俊河婶子说了一会儿话，她们说话的声音很小，我听不清她们说的是什么，一开始她们是站着说，可能是说累了，我娘搬了两个小马扎，放在那棵大榆树下，说："坐一会儿吧。"

俊河婶子说："你在做饭呢，改天再说吧。"

我娘说："没事，蒸的馒头，正好烧开锅了，下面有火烧着就行。"说着她回到厨屋，往锅底下添了几根柴火，就跟俊河婶子坐在榆树底下说起话来，她们的声音仍然很低，偶尔我能听清几个词，像是在谈霞姐的婚事，我也不关心，心里只想着那对黑兔子和白兔子。她们嘀嘀咕咕了好久，我眼看着那一小片阳光从地上慢慢移到了墙上，并且逐渐黯淡了。

突然我又听到一个声音说："二嫂子！原来你在这里呀！"接着就是一阵哈哈的笑声，原来是俊河叔，他对俊河婶子说，"天都快黑了，你不在家里做饭，怎么跑这儿来啦？我一到家，冷锅冷灶的，还敞着门，就知道你走不远，哈哈……"

俊河婶子说："我跟二嫂子说说话，二嫂子，他回来了，我也该回去了。"说着她站了起来，我娘也站起来，笑着对俊河叔说："你一回来就咋咋呼呼的，她不在家，你不会自己做饭呀？"

俊河叔笑着说："我做的饭不好吃呀，我要是能像二嫂子做得那么好，我就天天做。"

我娘说："看你这巧嘴会说的，不会做你就多练练，别花嘴巧舌的了。"说着话我娘将他们送到门口，又说了几句话，才回来。

回来后，我娘掀开锅，将新蒸的馒头一个一个拾在竹篮里，晾着，又将在锅里蒸的一碗茄子端出来，捣点蒜，浇了点油，又是切菜的声音，她切的应该是长豆角，这是那个季节我家常吃的蔬菜，她回家时我看到柳条筐头上挂着一把，接着是热油的噼啪声，炒菜的滋啦声，将菜盛到碗里的磕碰声，终于这些声音都沉寂下来了，我想我娘不见我回来，可能要出去找我了，但就在这时，我大娘又到我家来串门了，她们又说了一会儿话，我大娘才走了，这时我娘仍然没有想起我，反倒想起了那条大黑狗，她嘀咕着，"那条狗跑哪儿去了？"说着来到我姐姐的门前，推了推门，我吓得赶紧躲到床下。这时我惊讶地听到了开锁的声音，啪嗒一声，我姐姐房门上的锁就开了，原来我娘有这个房间的钥匙，我吃惊地想着，缩起了身子，接着是开灯的声音，我娘在房间里的走动声，她又嘀咕了一句："黑狗跑哪儿去了？"接着就向外走，刚走了两步，她就被桌上的东西吸引了，那是我姐姐的日记本，我没想到我娘进来而胡乱放在桌上的，我娘拿起来，随手翻了一下，说，"这丫头，写的这是什么字呀，看都看不懂，写完了也不说收好。"说着她就走出去了，我见我娘没有锁门，赶紧悄悄从床底下爬出来，将我姐姐的日记从抽屉后面的挡板塞进去，然后飞快地穿越两重门，来到我家的西墙边，飞身一跃，爬上墙头，再一跳，从墙上跳下来。

这时我的心才平静下来，我从西墙边绕到大路上，走到路口，向我家的胡同走，快走到那里时，抬头一望，我娘正站在那棵大槐树下，跟三奶奶说话呢，我娘也看到了我，说："你跑哪儿去了，还知道回家吃饭？"

我气喘吁吁地说："我就出去玩了一小会儿。"

8

这一天晚上，也有好事发生，那就是当我回到家时，我爹回来了，我爹又忘了给我买小锁，但给我带来了我喜欢的另一样东西——一双回力鞋！我真是太高兴了，以至于忘了假装生气，就乐滋滋地拎着那双鞋看了又看，简直爱不释手，我又走到床边，脱下脚上的布鞋准备换上，那双布鞋是我娘做的，鞋面已经被我的大脚拇指顶穿了一个洞，鞋底也快要磨透了，踩上一个小石子就会硌得生疼，我早就想换了，但想要换最多也就是换一双我娘做的新鞋，没想到我爹竟然买了一双回力鞋，我的心里简直乐开了花。我拎着鞋刚在床上坐下，我娘就拍了一下我的后脑勺，说："你整天在外面乱跑，脚那么脏，快去冲冲脚再穿，别把新鞋弄脏了！"我听了，不情愿地拎着那双鞋来到院子里的压水井下，我娘跟出来，抓住压水井的柄，一上一下地压着水，一股清水很快就从水管处涌出，我脱下鞋袜，赤脚踩在方砖上，水流从我的小腿和脚上淌过，还有一点点凉，"你好好冲洗一下！"我娘说。我在旁边的板凳上坐下，认真地搓洗着我的脚，搓了一会儿，冲干净了，我娘给我拿来一条毛巾，我擦干了脚，穿上那双回力鞋，用劲在地上顿一顿，跺一跺脚，感觉真是好极了！又合脚，又气派，我好喜欢！

我一溜烟跑到堂屋里，伸出腿来给我爹看："爹，你看好看吗，漂亮不漂亮？"

我爹抽着烟坐在那里，乐呵呵地说："真不错，真不错！"

其实我早就想要一双回力鞋了，我最初见到回力鞋是在三见哥家里，那天我去找他玩，见他正捧着一双鞋乐不可支地笑着，我问他那是什么，他说是他舅舅给他买的一双回力鞋，我一看，雪白的鞋面，胶皮的硬底，边上还有蓝色的道道，真是好看极了，我羡慕地对三见哥说："让我拿着看看行不行？"

三见哥瞥了我一眼说："你的手不干净，快去洗洗手，我再让你拿着看！"我只好去院子里洗了洗手，又回来，三见哥才让我拿在手里看了一会儿，但我还没看够，他就又拿回去了。三见哥对这双鞋真是宝贵，他平常里舍不得穿，只是赶集或者串亲戚时才穿，一穿上他就显得神气起来，让我看了很眼红，我们村里的路都是黄土路，他怕踩脏了，只是偶尔才穿一下显摆显摆。

又一次，我去他家里找他玩，见他正拿着一把小刷子刷这双鞋，边上还放着一个小盒子，里面盛放着黑色的粉末，我在他身边蹲下，问他："这是什么？"

三见哥说："这是鞋粉和鞋刷，这双鞋脏了，洗一洗，再刷上鞋粉，就跟新的一样又亮又白了！"我吃惊地看着，没想到一双鞋竟然有这样的讲究，三见哥看我发愣，又笑着对我说，"这鞋粉是咱二哥给我买的，这双鞋我不舍得穿，咱二哥说，鞋就是穿的，总放着做什么，你穿吧，城里有卖鞋粉的，洗了擦一擦，跟新的一样，我给你买一盒。过了几天，咱二哥给我带回了一盒鞋粉，我试着擦了一下，果然跟新的一样，你看，亮不亮？"

那双鞋在阳光下闪着亮，很白，我羡慕地说："真好啊！"

回来之后，我跟我娘提过几次，说想要一双回力鞋，我娘说："别说什么回力鞋，你穿鞋这么费，我给你做鞋穿就不错了！"我只好低下头，默默地走开了。现在突然之间，我爹竟然给我买了一双回力鞋，我怎么能不高兴呢？我穿上走两步，再脱下，生怕把它弄脏了，一会儿把它捧在手里，一会儿把它放在原来的包装盒里，紧紧盖上，一会儿还要再打开看看，生怕它一不小心飞了。

晚上我姐姐回来时，我已经很困了，但我还是睁着眼，坚持到她回家，并且立即穿上回力鞋，走了几步，让她看："姐姐，你看好看不好看，神气不神气？"

我姐姐一脸惊喜的样子："真好看！你穿上显得很洋气，谁给你买的呀？"

我得意地说："咱爹给我买的，你看好不好？"

我姐姐说："真好，真好！快去睡吧，眼睛都快睁不开了。"我抱着那双鞋，来到我的小东屋，放在我的枕头靠墙的位置，这才迷迷糊糊睡过去了。

第二天早上睁开眼，我一眼就看到了那双新鞋，我的心高兴得跳了起来，我立刻穿上新鞋，跑到堂屋，跺着脚给他们看，我娘说："别臭美了！快点吃饭，今天我们去你姥娘家，吃完饭早点去。"我一听，心里又亮了一下，飞快地扒着饭，喝着汤，很快就吃饱了，我又催我姐姐，催我娘，催我爹，我姐姐说，"别催了，快烦死你了！"我也没有生气，只是白了她两眼。好不容易都吃饱了，我娘锁好门，我爹骑着自行车带着我娘，我姐姐骑着自行车带着我，一路向北，骑了十几里路，到了我姥娘家。

那天在我姥娘家，我的回力鞋吸引了很多人的注意，尤其是那些跟我差不多大的孩子，一见到我的新鞋眼睛就直了，还有的当场就缠着父母要跟我"一模一样的鞋子"，我在这些小朋友羡慕的眼光中，趾高气扬地走着，心里别提多得意了。但是我姐姐很快就把我拉到一边，说："你别再逞能了，再逞能，鞋弄脏了没人给你洗啊。"我一听，很快就老实了，我的衣服和鞋，平常都是我娘和我姐姐帮我洗的，她们要是不给我洗了，那可怎么办？而且我突然一下意识到，我的新鞋是会脏的，脏了以后怎么办？三见哥有鞋刷与鞋粉，我能不能让我娘也给我买来？我娘连回力鞋都不想给我买，怎么会给我买鞋刷和鞋粉呢，再说即使她想给我买，她能找到买的地方吗？三见哥的二哥在城里上学，知道在哪里买，我们怎么知道在哪里呢？一时间这许多问题都涌向了我的脑海，我呆呆地坐在那里不动了，心里犯起了愁。

直到回家的路上，我也没提起精神来，我娘说我姐姐："你怎么逗他了，他怎么一下子蔫了？"

我姐姐委屈地说："我也没逗他呀，我就是说他再在那里得意扬扬的，我就不给他洗鞋洗衣服了，行行，我给你洗，行了吧？"但我还是蔫蔫的，我的心里想的不仅是洗，还想让我的鞋变得光亮如新，但我又不知道怎么一下子把这些心思说出来。

回到家里，写完作业，我仍然是蔫蔫的，我又把我的日记拿出来，在本子上胡乱划拉着，翻翻看前面，上一次写已经是十多天之前了，写的是："我跟三见哥、黑五讲了霍元甲的故事，晚上去俊河叔家看电视，人很多。我看到三见哥穿了一双回力鞋，很好看，我要能有一双就好了。"

再向前翻，写的是："黑五的姐夫给他买了一个三角板和一个圆规，又好看又好玩，我要也有一个这样的姐夫就好了。"其中"我要也有一个这样的姐夫就好了"被我画了三四行线，看不清字迹了，在上面另写着一行，"我也想要一个三角板和一个圆规"。再向前翻，写的是："今天我去放羊，shuan 羊的绳子松了，小山羊跑丢了，我和三见哥、黑五到处找，多亏我大娘给送来了。"

翻着翻着，我的脑子突然灵光一闪，我发现了一件奇怪的事情，当我写下想要三角板和圆规之后，没多久我姐姐就给我拿来了，当我写下想要回力鞋不到两个星期，我爹就给我买了一双，难道我的日记本具有神奇的魔力，可以实现我的每一个愿望，或者是哪个神仙下凡了，在暗暗地帮助我？想到这里，我的心中豁然开朗，兴奋起来，既然我的日记本如此神奇，我为什么不再次写下我的愿望呢？踌躇了一会儿，我提笔在我的日记本上写道："我爹给我买了一双回力鞋，我简直太高兴了！但是新鞋很容易脏，我要是有三见哥的鞋粉和鞋刷就好了！听他说，是他二哥在城里买的。"

写下这则日记之后，我郑重地将日记本合上，一会儿不放心，我又打开来看看，发现"鞋粉"和"鞋刷"这几个字写得太潦草，就拿起笔画掉，在上面工工整整地又写了一遍这几个字，又看看，还是不放心，又给鞋粉和鞋刷注上了汉语拼音"xiefen"和"xieshua"，这才又合上，郑重地放在我的书包里，我爹和我娘正坐在桌前说话，我姐姐已经回了她的房间，我就背着我的书包，跟我爹娘说，"我去睡觉了"，回到小东屋。躺在床上，我又把日记本拿出来看，看了好几次，才恋恋不舍地睡着了。

第二天早上一睁眼，我就四处查看，我的日记本还躺在枕边，但是并没有出现鞋粉和鞋刷，我到处翻找着，我娘在院子里喊道："你在找什么呢？这都几点了，还不快去上学？"我一听，背起书包，匆忙往学校跑去。下课回来，我第一件事就是跑到小东屋，看了看，又没有，我将抽屉打开，也没有，钻到床底下看看，也没有，想到神仙这次没有下凡帮我，心里不由得泄了气。我娘又在外面喊，"放学了，你在屋里窝着做什么呢？还不赶紧去放羊。"我便走到院里那棵枣树下，把羊的缰绳解开，赶着它走出家门，现在这只小山羊熟悉了路，不用我牵着，就知道怎么走了，我跟在它后面慢悠悠地走就行。

9

一连几天，我下课后都会到小东屋翻找一遍，但是什么也没有发现，慢慢地我的心思也就淡了，不再盼望了，心想那几次可能就是巧合，我们的老师说世界上没有神仙，要相信科学，看来他说得是对的。我也不再找了，每天放了学就去放羊，跟三见哥、黑五在那一大片草地上翻滚游戏，练拳比武。

那天晚上，我回到家，在窗台上发现了一个小纸盒，我问我娘："这是什么？"我娘正忙着喂鸡，也没有理我，我便搬了个小板凳，踩上去，将那个小纸盒取下来，打开一看，只见里面赫然竟是一盒鞋粉和一把小刷子！我又惊又喜，连忙捧着这个纸盒去找我娘，说："娘，这是哪里来的，是给我的吗？"

我娘说："你二哥送来的，说是给你刷鞋的。"

我高兴地跳起来："真是太好了！"但是过了一会儿，我又有点怀疑，"二哥怎么知道我想要鞋粉与鞋刷呢？"

我娘瞥了我一眼，说："这我哪知道。"说着她喂完了鸡，又去喂猪了。我也没再追问，欣喜地拿来我那双新鞋，用鞋刷沾了一点鞋粉，开始刷鞋，那些鞋粉也很神奇，本来是黑色的粉末，但是刷着刷着就变成白色的了，越刷越白越亮，刷到最后，就跟新的一样了！

晚上睡觉的时候，躺在床上，我越想越觉得神奇，我二哥怎么知道我想要鞋粉与鞋刷呢？一定是神仙将我这个愿望告诉了他，他就去买了给我送来了，一定是这样！我想象着那神仙是个小神仙，他打开我的本子看看，点点头说："原来你想要这个呀！"然后驾着云彩飞到二哥家，对他说，"二黑想要这个，你去给他买来吧。"我二哥就骑着自行车，到县城的商店里，买了鞋粉与鞋刷，一路飞快地骑着送到了我家里。但是我也有一点疑问，二哥是三见哥的二哥，也是我的二哥，他对我这么好是可以理解的，可是神仙又不认识我，为什么也对我这么好呀？我想来想去还是想不明白，最后我想，神仙也许会对所有的人都这么好，但对不同人好的方式也不同，而这个神仙就是我的保护神，他能帮我实现日记本上的愿望。想到这里，我又翻开我的日记本，看着我写的那些乱七八糟的字迹，禁不住轻轻亲了一下。

第二天我去放羊，看到大刀王五背了一个新书包，那是一个军绿色的小书包，外面绣着一个红色的五角星，很漂亮！而我的书包，还是我娘用一些碎布拼凑起来给我缝的。我问他是在哪里买的，他说是他三哥从煤矿给他捎来的。我看了很是羡慕，晚上写日记的时候，我便写道："大刀王五的新书包很好看，绿色的，还有一个红五角星，我的小神仙，你能送给我一个吗？"写完之后，我合上日记本，放在了我的床头。

第二天早上起来，我睁开眼就寻找新书包，找了一圈也没有，我想了想，安慰自己说，小神仙也不是马上送到的，再耐心等等吧。我便将羊缰绳解开，赶着它去放羊，走到半路，我想小神仙会不会去我家了呢？我很想看看这个小神仙是什么模样，便让三见哥和黑五赶着小山羊先走，我一溜烟跑回了家。我的小东屋门开着，我走进去，在两个大缸之间的空隙中躲藏了起来，我怕那个小神仙害羞，不敢见人，就藏在这里偷偷看着，从这里可以看到我的床、桌子和那个破纸箱，我的日记本就胡乱扔在破纸箱中。

两个大缸里装的都是粮食，一缸是麦子，一缸是玉米，粮食的味道很好闻，但是缸外也有些灰尘飘浮，吸进鼻子里很不好受，我在那里待了一会儿，不见小神仙出来，也有点忍不住了。正当我心里打退堂鼓的时候，突然一个人推门进来了，我一看，原来是我娘，我娘没看到我，径直向我的床边走了过去，她把我那卷成一团的被子叠起来，擦了擦桌子，又将几件旧衣服收好，便在床边坐下来。坐了一会儿，她突然像想起了什么，从那个破纸箱里拿出我的日记本，翻到了一页，小声地念道："大刀王五的新书包很好看，绿色的，还有一个红五角星，我的小神仙，你能送给我一个吗？"接着她又喃喃自语地说，"小神仙是什么？先不管他，这小子又想要一个新书包了，也是，他的书包也破了，是该买一个新的了，等他爹回来让他买一个吧，绿色的，带五角星的。"她又说了两遍"绿色的，带五角星的"，便把日记本合上，又扔回了那个破纸箱，站起来，抱着我昨天脱下的衣服，走到院子里，开始洗衣服了。

当我娘拿起我的日记本时，我一下子蒙了，不是说日记只能自己看吗，不是说不能偷看别人的日记吗？以前总挨打时，我就怀疑有人偷看我的日记，但也仅仅是怀疑，直到我娘亲口念出那段日记，我才知道是我娘在偷看我的日记！再联想到以前我日记上写的三角板和圆规、回力鞋、鞋粉和鞋刷，那一定都是我娘让人买的，这世上哪里有什么小神仙，看来还是老师说得对，这世界上就没有神仙，我娘才是我的神仙！听我娘在那里喃喃自语时，我心里一阵激动，很想一头扑在她身上，在她怀里撒娇，说还是我娘好！但我及时制止住了自己，我怕我跳出来吓我娘一跳，又怕她怪我怎么不去放羊，更重要的是，我怕她突然变了卦，不再给我买新书包了，所以我忍住一时激动，没有跑出去，而是竭力忍着要打喷嚏的冲动，直到我娘走到院子里，我才从两个大缸之间的那个缝隙中爬出来，趁她不注意，蹑手蹑脚地在她身后绕过，从院子里跑了出去。

跑到胡同里，我才痛痛快快地打了两个喷嚏，然后一溜烟地奔跑着，跨过小桥，跨过大路，跨过草地，一路上我的内心都有一个声音在欢腾着：我就要有新书包了，就要有新书包了，要有新书包了！

从此之后，我就天天盼望着新书包早点到来，但表面上我还装作若无其事的样子，该做什么就做什么。那天我爹回来，果然给我带来了一个新书包，真是军绿色的，还镶着一颗红色的五角星！我惊喜地跳了起来，拉着我爹的手直蹦，又挎上那个小书包，在家里走来走去的，一会儿踢正步，一会儿又跑步，神气得不得了！我爹和我娘看到我的样子，又好气又好笑，我娘坐在那里笑得前仰后合的，我爹抽着烟，笑得几乎岔了气。晚上我姐姐回来，我又挎上新书包，踢正步给她看，我姐姐也笑得脸上开了花。

从此开始，我就过上了幸福快乐的日子，我想要一样什么东西,比如想要一块橡皮、一支钢笔,一只文具盒,也不用跟我娘说,就写在我的日记本上,过不了多久,那块橡皮、那支钢笔、那只文具盒就出现在了我的面前,这简直就是神仙一样的日子,我真的可以想什么有什么,真的可以心想事成了!

星期一　　小雨

今天,我和黑五去玩,在路上正遇到他姐姐,他姐姐给他买了一袋干脆面,黑五分给了我一点,真好吃。

星期二　　阴

我的邻桌小锐,今天拿出来一块橡皮,我闻了闻,还带着香味呢,她说是她姥爷给她买的。

星期三　　晴

今天三见哥和大强在小河边相见,大强拿出来一个新的文具盒给我们看,上面还有熊猫的图案,实在是太漂亮了。

星期四　　晴

今天我和黑五去梨园里偷梨,在回来的路上碰见了高小豹,高小豹给了我一本连环画,说以后我们有了连环画交换着看,我最喜欢《水浒传》的连环画了。

星期五　　多云

今天我和三见哥、黑五去铁锤家玩,铁锤他爹刚从城里回来,买了几个烧饼,非让我们尝尝,我们没尝,但是很想吃。

星期六　　阴

今天我和姐姐去奶奶家,奶奶给了我一捧醉枣,吃起来可真好吃。

星期日　　小雨

今天,我看见高小虎有一支原子笔,写出字来很好看。有好多天,我沉浸在心想事成的快乐之中,简直不能自拔了。

刚开始的时候，我还有些小心翼翼，心惊胆战，生怕我娘看穿了我的诡计，把愿望写在日记本上之后也是提心吊胆的，不时去看我娘的脸色，怕她没看我的日记，怕她不给我买，怕她识破了我的狡猾，但是两三次成功之后，我的担心便慢慢消除了，也不再看我娘的脸色，有时候还故意把日记藏在我的破纸箱的最深处，装作不想让人看到的样子，为我娘偷看我的日记制造一点困难，有时候我看这样的日记多了，怕引起我娘的怀疑，还故意插上一些其他内容，有的是与之无关的内容，比如"今天去放羊，六成叔给我们讲了个武松打虎的故事，真厉害"！"今天我去给奶奶磨面，回来奶奶很高兴，让我在她家吃饭，我没吃，跑着回来了"。我娘看到这些内容，笑一笑就翻过去了。有的是有点犯忌的内容，比如"今天我跟三见哥、黑五放羊的时候，偷拔了人家几棵花生，点火烧着吃，很香"，"今天在草地上遇到了高小虎，他吹的笛子真难听，我跟黑五去跟他打架，没打过他，他好像已经练成迷踪拳了"。我娘看到这些日记，在当时什么也不说，等过后没几天，总会找个机会教训我几句，说，"不能偷人家的东西！""不能跟人家打架，再打我回来收拾你！"有时赶上她心情不好，还会把我拉过去痛打一顿，我一面啊啊啊啊地哭叫着，一面心里却也乐开了花，我娘打了我之后，心里会觉得有点对不起我，会想着给我买点什么东西补偿一下，那我离实现日记本上的愿望就更近了。谁让我以前是一个到处疯跑的野孩子呢？我要是一下变成了一个好孩子，别说我娘不信，连我自己都不信，为了让自己一直可以心想事成，我宁愿偶尔挨点打骂，这又算得了什么呢？更何况我即使打了架，写到日记本上的时候，也已经减小了程度呢。

尽管如此，还是有惊险的情况出现，在买那个文具盒时就很危险，那时我还没有什么经验，写好日记之后，故意将日记本落在我娘那堂屋的桌子上，让她很容易看到，第一天落了，第二天还落，第三天我还想如法炮制时，我娘见我收拾东西，一边纳鞋底一边说："把你的东西都收拾好啊，别总丢三落四的！"我回头一看，见我的日记本摊在桌子上，连忙过去拿起来，塞到我的书包里，带到我的小东屋里去了，回去之后，躺在床上我还在想，我的"阴谋"是不是被我娘看穿了，她还会不会给我买文具盒呢？我心里忐忑不安了好几天，直到有一天我在路口的电线杆下等我爹，我爹见到我，高兴地将我驮回家，很神秘地对我说："二黑，猜猜我给你带来了什么？"我赶紧扑向他的那个黑书包，从里面摸出三个苹果、两个梨，再向里摸，摸到了一个硬硬的东西，我抽出来一看，果然是一只文具盒，我一阵惊喜，高声叫起来："文具盒！"我爹摸着我的头说，"喜欢不喜欢？"我摩挲着文具盒上熊猫的图案，开心地说，"喜欢，太喜欢了！"

我爹也高兴得合不拢嘴，晚上吃饭时多喝了一盅酒，我娘让他少喝一点，我还替他争辩："你就让我爹再喝一杯呗。"说着我拿起酒瓶，亲自给我爹斟了一杯酒，我娘无奈地笑着说："看你俩，这会儿好得就像一个人了！"

可是也有买错的时候，买那个连环画的时候就是这样，我在日记本上写的是"我最喜欢《水浒传》的连环画了"，但我姐姐却可能是记错了，有一天晚上她放学回来，给我拿来两册《三国演义》的连环画，还连连问我："喜欢不喜欢，喜欢不喜欢？"

我兴奋地拿起来翻看，却发现没有我喜欢的武松、林冲、鲁智深，心里有些不高兴，但是面对着我姐姐期待的眼神，我也不能说什么，只好装作很喜悦的样子，说："我喜欢，真是太喜欢了！"我姐姐看到我高兴，也很欣喜，哼着歌儿回到她房间去了。没过多久，我就翻完了《桃园结义》《三顾茅庐》这两册连环画，也喜欢上了三国的故事，但我还是更喜欢《鲁智深》《野猪林》，也很想知道鲁智深后来怎样了。

犹豫了很久，我还是冒着诡计被戳穿的危险，拿着那两册连环画，敲响了我姐姐的门，我姐姐见我拿着那两册连环画，笑着说："怎么了？舍不得放手了呀？"

我硬着头皮说："姐姐，我很喜欢，但是你买书的那个地方，有没有卖鲁智深的连环画的？我更喜欢鲁智深，想拿这两本换换。"

我姐姐愣了一下，又扑哧一声笑了，说："你那么喜欢鲁智深呀，明天回来我就给你买鲁智深的，这两本不用换，你留着吧。"

我一听高兴极了，连声说："太好了，太好了，姐姐你对我真是太好了！"

我姐姐说："等我攒了钱，就把这两套连环画都给你买来！"

我说："姐姐，你先别买，我就要鲁智深的，买多了你的菜钱就没有了，你在学校里要多吃点好菜呀！"

我姐姐呵呵笑着说："你这个小二黑，什么时候也会关心人了。"

事情进展得如此顺利，简直超出了我的预想之外。但我提出要求时也会注意分寸，一开始我只敢要一些小东西，铅笔呀橡皮呀、烧饼呀梨呀桃呀苹果呀之类的，这些想法写在日记本上，没过多久，就出现在了我面前，我心里高兴极了。慢慢地，我的心态也发生了变化，觉得自己简直无所不能，有些膨胀了，看到什么东西想要就写上去，拿到东西时也不再像以前那样感到惊喜，而是越来越觉得理所当然了，有时拖得时间长了一点，心里还会感觉到急不可耐，不断地在我娘面前暗示与明示，暗暗地催促她赶紧给我买。

那次买原子笔就是这样，高小虎有一支原子笔，后来才知道是圆珠笔，他吹嘘说这原子笔可厉害了，航天员在太空飞船里写字用的就是原子笔，那时候我们写作业用的都是铅笔，写出字来灰突突的，但是原子笔写的字蓝莹莹的，很漂亮，我就在日记本上写上了，但是等了好几天，也没见我娘给我买来，我心里着急得不得了，便在回家吃饭时，似乎无心地说："黑五也买了一支原子笔，是他姐姐给他买的。"又在晚上写作业时，故意装作无意地说，"大刀王五也买了一支原子笔，就他那鸡爪子，有原子笔，写的字也没我好看。"说完，我回头看看，我娘正坐在那里纳鞋底呢，她的针带着线从鞋底上穿过去，又穿过来，在灯光下间或晶莹地一闪，她的脸在火苗的跳跃中忽明忽暗，像是陷入了沉思，也没有什么表情，也不知道她听进去了没有。直到三天后，我爹从果园回来，给我带来了一支原子笔，我忐忑不安的心才沉静下来，我爹拿着那支笔问我："喜欢不喜欢？"

　　我高兴地跳起来，说："喜欢，我太喜欢了！"可是我的心里呢，更多的不是惊喜，而是愿望终于实现的如释重负之感。

10

　　我是一个心想事成的人！这是多么好呀，什么事情都是这么顺利。就连偷看我姐姐的日记也变得顺利了，当我又一次潜入我姐姐的房间，从抽屉里拿出她的日记本时，我发现她又开始用汉语写字了！我翻到一页，上面写着："英文日记到此结束。这一段时间用英语写，英语的阅读书写能力得到很大提高，可以暂告一个段落了，自此之后改用中文。争取把语文、数学、历史、地理、政治、物理、化学的成绩也提高一个层次，离高考的时间不多了，要抓紧！"后面仍然写了个日期，画了个笑脸。

　　我向后翻看，却发现真正的日记很少，上面不是数学公式，就是历史图表，或者"党的十一届三中全会""改革开放"等政治术语，都是我所看不懂的，我便飞快地向后翻，偶尔停下来，仔细地看那些字，像是要看出什么奥秘来。在一个"中国历代图表"下面的空隙中，我看到两行小字："今天给二黑买了两册连环画，他很高兴，过了一会儿，他又来说，不喜欢三国，喜欢鲁智深和水浒传的故事，我答应了再给他买，千万记得！"在"千万记得"这几个字上，她画了个方框，框了起来，很醒目。我看了之后很感动，心想，"我姐姐对我还真好哩！"又想我长大后也要好好地对她，怎么才算对她好呢，偷看她的日记是不是不应该呢？想到这里，我愣在那里，思路也堵塞了。想不明白，我索性将之抛在脑后，继续向后翻。在一个复杂的数学公式后面，我又看到了一行小字，上面写着："L说考试完要找我聊聊，不知道他要说什么，心里很乱！"又翻了几页，在"我国四大高原"和"我国四大盆地"的间隙中，又有一行小字写道："我跟山约定，十号下午七点在村东路口那棵大柳树下见，切记！"看到这里，我想这个"山"应该就是那个"S"了，为什么一会儿L一会儿S一会儿又是山，不好好地写清楚呢？真是麻烦。那么给她写纸条的那个人，就是姓林名山了？我念叨了几遍这个名字，觉得很不顺耳。又翻了几页，在一组物理公式和化学公式下面，又挤着几行小字，"心定不下来，怎么办，怎么办，怎么办？"又翻了几页，在抄写了一大段时事新闻之后，又有两行小字，"等考完了，我也要买一双高跟鞋""别胡思乱想了，集中精力学习！"再往后翻，就什么都没有了，只有整整齐齐的字迹抄写的笔记，我看不懂，也觉得索然无味，就将她的日记本合上，塞回抽屉，钻出房门，跑出去玩了。

我在日记本上仍然心想事成，但是我的心越来越大，想要的东西也越来越多了，贪心不足蛇吞象，这句话说的就是我呀。最初我只敢要一些小东西，橡皮呀笔呀文具盒呀，或者吃的烧饼呀牛肉呀之类的东西，随着事情进展出乎意料的顺利，我的胃口也越来越大了。有一次，我在日记本上写："我的邻桌小锐，今天带来了一支新钢笔，很漂亮，写的字也很好看，她说是英雄牌的，是她姥爷给她的生日礼物。"

写下这个愿望之后，我就盼着能早一天能拿到钢笔，有一次跟黑五去放羊，我还悄悄给他放了点风，说："你别看小锐有一支钢笔就显摆，过几天我也要有一支钢笔了，也是英雄牌的，比她那个还好！"

黑五惊讶地瞪大了眼睛，说："真的？"

"当然是真的！"我不屑一顾地回答。

"谁给你买？"黑五又追着问，我笑了笑说，"你就等着瞧吧！"

"吹牛！"黑五不相信我的话，我只是自信地笑了笑，说，"你等着瞧就是！"

看着我一副胜券在握的样子，黑五也有点将信将疑地说："这么厉害，等你有了钢笔，让我写写好不好？"

我说："当然——可以，你想写多久就写多久！"

此后每次见面，黑五都问我："你的英雄牌钢笔来了没有？"

我总是说："快了，快了！"我的心里也很着急，但是我的钢笔总也不来，为什么总也不来呢？

有一天放羊回来，走到我家的胡同里，我听到我爹和我娘在院子里说话："二黑要的那支钢笔，你买来了没有？"这是我娘的声音，我听了心中一动，连忙将羊牵住，将耳朵贴到墙上，只听我爹呲着牙花子说："回来的时候我去看了看，那种钢笔太贵了，我身上没带够钱，等下次再给他买吧。"

"有多贵呀？"

"快赶上我半个月的工资了！"

"呀，这么贵啊，什么笔呀这么贵？"这回轮到我娘龇牙咧嘴了。

我爹说："听说还是个名牌哩。"

我娘叹了口气说："那就别给他买了，什么笔不一样写字？名牌写出来的就是金字？"

我爹说："还是买吧，下次我带够钱再给他买，这小子好不容易有点学习的劲头儿，买支好笔让他好好学！"

我娘说："整天疯跑着玩，我看也学不出什么花样，倒是费鞋！"这时那只羊一下挣脱了我的手，刚才我拉得它脖子太紧了，它咩咩叫着跑进了院子，我也跟着它走了进去，只见我爹和我娘正坐在院中的梧桐树下，摇着蒲扇乘凉呢。

在那之后的下一周，我果然拿到了一支崭新的英雄牌钢笔，第二天我拿给黑五看，黑五惊讶地说："你还真不是吹牛呢，快给我看看！"

我得意扬扬地说："那是当然！"心里美得不得了，还故意在小锐面前摆弄着，小锐白了我一眼，我也针锋相对地白了她一眼，心想，哼，看你还美不美？你有的我都有，你没有的我也要有！

我的心真是越来越大了，有一天我在电视上看到一种飞机模型，是那种用遥控器操作可以飞上天的飞机，看了之后我觉得太喜欢了，心想自己要是有一架就好了！那时候我们都没有见过真的飞机，只是在晚上看到过星星边上一闪一闪的亮点，大人说那就是飞机，我们还看到过飞机在天空中冒出的白烟，一看到天上的白烟，我们就在地上追着跑，跑得尘土飞扬，直到飞机不见了踪影，我们也累得满身是汗，才停下来。我想我要是有一架飞机，那在学校里可就出风头了！我想象着高小虎和高小豹、大刀王五和铁锤、大强和胖三儿看到我手里的飞机，流露出羡慕而又小心翼翼的眼神，但我才不给他们玩呢，我拿着飞机昂首从他们面前走过，跟三见哥和黑五一起去玩，那是多么好啊！想着想着，我眼前就出现了一幅这样的画面，好像那已经成了事实。于是我在日记本上写道："我想要一个飞机 muxing，用按钮一按就能飞的那种飞机，可好玩了，我真想要一个。"写下这个愿望，我就开始了新的期待，那几天我做什么都是小心翼翼的，怕惹恼了我娘，她就不给我买了，但是一会儿心里又像热锅上的蚂蚁，想要得不得了。但是我偷眼去看我娘，她的脸色很平静，该喂鸡时喂鸡，该喂猪时喂猪，看不出有什么异样。那一天，我放学回到家，我爹已经回来了，我姐姐也回来了，我爹坐在八仙桌的旁边抽烟，他的旁边有一个很大的纸盒子，我看了心中一喜，心想可能是我的飞机到了，便跑过去把那个盒子抱住，高兴地说："是不是我的飞机呀？"打开一看，里面不是我的飞机，而是一双女士皮鞋，还有点高跟，很明显是我姐姐的。

我心里有点不高兴，把那个盒子一扔，鞋和盒子七零八落地落在地上，我生气地说："我的飞机呢，怎么不给我买飞机呀？"

我娘本来坐在桌边说笑着，看我乱扔东西，顺手从床上抄起一条鸡毛掸子，朝我走过来，边走边生气地说："什么飞机飞鸭的，要起东西来你还没个够了？看来不收拾收拾你是不行了。"

我一看情形不对，拔腿就往外跑，我姐姐急急忙忙收拾着她的皮鞋，我爹还是坐在桌边抽烟，我跑到院子里，见没人前来拉架，急得都快哭了，突然我灵机一动，朝我娘嚷道："你凭什么偷看我的日记，要不你怎么什么都知道？我要一把小锁，把我的日记本锁起来！"

我娘气急反而笑了："你那些小花招还能瞒得过我？要是我不看，还能给你买这么多没用的！快把你的日记锁起来吧！"说着她从衣兜里掏出一把小锁，扔在院里的地上。

我一看自己的诡计被揭穿，又羞又窘，不知道怎么办才好，连忙高声嚷道："我不要小锁，我不要小锁！"

我爹和我姐姐哈哈笑起来，我娘也笑着说："你不要也得要，还飞机飞鸭的，你咋不飞上天呢！"于是在我家又出现了那经典的一幕，前面是我在飞快地奔跑着，后面是我娘拿着鸡毛掸子在追，两个人都跑得气喘吁吁的。我跑出了家门，跑出了胡同，跑到了村里的大街上，跑过了村南的小桥，看我娘的身影渐渐远了，才渐渐慢下了脚步。我来到了那片草地上，那天三见哥、高小虎、大刀王五他们都没有来放羊，我一个人爬上了坡岗那棵最高的白杨树，在树枝上坐了好半天，我看到天是那么蓝，草是那么绿，白云是那么悠闲。但我心想事成的好日子，就在那一天结束了。我抬起头来看看天，天上正有一架飞机拖着白烟在空中划过，在那一刻，我感到了深深的孤独与忧伤。

那天直到黄昏的时候，我才往回走，我没有从村南的小桥跨过，而是绕了远路，从村东的小路上一步一挨地往家走，希望回到家里什么事都平静了。走到路口的大柳树下，我看到一个男青年正在那里东张西望着，旁边是一辆崭新的自行车。我从他身边走过去，突然灵光一闪，又走了回来，看了看那个男青年，他长得很高、很瘦，眼睛很亮，有点书卷气，见我看着他，他有点紧张地问我："小朋友，这里是东三里吗？"

我严肃地点了点头，突然问他："你是叫林山吗？"

他的眼睛一下睁大了，吃惊地问："你怎么知道？你是谁呀？"

我恶作剧地冲他微微一笑，说："有一天你会认识我的。"说完我不顾他震惊错愕的表情，转身就跑走了。

走进村子，我手里折了一根杨树枝，随意甩打着路边的草木，心里泛起一种又甜蜜又忧郁的感觉。天色渐渐暗下来，不少人家的房顶上袅袅升起了青色炊烟，星星在夜空中眨着眼睛。我看到我姐姐骑着自行车向东而来，她没看到我，我也没有叫她。我躲在一棵白杨树后，看见我姐姐一闪而过，那双新买的高跟皮鞋，锃亮得闪着光，她骑在自行车上匆匆行走着，在她的前方，一轮明亮的圆月正在缓慢地升起。

图书在版编目（CIP）数据

别人家的电视 / 李云雷著． -- 北京：中国文史出版社，2024.12. --（锐势力·名家小说集）． -- ISBN 978-7-5205-4875-5

Ⅰ. Ⅰ247.5

中国国家版本馆 CIP 数据核字第 2024ZN4679 号

责任编辑：全秋生

出版发行：中国文史出版社
地　　址：北京市海淀区西八里庄路 69 号　　邮编：100142
电　　话：010-81136602　　81136603　　81136606（发行部）
传　　真：010-81136655
印　　装：廊坊市海涛印刷有限公司
经　　销：全国新华书店
开　　本：787 毫米×960 毫米　　1/ 大 32
印　　张：10.25
字　　数：300 千字
版　　次：2025 年 1 月北京第 1 版
印　　次：2025 年 1 月第 1 次印刷
定　　价：68.00 元